每当变幻时

夕阳断桥 / 著

图书在版编目(CIP)数据

每当变幻时 / 夕阳断桥著. —重庆：重庆出版社，2014.10

ISBN 978-7-229-08261-1

Ⅰ.①每… Ⅱ.①夕… Ⅲ.①长篇小说—中国—当代 Ⅳ.①I247.5

中国版本图书馆CIP数据核字(2014)第133369号

每当变幻时

MEI DANG BIANHUAN SHI

夕阳断桥 著

出 版 人:罗小卫
责任编辑:袁 宁
责任校对:杨 婧
装帧设计:重庆出版集团艺术设计有限公司·王芳甜

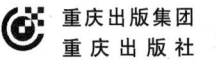

重庆出版集团
重 庆 出 版 社 **出版**

重庆长江二路205号 邮政编码:400016 http://www.cqph.com

重庆出版集团艺术设计有限公司制版

自贡兴华印务有限公司印刷

重庆出版集团图书发行有限公司发行

E-MAIL:fxchu@cqph.com 邮购电话:023-68809452

重庆出版社天猫旗舰店
cqcbs.tmall.com

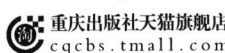

全国新华书店经销

开本:880mm×1230mm 1/32 印张:11 字数:245千
2014年10月第1版 2014年10月第1次印刷
ISBN 978-7-229-08261-1
定价:29.80元

如有印装质量问题,请向本集团图书发行有限公司调换:023-68706683

版权所有 侵权必究

目 录 CONTENTS

001 | 序
文艺姑娘,你好

001 | 代序
在每个夜里醒着,我们都是寂寞的灵魂

001 | 第一章
白日做梦的想法

024 | 第二章
相亲是性价比最高的恋爱成本

045 | 第三章
不是冤家不聚头

071 | 第四章
欲望这头小兽胃口不错

096 | 第五章
我的爱情是天花

121 | 第六章
从此丈夫是外人

144 | 第七章
世界给你以痛,你要报之以歌

166 | 第八章
神器也计算不出幸福

188 | 第九章
不能成为礼物,就别闯入对方生命

211 | 第十章
人生每多变幻时

235 | 第十一章
我们都没错,只是不适合

274 | 第十二章
确定是美丽的,变幻无常更美丽

331 | 跋
岁月不识愁

序　文艺姑娘，你好

连　谏

夕阳轻柔，纤细到容易让人产生错觉，这是个欺负一下，不会留可怕后遗症的姑娘，其实不是，如果在这世界上，真有一款女人有时狮子有时猫，夕阳应该是最达标的代言人。

我没见过比夕阳还多才多艺的姑娘，文章写得好，弹一手好钢琴，歌唱得千回百转，还会作曲，英语好到曾经的职业是翻译，单因为这几项，我都不愿意和她做朋友，因为湮灭感太重了。一度，为了在她跟前找点成就感，我经常晒吃的，结果，她一翅膀飞过来，扎进我厨房，用一盘麻婆豆腐就把我给羞辱了。

她来青岛那会儿，我还不会开车，当然，直到现在还不会开，将来也不打算会开，这样的好处之一，是夕阳们来了夕阳们走了，我都可以逃掉机场接送的差使。我指挥她坐机场大巴，和我在终点会合。两个神交了四五年的人，在青岛香港中路的街头，结实地拥了一个抱，拥抱着瘦而高挑的夕阳，我很不厚道地想，一场处处都是拦杀刀的爱情，果然是杀肉利器。

她站在被微微暮色笼罩的香港路上，像株被放逐的芦苇，孤零零地，笑得灿烂而透彻，却也有些许的微疼，在一闪而逝的眼波里藏匿。之后，我们去四方路、中山路、劈柴院，那会儿我像个终于见着远方恋人的傻姑娘，一定要带亲爱的人去看自己在过往通讯中赞美过的地方，那种感觉很奇怪。很多外地朋友来过青岛，我也做过多次不怎么称职的导游，可没有任何一次像夕阳来的那次，我那么执着，像沉浸在热爱中的人，一定要带心上人去见尊崇的父母亲人一样坚决要带她去劈柴院吃陈年老味的馆子、四方路烟火缭绕的各色烧烤。

可宅得几乎要脚板生根的我却不知道劈柴院早已没落，过去的那个劈柴院，连街面都油汪汪的，不管白天还是黑夜，窄而深的巷子里摩肩接踵、人声鼎沸，稍不小心都会踩翻摆在店门口的虾兵蟹将们的家……它们统统都不见了，虽然吃食店的门脸儿，依然次第开着，却冷清清的，像深宫里的怨妇，往日那个鲜活、肥美、在舌尖上滚来滚去地热闹着的劈柴院没了，仅剩不多的几个门脸，以垂死挣扎的姿势，瞪着我们。

现在想想，那些垂死挣扎的门脸，有点像夕阳心里装着的那场长达十年却修不成正果的爱情，她不愿守在深圳，目睹着它一寸一寸地死去，于是，那段时间，她疯了一样地全国各地奔跑，如其说是旅游，不如说是悲怆地逃跑，她逃啊逃，逃开爱情即将死亡的气息，越远越好。

可是，有什么用呢？

那个晚上，她在我的家里，用一盘麻婆豆腐羞辱完我的厨艺之后，抱着电话，边讲边大哭。

而我唯一能做的，就是给她点上一支烟，给我自己，也是。然后，听她的爱情——在千里之外，一息一息地失去了温度。

第二天，她说一夜没睡，全在讲电话，在青岛济宁路的那个青年旅舍里，说这话的时候，她已平静多了，好像昨天那个哭得眼睛肿成铃铛的人不是她，口气淡淡的，抽着烟。

她抽烟的样子很好看，淡而缥缈，有一丝笃定的忧伤，在眼里，在嘴角。我带她去雕塑园，看了传说中的石老人，远远下了车，跋涉过去，在石老人的背后，我们坐在坚硬的礁石上抽烟，聊天，有很多话想和她说，却又不知从何说起。现在想来，那是她生命中因为绝望而最混乱的时期，她是张皇的，是痛的，她的心，却又是自敛的。好人，大约，就是这个样子，身在惊涛骇浪中，也要体恤着别人，连一丝惊恐，都不向外传递。

在兰山路上，近视加散光的她，眯着眼睛指着线桥一本正经地问我，为什么它要叫线桥，是不是像一条线伸到海里？我看着她，好半天好半天，不知说什么好，这真是个蠢萌了的傻姑娘。

这个怀揣十八般武艺的姑娘回深圳没多久，就一个人了，那些足以压垮任何一个女人的悲伤，在她，似乎都变成了粮食,营养并强壮了她,没多久,我就看见了她精神抖擞的文字里,出现了一只叫胖胖的老狗,有时候,作为一个自私冷漠的人类,我无法理解她对一只狗的宠溺,直到现在,我才逐渐明白,狗给予人类的精神抚慰,是田园牧歌式的,毫无条件,狗对主人的感情,是动物和动物之间感情的极致顶点。

再后来,夕阳又来过青岛,那个会在深夜起来给她做甜点、号称要温暖她一生的男人,开车载着她,从遥远的南方,一路迢迢而来。我挺开心的,为她,很多时候,我觉得我是个晓得她心意的人,这么多年以来,她一直奔走在寻找爱情的路上,不怕摔跤不怕受伤,永远有一颗处子之心,说真的,前些年我很想把她拎过来,狠狠训她一顿:干吗要不停地恋爱?还没伤够么?

但我知道,她又是个特别自尊,特别纤细的人,那些话,就忍了又忍,没有说出口。

她每一次恋爱,都认真而高调,高调到以至于我总是把心捏在嗓子眼上,心说亲爱的傻姑娘,万一又把恋爱谈成一场伤,你怎么收场?因为这,我觉得她和周迅是一类人,说真的,我喜欢周迅,比喜欢任何一个演员都喜欢她,活得热烈而真实,那么的自己,每一次恋爱,都全情地投入,哪怕受伤,也干净明朗而漂亮,女明星的爱情路本就多舛,分分合合,难免有人说三道四,但周迅没有,每一场爱情都高调地幸福,或许,这才是爱情最应该有的样子。我的夕阳,就是这样。

其实，夕阳不晓得，在内心里，我琢磨过她的，把她当标本研究过的：她是个渴望温暖，缺乏安全感的善良小孩，总怕自己不够好、还不够好，爱情不过是她肯定自己果然还是个值得得到爱的好孩子的方式。

只要有爱，那个人可以什么都没有，她可以扮演起一个男人今生今世中所需要的一切女性的角色，她有足够的才情和力量，扮演全一个男人毕生所需要的所有女性角色，并且绰绰有余。可就这么简单，那个除了爱什么都可以没有的男人，迟迟没有出现，究其原因不过是，人，终究自私，得到了一就会欲望上二，纵然她是天使，也完成不了那么多滔滔不绝的温暖输送，何况，时过经年，她心已渐渐澄澈，无法自欺如痴，所以，当她觉得不需要那个人陪的日子可能会更快乐，就走了，拖着她的行李，带着她的胖爷，再也没回去。

有时候我觉得夕阳就是爱情长路上的唐吉诃德，内心永远驻扎着一轮即将升起的太阳，唐吉诃德有一匹瘦马，而我亲爱的夕阳有一只很拽屁很拽屁的老狗胖爷……

后来，我想，夕阳经历过种种坎坷的凉薄之后，依然执着于爱情，依然相信在不远的未来，有一个早就等在那儿的、让她中意的人，这，一点儿也不好笑，更不是花痴，而是让我最最敬佩的地方，这是因为她心纯净，所以，纵然遇到过市侩的磨砺和粗俗的伤害，依然相信这个世界上往来着的生命，有着天使的本质。

我最喜欢说的一句话是：我们的内心决定着我们看到的

世界。

　　所以，我的夕阳，是上帝派来的天使，在这五彩斑斓的尘世穿行，片俗不曾沾身，因纯净而美、而热爱这个世界，因善良而相信哪怕一颗最黑暗的心上，也能找到一片闪烁的亮光，所以，她比我见过的大多数人都勇敢，一直走在寻找爱的路上，是最美最坚定最资深的文艺囚犯。文艺范儿，很多时候会被人当成自我标榜的首饰，或者说一个即兴摆出来的生活 pose，可我的夕阳不是，文艺是她持之以恒的修炼姿势，用文字的姿态，捕捉生命中最纤细、最美好的痕迹。是的，女人，一定要经历过人生的风雨，才会晓得，我们文艺，不是为了吸引男人，而是为了修炼，找到那个理想的、能够一个人也足以抵达幸福的自己；因为文艺，我们的生命才优雅成一匹上好的锦帛。遇到品质上乘携爱而来的男子，是锦上添花；遇不到，依然是优雅上好的锦帛。夕阳的这部小说，就是对这段话最深入生动的诠释。

　　所以，夕阳，我的文艺姑娘，你好，你必须好，一直，永远。

代序　在每个夜里醒着，我们都是寂寞的灵魂

风为裳

  那天在电视里看到水滴一样的漫画作者夏达。她说画漫画就是孤单，宅在家里，不管窗外风云变化。

  跟漫画家一样孤单的，还有写字的人。每个白天，或者夜晚，指尖在键盘上不停地舞蹈，写出那些悲欢离合、爱恨情仇的故事。日月窗前过马，风尘天外飞沙，全然顾不上。我们生活在我们主人公生活的世界里。

  就像这个春天，我一再对远方明媚的春光无比向往，却只能坐在电脑前码字。夕阳亦是如此。

  有时想，我们就像那些不停搬运的蚂蚁，埋着头，前路并不确定在哪里，但因为一点喜欢，一点执着，便不会停下来。

  写作从来都是寂寞的旅程。在这个过程里，有别人体会不到的快乐，也有外人不知的煎熬。

  甚至于，写作的过程，比看到它变成一本书拿在手里，

更让人觉得安心。

因为，写作是我们能够控制的。而其他，它会遇到谁的目光，它会被谁喜欢，被谁嫌弃，我们并不知道，也不需要知道。因为，写上最后一个句点，它便已脱离我们自己。虽然这样说，有些伤感与无奈，但的确如此。

我相信夕阳断桥也是这样。一个对开心庄园任务都执行得极为认真的女子，对写字这件执着了十几二十年的事，远非名利所能涵盖。

我跟夕阳相识不久，却一见如故。

曾经，我们是熟悉的陌生人。名字在杂志上一次次碰到。文章一次次走进彼此的目光，那时，不知道有一天，会成为朋友。

人跟人相识是件极微妙的事。

她在四季温暖的深圳，我在冰天雪地的黑龙江。一南一北。

但这并不妨碍我们每日如朋友般絮絮叨叨说着话，不妨碍我们玩着开心网里极无聊的游戏，不妨碍我们逛淘宝，交流败家心得……

慢慢地，她在我这里具体成每一个细节：她养着一条与亲人一样重要的狗，她热爱美食却常为发胖而烦恼，她会不断地分析自己，说自己懒惰，她过着惬意的小生活，当然，她也会把自己淘来的宝千山万水寄给我，她说：分享本身就是一种快乐。

我们都在写字，写得极辛苦。偶尔聊一聊，像生活里的一味盐，加入了，便不再孤单。

　　她是个感性且对生活极有热情的女子，而我，过于冷清。对人对事，都热烈不起来。我和她，在生活里遇到，或许并不会成为朋友。但于内心深处，我喜欢有这样一位朋友。快乐是种可以传染人的物质。还有，某种心灵上的陪伴。

　　夕阳这本书，看似写婚姻与爱情，其实讲述家和欲望的故事。不知道什么时候，房子这样强势介入到我们的生活里。很多人认为有房子才叫家。其实，是有爱人亲人在的房子才是个家。在这个意义上说，一个家的房子并不需要很大。容得下睡觉的床，容得下吃饭的桌子就够了。只是，欲望远比一个家大，欲望变成了房子，忽略了亲情，欲望变成了金钱，淹没了爱情，欲望变成了魔鬼，吞噬了良知……夕阳用她一贯的风趣且不失感性的文字讲述了四个女人围绕着爱和家的故事，读罢，掩卷唏嘘。

　　梁文道说：他常常想把那张床从房间里扔出去，因为，他要给房子里的书让地方。他说，高床软枕不是好生活。

　　能够做喜欢做的事，能够和爱的人在一起，能够心安快乐地生活下去，有房或者无房，仔细想想，其实并没那么重要。

　　走笔于此，想起地震海啸，大自然变了脸，那些平日里我们觉得至关重要的车子、房子如同积木一样被海水卷走了。这时，谁都知道，这些都不重要，重要的是亲人还在，重要的是明天还有希望。

夕阳写此书的意义也是如此,有爱才有家。

这个春天,人们恐慌、寒冷,但也仍然在努力着,不为房子、车子,而只为生活、平静、明媚、简单、踏实。

如此而已。

于是,在每个夜里醒着,让寂寞的灵魂奔跑,让那些从头脑里呼啸而出的故事变成一本书,来到您的面前。

希望某一刻,您遇到它。窗外阳光明媚,它在您的手心里,如同一杯淡淡的菊花茶,慢慢散开,有苦味的清香。

第一章　白日做梦的想法

乍暖还寒的四月，冬天和春天还做着胜负难分的僵持。何苗侧着身子，微佝着腰，拖着比自己足足宽出一倍的红白条编织袋，活脱脱的像只蹒跚学步的企鹅，笨重地摇晃着身体，吃力地挤进公交车站台。

正值下班高峰期，29路公交刚一进站，何苗还未来得及抬脚，便被蜂拥而上的乘客，从四面八方簇上了车。

何苗倚在鼓鼓囊囊的编织袋上，轻悄地吸了一小口气，顺势将身后的挎包拽到身前，双手交叠盖在包上，稳稳地将它护住。

五年前，何苗技校毕业后，进了金华市一家小制衣厂，终日起早贪黑地奋斗在流水线上。车间的工作枯燥繁重不说，何苗原本肤如凝脂的一双纤手，也在暗无天日的流水阵营中被打磨成上好的"柴火棒"。好不容易被提升为班长，因为通货膨胀，小制衣厂因原材料的价格涨幅高于成衣利润而关张。同厂的小姐妹大多换了家制衣厂，何苗却在睁大眼睛瞪着天花板枯想两夜后，做出一个重要决定：轻轻松松地卖衣服，把成本控制的难题交给做衣服的去吧！

于是，何苗揣着攒了几年的5万块钱，一路从杭州、上海，奋斗到深圳，穿街走巷地搜罗各处的外贸成衣，开了一家不需要定时定点办公的淘宝店。虽说在制衣厂工作过几年，成千上万块面料在何苗手中化蝶般蜕变成千奇百艳的成衣，但说到时尚、潮流和品位，何苗却连入门级菜鸟都算不上。每次走进批发市场，何苗都像只无头苍蝇一样莽撞，哪怕看见一块块碎布头拼接成的吊带裙，何苗都想当然地认定：这裙子一定能大卖。

惨淡的业绩和银行卡里逐渐萎缩的数字，最终让何苗长了个心眼。再进货时，何苗便跟批发商立字为据，一个月内不剪标不破损的衣服，可以完好退换。

眼看公交就要进站了，透过封闭的玻璃窗，何苗一眼认出正四下张望的一脸不耐烦的刘念。何苗双手拖过红白条编织袋，在人群中甩动那一袋挤得快要爆炸的衣服，横冲直撞地下了车。

看见何苗像只企鹅似的拖着硕大的编织袋，灰头土脸、东倒西歪地走来，一股无名火便如同火柴亲吻红磷，"嗖"的一下在刘念心里点着了。

阴着脸夺过编织袋，头也不回地大步朝前迈，刘念没好气地训斥小跑上前的何苗："跟你说过多少次了，天气这么热，东西这么沉，回来你就打个车。咱们又不是花不起这个钱！"

"花得起也不能乱花啊。"何苗三步并作两步，疾速跟上刘念的脚步，气喘吁吁地解释，"你想啊，打个车就算一路绿灯，就算运气好没碰上堵车，到家也得 30 多块。我卖件衣裳，还得碰上不还价的买家，加上运费的差价，毛利也才十来块钱。打一回车，我就白卖两件衣裳，多不合算。"

"你是算盘转世的啊？"刘念忽然间刹住脚，"砰"的一下将一编织袋衣服扔向地面，与何苗怒目而视，鼻翼微张地责问，"别的本事没有，成天就知道斤斤计较算小账，有劲没劲？为了省那几个钱，起得比鸡早，活得比牛累，拿自己当驴使，有意思吗？"

何苗知道，刘念的这股怒气并不是针对她，更多的是气他自己。作为一个男人，没有足够的能耐让老婆免于奔波之苦，刘念对自己失望至极。而强大的自尊心不允许他承认这一点，于是，他只好找个理由，将这份邪火发泄到对方身上。

自己为了家庭省吃俭用，非但得不到丈夫的宽慰，反倒挨了责备，换作其他女人，大概已经吵了起来。而对何苗来说，所有以爱为基点的愤慨，都可以被原谅。不由分说地拉过刘念的双手，下巴枕在他的肩头，侧目凝视他挂着汗珠的眉梢，何苗抿嘴浅笑，温顺得如同一只兔子："好了老公，我错了，不生气了好不好？以后我不自虐，出门我就打车，而且专挑红的坐，绿的咱看不上；饿了我就下馆子，人均消费低于五十的咱不去；渴了我就买冷饮，三块钱以下的饮料我连看都不看一眼。以后我争取睡得早，活得安逸，拿自己当猪养，这样你看行么？"

刘念还想绷着，却被眼角的笑意出卖了。怜爱地轻掐何苗红扑扑的脸蛋，刘念哭笑不得地说："你这张嘴啊，真是了得。除了我妈，这世上谁 PK 得过你？"

说到婆婆，何苗本能地打了个激灵，双手轻摁刘念的肩膀，神情紧张地支吾道:"老公,跟你商量件事儿。过两天我要回去补办身份证,你就跟妈说我去外地看货了,行不行?"

"你身份证怎么了?"

迎着刘念狐疑的目光,何苗顿了顿,青蛇似的吐出舌尖轻舔上唇,迟疑地解释:"钱包丢了。可能在批发市场进完货,不小心落哪儿了。"

"你说说你,为补个证件,又要跑1200多公里。"刘念稍一耸肩,何苗的手便自然地滑落下来,尴尬地垂在身体两侧。蹙眉打量何苗,片刻,刘念摇头叹道,"当初要不是你要倔,现在至于这么麻烦吗?明明可以迁户口,真不明白你跟我妈赌哪门子气,非要自己找罪受!"

"你不懂。"何苗的语气是轻的,神色却异常凝重,"比起精神受气,我宁愿身体受罪。"

何苗生长于浙江一个小山村,父母都是本分勤劳的农民。老实巴交的父母亲手将何苗栽培成四体勤通,五谷精分的实诚人。他们既不奢望女儿有大作为,也从不幻想她能嫁个"高富帅"。父母毕生的心愿,就是女儿平安健康,像他们一样靠自己的双手养活自己。而何苗,也因为有这样一双不拉关系不投机取巧一切自给自足的双亲而倍感骄傲。然而,让何苗自豪的父母,却无端成了婆婆杨翠玲眼中的负担。

两年前,第一次到刘念家拜访,何苗翻开环保袋一面往外掏礼物,一面兴致勃勃地介绍:"这是我们家乡的特产:发糕、丝糕、青糕、山茶油、豆豉,还有小辣椒、溪口笋干、猕猴桃,这些都是我爸妈自己种的……"

杨翠玲久不接腔,背靠沙发,窝着胸,跷着二郎腿,斜着眼冷冷扫一眼茶几上的特产,声音如同刚出鞘的宝剑,利索且锋锐:"种这些东西,一年到头地辛苦,也卖不了几个钱吧?"

何苗微微一怔,伸进袋子里握着茶盒的手不由得一紧。见状,杨翠玲话锋一转,眼眉一挑,郑重地问:"你爸妈老了咋办?"

何苗又是一怔,犹犹豫豫地将家乡的茶叶取出来,恭敬地将它插入茶几上那一堆特产的队伍中。愣了愣神,何苗垂眉,声轻如蚁地说道:"我爸妈说了,人有脑子,有一双手,只要肯吃苦,就不会饿死。"

"饿不死,能保证不生病吗?"不留情面地打断何苗,杨翠玲干笑两声,白皙的两指敲打着沙发扶手,挺直了腰杆反问,"你们一家子万一生个病住个院或者动个手术,上哪儿筹医药费?"

杨翠玲说得实在,何苗却听着不悦,感觉就像远在千里外的父母无端受了诅咒,真会害一场大病似的教她心慌。轻蹙眉头,何苗双手背在身后,撇嘴说道:"我爸妈劳动了一辈子,身体比很多人都结实健康。别说大病,就是感冒都很少。"

"一般不生病的人,一生病就是重病。"杨翠玲还在不依不饶地争辩,刘念立马将方才剥去皮的猕猴桃递上前去,嗔笑说:"唉呀妈,您少说两句。讲这么久不渴吗?来,尝尝何苗她爸种的猕猴桃,这可是我吃过的最甜最多汁最好吃的猕猴桃。"

"哼哼,可不是嘛,"杨翠玲耸肩,推开那枚圆润青翠的猕猴桃,冷哼一声,撇嘴说,"瞧你那点出息。几个破水果,就让你找不着北了!"

刘念正要解释,何苗一把拉住他的袖口,递了个眼色,骄傲地制止了他的辩护。

那天的晚餐,味同嚼蜡。饭后帮忙收拾碗筷时,何苗才发现有三碟菜都缺了一个半弧，除了置身事外的严寻礼，杨翠玲、刘念和何苗三人，都不约而同地低着头，胡乱扒拉面前那道菜，草草填饱肚子了事。杨翠玲低头是出于不屑，何苗不抬眼是懒得看杨翠玲盛气凌人的神气，而刘念垂头丧气，则是不知应对的仓皇。

　　借着何苗洗碗之机，杨翠玲趾高气扬地将围裙递上前去，反手将厨房门一阖，斜倚着水槽边的承重墙，双臂交抱在胸前宣布道："何苗，我看出来了，你也是个直肠子，那咱们不如打开天窗说亮话。你看，你年轻，长相也清秀，人也勤快能吃苦，我对你，没什么大意见。但是，我对你的农村户口意见很大。别的不说，你要想结婚落户，首先还得农转非，这就比正常人要多办一道手续。何况，你又没有职称，文凭也不高，排到猴年马月才能轮到你迁户口？再说，你们一家都没有社保，这结了婚成了一家人，你们家人有个三病两痛的，小念不能不管吧？可他一个人，要管你们一大家子，这不活活把他累死吗？还有，谁都知道农村人事多亲戚多……"

　　"您不用举一反三了，"何苗一侧身，愤愤地甩去糊在手上白细的泡沫，目不转睛地盯着杨翠玲的鼻尖，一字一顿说，"迁户口的事不用麻烦您费心，我觉得农村户口挺好，我为自己是农村人感到自豪。还有，我爸妈说了，恋爱是我跟刘念谈。结婚过日子也是我跟刘念过。他们不会给我们添麻烦的。我爸妈活了大半辈子，一直自力更生养活我供我念书，从来没有依靠过任何人。过去没有，将来也不会有。"

　　"好听话谁都会说，进门以后你们再出尔反尔，都成一家人了，我能拿你们怎么办？"

　　"您要不放心，我现在就给您立个字据？"何苗将水龙头开到最大,"哗哗"的流水声宣泄着她的憋闷。

杨翠玲被这小妮子的倔犟将了一军,眉锋一提,定睛端详眼前这娇小的姑娘,仿佛感应到她单薄的身体里正喷薄而出的力量。杨翠玲怔了怔,少顷,泄气地嘟哝:"瞧你说的,倒像是我蛮不讲理了。我只是跟你分析现实问题,干什么要立据为凭,我像是那种不近人情的野蛮人吗?"

"您不用说了,我心里有数。"何苗克制地压下双肩,双手用力地来回搓洗,掌中的筷子发出"噼噼啪啪"的撞击声。仿佛只有这样,才能洗净自己和爸妈无故受的屈辱。何苗垂着头,用力地洗碗筷,嘴里喋喋不休地表示,"一会儿我就白纸黑字地写清楚。回头让我爸妈也写一份,给您快递过来。"

"你看你这丫头,年纪不大,脾气倒不小。"脚尖稍稍一勾,杨翠玲站直身子,伸手将水龙头调到小挡,蹙眉抱怨,"有字据可依那敢情好,但也犯不上这么着急。其实你不必太在意,国外早就盛行婚前协议了,这也不是什么大不了的事。再说,我也不是那种势利小人。"

何苗不吭声,拉起围裙一角拭去手上的水渍,心中暗暗嘀咕:您还不是?您太是了!抬眼看见茶色玻璃门上映着一张探头探脑的脸,何苗拉开门,轻声问:"严叔,您有事?"

"没什么要紧事,"严寻礼挠挠灰白的鬓角,憨笑问,"我就想进来削个苹果吃。不耽误你们聊天吧?"

见何苗垂眼不吱声,杨翠玲从刀架上抽出水果刀递了过去,甩手步出厨房以前,侧目瞟一眼严寻礼,低声抱怨道:"给。吃吧吃吧,一天到晚,就知道吃。"

严寻礼也不恼,接过苹果,憨笑两声,瞥一眼何苗,啃一口苹果，若无其事地步向客厅。

自那次与准婆婆不愉快的交锋后，何苗就下定决心——哪怕是细若针尖那样举手之劳的事，都绝不麻烦她杨翠玲。结婚后，何苗赌气将户口迁到衢州，并跟刘念约定："要我迁到深圳可以，但必须等我们自己买了房单过，你的户口迁出来以后，我再名正言顺落户。"可惜理想是远大的，现实却是残酷的。结婚两年，刘念的工资一直没怎么涨过，任凭何苗克勤克俭，恨不能从牙缝里省下钱来买块砖，可他们还是没攒够钱。

买房无望，何苗又执拗地不肯迁户口，遇上件小事动辄就要往衢州跑。次数多了，刘念难免落下埋怨："你自己瞧，跟我妈赌气犯得着吗？最后折腾的还不是你自己。"

"当然犯得着！"何苗一噘嘴，半仰在刘念胸口，密而短的睫毛如同两把短毛刷，忽闪忽闪地扑棱着，"人越穷，越要有骨气。我的尊严，只能我自己来挣！"

杨翠玲坐在小马扎上，挂着围裙，撇开双腿，两腿间搭了张几个月前的旧报纸。微眯着眼睛，芦柴棒一样干瘦的十指，麻利地剥下老玉米，两眼聚精会神地盯着碗里渐丰的玉米粒。

何苗蹑手蹑脚地进了门，杨翠玲一抬眼，迅速放下老玉米，双手将报纸一掀，弯腰拾起落在地上的玉米穗，往脚边的垃圾桶里轻轻一掷，咽下一口唾沫，不动声色地吩咐："回来得正好。严晴晚上要来吃饭，你年轻有力气，帮忙把那只鸡砍成块。"

话音未落，杨翠玲已从马扎上出溜下来，起身跺了跺脚，稳步走到冰箱前，麻溜儿地拽出红色胶袋，掏出泛白透紫的冷冻鸡塞进何苗手中，口中念念有词地叨咕："一只鸡都要六十几块钱，两条肋排，挂的肉少得像馄饨馅，黄花鱼更不厚道，巴掌大的鱼比过年时还贵……"

何苗朝刘念努努嘴，俏皮地伸了伸舌头，狡黠地笑不作声。小夫妻俩互换一个眼神，彼此心照不宣——杨翠玲嘴上对物价发牢骚，其实是因为严晴要回来吃饭，她心里不痛快，借题发挥罢了。

严寻礼背对大门，站在阳台正中央，哼着小曲，心无旁骛地浇着花，斜阳将他原本矮短的身影，拉得颀长。

敲敲打打的碎语，如同投入湖心的棉花，悄无声息地淹没在静谧的湖水中，激不起一丝回响。杨翠玲越发来了脾气。清了清嗓子，冲着阳台大喊一声："老严！"

从何苗手中夺过冻鸡，提溜着蜷缩成团的鸡爪，杨翠玲耷拉着脸，阴阳怪气地问："今晚大鱼大肉的，我们都是沾你闺女的光。你说，这鸡是用青椒炒，还是用冬菇炖？"

"都行，都行。"严寻礼"呵呵"憨笑两声，右手高举水壶，左手掌在衣前来回蹭去水渍，大大咧咧地应和，"怎么做都行。俺爷俩不挑。"

"那是，"杨翠玲转过脸来，将冻鸡甩给何苗，沉下脸来，没好气地嘀咕，"一个子不给。进门就吃，撂碗就走，搁我，也不好意思挑咸拣淡呐。"

"那是切青椒还是泡冬菇？"何苗朝刘念使个眼色，示意他把蛇皮袋拖进房间，顺势替严寻礼解围，"妈，我切完鸡顺手把配菜都备上吧。"

"随便！"杨翠玲愤愤地背过身去。

何苗在任何人面前都是健谈的，只有在婆婆面前，莫名的嘴拙。一时间找不出合适的话接茬，讷讷地捧着冻鸡，何苗趿拉着拖鞋，战战兢兢地进了厨房。

客厅里又剩下杨翠玲一人。拉过马扎，在腿间铺上报纸，瞥一眼阳台上自得其乐的老伴，杨翠玲弹去腿上的浮尘，心灰意冷地长叹一口气。

十三年前，当介绍人将离异的严寻礼领到丧偶的杨翠玲跟前，风韵尚存的杨翠玲仔细将其貌不扬的严寻礼上下打量一番，将扇子似的刘海拨到耳后，双手交叠合抱于胸前，郑重其事地询问："洗衣做饭打扫这些家务我可以全包了，但我有几个问题：你会修家电吗？你能辅导我儿子功课吗？你女儿能接受你再娶吗？你能保证将我和我儿子的户口调过来吗？"

严寻礼的眼睛，直勾勾地盯着杨翠玲鱼一样张开合拢的朱唇，"咕咚"一下咽了口唾液，右掌不经意地在大腿上抹一把汗，旋即将胸脯拍得"嘭嘭"作响："能能能。能的。我能。"

就这样，为了给儿子铺一条康庄大道，杨翠玲披红挂绿地左手提箱子，右手牵儿子，从弹丸之地，风风光光地嫁进深圳。

为了儿子，杨翠玲背弃了先夫临终前承诺绝不再嫁的誓言。

婚后，这个四口之家里住着三个姓氏。一家人彼此虽相敬如宾，关系却极其微妙。

那一年，刘念十四岁，严晴十六岁，两个初长成的少年，无论如何也改不了口叫一声横空出世的"爸"或"妈"。好在严寻礼和杨翠玲也不在乎，任由两个孩子随意称呼。刘念和严晴于是便"杨姨""严叔"这样地叫着，再也不曾改过口。

法律意义上的姐弟俩，也直呼对方其名。只有在外人面前，比如第一次向何苗介绍严晴的时候，刘念才勉为其难地倾下头，侧过脸,别别扭扭地轻喊一声:"喏,这是我姐。"

因了刘念这样介绍,何苗抿眼微笑,冲着严晴有模有样地叫了一声"姐"。这一声亲昵的称呼,反倒让一屋子人感到些许不自在。严晴怔了怔神,定睛注视何苗,一时间不知当不当响应。

杨翠玲和儿子互换一个眼神,耸肩打岔道:"我早晨在小摊上买了不少新鲜草莓,严晴你去用盐水洗洗,端出来给大家尝尝。"

严晴顺从地扭身进了厨房,心下不悦:"德行!生怕我应了这声姐,在这家里的地位就高出她儿子一截了。"

末了,一个风和日丽的周日下午,严晴将何苗堵在洗手间门口,捧着一杯速溶咖啡,阴着一张苍白若玉的脸,撇嘴说:"你以后,还是随刘念叫我名字吧。老是姐前姐后的,我不习惯。"

何苗眼尾一弯,露出温润的浅笑,低声说:"好的,知道了。"

再见面,何苗仍姐前姐后地叫着,只是前缀加了严晴的大名,称呼变成了"严晴姐"。严晴私下里跟父亲嘀咕:"别看何苗是农村出来的,可比小县城的人讲礼貌、有素养多了。"

严寻礼和蔼地笑笑,轻拍女儿后背,平心静气地宽慰:"你杨姨是刀子嘴豆腐心肠,别用耳朵听她说了什么,要用心去体会她做了什么。"

"体会?"严晴反眼,冷笑问父亲,"这些年,咱们体会得还不够深刻吗?"

那年八月,严寻礼和杨翠玲领完结婚证,随即面临两个孩子九月的学杂费问题。

尽管法律上,再婚家庭是由两个残缺的半圆整合成一个完整的圆,然而情理上,让对方为自己孩子的教育费埋单,总归心虚气短。严寻礼和杨翠玲重组家庭不久,就面临这样的棘手难题。

新婚之夜，杨翠玲捧着皱皱巴巴的小账本和两本存折，颦眉坐在马桶上精打细算：他女儿过两年就该上大学了，学费可比刘念的义务教育费用高得多。老严比我大十岁，早我五年退休。我虽是个仓库保管员，每月工资肯定要比他的退休金高。何况我还有奖金呐。如果我们合伙过，生活费是我出大头，学费我摊得多，万一日子过不到一块去，先前垫出去的钱，那就是肉包子打流浪狗，想讨说法，都找不着主了。

杨翠玲越琢磨越慌乱，仅是想象，仿佛已看见钱包里的钞票，成群结队地牵手奔进严寻礼父女的口袋。想到孤儿寡母那些年从牙缝里省出来的一子半子，终将成为别人孩子读书生活的炮灰，杨翠玲的心，像被锥子扎入一般剧烈地疼了起来。

揣好存折账本，揪紧襟口，三步并作两步跑到床前，一把掀开冷气被，杨翠玲目不转睛地盯着新婚丈夫，一丝不苟地说："老严，我必须跟你商量一件事。"

严寻礼坐起身，顿了顿，讪笑问："你用完厕所怎么不冲水啊？"

"别打岔，"杨翠玲蹙眉，敛息说，"咱俩各自负担孩子的教育费用，每人每月拿出两千块，作为家庭的生活费用。你看这样行不行？"

"你感觉行就行。"严寻礼不假思索地答允，拍拍身边的空位，示意新婚妻子同床共枕，讨好地说，"只要你心里舒坦，我怎么着都行。"

半路重组的家庭，需要打破传统。如同嫁接的果树，苹果无法苛求梨结成苹果，梨子亦不能奢望苹果变成梨。纵使感觉到 AA 制婚姻少了点人情味，严寻礼也只能顺着杨翠玲的意思，让他们的生活之树，结出非典型的"苹果梨"。

新夫妻明算账的好日子没过多久，严晴就顺利收到广州外语外贸大学的录取通知书。当晚，严晴便敞开天窗说亮话，与杨翠玲恳谈一番。

"杨姨，从今天起我就算'自立门户'了。我爸一个人供书教学不容易，日后还要负担我的学费和生活费，反正我也不在家吃住，您看每月生活费，我爸能不能酌情少交点？"

严晴说得头头是道，杨翠玲纵是再不情愿，也只能"嗯啊"地应允。

自严晴离家，严寻礼每月上缴的生活费自动减免一半。八年来，严寻礼仍雷打不动地每月交付一千元生活费。每每杨翠玲含沙射影地抱怨物价，严寻礼要么装聋作哑，要么赔两声憨笑，绝口不提增加生活费一事。大学一毕业，严晴便在公司附近租了间单身公寓，与贝红卫关起门来过小日子，从此与自家人分两口锅吃饭。让杨翠玲更始料不及的是，儿子刘念不顾她的反对，在一个风和日丽的下午偷走了户口本，牵起何苗的小手，堂而皇之地挺进"毕婚族"队伍。

杨翠玲恨儿子没挣着钱就先领张口回家，当然最恨的还是严寻礼的不解风情。虽说"不当家不知柴米贵"，可严寻礼那么大个活人，就不知道主动涨点生活费？

因了现在家里饭桌上的四张嘴，唯一一张是老严家的。纵是心里再多不满，杨翠玲也拉不下脸来，开口要求生活费加码。只有在严晴两口子回来吃饭时，杨翠玲积压的怨愤，这才像运动活跃的火山，找到了喷发的出口。

"我这人呐，就是面恶心善，心肠太软，懒得跟那两父女计较。"虚掩着厨房的玻璃门,杨翠玲拿过一把空心菜,斜着眼,漫不经心地摘去老硬的菜梗扔进垃圾桶,撇嘴喋喋不休地向何苗诉苦,"这女人呐,光在嘴上厉害没用!心里会算数才是真本事。别看我嘴上不饶人,自打跟老严头结婚,我吃了多少哑巴亏,只有我自己知道。明面上看,他老严是交足了生活费,可他女儿和女婿每周回来蹭饭,咱们非但要加菜,回头吃不了还得让他们打包带走。这又吃又拿的,哪回不得败掉小一百,他们给过咱半毛钱吗?我每月手里攥着那可怜巴巴的两千来块钱,得照顾一家老小的吃喝,还得保证他闺女家里那两张嘴每个礼拜吃好吃高兴,吃完还得有点像样的剩余兜着走。你说我当这个家容易吗我?"

"是挺不容易的。"何苗掰开了鸡胸,呈到水龙头下,对着一柱细流清洗内脏,抿嘴一笑,顺着话头应和婆婆,心下却想,您这不叫善良,纯属聪明反被聪明误。当初如果不是算计得太仔细,至于今天偷鸡不成倒蚀一把米吗?

"你现在的体会还不够深刻,日后你做了婆婆,就知道伺候几张嘴是天底下最吃力不讨好的活。"杨翠玲望不见儿媳憋在肚里的嘲笑,指着洗菜池里的肥鸡,一本正经地邀功,"不说别的,你看看这只鸡的板油,就知道这顿饭没少花钱。"

何苗牵嘴笑笑,并不接腔,微垂下头,默然地将洗净的鸡放上砧板,律动十足的砍刀在她手下发出铿锵的脆响。

杨翠玲的小把戏,只能糊弄五谷不分的城里孩子,却无法迷惑打小在玉米地里摸爬滚打的何苗。看一眼鸡的体积肉色,何苗便心知肚明——看上去肥美沉实的公鸡,不过是饲料喂养的三黄鸡。只有在严家父女缺席时,婆婆才舍得买清远麻鸡或湛江走地鸡,让儿子吃上一顿殷实的营养大餐。

仅是那一丝不易觉察的微笑，杨翠玲便知道自己的小花样又让何苗识破了，方才未撒尽的坏情绪，冷不丁又蹿上心头。

"哎呀，我说你下刀注意点儿，干点活怎么总是毛毛糙糙的。"睨眼瞟一下砧板，杨翠玲抽抽鼻子，夺下何苗手中的砍刀，边示范边撇嘴数落，"你看你砍的这块头不一的丁丁块块，一会儿个儿小的焖烂了，块儿大的还没熟，这鸡还能吃吗？"

何苗不言语，侧身退到一边，理理刘海，不卑不亢地笑望着杨翠玲。对于杨翠玲借题发挥的起源，婆媳俩皆心照不宣。那是何苗刚进门不久，第一次与严晴两口子同桌吃饭。贝红卫做事懒散为人滑头，知道杨翠玲不好惹，每每见她，嘴里都跟抹了蜜似的。夹一筷黄瓜炒肉片撂口里，还没尝出味道，贝红卫含糊夸道："杨姨，您这肉里肯定有祖传秘方，不然您炒的肉片怎么能比我在馆子里吃的味道还好呐！"

杨翠玲心里乐开了花，嘴上还谦虚地闪烁着，何苗却煞有介事地一语道破天机："这是山猪肉，这肉的价格贵了一倍，那味道能一样吗？"

杨翠玲的脸上，当时就挂不住了。筷子粘滞在碗边，阴沉地望向何苗，灰冷的眼神中透出杀气。那天晚餐以前，徘徊于猪肉摊上，杨翠玲好生纠结。杨翠玲想省钱，又怕在新进门的儿媳面前露怯，几经犹豫，为了让儿子颜面有光，这才打肿了脸，下狠心买了野山猪肉。不想"胖子"没装成，却让儿媳一筷子就泄了她的底气，杨翠玲怎甘就此败下阵来？直到盯得何苗心里发虚，杨翠玲这才冷眉倒吊，斜着眼敲敲碗边，嘟哝说："现在的年轻人真不懂礼数。'食不言，寝不语'都不知道啊？三十块一斤的猪肉还堵不住你们的嘴？"

一息之间，谈笑风生的几人，望着满脸阴云密布的杨翠玲，不约而同地收声敛息，微微颔首。刘念深知母亲的脾性，立刻夹一筷猪肉放进何苗碗中，机敏地解围："我妈勤俭持家的本领，那可是能感动全中国的。要不是因为你，妈才舍不得下这么重血本呢。来，媳妇儿，好好品尝一下咱妈的心血。"

严晴窃喜，往严寻礼面前放下一块肉，眉眼含笑，意味深长地说："爸，难得杨姨豁出血本，你也得好好尝尝。"

严寻礼直接用汤匙舀一勺肉片，顺到妻子嘴边，毕恭毕敬地讨好："这顿饭你劳苦功高，来，你也多吃一点。"

一家人你吹我捧的场面，着实让新进门的何苗吃惊不小。入门第一顿饭，何苗便领教了杨翠玲翻云覆雨的性情，和她在这个家中不可撼动的主导地位。自此，何苗揣着聪明装糊涂，尽量避免与婆婆正面冲突。即便如此，精明的杨翠玲仍像猫头鹰似的，一双锐利的眼睛能够精准地从何苗的一个笑容或一句应和中，觉察出端倪。

同是被残酷的生活逼迫成精打细算的人，何苗心中对精明能干的婆婆既敬畏又佩服，甚而能够理解杨翠玲的小肚鸡肠。何苗理解婆婆斤斤计较的苦衷，杨翠玲也明白儿媳琐屑较量的因由。无奈，她们就像两只鹌鹑似的，正因为同样骁勇善战，所以无法安处一笼。

如同女儿是世界上最了解母亲禀性，同时却最抗拒与母亲相类的人，习性相近的两个女人，天性相斥。

暮色四合时，严晴挎着麂皮包，一言不发地进了门。

水蓝色麂皮包原本色泽鲜亮，无奈经不起时光的磨蚀和日晒雨淋的洗练。褪了漆的麂皮包孤伶伶地卧在玄关架子上，仿佛一只患了皮肤病的小狗，怏怏怏怏地惹人鼻酸。

何苗不止一次善意而巧妙地请求："姐，你看我淘宝店里有没有你喜欢的包包。你拿去用，顺便给我当活展板，帮我在你公司里做免费宣传。"

"这包是小贝送的，"何苗诚意拳拳的神情使她无法拒绝，严晴目光闪烁，羞涩地里外翻看着麂皮包，欲言又止，"用习惯了，换了新包我不适应。"

从恋爱到结婚，水蓝色麂皮包是贝红卫送过严晴的最贵重的礼物，没有之一。贝红卫第一次发薪便一掷千金，买下严晴一见钟情的水蓝色麂皮包，豪情万丈地称："老婆，以后我每个月工资都给你，把你喜欢的包包全部买回家！"

没能等到第二个月出薪，贝红卫就因和上司意见不合而冲动辞职。自此，他便走上一条"自己当老板不受气的"不归路。结婚三年，贝红卫倒过 U 盘，卖过散装酒，销过茶叶，也代理过山寨手机。最终，都因品质不过关及供大于求而惨淡收场。

每冒出一个新念头，贝红卫都拉着严晴的手，眉飞色舞地描述他的发家大计，胸有成竹地许诺："等我挣了大钱，咱们直接买套别墅。我自己开路虎，再给你买辆 TT。将来孩子出生后，直接送到国外受教育。"

每一个宏大的梦想都生于毫末，始于垒土，都需要切实的造梦资金。只正经上过一个月班的贝红卫勇于做梦，而为他梦想埋单的重任，自然落在严晴瘦弱的肩膀上。这些年严晴克勤克俭挣的工资奖金，攒的奖学金和买房基金，都在贝红卫接踵而至的梦想中化为乌有。

贝红卫乐此不疲地做着一夜暴富的美梦，严晴的生活品质便孜孜不倦地下降。

为了避免礼尚往来的社交，严晴已然修炼成古墓派武功，除了偶尔和闺密唐小恬碰面，其余时间就宅在租来的"龟壳"中，足不出户地守护巴掌大的家，和一个口若悬河的男人。

严寻礼见不得女儿受苦，背着杨翠玲在关外给女儿买了套二手小户型公寓，这才解决了严晴五年搬三次家的迁移生活。今年生日，为了省钱，严晴请唐小恬吃了一碗牛腩面，怡然自得说："吃面安全，清汤寡水的，一目了然。"

为了节约成本，面店老板谎称空调故障，只剩下墙上两台风扇，"吱吱嘎嘎"寥落地摇晃。挥汗如雨地吃完热汤面，唐小恬推开面碗，张开五指徒手在颊边扇风，撇嘴掷地有声地说道："严晴，我鄙视你！都混成这样了你居然还自得其乐！"

"我感觉现在挺好的啊。"

"同学四年，我怎么没看出来你有自虐倾向呢？35摄氏度高温挤在小破店里吃碗面，过个生日连带免费蒸了个桑拿，你敢说这日子挺好？"

严晴正要申辩，猛然间抬头撞见闺密即将夺眶而出的眼泪，忽地鼻头一酸，心虚地合上眉眼。

提起闺密不争气的老公，唐小恬就气不打一处来，不怒而威地问："捉襟见肘的日子还假装很享受，你为什么就不能劝他找份正经工作，踏踏实实攒几年钱，有了资本再做老板梦？"

"我相信他的出发点是好的，也是为了我们的将来。"不敢看怒气冲冲的唐小恬，严晴低眉顺眼搅动碗里的面汤，轻声细语地辩解，"可能他是有点好高骛远，但我总感觉，一个男人敢想敢做，要比光说不练强。"

"我倒宁愿他好吃懒做！"抽抽鼻子，抬起手背蹭掉不小心滑落的热泪，唐小恬深深地吐一口气，咬唇说，"养活一张嘴，比养活一颗心容易得多。野心比天高，实力比纸薄，华而不实的梦想只会把你拖垮。"

"权当投资吧。"抖抖肩，轻抚水蓝色麂皮包，严晴言轻意决地说，"婚姻的本质不就是一荣俱荣，一毁尽毁吗？既然有缘成为夫妻，就不该在他踌躇满志时拖后腿。他投资梦想，我投资老公。大家都是放手一搏，成功与否看造化，至少对待婚姻和伴侣的态度要端正。"

如同一位落难公主，长时间的各种侵蚀，使原本棱角分明的麂皮包日益柔顺。尽管张爱玲说过"爱就是不问值不值得"，但在严晴心里，水蓝色麂皮包如同一件价值连城的抵押品，早晚有赎回的一天。每每拿起质感削弱手感增益的麂皮包，严晴便于无形中获得一种温暖的力量，以告慰自己：这份投资，我总不会满盘皆输。至少，我曾经拥有他百分之百的爱。

严晴坚信，贝红卫值得她倾其所有。并认定，一旦他有能力回馈，他仍会对她毫无保留。

撂下褪漆的麂皮包，严晴换上拖鞋，顺手将拎在手上的红色塑料袋搁在鞋柜旁，神色严肃地挽起袖口，眼帘微垂，脚步沉重地走向盥洗室。

杨翠玲正巧端菜上桌，见严晴板着面孔，撇嘴嘟哝："这又是在外面受了谁的气，回家找我们撒气来了？"

碎碎地念叨着走向鞋柜，在围裙上擦一把手上的汗，杨翠玲猫腰将红色塑料袋袋口扯开，探手来回扒拉几下，沉下脸嘀咕："我

第一章 白日做梦的想法

这又是鸡又是鱼地伺候,人家买几个苹果就随便打发了。要不说,还是人家父女俩比我会过日子啊。"

严晴心事重重地拧开水龙头,瞥一眼水池边的肥皂,眉峰一攣,心想:人家省钱也不过省到牙缝里,这杨翠玲都省到指甲缝里了!一瓶洗手液才几个钱?再不济,买块香皂也好啊,至于这么糟蹋自己吗?

机械地涂抹、搓洗、关上水龙头,听见塑料袋窸窣作响,心下明白杨翠玲又在翻查、盘算她带回的"贡品"价值。严晴心中不悦,故意举着湿漉漉的双手,闲步走到杨翠玲视线范围内,连抽三张纸巾,仔仔细细地擦干手上的水渍。

杨翠玲果然按捺不住,撇嘴"啧"了一声,斜眼提醒:"唉呀,家里不是有擦手巾吗?"

"我不常来,搞不清楚哪块毛巾是擦手的。"严晴暗笑,扔掉蜷成团的面巾纸,倏地坐进沙发,跷起腿,抖着脚尖不以为然地说,"再说,一块旧毛巾那么多双手在上面擦来擦去,也不卫生啊。"

"都是洗干净的手,怕什么?"见她一副浪费得理直气壮的架势,杨翠玲气不打一处来。咄咄逼人地一把倒提起塑料袋,于半空中,囫囵将苹果滚进空荡的果盘,不依不饶地埋怨,"这人呐,别站着说话不腰疼。不当家不知柴米贵,真要真金白银掏生活费了,看你知不知道心疼!"

翻来覆去就知道算芝麻绿豆的小账,俗!这些年交手不下几百回合,严晴对继母的枪言棒语早已百毒不侵。心里嘀咕着,面上不动声色地往沙发背上交腿一靠,严晴摊开一沓报纸,"沙沙"的翻阅声,瞬间掩盖了杨翠玲的絮叨。

"你说我真是聪明一时,糊涂一世。"未曾发泄完的邪火,尾随杨翠玲的身影，从客厅一溜蹿进厨房，"我省吃俭用也不是为了我自己。我不精打细算，全家人都得一起喝西北风。"

婆婆的数落声，犹如深夜的春雨，滴滴答答地敲在何苗心上。经历过数算零钞过日子的人，不难理解杨翠玲的计较与无奈。猫腰从消毒柜中抽出碗筷，何苗小心翼翼地请示："妈，我明天得回趟老家。"不等杨翠玲数落，何苗赔上笑脸抢先声明，"我来回都坐火车，买硬座票。"

"春节刚过几个月，你又回家？"杨翠玲蹙眉，瞥一眼何苗，摆手叹气道，"你们就作吧。"掀锅倒出浓香四溢的尖椒鸡块，铲起锅底最后一滴酱汁抖进盘中，杨翠玲伸出食指，恋恋不舍地抹净挂在锅铲上的酱色菜汁，理所当然地伸到嘴边，吮着食指说，"好不容易挣几个钱，不是贴男人就是贴铁路局。兜里有一分钱都跳得欢腾，挣得不多花钱路子倒不少，将来节衣缩食都养不起孩子时，你们就该后悔年轻时过得太潇洒了！"

话虽不中听，到底是同意了。何苗不作声，低眉顺眼地端起盘子，步履轻盈地迈出厨房。

四菜一汤依次登场，杨翠玲边摘下围裙，边扯开嗓子喊："开饭！"

客厅里空无一人，只剩下七零八落的报纸散在沙发上。

穿透虚掩的书房门，严晴与父亲窃窃低语的身影依稀可辨。

"吃饭啦！三催四请都不动身，生菜都快凉成黄花菜了。"杨翠玲推开门，象征性地敲了三下门板，警醒地朝书桌张望，目光如炬地锁定第一排装着存折的抽屉。

"老严，咱的理财基金好像要下个月才到期吧？"瞄到抽屉有抽拉的缝隙，杨翠玲胸口一沉，克制地绷直身体，正色问，"银行经理好像提醒过你吧，如果提前赎回，利息只能按活期结算。"

尽管在生活上与严寻礼锱铢必较，但是鉴于自己不会操作网银，杨翠玲不得不将理财一事交给丈夫——他负责选择理财产品及执行操作，而她，只管输入密码。

"杨姨，你不用紧张。我回来不是找我爸要钱的。"继母如临大敌的神情，严重挫伤她原本薄若蝉翼的自尊心，严晴索性拉开抽屉，大大方方地取出存折，打开扉页，举到杨翠玲眼前，"您看好了，户名严晴。这是我托我爸保管的。我的钱，我要取回，没问题吧？"

"当然没问题。钱是你的？本是你的了。"杨翠玲一提肩，双手交抱，警戒心丝毫不松懈地反诘，"你一分钱不往家里交，省下来的钱都拿去贴男人，谁拦得住你啊？"

眼见妻子和女儿即将掀起腥风血雨，严寻礼急忙起身，摘下老花镜，将严晴拉到自己身后，凑到杨翠玲跟前，咧出两排茶色牙齿，打哈哈说："小贝也是拿那钱去做投资。年轻人眼界比我开阔，让他试试，说不定收益比搁我儿大。"

"投资？"杨翠玲干脆的笑声，卡在鼻腔里，斜眼打量严晴，"你让她自己说，那个贝红卫有班不上，正事不干，成天投资这投资那。几年了，他大大小小也做过不下十种投资了，有哪样投资是不赔钱的？"

"谁说他不干正事？"严晴扬起下巴争辩，"当老板是他的梦想。人人都能上班打工，但不是谁都当得了老板。虽然还没有成功，起码他有尝试的勇气。"

杨翠玲一挑眉，嗤笑说："清醒点吧姑娘！不立足现实谈梦想，那就是白日做梦！饿过肚子的人都知道，吃不饱饭根本睡不好觉，哪有力气做梦?'啃老'就够不道德的了,他一个大男人,靠啃老婆过生活,还有什么资格谈梦想!"

"我支持我的丈夫有什么错?"杨翠玲一针见血的评断,如同黄蜂腹后的毒针,直接刺中严晴最隐晦最柔软的内心。顾不上长幼之仪,合上存折揣进裤兜,严晴冷笑回击,"婚姻不是买卖,不是每对夫妻都利字当前,吃根青菜夹块肉都跟对方算得一清二楚。"

"就算不是买卖,婚姻也不是慈善。别好赖不分,我提醒你,是为你好。"杨翠玲一甩头,背过脸去,低声叹道,"你别以为不谈钱的婚姻多崇高。用钱喂养的感情,就像拿肉骨头喂狗,吃习惯了想改都改不掉。只出不进的感情长不了。不信咱们走着瞧……"

Mei dang
Bianhuan Shi

第二章 相亲是性价比最高的恋爱成市

就像是迷航的船只遇见了光,置身人声鼎沸的肯德基餐厅,眼尖的严晴一下子找准了唐小恬的位置,带着获救的欣喜,眉飞色舞地朝她飞扑而去。

"你说你,好好的住家饭不吃,非要来吃垃圾食品。"挪开庞大的帆布背包,唐小恬拍拍身边的空椅,哭笑不得地摇头。

"家?只要那个'杨熙凤'在,我是一秒都待不了。"

"去,怎么说也是你继母。"轻推她手腕,唐小恬细心地拆开番茄酱包,有板有眼地在汉堡盒内挤成一摊猩红的"颜料",倩笑打趣,"有你那么埋汰老人的吗?"

"说到贪钱弄权,王熙凤在她面前都是要甘拜下风。要说挖苦打击,她能让王熙凤跪服。"狼吞虎咽地啃下半个汉堡,喝掉半杯橙汁,严晴这才唇齿喷香地将自己与杨翠玲交锋始末表述一番,恰当地回避掉贝红卫要拿她的定期炒 H 股的重要起因。

"要我说，你杨姨说得没错。"耸眉抿嘴浅笑，适时为闺密递上纸巾，唐小恬言之凿凿地表示，"从恋爱到结婚，整整九年了，你把最好的青春给了贝红卫，他除了一个破包，还给过你什么？一个不切实际的梦想，就理直气壮地耗光你的血汗钱。这种堂皇而无度的需索，比宇宙黑洞更具毁灭性，早晚会把你蛀空的。"

"难道我要向她学习，做个葛朗台一样的女人，处处提防，事事算计？"眉锋耸立，颧骨上扬，严晴不屑地撇嘴说，"我不是没有那样的脑筋，只是不齿于那样的婚姻。把生活当高数一样步步为营，爱还有立足之处？"

"傻姑娘，生活比高数难解多了！"捻指轻弹严晴饱满的额头，盯着桌上凌乱的残余，唐小恬正色沉吟道，"假以时日，你自会懂得，你那点儿女情长，在强大的生活旋涡前，只是一摊绵软无力的杂碎。"

对于生活的本质，年轻五岁的唐小恬，兴许比严晴更有发言权。

一年初秋，唐小恬的父亲骑着老旧的摩托，驮着妻子和两筐刚摘下的苹果进城。临行前，母亲将唐小恬叫到身边，夹起衣角擦净一个苹果塞进女儿手中，捧着她水灵灵的脸蛋狠啄两口说："甜囡乖，在姥姥家等妈妈回来。妈妈卖了苹果给你买花裙子。"

唐小恬啃着鲜艳欲滴的红苹果，似懂非懂地点头："甜甜乖，等妈妈和花裙子。"

红苹果吃完了，扔在树下的果核已腐烂成泥，唐小恬仍没有等到妈妈和花裙子。

有些人，相看两生厌，以为彼此嫌隙的日子无止无息，却不知，对于另一些彼此深爱的人而言，天人永隔只在刹那之间。

为了躲避一群黑颈野鸭，唐小恬的父母连人带车撞上了迎面而来的大客车。客车毫发无损，两筐苹果被碾成了果泥，鲜红色的果浆流了一地，分不出哪些是苹果汁，哪些是血。

唐小恬的父亲送院前就已停止了呼吸。他在知觉沉睡前的一瞬间，张开手臂试图护住身后的妻子，遗憾的是因为冲击力太强，大客车的保险杠正正撞中她的腰椎，继而她因操劳而过早生华发的头颅，重重地磕在客车挡板上。

因颅内严重出血，唐小恬的母亲在送院途中，含糊不清地喊着"甜甜"，渐渐停止了心跳。

成年后，唐小恬主动到户籍处申请，将本名"唐甜"改成了"唐小恬"。

"我们家以前靠种苹果卖苹果生活。你们也知道，苹果越甜越有市场。所以爸妈给我改名'唐甜'。但现在我们不种苹果了，我也再不吃苹果了，所以我要改名。"

被逗喷的户警在申请表上盖上公章，唐甜从此更名唐小恬。

"恬是安然的姿态。"唐小恬曾轻描淡写地告诉严晴，"生活不会永远甘美如蜜。我希望培养内心安静的力量，去迎接命运翻云覆雨的安排。"

自父母意外双亡，年仅三岁的唐小恬便游宿于各房亲戚家，靠察言观色来维持自己与亲人间的亲疏远近，靠少说多做为自己赢得屋檐下的居留权。吃百家饭长大的唐小恬，六岁已能站在小板凳上炒菜烧饭。寄宿在乡下表叔家的那几年，为了糊口，唐小恬冬天随表叔卖过烤红薯，夏天和表婶一同推板车卖过西瓜。说起成长经历，唐小恬总是风轻云淡地说："当你无时无刻不在琢磨如何能吃饱时,你根本没有精力感慨日子苦不苦。感怀与感伤,都是闲人的消遣。"

闺密二人正有一搭没一搭地闲扯,"做我老婆好不好"的手机铃声兀自唱响。俏皮地挤挤眼睛,严晴捂住话筒,笑里透着蜜,声音里带水地说:"老公,我马上吃好了。一会儿就给你打包麦辣鸡腿堡回去。"

"钱的事怎么样了?"手机另一端,贝红卫焦急地单刀直入问道。

"没问题了。回家再说。"

"老婆真好,爱你!"

"我也爱你。"羞赧地浅吻手机,一只手麻利地收起打包好的食品,严晴弯月似的眼里充满盈盈的笑意。

"我算是服了。"唐小恬一反眼,摊手无奈地表示,"你来吃垃圾食品,就是为了给他打包?他就因为一个汉堡,爱你没商量?"

"不是,"话到嘴边,严晴及时收住口风,生怕泄露再生事端,继而晃动手中的可乐,嬉笑打趣,"不是你说的吗,生活就是衣食住行。所以他不光因为汉堡爱我,还会因为一杯可乐爱我呐!"

"姐,只有动物才为了温饱聚居在一起。人该有更高层次的精神追求。饿了,你端去一碗饭;渴了,你递上一杯茶。这是生活,但不是爱情。你一味地供给,满足他的需要,是母性作怪,不是爱恋。没有灵魂的契合,没有共同的成长,仅限于生活层面的互助,充其量只是类似于动物间的低保户的感情。"

"行了行了,小贝还在家等我呢。"严晴挎上包,臊眉耷眼地提上食物,撇嘴嗤笑,"情感'砖'家,我先走了。改天再找你取经哈。"

唐小恬苦笑摇头，突然想起什么，一把拽住严晴，神色严肃地叮嘱："对你杨姨温和点，日后若有风吹草动，家才是唯一收容你的地方。"

"拉倒吧，我用不着她收容。"扭脸冷笑，严晴掷地有声地说，"将来真有什么事，我也不会回去求她收留。我才不要受她的气。"

轻拍她剥壳鸡蛋似的光洁的面颊，唐小恬颦眉，语重心长地说："到了必须要受气的时候，你就会明白：相较于生活的艰辛，自尊心受点委屈，真不算什么。何况，她也是为你好。正所谓话糙理不糙。老话不是说嘛，'老牛的肉有嚼头，老人的话有听头'。"

"得得得，老牛的，老人的我都听还不行吗？真不跟你扯了。"挣脱唐小恬，严晴一溜小跑，边回身挥手说，"小贝吃汉堡一定要吃热的，先走了啊，拜拜。"

"又是小贝。"唐小恬耸肩，撇嘴嘟哝一句，悠然地坐下，捧起未完的热咖啡，顺便抬起眼皮，给一旁偷摸打量她的屌丝男，扔去一个干脆的"卫生球"。

严晴连蹦带跳地冲出地铁站，小心翼翼地捧着微温的汉堡，一溜小跑上了楼。

"快，趁热吃，薯条还是脆的。"气喘吁吁地推开门，严晴眉眼含笑地将食物递上前去。贝红卫像发现新大陆一般，扔下电视遥控器，"哧溜"一下跳下沙发，来不及穿拖鞋，两眼放光地赤足冲到严晴面前。

双手绕过汉堡袋，仓促地拉开包链，迫不及待地探进麂皮包内，贝红卫俯首翻腾摸索着，急不可耐地追问："怎么就一本存折？

放你爸那儿的钱,是不是都拿回来了?"

"没有,"见丈夫翻找钱时失魂落魄的模样,严晴不觉有些心慌,身子不由自主地微微后仰,慢条斯理地阐述,"我爸说,那五万存的是定期,下月底就到期了,现在取出来不划算。这里面有两万,你先拿去试试水深。"

"两万够干什么吃的?"因为发量稀疏,贝红卫长年留着板寸。寥落的发根,屡屡在贝红卫情绪激昂时,不遗余力地力挺他。此时,稀疏而短小的发根正分明地立起,形象地诠释了"怒发冲冠"一词。

"什么快到期、不划算,都是借口。"适应能力强既是人的强处,有时难免延伸成另一种劣根性。绝大多数人被善待的过程,总是从最初的受宠若惊,到习以为常,最终,理直气壮。如同温水煮青蛙,经年累月的温暖容易教一个人忘记感恩——既然你为我付出那么多那么久,理应善始善终。比如此刻从发家致富的美梦中惊醒的贝红卫,因了习惯妻子毫无保留的付出,一旦严晴的善行打了折扣,反倒成了她的罪过。

像极了动画片《猫和老鼠》中屡屡失手的笨猫,带着失败者特有的气急败坏,贝红卫抓过纸袋,将汉堡、薯条和炸鸡翅,一股脑儿倾倒在茶几上,气鼓鼓地踢开拖鞋,一屁股坐在地上,恼羞成怒地斥责:"你爸不信我,你也不相信我。防我跟防贼一样,你别忘了,我是你老公!"

在险些得手与美梦落空之间,"捕猎者"常常难以自处。一个人越无作为时,自尊心反而越强大。兴许一无所有,那无形无色的尊严反而成为他聊以自慰的"拥有",甚至是他唯一可以把握和炫耀的资本。贝红卫以一种不容侵犯的姿态,迅速将茶几上的食物扒拉进垃圾桶,攥紧拳头,趾高气昂地表示:"别瞧不起人,没有你,我照样饿不死!"

眼看自己护在胸口怕凉,连跑带颠怕散,费尽心思捎回来的食物倾巢而下,四仰八叉地枕在腐坏的果皮和残留着鼻涕的卫生纸堆里,严晴一下气青了脸。"扑通"一声盘腿坐下,严晴瞪大了眼睛凝视贝红卫,胸脯像压缩机似的高低起伏着,眼眶逐渐泛起泪影。

"别整出那委屈相,好像我怎么你了似的。"闪避着妻子噙泪的目光,贝红卫心中五味杂陈,像是打翻了调料架,一时间糖姜盐醋辣椒蒜,统统在心尖翻滚。知道自己言行过激,却无法平复自己空欢喜的失落。加之妻子委屈的神色加重了他的无力感,贝红卫只能僵直身子,语气冷硬地说,"你不信任我,我理解你。那钱你给自己留着吧,我另外想办法。"

严晴并不知道,许多人,尤其是男人,他们的愤怒往往出于对自己无能的愤慨。想到自己为一点钱没少受杨翠玲奚落,回家还要看丈夫脸色,严晴也按捺不住怒火,"啪"的一声将存折扔向茶几,盛气凌人地说:"说话做人要讲良心。哪次你要钱我没支持你?我又不是人肉提款机,怎么可能常取常有?反正我能给的都给了,要不要你自己看着办。"

"要钱?话别说得那么难听。"一把抽回正伸向存折的手,贝红卫一反眼,紧握的拳头猛然擂向坚硬的瓷砖地板,紧咬槽牙一字一顿地说,"严晴你给我听好了。我不是乞丐,不需要向谁讨钱!从今往后,看紧你自己的小金库。只要是你的钱,我一个子儿都不会要!"

严晴眯着眼睛咬着恨,怒不可遏地拽过麂皮包,正要在热泪滚落前夺门而出,却瞥见贝红卫搁在地板上的拳头,难以自持地战栗着。严晴定睛一看，殷红的鲜血，分作几股红流，攀着贝红卫干燥的骨节，从他龟裂的指缝中，汩汩溢出。

他粗大的手上幼细的伤口，登时将她的心撕裂出若干条间隙。从他紧锁的眉心，她切身地体悟到他正强忍的尖利的疼痛。

爱情，让女人的心变成一台灵敏的仪器，非但对对方的喜怒哀乐感同身受，甚至不可估量地将其放大。他疼，她于是比他更疼。

眼泪夺眶而出，严晴一跃而起，跌跌撞撞地跑向急救箱，以最快的速度翻找出双氧水、云南白药和创可贴，一个箭步奔回贝红卫身边，战战兢兢地抬起他的手，泣声说："老公，你忍着点，我给你清洗一下伤口再上药。不怕哈，很快就不疼了。"

仿佛雕琢工艺品一般，严晴梨花带雨地捧起丈夫的手，呵气如兰地吹去浮灰，用镊子夹起浸过双氧水的棉球，轻柔地擦洗伤口，捻开云南白药，精细地洒在伤口上，最后撕开创可贴，稳妥地覆盖住他掌间的裂缝。每一个步骤，她都提心吊胆，就连呼吸，都赔尽小心，生怕手重弄疼了他。

"傻瓜。"温柔地拨开妻子蓬乱的发梢，凝视慌张的严晴，贝红卫眉宇的剑气渐散，声轻如蚁地说，"小傻瓜，我不疼。一点儿都不疼。"

"老公，对不起。"脑袋贴在贝红卫胸前，扳过他粗壮的手臂，鉴赏古瓷似的轻托他受伤的手掌，小心翼翼地偎下脸，捧在自己手心中摩挲着，严晴低吟，"我知道你做什么都是为了我，为了这个家。我知道这个时候，你最需要我的支持和鼓励，我不该跟你乱发脾气。"

"该道歉的人是我。"垂首浅吻妻子的发际，一手环抱住她的腰，贝红卫喉头哽咽道，"这世界上再没有人能像你一样信任我，器重我，支持我，容忍我。是我无能，一次又一次辜负你。"

"胡说！"转脸反拍他肩膀，严晴樱唇半张，楚楚动人地说，"我们吃一锅饭，睡一张床，共用一个抽水马桶，我是你最亲密的人，说什么谁辜负谁？"

迎着她灼灼的目光，他深深地吻了下去。

华灯初上，贝红卫轻轻抽出被严晴枕得酸麻的胳膊，借由窗外隐约的灯光，拉开床头柜抽屉，取出紫丁香色亚克力发夹，拨弄妻子凌乱的长发，笨拙地夹起一撮，柔声说："你原来的发夹断了好几根齿，我路过精品店看见这个打折，就给你买了一个。"

起身打开吸顶灯，顺手将梳妆镜递给严晴，像个做了好事等待表扬的孩子一般，贝红卫欢天喜地地问："看看，喜不喜欢。"

"嗯。喜欢。"侧脸打量发间歪歪斜斜的发夹，严晴的心，像柴火煮雪一般，暖暖地，不着痕迹地融化了。

"老公，"对镜思量片刻，严晴拉过贝红卫的手，头依在他壮实的胸膛前，言轻意决地说，"明天我再去跟我爸说说。投资讲究先机。反正定期利息也没几个钱，早点取出来给你得了。"

贝红卫怔了怔，有些意外，却又似乎早有准备，脱口而出说："我同学在证券公司，他给的消息百分百可靠。再说……"

"不用详细交代。"严晴匆忙打断丈夫，一双细嫩若豆腐的手，水蛇一样缠住了他，"我不需要知道你做什么，我只需要知道，我爱你。我相信你。"

不足三十元的发夹，和庞大的七万元相比，不过九牛一毛。

然而对严晴来说，一点儿用心的小恩小惠，一个细微的惦记，足以回馈她的倾囊付出。

深陷爱海的女人，往往更看重价值，而非价钱。

日暮将尽，雨后的天空宛若一个烟视媚行的女子，呈现一片幽暗的妩态。

阔步走出会议室，唐小恬一手提着手拎包，一手抓着文档，弓身与格子间的助理交代项目细节。听闻一串窸窣的细笑，唐小恬猛一抬头，只见严晴笑吟吟地倚墙而立，手里提着她最爱吃的蛋挞。

"唐总，夜宵时间都快过了，你还不打算放人家去吃晚饭？"

"我约了你吗？"唐小恬一脸茫然，下意识地摸出手机，垂眼翻找日程表。

"就咱俩这关系，请你吃饭还要预约啊？"严晴嬉笑着夺过闺密的手机，一把揽过唐小恬俏丽的香肩，不容置否地吩咐，"给你三分钟去洗手间，换衣服，然后咱们去吃螺蛳粉。"

"唐总，远达的郭总约了您今晚去中森明菜……"一旁的助理站起身，面露难色地提醒。

唐小恬一抬肘，示意助理"Stop"，言简意赅说："改明晚吧。你就跟他说明天我做东。"

"你有正事，我改天再找你。"话音未毕，严晴放下热乎乎的蛋挞，转身要走。唐小恬一把攥住她衣袖，嫣然一笑："你少跟我装正经。机器人还需要停工上机油呢，何况你无大事不登门。"

"走吧。"唐小恬一甩头，从手拎包里抽出丝巾，风风火火说，"用不着三分钟，电梯口见。"

坐落在繁华商圈的柳州螺蛳粉，是各大团购网推崇的必食之处。不足五十平方米的店面，只能容纳十二桌散客，因而任何时间都是人满为患。数年来，粉店老板坚持奉行卖光打烊的店规。无论生意好坏，每天只定量出售粉和炒螺。一到周末，周边餐馆灯火通明，粉店却早早请出"铁将军"，提醒慕名而来的食客：今日已毕，明日请早。

严晴曾好奇地打听："你们生意那么好，为什么既不扩张，也不接受加盟呢？"

"生意做那么大干什么？"属于微胖界的老板娘，其貌不扬，衣着也不起眼，甚至连声调都平淡无奇，"够吃够用就行了。生意做大了，累的是自己。何必？"

同样的人生，却少有人真正拥有见好就收的智慧。有些人像是贪得无厌的渔夫之妻，总是得一望二，不安于当下所拥有的，最终在无度的需索和追逐中，一无所有。

"高人！"仿如一口烈酒穿肠而过，身心内外都抖了个激灵。严晴钦佩地朝老板娘竖起大拇指，爽快下单，"给我一碗排骨螺蛳粉，外加一份酸笋炒螺！"

此刻，这家粉店照旧人头攒动。陌生的食客们比肩而坐，守着自己面前的美食，吃得不亦乐乎。密匝匝的汗珠，顺着两颊轮廓，细落而下。唐小恬从手拎包里袋，抽出一条棕色发圈，胡乱将头发绑成冲天马尾，继而从脖间抽下渐变橙色丝巾，随意塞进包内。

"你说你什么命！"见她香汗直流的狼狈相，严晴摸出便携式小风扇，伸到唐小恬面前，嬉皮笑脸地打趣，"有日本料理不吃，挤这儿跟我吃臭水塘里的田螺。"

"我愿意。"唐小恬蛾眉轻扬，美目盼兮，"这世上没有免费的晚餐。谁也不是傻瓜。还是跟你吃饭轻松，因为你不图我什么，只让我占你便宜！"

"去你的！"严晴佯怒，朱唇微噘，"请你吃碗粉就是占便宜，那你平时请我吃比萨吃牛排,我不是总占你大便宜?我脸皮有那么厚吗?"

"小心眼儿。"说话间,唐小恬已用温茶将二人的碗筷涮了一遍,娓娓说道,"拿这丝巾来说吧,我能花二十五分之一的价格获得同样的质感,我为什么要买贵的?同理,一样是吃晚饭,那边得留着心眼战战兢兢地吃,这边吃得不设防,我为什么不让自己吃得舒服一点儿?"

无怪说生活是最伟大的老师。尽管年长五岁,在生活智慧上,严晴远不如唐小恬。毕竟是株自然生长的植物,严晴为人处世总是不温不火。而用唐小恬自己的话说,她属于拔苗助长的早熟产品,待人接物自有一套,而且可圈可点。

靠着奖学金、做家教、假期里奔走于各大展会兼职当翻译,勤工俭学的唐小恬顺利从重点大学毕业。毕业后,品学兼优的唐小恬舍弃了大公司的橄榄枝,选择了一家起步不久名不见经传的私人传媒公司。告别晚会上,昔日同窗拿她当二货典范,唐小恬毫不介意旁人的取笑,不痛不痒地说:"人各有志。你们喜欢做主板上的一颗螺丝钉,而我喜欢做一颗螺丝上的螺帽,仅此而已。"

毕业两年,同窗仍为一官半职钩心斗角时,唐小恬已从曾经的新人晋升为公司元老。其间,公司曾遭遇现金流短缺,贷款无望的低潮期。即使半年开不出工资,同期入职的员工作鸟兽散,唐小恬依然坚守岗位,不离不弃。于是,在公司业务蒸蒸日上的成长期,唐小恬的薪金与职位也水涨船高。毕业四年,昔日的小助理已然跃升为副总,颇有一呼百应的英姿。

严晴不止一次打趣:"如果你对待感情也像对工作这么执着坚定,说不定早就老公孩子热炕头了。"

"两码事。"一偏头,扬起光洁翘立的下巴颏儿,唐小恬满不在乎地表示,"爱情跟事业不一样。工作是只要你认真坚持就一定会有收成,但在爱情里用功刻苦的孩子不一定能考满分。事业是高付出高回报,感情是高投入高风险,聪明人都知道该怎么选。"

话虽如此,唐小恬也没少在爱情里干得不偿失的"傻事"。经历过血染的风采,很少有人能像初生之犊那样,无惧无畏地重返情场。此后五年,唐小恬看似学聪明了。谈过的深深浅浅的几次恋爱中,一旦势头不对,她即全身而退。

"我也想像'金三顺'一样没心没肺,永远像没受过伤一样恋爱。"某个凉风撩人的夜晚,酒过三巡后,唐小恬眼神迷离地远眺蜡染一般的天幕,眉目间展露罕见的柔情,"但世界上有几个成年人能像婴儿一样吸奶嘴、爬行、尿床、肆无忌惮地哭闹?没办法,这就是人生。历事炼心,我总要成长。代价就是丧失单纯天真,甚至拒绝信任。"

"话别说太满,"严晴醉眼蒙眬地端详面前这个容貌姣好的女子,言之凿凿道,"你只是没有遇见对的人。"

所谓"对的人",不过是他的出现能够推翻你所有预设的期待,甚至颠覆你曾有过的疑虑和避让。"对的人",就是让你无路可退,想躲也躲不掉的那个人。严晴坚信,一旦"对的人"出现,唐小恬依然会为爱犯傻,甜蜜地幸福地咕咕地冒傻气。

此刻,严晴正第 N 次为闺密遇见"对的人"而孜孜不倦地努力着。

"下周哪天有空?"趁着唐小恬聚精会神挑田螺的间隙,严晴冷不丁问,"有没有兴趣相个亲呀?"

"你这是要毁我!"唐小恬大惊失色,一激动,暗红色辣椒油飞溅而出，吓得相邻的食客颦眉一闪。

"你向来追求性价比，"无视旁人好奇的目光，严晴呷一口茶水，兀自喋喋不休，"我给你算一笔账哈。相亲的对象肯定是介绍人知根知底的，这就节省你们从星座血型开始没话找话聊的时间成本，相亲的目的是最直接的，相中了一起朝着结婚目标前进，相不中就从此互不打扰各自安好，这又避免了任意一方只恋爱不结婚的耍流氓行为，节省了时间和感情成本……"

"赶紧打住！"挑起一块螺肉，不偏不倚地塞进严晴口中，唐小恬扔下牙签，佯装收拾东西要走，没好气地警告，"你再啰唆，我立马走人！"

"还有很多相亲经济实惠的好处我没说呢。"严晴一撇嘴，睫毛扑闪，委屈地嘟哝。邻座的中年妇女捺不住好奇心，侧身凑近，眉开眼笑问："姑娘，还有哪些好处？说说，我回去好说服我姑娘。"

"唐小恬，我问你。"不理会中年妇女的打岔，严晴一抬眼，正色问，"为什么叫相亲相爱？而不是相爱相亲？那不就因为要先相亲，才能相爱嘛！"

"你简直胡搅蛮缠！"好端端的成语，经严晴一曲解，倒真像是为了时下流行的节目应运而生的广告。唐小恬被她一本正经的神情逗乐了，放下手拎包，坐回原位，啼笑皆非地反问，"那我问你，买的自行车比较被爱惜，还是捡的自行车比较被爱惜？相亲就好比你在路上看见一辆自行车，顺手牵回家，不花钱不费心思，你自然不会爱惜。我承认节约是种美德，但爱情不一样。连成本都要精密估算的，还能叫爱情吗？"

"不管是买的还是捡的，我都一样爱惜。"像是听不懂闺密的隐喻，严晴避重就轻地回答。言毕，煞有介事地点点头，"对，都是自行车，管它是买的还是捡的，都得经常打气、上油、换胎、擦干净，不是吗？"

手握住垂下的钥匙，以避免金属碰撞发出声响。肩膀稍稍一耸，即将滑落的包带稳稳地停在颈窝深处。何苗蹑手蹑脚地推开家门，暗自庆幸被盗那天没有像往常一样，将钱分装进钥匙包内。

"典型的小市民。"刘念时常这样打趣，"身上所有的钱拢作一堆，也就是几张便笺纸的厚度，还非要东躲西藏，让自己看上去很富裕。"

不要把所有的糖果装在一个罐子里。自幼，何苗的父母就这样教育她。美其名曰说，做人要懂得给自己留后路和希望。懂事后，何苗才理解背后的苦衷。由于家境贫寒，难得给孩子买一次糖果，为了让这份甘甜停留得久一点，母亲总是把糖袋拆开，将糖果分装在不同地方。"糖果也爱玩躲猫猫，"母亲慈爱的目光悠悠地落在女儿红扑扑的脸蛋上，一面用五指代替梳子，为何苗扎小辫，"如果一下子把它们全找到，游戏就结束了。所以你要慢慢地找，每天找一颗，和糖果一起做游戏。"

有一次，何苗刚从米缸中掏出桔子味的水果糖，扒去透明的糖衣，欣喜万分地放进嘴里。转过身，又在灶台上脱了漆的暖瓶缝隙间，发现一颗话梅糖。十岁的何苗，以迅雷不及掩耳之速，一下子将话梅糖捏进掌心，心如鹿撞。下意识地四下张望，父亲正猫腰蹲在灶前生火，母亲背对着她，冻得通红的手熟练地摘去枯黄的菠菜叶子。江南的深冬，阴潮凛冽，穿堂而过的寒风割肤刺骨，何苗攥着话梅糖的小手，却涊湿一片。"放回去还是藏起来？"的念头一闪而过,在母亲转头的瞬间,何苗将湿漉漉的手,迅速揣进棉裤口袋。

那天的晚饭,何苗食不知味。母亲摸着她的额头问哪里不舒服,避开母亲关切的目光,何苗红着脸撒谎说放学时同桌的娜娜分给她半根烤玉米,所以不太饿。何苗担心,自己会像童话中的皮诺曹一样长出长鼻子,因而不时捧着母亲的小镜子摆动脸颊观察自己的鼻子。"坏孩子"的羞愧,使十岁的何苗忘记了话梅糖的美味。整个晚上,何苗坐立不安,尤其在母亲取暖瓶给她洗脚时,一颗悬着的心顿时提到了嗓子眼。好在母亲并没有觉察糖果失踪,何苗就这样提心吊胆地熬到熄灯,摸黑将话梅糖放回原处,这才踏踏实实地熟睡过去。

和糖果躲猫猫的游戏持续了很多天,何苗始终没有拿起那颗藏身暖瓶间的话梅糖。即使靠近灶台,都会让她为自己一时的贪心而面红耳赤。从忽略到遗忘,何苗一直以为,忙碌的母亲和自己一样,渐渐忘记了话梅糖的存在。事隔多年,当她凭一己之力把父母从乡下接到金华居住,母亲在搬家那天突然从层层包裹的旧棉袄口袋中,翻出一张绛紫色话梅糖纸,意味深长地说:"我就知道,我姑娘比我们强,早晚会有出息。"

目不识丁的母亲,或许说不出"节制与诚实是做人最宝贵的品质"这样的大道理,但她深知,一个在饥饿与贫困中长大的孩子能够做到"不贪吃",将来一定有出头之日。

不是每一个人,都能在利益面前紧急刹车。如同孩子抵抗糖果,男人抵御功名,女人无视吹捧,能够战胜欲望的人,至少不会在大是大非时行差踏错。事实证明,何苗那不识字的母亲确有先见之明,从十岁开始抵制口腹之诱的女儿,日后从不误拿不属于自己的一针一线。在繁花似锦的诱惑中，何苗始终保有一颗纯洁的心，不被利益牵动，不迷失本真的自我。

蹑手蹑脚地穿过客厅，何苗轻轻推开斑驳的房门，门板与门框摩擦生出的"吱呀"声，惊动了卫生间里的母亲。

"谁？"母亲在黑暗中摸索着走到门后，顺手操起通马桶的撅子攥在手中，半掩房门遮挡住身子，偏头探出脸，警觉地问。

"妈，是我。"

"你怎么不打招呼就回来了？"听见女儿熟悉的声音，母亲如释重负地放下撅子，步出卫生间，诧异地打量从天而降的何苗。

年过半百的母亲，毫无征兆地、赤条条地站在自己面前。何苗心下一惊，瞠目结舌地张望母亲的裸体，半晌说不出话来。两月不见，母亲又瘦了一圈，突出的锁骨像从干涸贫瘠的河床中突起两颗鹅卵石。灰白稀松的短发瓦片一般贴紧头皮，宛若幼时滴雨的屋檐，滴滴答答地淌着水。枯黄干瘦的双臂，停摆在身体两侧。正值梅雨季节，江南雨水丰沛，潮气延绵。西北朝向的出租屋原本光线微弱，加上缺少日照，墙壁四处可见成片乌青色的霉点，空气中隐约带着腐朽的味道。熹微的晨光中，全身赤裸的母亲，微佝着背含着胸，站在一片腐败之中，乍眼一看，不到六十岁的人，已苍老瘦削得如同一具风干的木乃伊。何苗的心，登时被蜂蜇似的疼痛难忍。在那些买家秀的照片里，何苗分明见过和母亲年纪相仿的妇女，她们丰腴优雅，从容贵气，秀色可餐。相较于勤恳一生的母亲，时光仿佛对那些养尊处优的女子格外怜惜。

眼泪不由分说地弥漫开来，何苗慌忙抬起手背，于昏暗中，抹掉滚烫的泪水。深深地提了一口气，哽咽地问："妈，你洗澡怎么不开灯？"

"大白天开什么灯？"当着女儿的面，母亲毫不顾忌地扯过毛巾，胡乱抹干身子，利索地套上松垮的米色罩衫，不以为然道，"开灯多费电啊，我眼神好着呐。"

"光线这么暗，地板又湿又滑，万一摔跤了怎么办？"何苗含泪嗔怪，背过身去，打开灯，从行李中翻出给父母买的衣物、点心及保健品，一面仔细嘱咐，"白瓶的是卵磷脂，是软化血管降血脂的，你负责监督爸爸，让他每天吃两次，一次吃一粒。饭前吃。绿瓶的是辅酶Q10胶囊，保护心脏的，也是一天两次一次一粒，你要坚持吃。另外那两瓶是维生素，和原来一样，你们每天吃一次。"

"上次带回来的都还没吃完，"摆弄这些瓶瓶罐罐，一丝不苟地研究着瓶身上她看不懂的文字，母亲心疼地嘀咕，"全是外文，这得花多少钱啊。我们身体好着呐，你不要总花冤枉钱。"

经年的操劳早已透支了父母的健康。每当翻风落雨，母亲的关节便如同蚁噬般酸痛。曾经一口气收割一亩稻田的母亲，如今爬上6楼都会头晕、心悸。饶是如此，何苗不愿意与母亲犟嘴。无私的母亲向来不重视自己的安康，任何苗如何解释，母亲依旧将女儿视作世间最要紧的人，生怕自己给她添一丁点的负担。

将带回的礼物摆放好，屋里屋外地环视一周，何苗找出抹布，踩上椅子，清理着历久失修的墙面上斑斑点点的霉渍，不容置否地说："妈，你有空打听一下。等租约到了，跟爸搬到市中心去吧。"

"这里住着挺好的，离菜场近，下楼走几步就是公交站，楼上楼下的邻居都处得不错。"见女儿锁眉不语，母亲及时收住话锋，打岔问，"对了，你怎么突然跑回来了？"

"回来办点事。"怕母亲担心，何苗避重就轻地回答，只字不提被盗丢失证件一事。

们觉得呢?"

"是是是,"母亲在桌上死死摁住丈夫的手,诚惶诚恐地说,"我们也没什么盼头,就希望闺女能有个安生落脚的地方。我们都是本分的农民,没多大本事,这些年就攒了四万块钱,就给孩子们置办点家电吧。"

至此,双方家长首次会面,和谐落幕。自此,双方家长再无往来。

回到金华,脚还没落稳,何苗的父亲就催着妻子去银行,把钱转给闺女。

"她那个婆婆不好惹,"父亲用袖口擦汗,气喘吁吁地说,"咱家人穷,但不能志短。快,赶紧把钱汇过去,别让闺女落下话柄。"

家电钱有了,杨翠玲承诺的首付款却迟迟不见动静。为此,母亲多次私下打听。问急了,何苗便口不择言地责怪:"妈,你从小教育我做人不能贪心更不能贪钱,你现在怎么动不动就提礼金礼金的!"

"傻孩子。妈妈看重的不是钱。"母亲摇头,苦口婆心道,"礼金多少不重要,重要的是你婆婆的态度。她如果看重你,你才有好日子过。"

何苗心头一紧,鼻头一酸,大言不惭地撒谎说:"放心吧,早就给了。我们还在观望,等合适的时候就买房。"

第三章　不是冤家不聚头

进入华南前汛期，老天爷就跟三岁孩童似的，翻脸比翻书速度还快。

方才还是艳阳高照，从会议室出来，窗外雨雾迷蒙，方圆五里内的能见度几乎为零。从办公大楼到公交站不过二百米，唐小恬一蹦三蹿地跑向站台，瓢泼大雨已然将她浇透。

正值下班高峰期，熙来攘往的车辆挤满了归心似箭的人儿。大庭广众下，唐小恬除下高跟鞋，赤足而立，先将鞋内积水倾倒而出，继而提起裙裾，拧出一注清流。狠狠地拨开贴在脸颊两端凌乱的发丝，唐小恬摸出手机，嗔怨道："行啦，你别催了。这个点哪儿那么容易打到车啊！难得我抽风给自己'限行'一天，居然碰上雷雨，鸡煲没吃上，我先变'落汤鸡'了。哎，前面有辆的士下客，先不跟你说了……"

一手将挎包举过头顶,一手提起裙角,唐小恬踩着鞋跟,踉踉跄跄地跑向停靠在不远处的的士。猫腰钻进后座,利索地抽出湿巾拂去鞋面的泥浆树叶,唐小恬头也不抬地嘱咐:"师傅,麻烦去中心书城。"

"小姐,光天化日之下拦路劫车不合适吧?没看见这儿还坐了个喘气的吗?"夏晓光稍一侧身,歪脖打量闯进来的冒失女子,不怀好意地打趣道,"唉哟喂,我忽然间理解什么叫'出水芙蓉'了。这妹子让大雨一浇,真够水灵的。"

"臭流氓!"唐小恬一惊,猛然扬眉,这才发现副驾座上端坐着一个与她年龄相仿的男子,衣冠楚楚但眼神戏谑。狠狠地刮了他一眼,二话不说将挎包举到身前,唐小恬咬牙切齿地瞪着他,"再多说一个字,收拾你!"

"就你这细胳膊肘儿细腿?"上下扫视身后这个不足百斤的姑娘,夏晓光由衷地"切"了一声,蔑笑说,"妹子,别说哥没提醒过你。哥可是空手道蓝带!"

"蓝带?你啤酒啊你!"唐小恬将裹着树叶泥浆的湿巾攥进掌中,毫无征兆地忽一扬手,作势投掷,夏晓光敏捷地一偏头,双手交叉护在脸前,警觉地与她对视。

"二货!"唐小恬兀自轻声嘀咕。清清嗓子,唐小恬隔着护网轻捅司机肩膀,"师傅,麻烦去中心书城,我赶时间。"

夏晓光何曾遭遇此等冷落?三十岁的夏晓光正值男人的黄金时代,横看一表人才,竖看仪表堂堂,毕业于复旦大学,在外企混了个部门经理的金字名牌,已使一众红颜竞折腰。加之他弹得一手惊艳的吉他,模仿歌神张学友时惟妙惟肖,游泳篮球样样精通。无论校园内外,抑或公司上下,多少待字闺中的女子难抵挡他的倾城一笑。偏偏眼前这个仓惶若从猎犬嘴下逃脱的野兔一样的女子，莫名其妙地闯进他的视线，自身狼狈不堪，却如此目中无人。夏晓光冷笑一声，心中那团叫作"征服"的火苗，旋即被她略带挑衅的眼神，瞬间点燃。

"喂，你真拿无耻当通行证了？别仗着自己那几分姿色为所欲为，不是每个男人都会给美女亮绿灯的。"眼尾瞟一眼后座的女子，夏晓光横眉冷对道，"何况，你还算不上漂亮。"

"你说谁无耻？"唐小恬一提肩，出其不意地将裹着树叶与泥浆的纸团，照着夏晓光洁净的脖领掷了过去，怒气冲冲地扬起下巴，"你才无耻！你祖宗十八辈儿都无耻！"

"嘿，你中午吃了豹子胆吧？居然敢跟我动手！"嫌恶地拍了拍衣领，夏晓光反身放下公文包，屈膝跪在座椅，双手紧握亮出标准的"本拳"姿势，趾高气昂地挑衅，"哥的'蓝带'可不是白练的！"

"哟，想打女人？你还是爷们儿吗？"如同一只望眼欲穿的巴西龟，唐小恬还极尽其事地抻长脖子，稍一低头，食指指着自己的头皮，不卑不亢地接招，"别磨叽，有种就给我来一记'蓝带'。敢动我一下，我就报警告你性侵！"

"大姐，你家里没镜子吗？就咱俩这外表条件，如果发生非礼案件，受害者肯定是我！"

"不好意思，我插一句啊，"沉默良久的司机，东张西望地打量二人。末了，错愕的目光停留在夏晓光轮廓分明的脸上，气息低沉地问，"你好像也要去中心书城，对吧？"

"那又怎样？"河豚似的鼓起腮，夏晓光义正词严地说，"我是个正常男人，我拒绝和'女汉子'同车。"

第三章 不是冤家不聚头

"我也不跟'男妹子'同路!"唐小恬不甘示弱地扬脸回敬。

"这样吧,我给你们提个建议。"司机一拧车匙,有板有眼地说,"要打要闹别耽误我交班。要么现在去中心书城,要么你们都下车。"见司机当真熄了火,夏晓光和唐小恬立刻收回敌对的眼神,扳直腰身,别过脸去不看对方,异口同声说:"去中心书城,谢谢。"

"姐今天终于见识到'奇葩'的可怕了!"中心书城的星巴克内,唐小恬顾不上拭汗,扔下挎包一抔袖子,迫不及待要跟严晴分享的士奇遇。话刚脱口,却见一路与自己针锋相对的男子尾随而来,拉开枫木色椅子,旁若无人地端坐在她对面,冷眼斜睨着她。

"我去!哥们儿你病得不轻啊。"像被马蜂蜇中臀部,唐小恬冷不丁蹿高一尺,指着对方的鼻尖叫嚣,"光天化日下玩跟踪,信不信我告你性侵未遂!"

无视唐小恬的大惊小怪,夏晓光翻出手机镜面,单手整理好被湿纸团砸塌的衣领,苦笑问严晴:"这神经病是你朋友?出门前怎么也不知道吃药?"

"你们?"瞠目结舌地望着杀气腾腾的二人,严晴诧异地从唇齿间轻吐出两个字,"认识?"

"怎么可能?"夏晓光挽起袖口,颧骨微提,露出一排贝壳似的牙齿,似笑非笑道,"朋友是人的第二张脸。所以我从来不和病人打交道。"

"你才有病!"随手拉过一杯咖啡,啄一口焦糖玛其朵,反眼仰视天花板,唐小恬没好气地撂下一句,"鬼才认识这种单细胞生物!"

"喂,你喝的咖啡是我的。"身子稍稍往前一倾,右肘有如蜥蜴的长舌,"倏"的一下闪过桌面,迅速将那杯焦糖玛其朵揽到自己面前,夏晓光怨声载道,"这人,脑子不好使,眼神还不灵光。"

"你的?"坏笑着瞟一眼夏晓光,抓过一把纸巾,"噗"的一声吐出咖啡,唐小恬不由分说地将那团深褐色物体扔了过去,"还给你。"

处于状况外的严晴渐次从二人的互掐中梳理出始末,看一眼扬扬得意的唐小恬,再看看勃然变色的夏晓光,情不自禁地莞尔低语:"还真是'不是冤家不聚头。'"

"那丫头是女汉子的命,萌妹子的心。"此前严晴多番跟贝红卫强调,"就算安排唐小恬相亲,我们也要迂回讲策略。要有周密的部署,不能刻意见面,得营造一次偶遇。"

"女人就是矫情。"贝红卫不以为然地摇头,却也尽心地出谋划策,提供了几种方案。

为给唐、夏二人安排一场"巧遇",严晴和贝红卫挖空心思,于数种方案中挑选出"喝完咖啡我想办法诱拐她去书店,你找个理由让夏晓光陪你买书,然后我们假装邂逅……"

然而,命运面前,所有人为的排兵布阵,都不敌缘分随意开的一个小玩笑。

"果然是'不打不相识。'"将为唐小恬点的摩卡推到她身前,严晴笑靥如花地介绍,"正式认识一下吧。严晴,我闺密。夏晓光,我家小贝的发小。都是自己人。"

"谁跟他(她)是自己人?"那二人眼神交会,怒目相对,不约而同地迸出一句。

"呸,冤孽!"唐小恬轻啐,一反眼,愤愤地嘟囔。

"哼,妖孽!"夏晓光轻笑,一撇嘴,郁郁地嘀咕。

"唉，法海！"严晴苦笑，一摇头，默默地感喟。

说到晚餐，夏晓光兴致勃勃地提议："新洲有家'海底捞'新开张，听说环境和服务都不错。"

"别说海底，就是天空捞，那里子也就是个火锅。有什么劲？"唐小恬翻起眼皮打岔，勾勒得精美细致的眼线，隐隐闪着银光，一双灵动的大眼睛气焰甚嚣，"好久没吃川菜了。正好今天没开车，可以好好喝上几杯。"

"今天夏同学埋单，"饶是贝红卫神经迟钝，坐下不久便感受到空气僵凝的气氛，虽不明就里，但也好言相劝，"他坐庄，咱就听他的吧。"

"小贝，你是知道的，我对麻辣过敏。"男人一旦得到支撑，就像家猫背上耗子药，机关枪装上瞄准器，立马有了舍我其谁的自信。跷起腿托着腮斜睨唐小恬，夏晓光当仁不让道，"川菜油重火气大，对肠胃不好。而且川菜馆里沸反盈天的，想正经说句话都费劲。"

话音未落，唐小恬已按捺不住横眉冷笑，一脸鄙夷地反问，"哥们儿，能说人话吗？照你这么说，火锅是清汤寡水？吃火锅的都是聋哑人士？"

"不如去川福林吧？既是川菜，又有火锅，一举两得。"严晴双手交叉，示意二人收敛怒火，轻拍夏晓光袖口，低声请求："绅士点，让让女生，成吗？"

仿佛突然受了惊吓，目光呆滞地注视前方，脖颈机械地转了一圈，夏晓光有意拉长了尾音，痴笑地问："严晴，这里除了你，还有女的吗？"

不等其他二人整理思绪理解笑点，唐小恬已机敏地回敬："还有一个你啊！"

二人唇枪舌剑、刀光剑影地杠了几句，夏晓光到底小小地发扬了一下绅士风度，一路挺着一张"白板"脸，走进人声鼎沸的"缪氏川菜"。说好夏晓光请客，唐小恬也不拿自己当外人，顾不上拆餐具便中气十足地张罗："服务员，点菜！"

如数家珍地报出一串菜名后，偷偷打量对角那位冷清若白描的"庄家"，唐小恬灵光一闪，合上餐册，挺直了腰，眉眼一弯，俏笑说："再来一份沸腾虾。一定要端上桌现煮。那位先生爱吃火锅。"

不满地瞪她一眼，双唇微张，舌尖轻抵牙床，严晴含糊不清地嘱咐："差不多行了啊，好歹是小贝的铁哥们儿，咱不能讨了便宜还卖乖。"

"好吧。"抿嘴一笑，耸耸肩，递还餐册，唐小恬我行我素地敦促服务生，"先这样。赶紧下单吧，我快饿死了。"

四下嘈杂，加上话不投机，四人于是隔着热气升腾的饭菜，两两闲聊着。说起某明星二度离婚，唐小恬不由得长吁短叹："又是一出'抹布女'的悲催狗血剧。女人倾其一切把男人打造得光鲜抢眼，总是难逃被甩到一边的厄运。"

"我特别讨厌'抹布女'这类结案陈词，"闲谈间，不忘舀一勺蟹黄豆腐，自然而然地放进丈夫碗中，严晴幽怨地说，"同样的人物事件，我宁愿形容为'蜡烛女'。燃烧自己，照亮别人，比抹布要崇高无私多了。"

全神贯注地与闺密探讨着，唐小恬全然忽视了贝红卫越发难看的脸色，嘟起油光锃亮的嘴，振振有词地说："抹布也好，蜡烛也

第三章 不是冤家不聚头

罢，爱得不留余地的都是傻女人。你想，你自己都顾不上自爱了，谁还会珍惜你？"

夏晓光本置身事外，听见这番阔论，禁不住停下杯盏，眼角微倾，偷瞄一眼唐小恬，眉心微锁，若有所思。

"怎么就不自爱了？"贝红卫猛然间将她的话打断，老鹰一样锐利若绿豆的小眼睛，警觉地瞪着唐小恬，嘴角轻扬，出其不意地冷笑问，"老婆爱老公，天经地义。怎么到你眼里就成了不自爱了？"

如同羚羊躲避猎豹，兔子闪开豺狼，自然界的弱者为避免淘汰，天生配备敏锐过人的神经。打相识最初，贝红卫便敏感地觉察出，一事无成的自己不招妻子闺密的待见。率真的唐小恬，既不善于掩饰也不屑于掩饰自己的不满。小夫妻俩登记当日，从民政局出来，严晴便急不可耐地打电话向闺密报喜。得知婚戒是严晴自掏腰包买的后，唐小恬"啧"了一声，气急败坏地斥责："二货，让我说你什么好！"

撂下电话，唐小恬风风火火地冲出公司，一个猛子扎进酷派坐驾里，一鼓作气直奔婚纱第一品牌"麦琪屋"，不容置否地通知严晴："你，赶紧过来。叫上你家小贝，马上、立刻到麦琪屋来！"

指着琳琅满屋的婚纱，唐小恬郑重其事地对严晴发话，眼睛却直勾勾地盯着贝红卫："女人一辈子就当一次新娘。结婚不比生日、春节，不是年年都有。马虎了事那是对自己不负责！看上哪件婚纱我送你。回头我找个接私活的摄影师，去海边给你们拍一组婚纱照。钱的事你们不用操心，我全包了，算我送你的新婚礼物。别人怎么看我管不着，反正我不允许你这么稀里糊涂地把自己嫁掉！"

"这不是当众打我耳光嘛！"贝红卫搓着手指，梗着脖子，斗鸡一样急赤白脸地争辩说，"我们再穷，婚纱照还是拍得起的。不是我舍不得花钱,是她不喜欢被摆弄得千人一面……"

"我认识她的时间比你长。"一想到一个大男人连婚戒的钱都拿不出来,还信口雌黄大夸海口,唐小恬更是气不打一处来,沉脸道,"她心里想什么我清楚得很。所以咱们都别废话了。赶紧挑件婚纱,我好安排人给你们拍照。别的事都好商量。结婚这事儿,必须严肃。"

如花美眷,不敌似水流年。结婚是女人一生中最光彩夺目的时刻。饶是嬉皮度日游戏人间的女子,也不舍轻视嫁作人妇的那一刻。对女人而言,婚姻不仅仅是一个承诺,也是对自己前半生的总结,及余生的期许。谁不想留住生命中最勇敢最灿烂的一刻?

听着那二人的对话,指尖轻柔拂过一件件白纱,严晴咬唇吸了吸鼻子,取下一件轻薄的象牙色抹胸式婚纱,泪光闪闪地请求新婚丈夫:"我能试试这件吗?"

"随便。"贝红卫从齿缝中挤出生硬的两个字,借口抽烟,头也不回地步出婚纱店。

"你别怪他。"羞愧地瞟了瞟一头雾水的店员,严晴挂起婚纱,在唐小恬身边蹲下,小心翼翼地安抚,"其实他心里挺难受的。我知道。"

陡然撞见严晴泫然欲泣的委屈模样,疼痛一下子攫住她的心。唐小恬狠狠地剜一眼窗外落寞的身影,起身踮脚取下那件婚纱,在胸前比画两下,胳膊伸到严晴面前,温柔地请示:"认识这么久,我还没见过你穿婚纱的样子。给我个机会看一回,好么?"

轻盈的欧根纱,贴紧严晴的肌肤,妥帖地覆住她匀称婀娜的身肢,橄榄绿的缎面腰带紧掐蛮腰,越发突出她满月似的臀部曲线。腰际线以下,层层叠叠绽放的玫瑰花,将她的体态拉得修长。镜子里的严晴，优雅而不失活泼。

"好看吗？"严晴羞涩地问。

"惊为天人。"唐小恬粲然一笑，火速掏出手机，记取闺密最美的时刻。

考虑到丈夫的颜面及尊严，严晴最终谢绝了拍婚纱照的提议。作为结婚礼物，唐小恬执意送的婚纱，至今安睡在严晴的衣橱里。偶尔趁贝红卫不在家，严晴会翻出婚纱套上，站在那面照见脑袋就看不见膝盖的迷你穿衣镜面前，认真端详，细细品味。许久，除下婚纱，谨小慎微地罩上保护罩，挂进最不起眼的衣橱角落，阖上柜门，不留痕迹。

怕记不清自己最美的时刻，同时为避免刺激贝红卫，严晴唯有通过反复试穿，以孤芳自赏的方式，回味自己穿上婚纱的样子。

严晴从未说起这个秘密，唐小恬也从不过问婚纱的下落，只是郑重地保留好手机存照，将严晴结婚当日唯一的留恋，复制在电脑、笔记本和 Ipad 里。

唐小恬不满意贝红卫是显而易见的。而贝红卫不喜欢唐小恬，却欲盖弥彰。他不愿意承认："我讨厌那个女人，因为她瞧不起我。"尤其，相同的出身背景下，唐小恬除却年纪比他小外，无论经济条件抑或事业成就，都优胜他太多。贝红卫不敢正视内心的自卑，只是对这个直来直往的"女汉子"，像弱小动物一般本能地回避。

无路可退时，躲避成了抵触。无论唐小恬针对何人何事发表观点，贝红卫总感觉她的话里话外，都暗藏毒箭，含沙射影地朝他胸口最柔软的部位，齐刷刷地飞来。如同猎物临死前的奋力回击，每每此刻，明知驳不过她，贝红卫仍不自量力地发起辩论。

"爱本身没有错。"呷一口普洱茶，唐小恬娓娓说道，"但为了爱别人而迷失自我，甚至放弃自我，那就是不自爱。"

"怎么就没有自我了？付出就等于放弃自我？"贝红卫瞬间联想到严晴提前支取定期给自己炒股票一事，不由得撇嘴，打个冷鼻，"你是没有成家，也难怪你理解不了夫妻关系。结了婚，两个人就绑定了。同富贵，共患难，懂不懂？婚姻讲求共同利益，不存在输赢，也无法比较付出的多少。"

"既然你提到利益，那我问你。如果一方只有付出没有回报呢？"唐小恬慢条斯理地，直击贝红卫软肋。见他脸上红一阵白一阵快要藏不住怒火了，唐小恬话锋一转，不紧不慢地说，"或者，换个角度。我问问你们，爱情究竟是什么？"

"爱当然是厮守，是承诺，更是责任。"贝红卫强忍火气，面红耳赤地强调，"对一个女人最大的赞美就是娶她。爱一个人最崇高的表达，就是给她一个家。"

"那些都只是形式外壳，"久不作声的夏晓光，摁灭烟蒂，目光熠熠地接过话腔，"结婚娶妻只是童话故事的结尾，爱情故事的真正开始。两个人关起门来过日子，才是爱的内核。"

唐小恬心中一悸，扬起线条优美的侧脸，凝神望向夏晓光，一副愿闻其详的虔诚姿态。

"我认为，真正的爱就是，当你看过对方最丑恶的面目，甚至为自己当初选择他而后悔不已后，你依然愿意牵着他的手，和他磕磕绊绊地走到生命终点。"停顿数秒，眼神穿越过盘盘碟碟，目光如炬地锁定唐小恬，亮出贝壳似的牙齿，夏晓光浅笑问："妖孽，你怎么看？"

"看我叫法海收了你！"从痴迷听讲的状态中乍醒，唐小恬杏目圆睁,怒不可遏地喊:"服务员,埋单!找那个孽障结账!"

电话里,前台的智海婷为难地解释:"我说了你在开会,他非坚持让本人验货签收。"

严晴蹙眉,不动声色地说了声:"知道了。"

信步走出格子间,第一眼便看见身穿灰黄相间的快递服的小伙子,约一米七三的个头,深棕底色夹杂着紫罗兰色挑染的短发,在明亮的灯光下散发出幽冥的气息,颀长的身体笔直地背对着公司大门。

"你就是严晴?"听见脚步声,小伙子转身,字正腔圆地问。

严晴不语,一本正经地端倪他。小伙青葱玉面,巴掌大的脸清瘦得不寻常。年纪不大,但齿间若隐若现的烟渍,足以说明他的烟龄不短。这该是经历怎样一个人生的男孩?严晴睫毛扇动,定睛打量着对方,试图分辨他目不识"晴"与"睛",究竟是口误抑或刻意开的玩笑。

细密的汗珠挂在那张稚气未脱如多芬乳液般稠白的脸庞上,清秀的眉目写着真诚,丝毫没有作怪的迹象。

"快件呢?"从前台智海婷处借了杆笔,严晴一丝不苟地纠正他,"那个字念晴。晴天的晴。下次记住了。"

"你先验收再签字吧。"因被纠正别字而露出腼腆的微笑,小伙子下意识地搔搔头,低眉垂眼地指了指脚边的纸箱。

"刚开始派快件?"拆掉封条胶纸,潦草地清点一下箱内物品,严晴胸有成竹地问。

"你怎么知道?"小伙子的笑意更深了,撕下面单毕恭毕敬地递上前去，眉宇间流露出稚嫩的惊喜。

"不超过三个月，你就不会要求本人签收，并且习惯把快件扔在前台了。"

迎着她志在必得的目光，他没来由地羞恼起来，眼角下弯，拔高音量说："我跟他们不一样。我干三年照样尽心尽责。不信咱们打赌。"

被他高八度的嗓音吓了一跳，严晴本能地往后一蹴，与前台智海婷匆匆交换一个惊诧的眼神，莫名其妙地端详等她回话的他，暗自揣测："我也没说什么过激的话吧？这孩子哪里来的无名火？"

"尽责就好。我替广大客户谢谢你。"下巴颏微含，柔顺的长发霎时幕布似的遮挡住两颊，屈膝蹲下，严晴自顾自地收捡快件，湖蓝色波西米亚大摆长裙，荷花似的茂盛地绽开。

"等一下。"

"还有事吗？"

小伙子不接腔，忽然走近她，清瘦白皙的脸不由分说地压了下来，一只手缓缓地探向她额头。

"你想干吗！"大惊失色地蹿起，严晴险些被自己的裙摆绊倒，上身笨拙地往后一仰，惊慌失措得如同一只受到猎犬威吓的兔子，双颊涨得通红。

"姐，你有一根白头发。"小伙子显然也被她夸张的反应吓得不轻，肩头微缩，说话声音也打颤，"我妈说，白头发如果不及时拔掉，会越长越多。"

自己刚度过三十岁生日，不想白发已公然出卖了她韶华渐逝的残酷现实。更残酷的是，捅破这层窗户纸的，是眼前这个青春逼人的小子！严晴心里登时打翻了五味瓶，胡乱拨一把头发，恼羞成怒地瞪他一眼:"那你妈没告诉你,'女子头男子腰摸不得'吗?"

"姐,应该是男子头,女子腰。"他讪讪地垂下手,有板有眼地纠正她。

"你多大?"他羞涩中带着认真的轴劲,令人不忍苛责。严晴轻叹一声,转怒为安。

"1990年的。"

"以后叫姨,记住啦?"严晴摆摆手,示意他离开,回身对前台智海婷自嘲道:"我表侄女也是1990年的。帮她补习备考好像是昨天的事,一转眼她也大学毕业了。时间真是把杀猪刀啊。"

"姐,我叫马乐。"马乐露齿一笑,掏出名片迅速放进严晴手中,动作之麻利仿佛演练过千百遍似的流畅,目光闪闪地透露出些许不讨嫌的狡黠,"以后公司上下要寄快件,一定给我打电话啊。"

不及她做出反应,男孩又满面笑容地补充一句:"姐,你真好看,特别像我初恋。"

"拉生意也不能昧良心啊。"突如其来的赞美,让严晴心如鼓捶,干笑两声,顺手将名片分给智海婷。两人面面相觑的工夫,马乐已只剩个背影。硕大无比的黑色帆布包,龟壳似的挂在他单薄孱弱的肩背上。怔怔地望着他渐远的背影,不知怎的,严晴忽然联想起卡通片里驮着山一样沉重的麻袋,踽踽赶路的瘦马,隐隐地心生恻然。

"名片收好。"严晴轻声谆嘱智海婷,"小孩也不容易,以后他们寄快件没有指定公司,就给马乐打电话吧。"

"我会的。"顺从地应和着,智海婷仔细翻看一遍名片,小心翼翼地将它插入名片夹中。

午休时分,严晴意外地接到何苗的邀请。鉴于家里错综复杂的人际关系，私下里，严晴与何苗鲜有往来。但严晴深知，何苗个性独立，为人要强，若非独力不能解决的难事，她绝不会开口。一面应和着，严晴一面挽起包，"嘎哒、嘎哒"地朝外跑。

尽管何苗已在"西湖春天"坐下，但严晴知道刘念夫妻俩并不富裕，仍坚持说："我不喜欢江南菜，你出来，拐个弯，过了马路，走二百米就到了。我在'永和豆浆'等你。"

一窗之隔，何苗的一举一动清晰可见。正值饭点，斑马线那端是林立的写字楼，而这一头的食肆遍布大大小小的快餐店。安全岛上人头济济，工薪阶层的年青男女，与穿着校服的学生们，摩肩接踵地翘盼绿灯，以最快的速度祭五脏庙。

娇小的何苗站在人流之首，一手护着腰间的包，一手拎着鼓鼓囊囊的塑料袋，不时抬头张望交通灯。绿灯一变，何苗手一抽，将满当当的塑料袋捧在胸口，顾不上看两边的车，直视前方，出膛炮弹一样冲出马路……

"不着急，我们中午有一个半小时的休息时间。"将晾温的茶水推到何苗面前，严晴怜惜地叮嘱，"过马路还是要当心，两边都看看，万一遇上闯红灯的呢。"

何苗猴急地一饮而尽，飞快地点点头，忧心忡忡地问："姐，你真不喜欢江南口味啊？"

知道她心思细腻，看似大条的神经又暗藏敏感，严晴没有正面回答，而是打趣地反问："跑这么远不会是为了问我一个问题吧？说吧，你今天来，有几个意思？"

抿唇迟疑片刻，何苗提起脚边的塑料袋，一股脑将袋子里的东西倾倒在桌上，撇嘴说："这是我爸妈自己种的自己晒的梅干菜和笋干。虽然不好看，但都是好东西。"

"你怕杨翠玲嫌弃?"严晴眨巴一下眼睛,一语道破天机。

"我爸妈一番好意,我不忍心拒绝。"飞快地扫一眼桌上简陋包装的食品,何苗垂眼支吾,"如果带回家,妈可能又会拿去送邻居做人情,我不想辜负我爸妈的心血……"

严晴哂笑,赞同地点点头。与何苗一样,对这袋跋山涉水而来的礼品的下场,严晴心照不宣。杨翠玲是节约的,同时也是势利的。以杨翠玲的价值观来看,亲家不起眼的手信,捎来的不是心意,而是轻视。她若如获至宝,则表示她接受了自己在亲家心中的价值等同于一把梅干菜,或是一堆笋干。纵使平日节衣缩食到了牙缝里,在这种大是大非的问题上,杨翠玲一百个不含糊。"礼轻情意重那都是屁话!"杨翠玲常说,"真的重视你,怎么会随便塞个桃,给个杏糊弄你?"关于送礼这件事,杨翠玲身体力行。无论对象是谁,她要么不送,要么,痛下血本。也因此,过去那些年,没有几人收到过杨翠玲拿得出手的厚礼。尽管吝于礼尚往来,杨翠玲却拒绝被怠慢。每每家里收到不那么"体面"的薄礼,她便当众将东西随意送给左邻右里,以实际行动提醒后辈——别随便打发我。我可是知道好赖的!

"东西我收下了。我就不跟你爸妈道谢了,省得节外生枝。有机会我请二老吃饭吧。"干脆利落地收起桌上那堆菜干,严晴关切地问,"这袋东西是消化了,但你也不能两手空空回去吧?"

"我另外买了些南枣、金华火腿和杭白菊。"何苗吐舌,调皮地笑道,"全是精装礼盒的。"

"也够难为你的。"仔细端详面前这个一身麦色,个头不高,头发稀疏,五官不分明,着装不抢眼的女子,严晴由衷地怜叹。在杨翠玲眼里,除了她亲生儿子,无论继女还是儿媳,甚至是枕边的老伴，都不过是隔了肚皮的外人。同为外人，何苗在这个复杂的家庭里，处境尤为艰辛。再不济，严晴和父亲仍有彼此相扶。而只身打拼的何苗，受了委屈既不能向懦弱的老公诉苦，也不忍让千里之外的父母担心。

慵懒的日光透过玻璃窗，零散地洒在她们一侧的头发、面颊与肩背上。若有似无的暖意，令人莫名地泛起流泪的冲动。

严晴安静地与何苗默然对望，隐约间，同病相怜的相惜之情，油然而生。

"苗苗，以后遇见难事，记得来找我。"严晴头一次轻呼何苗的昵称，"别总一个人死扛。你还有姐呢。"

"嗯。"何苗耸了耸肩，咬唇轻吐出一个字。瞬间，泪盈于睫。

作为深圳河的发祥地、深圳的至高峰，梧桐山坐落于深圳东岸。天池之下，梧桐山自西南向东北，渐次崛起。登高远望，西可俯瞰八街九陌的市区，南可遥望山高林密的香港大雾山，向东南远眺，烟波浩淼的大鹏湾尽收眼底。唐小恬娴熟地摘下腕上的白手巾，曲肘从背包侧袋里抽出一瓶矿泉水，一并伸向严晴，抬脚跳上石墩，极目远眺问："亲，知道我为什么喜欢爬梧桐山吗？"

"喜欢找虐呗。"接过水，急不可耐地"咕咚咕咚"灌入几口，严晴上气不接下气地回答，"真搞不懂你。平时忙得四脚朝天，周末还玩极限运动，你就那么跟自己过不去？"

"这叫亲近自然，山野拾趣，你懂的。"唐小恬回眸一笑，胳膊一挥，"站得高才能看得远。当一切都被我们踩在脚下，你难道没感觉自己的强大，心胸的广阔和烦恼的渺小吗？"

严晴蹙眉，抽抽鼻子做个怪相，耸肩说："除了虚脱，我什么也感觉不到。"

"怎么样，还能不能往上走？"合掌举到额前，遮挡太阳直射的强光，仰脖望向山巅，唐小恬笑语盈盈地劝诱，"快到了。再走二百米就能看见泰山涧的瀑布了。"

"我是真想看瀑布，"摘下包垫在臀下，抻直两脚，左手握拳捶打小腿外侧，右手轻捂小腹，严晴苦着脸表示，"可我的囊肿说它累了，走不动了。"

去年末公司体检，严晴被查出右卵巢出现米粒大小的囊肿。尽管彩超与复查结果均显示问题不大，每每她以囊肿不适为托词，唐小恬便只能翻着白眼缴械投降。

"亲，商量件事儿成吗？"从"好汉坡"拾级而下，唐小恬挽着严晴，不怀好意地笑道，"下次你偷懒换个借口，比如说你鸡眼疼，或者脚气犯了。"

"去！你才长鸡眼有脚气呢！"一把推开她，严晴佯装生气，眼睛还没瞪圆就已眯成一条线，自己也忍俊不禁，"不光如此，你还有鼠标肩、网球手……"

"滚！"

闺密二人有说有笑推搡着，行到山脚古树盘缠的情人树下。不远处，一位黝黑的汉子手扶三轮车把，举起一串豆绿色青提，眉开眼笑地招揽生意："美女，买点提子吧。新鲜青提，个个包甜。"

机灵的小贩扯下边角位一小串提子，摊在掌心，讨好地递上前去："来，请你吃。提子好不好，一试就知道。"

"人才啊，说话一套一套的。"取出矿泉水简单冲洗了一下，摘下两粒提子，其余的抛给身后的严晴，唐小恬含着提子囫囵问道，

每当变幻时

"还行，多少钱一斤？"

"我卖别人都是十八，你这么漂亮，就收你十五吧。"

"那边还有更漂亮的呢。"回手指了指严晴，唐小恬干脆利落地说，"十三，称两斤。"

顺着她手指的方向，小贩偷偷瞟一眼严晴，摇头晃脑地往袋里装着提子，无可奈何地看着唐小恬："从来没有卖过这么低的价钱，真的没钱赚啦。美女，要么你们多买一点吧，我也要吃饭啊。"

"就两斤。多一钱也不要。"眼明手快地抢下小贩手中的大串提子，放回车上，唐小恬直截了当说，"提子糖分那么高，吃多了长胖了，嫁不出去谁负责？"

"我啊！我负责！"小贩的眼皮绷到了极限，目露强光，唇嘴咧开接近两腮，欣喜若狂地将胸脯拍得嘭嘭响，口沫飞溅地表示，"这么漂亮的美女会嫁不掉？我，我不跟你开玩笑，我还没老婆，我今年二十八，你多大？我，我做梦都想找个你这么漂亮的老婆。我，我娶你，好不好？"

"不好！"狠狠瞪他一眼，扔下钱，抄起提子，唐小恬转身拉过严晴就走。小贩也不含糊，麻利地拾掇好车子，跨上座椅，蹬车追了上来，声如洪钟地吆喝，"美女，等等！我真的想娶你！你电话几号？"

自诩求爱终结者的唐小恬，遇过不少疯狂的追求者，如此间歇性失心疯的求婚，却也是头一遭。闷声骂了句："我去！"唐小恬抓起惊得花容失色的严晴，以百米冲刺的最佳成绩，足底生风地朝公交站跑去。

直到身旁有了身影，唐小恬才敢放慢脚步，心有余悸地回头看一眼，却发现卖水果的小贩早就没了踪影。

"好了，别跑了。"松开严晴，双手撑住膝盖，唐小恬上气不接下气地骂道，"遇到神经病了。"

这边厢，唐小恬余怒未消。那边厢，严晴已笑得花枝乱颤。待稳定了情绪，一手扶着公交站的广告牌，一手捂着震得发酸的小腹，严晴朝唐小恬努努嘴，打趣说："其实那人也挺好的。长得不难看，反应也不慢，嫁给他吃水果还不花钱。"

"提子再甜，能当饭吃？"唐小恬一撇嘴，一拧眉，"砰"的一声将矿泉水瓶掷进垃圾桶，没好气地嘟囔，"这个男人那么积极找媳妇做什么？"

"不管哪个年代，好老婆都是稀缺资源。"迟疑片刻，严晴小心翼翼地试探，"当然，好男人更是珍稀动物。像夏晓光那样内外兼修的，简直就是万人哄抢的限量版。"

"别费心思了。我跟他没戏。"唐小恬一甩头，神情严肃地正视严晴，言轻意决，"别以为我不知道你那点小把戏。我不说破，是领你的情，但不表示我低智商。"

"你当然不笨，你最聪慧了。"像是做恶作剧被撞破的孩子，血液登时由脚底涌上颊腮，轻轻摇晃唐小恬的臂膀，严晴浅笑，赔着小心，"我可没想跟你耍心机。我是觉得他人不错，又是小贝的发小……"

"得了吧。"一提起夏晓光，唐小恬不禁想起他种种的可恶行径，鄙薄之心不由得浮上了脸，撇嘴说，"提子男好歹还有辆三轮车。那家伙连个轮子都没有，大雨天跟我抢的士，呸！"

"他的车那天正好送去保养了。"

"有没有车不是重点。"唐小恬一扬手，果断表示话题就此结束，"重点是不来电，OK？中国什么都缺，就是不缺人。我就不信了,泱泱十三亿人,我就碰不上个两情相悦的?我干吗非得跟他夏晓光较劲,给自己添堵?"

关于夏晓光的溢美之词,被唐小恬怒气冲天的目光,生生抑制在严晴的喉头上、声带下。几番犹豫,严晴只弱弱地吐出几个字:"那好吧,以后不提他了。"

然而,看着唐小恬难得一见的不淡定及怒不可遏的神色,不知怎的,严晴隐约感觉到,夏晓光的出场,仅仅拉开了他二人间的序幕。

而二人主演的戏名,叫"欢喜冤家"。

初夏,夜短昼长。一座五层高的综合购物商城,于小区外围落成、开张。那本是发展商口头许诺的绿化用地,却一直被征用为停车场,尔后建造成如今的商城。在鞭炮齐鸣、锣鼓喧天的一片欢声中,商城如期开业。而此前信誓旦旦扬言绝不光顾的居民们,在收到"开业酬宾,全场六折,买一送一"的传单后,迅速将商城挤得人山人海。从早晨到黄昏,商城内外,始终水泄不通。

欢快的音乐,夹杂着反复播报的折扣信息,间或插播一条寻人信息的声响,无间隙地传来,严晴找出棉球塞住耳朵,苦笑说:"给点甜头就趋之若鹜,当初闹得最凶的人,往往是最快服软的人。"

"也可以理解为他们是最热爱生活的人。"何苗嫣然一笑,将削好皮的苹果一分为二,递给严晴,"大概这就是传说中的正能量吧。当你无法改变,那就全然接受。欢天喜地地接受。"

贝红卫双腿张开,骑在餐椅上,双手扶着椅背饶有兴致地看刘念在"英雄联盟"中厮杀,冷不丁插一句:"聪明人无所谓争意气。"

"谁都知道钱是个宝贝儿,所以再亲的人也会为了钱翻脸。"放下色泽分明的尖椒土豆丝,杨翠玲说完,意味深长地瞟一眼严晴。严晴假装没看见,起身站到丈夫身边,刻意搂过贝红卫的肩膀,伏身亲昵地贴下脸去,很是恩爱无间的样子。

杨翠玲撇嘴冷笑,用胳膊肘儿轻推刘念,沉色说:"赶紧收起来。准备吃饭。"

晚饭后是严寻礼雷打不动的散步时间。当着四个孩子,严寻礼指指商城特惠的传单,亲切地征求杨翠玲:"要不,我也陪你去转转?"

"怎么是陪我呢?"杨翠玲除下围裙,换上便鞋,轻描淡写地为自己辩解,"我从来不爱凑这种热闹。什么打折啊,赠送啊,还不是羊毛出在羊身上。不过,陪你去走走也行。厨房都蟑螂成灾了,我正好要下楼买药。"

正是周末的饭点,商城里依旧人满为患。大至双开门冰箱,小到一盒牙签,都被不下三人包围着。"看看!看看!人们都表现得太不缺钱了!"杨翠玲喋喋不休地抱怨着,毫不理会旁人投来或赞同或反感的目光。逐一拿起家居区的小商品,杨翠玲没完没了地嘟哝:"沃尔玛的垃圾袋没打折都比这儿便宜两毛,我就知道,什么打折赠送都是商家的把戏。"并肩而行的严寻礼一路讪笑着,不时拽一下妻子的袖口,目光游移地探视着周边,轻声低语:"小点儿声,让人家听见不好。"

"瞧你胆小如鼠那样!"杨翠玲稍一侧身,甩开丈夫的手,翻出白炽灯似的眼白,不满地说,"我又没说亏心话,怕什么!"

好不容易从一个胖大姐的手下抢到一盒灭蟑药,杨翠玲泥鳅似的拨开人群,左右穿行地搜寻工作人员,拉过一个身着黄马甲正踮脚补货的年轻女子,反手亮出巴掌大的商品,急切地打听:"小妹,在哪里领赠品?"

年轻女子抱了满怀的方便面,看一眼杨翠玲手中的灭蟑药,挤出职业的微笑,哑声说:"阿姨,这个没有赠品。您直接埋单,就可以享受折扣价。"

"不对吧,"杨翠玲当时就急眼了,打开折叠的环保袋,摸出皱巴巴的宣传单,恨不能直接糊到对方脸上,厉色说,"你自己看。你们的宣传单上写得清清楚楚的,买一赠一。怎么可能没赠品呢?

"阿姨,我们的活动是买满50元可以参加抽奖,您这个药20多……"见杨翠玲脸色骤变,疲惫不堪的年轻女子也怕再生事端,只好赔着小心建议,"要不,您再拿一盒,凑够50元就能去服务台抽赠品了。"

"凭什么!楼下药店的蟑螂药不打折都比你们打完折便宜,上一回当不够,还想骗我买两盒?"猛一偏头,对一旁试图解围的严寻礼怒目而视,杨翠玲寸步不让地举起传单,扯开嗓子扬手招呼着:"大家来评评理。这上面白纸黑字,是不是写着买一赠一?这上面有没有半个字提到抽奖?他们分明是店大欺客、虚假广告!"

围观者的骚动与工作人员的窘迫,让杨翠玲看见了胜利的曙光。也不管形容词是否贴切,为了表示她的愤怒与郑重,杨翠玲肚里仅有的四字成语,一股脑儿地冲到了嘴边。杨翠玲越说越来劲,越批判越解气,最后竟摇晃着爬上工作人员取货的梯架,高举传单大声疾呼:"消灭虚假广告!"

末了,杨翠玲和严寻礼被三个膀大腰圆的制服男,笑脸请进保安室。

严寻礼一生遵纪守法，循规蹈矩，从未做过出格的事，就连红灯都不曾闯过。一路腆眉哈腰地走进保安室，门一阖上，严寻礼迫不及待地向对方赔礼道歉。杨翠玲"啧"一声，狠拍丈夫手臂，挺起胸脯，冷眼轻啐："你是乌龟啊？白活那么大年纪，成天畏头缩尾的。真没出息！"

令严寻礼始料不及的是，三位大汉并没有对他们进行严刑拷问，也没有惊动警方介入，而是一如既往地保持微笑，奉上一袋抽纸，恭敬地说："大姐，我们经理说了，确实是我们的宣传单上没写清楚。这是您的赠品，感谢您为我们提供宝贵意见。"

严寻礼梦游似的提着抽纸，步出商城，心有余悸地回头看了看乌泱泱的人群，咽一口唾沫，颤声说："小杨，下次可不能这么冲动了。要是碰上不敬老的黑心老板，咱们今天就出不了这扇门了。"

一把抢过自己据理力争而来的抽纸，眼角斜睨着惊魂未定的丈夫，猛然一扭头，阔步向前走，杨翠玲轻慢地吐出一个字："屁！"

见状，严寻礼立马抬臂夹臀，一溜小跑追上妻子，没话找话地讨好道："对了，理财基金明天就到期了。你看是取出来给小念他们，还是……"

话还没说完，严寻礼的建议就被粗暴地打断了。杨翠玲放慢脚步，狐疑地研究着丈夫的神情，慢吞吞地问了一句："给他们，做什么？"

"小两口结婚也快一年了，我看何苗最近总在看售楼广告，我想……"严寻礼字斟句酌地，试图展现自己全面的经济知识，以及对家庭的关注。

"人英国专家还说呢，结婚两年，有第一个孩子以后，婚姻才算真正进入稳定期。你着什么急?"杨翠玲再次不耐烦地打断丈夫,眉头紧锁地埋怨,"什么时候该拿钱给他们买房,我心里有数。钱是我的,儿子也是我的,用得着你咸吃萝卜淡操心?"

"这话叫你说得,"一片苦心被杨翠玲曲解成挑事儿,严寻礼顿时乱了方寸,手足并用地比画着,急赤白脸地解释,"我没别的意思。我是真拿小念当亲生儿子看待,怕他们赶不上好时机。"

"亲儿子你怎么不给他付首期?"陡然收住脚步,杨翠玲一个急刹杵在严寻礼面前,神色森冷地上下打量,看得他心里发毛,背脊发凉,"别以为我不知道,你没少往你们家严晴身上砸钱。"良久,杨翠玲目光凌厉地直视着严寻礼,声音不带任何感情色彩,"严晴不是马上要过生日了么。难怪你着急拉我逛商场。你刚才在苹果专柜又是问价又是试机的,我没吭声吧?钱是你的,闺女也是你的,别说你给她买手机,你要有本事把整座深圳买下来给她,我都没意见。但我和我儿子之间的事,你也别插手,更别给我装老好人。这屋里,谁是亲生,谁是外人,我心里都有数。"

杨翠玲固然有些市井习气,为人计较,有点自私,但结婚这些年,严寻礼始终站在她的立场理解一个年轻丧偶的单亲母亲,老辣背后的艰辛。对刘念,严寻礼不敢说自己做到了视如己出,但至少他给孩子的关心与祝福,不掺私心,经得起任何仪器的测谎与试练。若非出自真心,那些年,严寻礼也不会在雷雨横行的台风天,亲自接送刘念,更不必为了让高考分数不理想的他上最理想的大学而四处奔波。多年的心血,在杨翠玲轻如鸿羽的"外人"两字中,溃散一地。

一片死寂的夜色下,严寻礼双唇颤抖,喉头蠕动着,似乎想要辩解,却又如鲠在喉。僵持许久,严寻礼终归沉重地长叹一声,无奈地说："你先回去吧。我一个人走走。"

"回头你把我的钱转给我吧。"杨翠玲面无表情地宣布,"以后,我的钱,还有我的家事,都由我自己处理。"

杨翠玲提着那袋抽纸,愤然离去。路灯将她的背影拉得深长且黢黑,犹如一只离群的孤雁,逐渐淡出严寻礼的视线。一双小腿肚像灌了铅似的沉重,严寻礼拖着脚步慢走到自家楼下,坐在冰冷的石凳上,仰望11楼C室窗口的微光,浑浊的目光渐渐泛起潮气。

第四章　欲望这头小兽胃口不错

何苗伏在梳妆台前，借着木质台灯昏黄的微光，专心致志地写写画画，并未觉察到丈夫如首都天气般的一脸雾霾。

"喂，干吗呢？"刘念换上睡衣，瞥一眼妻子，坐在床边面无表情地问了一句。

"算账。"回头嫣然一笑，何苗操起那张写满数字与算式的 A4 纸，支吾地请求，"老公，那个，以咱现在的情况，在龙岗买套两房，首付还差五六万。你能不能跟妈商量一下，看她手头方不方便。"

"不是说好存够了钱再说嘛。"刘念眉头一皱，何苗的心也跟着紧了一下，"怎么回去一趟，突然又提买房的事了？"

"我爸妈年纪越来越大，身体也越来越差。"逡巡着往丈夫身边稍微靠近两寸，迟疑地摸出一本烫金字已模糊的存折，把玩艺术品似的展开，何苗倒抽一口凉气，欲语凝噎，"喏，我回来前我妈塞给我的。他们辛苦一辈子，所有的血汗钱都在这儿了。"

"不是说了我们买房不用他们的钱吗？"刘念别过脸去，不敢正视存折上密密麻麻的数字。尽管如此，他深知，每月一二百的流水记录，是两位老人一生的缩影——日晒雨淋，佝背哈腰，省吃俭用，粒粒皆辛苦。

"我妈说大城市生活压力大，挣钱攒钱都不容易，非要替我们分担一点。"一吸鼻子，温热的泪水便使何苗目光婆娑起来，没头没脑地说道，"以前我妈最爱吃那种便宜的青李。那东西酸得发涩，她一个人能吃掉两斤。这次我回去，给她买了加州的布李，酸甜口的，可她咬了一下，就放下了。"

回想那个情境，何苗再次痛心得几近窒息，一时间，哽咽着说不出话来。半晌不见动静，刘念转过脸来，诧异地打量涕泪潸然的妻子，竭力想洞穿她字里行间的用意。

"我妈老了，牙齿软了，吃不得酸东西了。"艰难而准确地表达出内心的感受，何苗像只受伤的小猫似的，"噌"地扑进丈夫怀里，双手吊在他颈上，呜咽哭道，"老公，咱们买房吧。再远再小都没关系。我想早点把我爸我妈接到身边来，我想好好照顾他们。"

"我也想啊。"面露难色地囫囵应和一句，再无后话。

何苗伏在他肩头呜呜低泣，刘念轻抚妻子后背安慰着，仰头长叹，越发愁眉不展。

刘念在一家小公司上班，内心的压力及前途未卜的迷茫，让他一直不愿意正视买房的事儿。

"宝贝儿，最近公司效益不太好。"搂着娇小的嘤嘤啜泣的何苗，刘念委婉地说，"就算妈把钱给我们交了首付，供楼也是个大问题。你想啊,你淘宝店的收入不稳定,万一我公司这边再有变数,咱们……"

首次亲家会面结束后,父亲就将何苗拉到隐蔽的一角,苦口婆心地嘱托:"闺女,既然你决定要嫁他,就要做好思想准备。第一,婚是你自己要结的,所以不能强求对方爱你。第二,别奢望任何人给你经济帮助,因为钱对谁来说都是不够用的。第三,你一定要明白,没有人必须对你好,就连爸妈疼爱你也不是义务。你必须把心态放平和,婚姻才能太平。"受教于贫寒的出身和父母高贵的品格,从小到大,何苗从不强人所难。饶是面对亲密无间的一丈之夫,不管她心里多渴望一处安身之所,何苗仍谨记父亲的教诲,体贴地抽鼻笑笑,温柔地附和:"也对。买房毕竟不是买菜,还是等咱们条件成熟了再说吧。"

曾有一个患重病的男人的梦想触动过何苗。镁光灯下,满头大汗的眼镜男,掷地有声地说:"我最大的梦想,就是通过我的努力,让我爱的两个女人——我妈和我老婆过得好一点。"

"我也是。"电视机前的何苗,轻语凝噎。

让深爱的人过得好一点,兴许是天底下最"没志气"的梦想,却也是为人子女、伴侣最珍贵的愿望。更为珍贵的是,通过自己的努力实现它的坚诚。

当你胸中燃起希望,你唯一能做的是,通过自己的努力,一步一步地达成它。别无他法。

"我快到了,你出来收快件吧。"电话里,马乐气喘吁吁地敦促着,严晴略一蹙眉,阴声问:"你怎么还有我电话?"

"我保存了呗，"马乐并不计较她防备的冷淡，依旧笑得欢快，"你是不是傻？"

弹指三个月过去了，一来二往地，马乐和智海婷混成了熟人。饶是如此，每有严晴的快件，他仍坚持本人签收。不知怎的，他烈日一般的热情似火的目光，让她隐隐中感到不安。每次与马乐见面后，严晴总要经历一阵双脚离地，浮在云端的飘忽期。

为了避免和马乐碰面，严晴索性将收件人的联系电话换成前台的办公号码，却不料，该发生的始终无法回避。

眉间锁成"川"字，严晴四下环顾，唯恐旁人听见他们的对话内容，拱手遮挡在嘴前，闷声说："让智海婷代签就行了，我走不开。"

"不行。必须你本人签收。"为表决心，马乐斩钉截铁地补充道，"你不来，我不走。"

无奈，严晴起身，本能地理了理衣角，将长发拨到耳后，溜出格子间。

严晴的身影越来越近，马乐的笑容越来越深。弯弯的眉眼，宛若太阳雨下的两道彩虹桥，明亮地悬挂在他白皙的汗涔涔的脸上。见到他，严晴不言语，伸出手板，目露愠色。

"干吗？"马乐明知故问，下巴侧扬，嬉皮笑脸地打量严晴。

"我的快件。"严晴摊开手，怒目而视，短而快地吩咐道，"拿来。"

见她真动了气，他有些惊慌，稍一斜，掮在肩头鼓鼓囊囊的背包顺势滑下。熟练地扯开背包，取出一方纸盒，羞惭地递上前去，马乐语无伦次说道："别误会。我也没别的意思。就是想……看看你。"

严晴一愣神，摊开的手板定在空中，心头无端地怔忡。

"我又不是动物。"严晴神色冷峻，故作镇定地斥责，"能随便参观吗？"然而心内，仿佛投石入水的湖面，陡然悸动着，早已泛开一圈圈的涟漪。

耳根瞬间酣热，双颊微烫，严晴一把夺过快件，草草签字，嗔怪问："我有什么可看的？你有病吧？"

马乐也不恼，目光灼灼地盯着方寸慌乱的她，痴笑问："你有药吗？"

严晴在心里骂了句"神经病"，撕下快递面单扔向他，双手攥紧纸盒一角，步履如飞地转身而归。想到与侄女同岁的小男生那双明媚如彩虹的笑眼，始终在背后注视着她，严晴的身体仿佛被阳光穿透了一般，炽热地燃烧着。

一整天，严晴都心神恍惚，不知是因为那个彩虹一样的眼神，还是那句举重若轻的"我就是想看看你"。

临近下班时间，出了名的"事儿姐"依次走向每一张办公桌，对着每一位同事贴耳低语："快上新浪微博看看。咱前台成名人了！"

不等严晴回应，"事儿姐"抢过鼠标，点开网页，眉飞色舞地指着热门微博的头条，挤眉弄眼说："快看，智海婷的花痴病无可救药啦！"

严晴应声望去，屏幕上一张清晰的侧影：马乐背着硕大的背包，细长的腿跨越三阶楼梯，轮廓分明的唇角轻扬地向上伸展着。微博正文，智海婷大言不惭地宣告："欢迎围观，比柯震东还帅的快递员！善良、勤勉、朝气胜过土豪。姐决定追他。大家等我好消息！"

仔细翻看所有评论，严晴从智海婷回复的只言片语中，拼凑出来龙去脉——因电梯检修，整幢写字楼只有一部电梯可用。就在电梯门合上的一瞬间，一个体重不下 120 斤的女子徒手扒开电梯门，"噌"的一下跻身而入。尖锐的超重铃声响起，责备的目光不约而同落在"女壮士"身上，有人甚至不耐烦地埋怨："有点自觉性行不行？"

尽管犯了众憎，"女壮士"岿然不动，丝毫没有退让的意思。见状，马乐从人群末端往外穿行，诚挚地说："我东西多，占重量，还是我下吧。"

顿时间，这个小小快递员的形象，在与他同电梯的智海婷心中，高大若姚明。

"等我追出去时，他已经像匹奔驰的野马，快乐地爬楼梯送快件了。"

看一眼智海婷发微博的时间，再核对手机来电的时间，严晴的心里如饺子下锅，登时七上八下地翻滚起来。那张大汗淋漓的如同太阳雨下的彩虹一般的笑脸，在严晴的脑海中挥之不去。难道为了早点看见她，就值得他背着数十斤的重担，徒步攀上 11 楼？！这样揣测着，严晴呆望着电脑上熟悉的侧影，无端的，心口突然一阵生疼。

和严晴一样，贝红卫也是单亲家庭长大的孩子。童年的情感缺失，使得他们既渴望爱，又不善于表达爱。大学四年，从一次偶然同桌听大课的巧合开始，到并肩赴食堂吃饭，共同到图书馆温习，严晴和贝红卫的结合，温吞若凉白开。一切都是水到渠成，就连结婚，也没有日后回想起都心如灌蜜似的甜蜜瞬间。不过是为了搭伙过日子，严晴和贝红卫择了个阳光明媚的日了，揣着户口本和红底合照，上民政局填表盖手印，这就成了两夫妻。结婚第四年，为了替女儿省房租，严寻礼瞒着杨翠玲花二十万在关外买了套二手公寓，夫妻俩顺水推舟地有了真正意义上的家。没有豪言壮语，也不曾轰轰烈烈，没有动人心魄的浪漫时刻，也不曾有浓情蜜意的温馨瞬间。从恋爱到结婚，严晴和贝红卫进行得理所当然，如同人饿了要吃渴了要喝一般乏味而平常。唐小恬甚至取笑："你们俩的情况，连相濡以沫都算不上。泉水干了，两条鱼吐沫互相润湿，那叫一起吃苦的幸福。你倒好，用自己的体温温暖垂死的对方，只有付出没有回报，顶多算个有牺牲精神的妈妈！"

许是一切过于理所当然，当遇见不按常理出牌的马乐，严晴常常让他臊得面红耳赤，不知所措。"现在的孩子都这么英勇吗？"严晴关闭网页，自言自语道，双目迷茫地仰望"事儿姐"。

"那谁说得清楚？""事儿姐"一撇嘴，似笑非笑地嘲弄，"用网络语言形容，那就是咱们三次元的人类，不懂90后二次元的思维！"

"噫！我连3D和4D都没弄明白，直接穿越到次元世界了。"严晴抖抖肩，夸张地瞪大了眼睛，摇头感叹，"拉倒吧，我也别跟着小屁孩飞天遁地了，还是留在人间，拯救唐小恬吧！"

短短三余月，七万缩水成两万，扣除手续费便所剩无几，当初胸有成竹的贝红卫，如今像只四面楚歌的野兔，见谁都想狠狠咬上两口。

晚饭前，贝红卫潜入厨房，自觉穿上围裙，翻出老姜，猫身蹲在垃圾桶前，主动地刮去姜皮，不时挑起眼尾，用余光偷偷打瞄严晴。

两个人一旦太熟悉，刻意制造的亲近便成了鸡肋。

"说吧，"从他手中接过附着斑驳皮屑的姜块，严晴条件反射地表现出警觉，"你又有什么想法？"

"我今天看财经新闻，专家说，恒指已经跌到谷底，现在是建仓的最佳时机。"贝红卫若无其事地拍着蒜瓣，抛砖引玉地扔出一句。良久不语，凝神注视严晴，静候妻子的反应。

"我连账上的零头都全部转给你了。人家一般都拿闲钱炒股，咱们连生活费都搭进去了……"顿了顿，严晴垂眉耷眼地望着脚尖，故意放慢语速，尽量避免伤害丈夫的尊严，轻叹道，"我，实在是有心无力了。"

"不是还有房子吗？房契放在家里就是张纸，送到银行一抵押就能换回四十万，何乐而不为？"此话一出，连贝红卫自己也吓了一跳。为筹钱伤透脑子时，让严晴抵押房子的念头，曾一闪而过，旋即被他内心的声音坚决地予以否定。贝红卫也万想不到，那个邪恶的被理智镇压下的歪点子，此刻却像没把门的豆子，争先恐后地脱口而出。

手中的姜块猛然跌落在地，严晴抬眼望向贝红卫，惊恐万状。

脑海里有个声音气急败坏地喊"住嘴"，但就像个输红了眼的赌徒，又像个乱投医的重病患者，已穷途末路的贝红卫无法抑制垂死挣扎的本能，混账话不听使唤地继续冲出嘴边："你想啊，当初爸买这房只花了二十万，现在房价已经涨到六十万，本来就值当了。如果把它抵押了，用钱生钱，那就更赚了……"

一股热浪，从足底直冲脑门，眼前乌黑一片。心跳无端乱了节奏，身子顿时像面条似的瘫软下来。严晴往后一倾，双手扶住灶台边，吃力地喘息着，待四肢缓慢地恢复知觉后，脸色灰白地对惊呆了的贝红卫，低声说了一句："我叫了何苗和唐小恬来吃饭。钱的事，回头再说。"

根据 Ipad 的烹饪指引，严晴照葫芦画瓢，烧了一桌西湖醋鱼、雪菜毛豆、笋干扣肉和翡翠瑶柱羹。

推门而入，熟悉的香气扑鼻而来。何苗呆站在餐桌前，定睛细品这一桌的家乡菜，渐渐地，泪雾模糊了视线。

"现学现卖。"严晴张罗着开饭，强颜欢笑说，"厨艺是山寨的，但原材料可都是正宗的。何苗你快尝尝看，卖相和味道多少该有点江南风味。"

迫不及待地舀一勺雪菜塞进嘴里，何苗眼前，随即浮现出干瘪的母亲蹲坐在水泥地板上的勤劳身影。那双龟裂干枯的手，一丝不苟地将雪里蕻剔去黄叶和烂叶，就着冰冷的自来水洗净、控干。母亲佝偻着腰屈身于陶坛边，在灰黑的光线下，小心翼翼地将它们排列整齐，叶与茎交错摆放码好，抓一小撮碘盐，轻轻捻搓手指，平均地撒在面上。最后，再抓一小把花椒粒于掌心摊开，数着颗粒，轻轻扒拉进坛里。

幼时家里贫困，漫长的寒冬全靠母亲腌的雪菜，就着馒头和白粥，解决一家人的温饱。整个冬天，一家人无论打嗝还是放屁，空气里都弥漫着一种腌雪菜的咸气。这样不知过了几个冬天，顿顿雪菜的日子，使青春期的何苗瘦成了一棵发育不良的青菜，本应红润若果的脸庞也呈菜色。一度，看见绿油油的叶菜，胃里便条件反射地翻江倒海。念技校时离家住校，饭堂里时常可见稀黄如泥的雪菜，远远看见，何苗不自觉地打个饱嗝，转开目光。

如今身处繁华都市，雪菜已成珍稀的绿色食品，超市和餐厅里并不多见,何苗却越来越想念那朴素的,乏味的咸香。

往往,离家千里后,才明白世间最可口的,是妈妈的味道。

"就是这个味……"何苗放下瓷勺,埋头哽咽道,"姐,谢谢你。"

唐小恬不知原委,筷子直奔向鱼腹,贪婪地咬一口鱼肉,当即被火烫的糖醋汁灼伤了上颚。捂着嘴,仰头掐住嗡嗡作响的鼻骨,唐小恬热泪盈眶地叫嚣:"何苗你是不是也被烫到了?这就是好吃到泪奔的节奏?严晴,你干脆烫死我们得了!"

夏晓光怀抱一箱太和樱桃,刚进门,正好撞见唐小恬的狼狈相。瞬间,他奔放的笑声,响彻餐厅:"哈哈哈!平时造太多口业,现在遭报应了吧?哈哈哈哈!"

"滚!"看见夏晓光,唐小恬一秒钟收拢夸张的惨相,正襟危坐道。

"前两天去安徽出差,"到底受过高等教育,夏晓光深谙与女人打嘴仗务必见好就收的真谛,故不理睬唐小恬的挑衅,指了指脚边的樱桃,和颜悦色地示意严晴,"正好是樱桃成熟季,特意去了趟太和县,趁新鲜,直接给你们送过来了。"

"男人就是口是心非。"唐小恬批判着,兀自撕开封箱胶纸,掬一捧樱桃,依次分发给在座的每个人,口中没完没了地奚落,"蹭饭就蹭饭呗,非要给自己找个冠冕堂皇的理由。"

"这么说,你不是来蹭饭的?"夏晓光应声反驳,眉宇间暗藏黠意,嬉皮笑脸问,"那你是来讨饭的还是来要饭的呢?"

"有完没完?还能不能好好吃饭了?"此前贝红卫得寸进尺的请求,巨石一般重重地压在严晴胸口,此刻她正好借题发挥,狠狠地抒发出心中郁结。夹起两块条红油白的扣肉,分别掷进那二人碗中，神色严肃地责问，"一见面就吵个不停。那么多菜，还堵不住你们的嘴？"

唐小恬与夏晓光迅速交换一个眼神，瞬间安静下来。贝红卫停下碗筷，一言不发地旁观着，暗里猜想妻子动怒的缘由。好端端的聚餐，无故演变成一场默剧。任谁，都能感受到男女主人平静外表下的森冷情绪。一桌子人无声地吃着饭，喝着闷酒。何苗率先打破了沉寂，舀一勺雪菜毛豆喂到严晴嘴边，轻颦浅笑说："姐，你忙活半天，还没尝尝自己的手艺呢。"

牵强地扬扬唇角，包一嘴豆子，严晴含混不清地附和："我确实有厨娘天赋，味道不错。"

自以为赶上了好时机，贝红卫倾身而起，趁势递一筷醋鱼上前，讨好地笑说："老婆辛苦了，来尝尝鱼。"严晴微微一偏头，灵敏地闪过他的殷勤，面无表情道："我怕酸。"

方将缓和的气氛，蓦然冷重。贝红卫也不缩筷，夫妻俩侧目而视，各怀心事地僵持着，其余三人也无所适从。唐小恬稍作迟疑，探身靠向凝在半空的醋鱼，一口咬下鱼肉，若无其事地咂吧嘴道："我不怕酸。我就爱吃醋鱼！"

"吃货！哪儿都有你。"夏晓光配合地将矛头引了过来，口吻略带轻视，心中暗暗为唐小恬的机智点了无数个赞。

唐小恬轻挑柳眉，眼带笑意，愈加投入地表演起来："我就喜欢凑热闹。管得着吗？对了小贝，你最近买了什么股票，别一个人捂着，也给我个机会发家致富呗。"

"股票？她告诉你的？"贝红卫冷眼斜睨着妻子，以一个简短得不带任何感情色彩的代词，涵盖所有对严晴传小话、告黑状的不满，甚至鄙视。正是眼神中不加掩饰的轻蔑，水母一样蜇痛了唐小

第四章 欲望这头小兽胃口不错

恬。

"她？谁是她？哪个她？"征战酒桌多年，唐小恬被誉为酒胆雄壮酒量悲催的"三杯倒"。原本不胜酒力，加之闷酒易上头，此时离她一步之遥的贝红卫，已如叠影重重的张道陵，分不清谁是幻影谁是真身。怒不可遏地扑向贝红卫，未曾揪住对方衣领，唐小恬先将自己绊倒在地。舞蛇似的盘旋起身，唐小恬推开扶起自己的严晴，借着酒劲，再次扑向脸色铁青的贝红卫，食指指向身后，目露凶光，咬牙切齿地说，"麻烦你看清楚，她，对，就是你说的她！她可不是可有可无的路人甲。她是你老婆，她是照顾你衣食住行和你相依为命的女人，她是这个世界上比你亲妈对你都千依百顺的傻女人！"

"唐小恬！"严晴使出浑身气力，泪光闪烁地将闺密从丈夫胸前扒开，厉声呵斥，"不能喝就别喝！有种喝就别撒酒疯！"

竖起食指放在唇间，唐小恬摆摆手，目光涣散地回望严晴，哭丧着脸说："我还没说完呢。还有你，傻丫头，他五行缺德，你是八字缺心眼，成天拿人当祖宗一样伺候着还不落好……"

"你说谁缺德？"贝红卫擎起的巴掌，瞬间被一只强有力的手，死死举在空中。转身回望，夏晓光挺直腰杆，一座山似的亘在中间，刀锋一样的眼神冷冷地逼视着他。

"你！你缺德！"唐小恬伸手一指，因重心不稳，险些再次滑倒在地。夏晓光眼明手疾，一弯腰一伸手托起唐小恬，另一只手不依不饶地举着发小来不及落下的巴掌。

"她对你有求必应，为你做牛做马，事事以你为先，处处替你考虑，你不但什么都给不了她，连个好脸色都不给，不是缺德是什么？你真拿自己当神了，真以为谁都得供着你对吧？贝红卫，你给我听好了：我不是严晴。我不怵你，更不会迁就你。你再敢欺负我姐，我收拾你！"

夏晓光试图阻止事态恶化，唐小恬还未发声，便被一只温润的半隆起的手掌捂住了微张的嘴巴。

"浑蛋！我还没说完呢！"唐小恬迷蒙的眼神宛若萤火。晃晃悠悠地环视一周，唐小恬挥舞着双拳，口齿不清地发出警告，"别欺负她没有妈妈。告诉你们，她还有我！只要我在，谁都别想占她便宜！"

电光石火的一刹那，众人还没缓过神来，唐小恬已一头栽倒在夏晓光怀中。

纵然唐小恬烂醉如泥，不省人事，那双表示决心捏紧的双拳，仍坚定且骄傲地高耸着。

旭日东升，明媚的阳光透过凸窗，与水蓝色墙壁形成折射，服帖地覆盖在唐小恬的脸上。夏晓光半蹲着身体，小心翼翼地凑近唐小恬，痴望着她在晨光中的浓密睫毛。

"作死啊你！"猛然间睁大双眼，恼怒地瞪着他，唐小恬轻啐一声，夏晓光连忙别过头去，嬉皮笑脸地打趣："看来你真喝高了，我说你演技那么好呢。"

"起开！"一把推开夏晓光，唐小恬垂头，下意识地检查自己的衣衫，恶声恶气说道，"再敢靠近一毫米，告你耍流氓未遂！"

"又是未遂？我也太悲惨了吧！"一个灵巧地转身，稳稳地坐在床头，直勾勾地盯着唐小恬，夏晓光玩世不恭地坏笑说。

"滚！"

夏晓光打个响指，跷起二郎腿，扬扬得意地宣布："妖孽，这儿是我家。"

稍一愣神，扫一眼陌生的房间，唐小恬鱼跃而起，四下张望起来。天蓝色的墙，蓝黄相交的格子窗帘，与床品配套。液晶电视隔板架上显眼地竖着大不列颠百科全书，床头是一系列生活照，记录了从四川亚丁自驾进藏的历程。显然，房间的主人追求雅致，拥护自由，同时有着恰如其分的自负。

操起枕头狠狠砸向夏晓光，面若桃花地高喊："卑鄙！无耻！下流！乘人之危！不得好死！"

"疯子！傻瓜！笨蛋！狗咬吕洞宾，不识好人心！"夏晓光鼻孔朝天，不甘示弱地回敬。

"谁批准你带我回家的？"

"你！"夏晓光气急败坏地咬紧槽牙，脑海里飞快闪现出昨夜的画面，愤愤地说，"也不知道是哪个苦苦哀求我，早知道你会反咬一口，真该把你扔马路边！"

眨巴眨巴眼睛，密而长的假睫毛，扇叶似的被卷起、滑落。伸出拇指，揉了揉太阳穴，唐小恬依稀记起，在夏晓光的搀扶下与严晴道别后，他再三追问她的住址。狭窄的廊道灯光昏沉，自己像海葵一样瘫软地伏在他的肩头，张牙舞爪地晃动着四肢，疯疯癫癫地命令："你管我住哪儿！赶紧给姐找张床！我要睡觉！"

"谁求你了？"照着夏晓光肩膀，不客气地擂一拳，唐小恬哼鼻说，"去，给姐弄杯柠蜜解酒。"

冷不丁挨一记拳头，夏晓光蹬地而起，本能地握拳试图回击，而后甩手，悻悻说道："没见过这么凶悍的女人。你属母狮子的吧？"

"你怎么知道我是狮子座的?"唐小恬粲然一笑,背过身去整理衣襟,双手麻利地挽起长发,煞是得意,"赶紧的,我早晨有个重要的会。"

"闯我的屋占我的床还使唤我!"夏晓光闷闷不乐地抱怨着,脚步却顺从地挪至厨房,拉开冰箱,翻出柠檬与蜂蜜。

就着柠蜜与全麦面包凑合吃完早餐,二人一前一后地出了门。步进电梯,两人各朝一边背向而立,夏晓光撅下负一层按钮,随意地问:"送你去公司?"

"少来。"脖子仰成45度弧线,双眼仰天,唐小恬没好气地说,"我可没求你。"

"切!"

"菜!"

"喂!"

"干吗?"

僵持片刻,夏晓光率先开口:"唐小恬,狗拿耗子是病,得治。"

"有病。"

眼看电梯下行至一楼,夏晓光迈步到唐小恬身前,迫使四目交投,一本正经地提醒:"你跟严晴关系再好,那也是她的婚姻,你不该过多干涉。"

唐小恬微微怔身,咬唇不语。须臾,轻唤一声:"喂。"

"干吗?"

"送我上班。"

一头扎进副驾座,信手将包扔在脚边,唐小恬目视前方,没来由地说了句:"她是我姐姐,她的事,我不能不管。"

"你能阻止你姐爱你姐夫吗?"

"你认为那是爱吗?"全身放松地靠向椅背,侧脸注视着后视镜里飞驰而过的景物,唐小恬一字一句地说,"任何一种爱,过犹不及。圈养的老虎狮子一旦归山,因为丧失猎食本领,即使眼前有生鲜活禽,也只能干瞪眼活活被饿死。长期授人以鱼将导致他丧失打鱼的生存能力。对一个人有求必应,大包大揽,削弱一个健全的人的谋生能力,是比扒其皮拆其骨食其肉更残忍的侵害。"

拉起手刹,摇下车窗,夏晓光做了个恭请下车的手势,若有所思地说:"我很赞同。但是,如你所说,过犹不及。你过分保护严晴……"

"那不一样!"唐小恬眉心一沉,飞快地打断他,推开车门,灵巧地闪身而出,神情凝重地扔下一句,"我无法理智地袖手旁观。她是我在这个世界上,唯一的亲人了。"

摔上车门,唐小恬一阵风似的跑进写字楼。春日迟迟,暖风如烟。阳光下,散落在唐小恬耳后的卷发波纹灵动,雪纺的裙袂摇曳生姿。呆望着渐次远去的轻盈身影,夏晓光陷入深思,坐在车内纹丝不动,直到保安近身示意才回过神来,松开手刹,缓缓驶出停车场。

卷起百叶窗,一鼓作气灌掉半杯咖啡,唐小恬这才想起来给手机充电。一开机,微信消息鱼贯而入,剔除无关紧要的广告和"心灵鸡汤",简短回复工作相关信息后,唐小恬逐条播放严晴的语音信息,那边厢,新微信的提示音仍响个不停。

退出微信,拨出电话,唐小恬嗔笑说:"姐姐,你这是不让我上班的节奏吗?"

"上班?你都快让我没活路了,你还想安心上班?"严晴长叹一声,关切地问,"你昨晚几点到家的?电话不接,微信不回,要不是小贝吵个没完,我就直接登门寻人了。"

"睡着了没听见。"唐小恬隐约其辞地带过,从包里翻出夏晓光特意为她准备的保温杯,倒出半盖柠蜜水,讪笑解释,"我那点酒量,你也清楚,喝高就撒野,野完就沉睡。对了,你和贝红卫到底怎么回事?"

"嘻,没事。"严晴苦笑,语焉不详,"不是说钱能解决的事都不算事么,所以我们之间出不了大事儿。"

唐小恬心头一沉,眉峰拢紧,顺手操起笔在便笺本上画圈圈,不悦地追问:"他又找你要钱?"

"是。也不是。"严晴正愁无人商量,身边除了唐小恬也找不到可信赖的知心人,却又顾虑她的火爆脾气,因而吞吞吐吐地表示,"他就是和我商量,想把房子抵押……"

"他脑子进水了吧!"果不其然,尽管回避他二人因此起的对抗,唐小恬依旧炸开了锅。顺时针画圈圈的右手戛然而止,愤然一捶,笔尖一连戳穿几页纸张,"让他趁早死了这心!"

焦虑如同是炉灶上的旺火,钉板上的尖钉,急得唐小恬如坐针毡,索性在办公室内来回踱步,咬牙切齿地叮嘱严晴:"你可给我听好了,无论如何,房产不能动!那可是你的婚前财产,也是你仅剩的唯一资产。一旦出状况,别说你爸的心血白费了,你也没有了落脚地儿,连条退路都没有。万一他再落一身债,那债务还是你们婚内共同产生的,你还得替他扛!"

"别激动,我没答应。"饶是隔着电话,严晴也不难想见闺密此刻的愤慨,并因自己的怯懦腆红了脸,诺诺低语说,"我没那么傻。"

"你还不够傻的？你最好学聪明点。"撂下电话前，唐小恬仍一百个不放心，一面整理会议资料，一面郑重其辞地要挟，"我可警告你，别做那种把自己往死胡同里逼的蠢事！你要敢抵押房子，我就不认你这个朋友！"

"放心吧，我不会的。"俯拾起贝红卫取回来的贷款表，翻看手中的房产证，严晴心怀忐忑地应承，看似安抚唐小恬，更是给自己打气，"除了这房子，我真的一无所有了。我不会把自己逼上绝路的。"

熙熙攘攘的海燕批发商城，何苗左肩掮一袋打底裤，右手拖一箱PU钱夹，如同一个躲避球的运动员，步履匆匆地于人群中左闪右避。手机铃响，何苗口头央请着："借个光，拜托。麻烦让我过一下。"掮着黑胶袋，拖着行李箱，钻过人流，寻摸到厕所门口，坐在一箱钱夹上，双腿夹拢看护好一袋四季通用的打底裤，擦了擦新手机上舍不得撕开的保护膜，这才毕恭毕敬地问候："妈妈，你和爸爸最近好么？"

"好，好的。"嘈杂的批发商城，如同一个自动切换频率的收音机，吴侬软语的江南小调方将谢幕，平仄难辨的粤剧又粉墨登场。无须询问，从那你方唱罢我登场的讨价还价声中，母亲便知何苗正像勤劳的工蜂一般，辛苦地进货、搬运。心疼女儿之余，不免因自己的爱莫能助平添几分懊恼。

尽管母亲努力克制着情绪，两个好字之间些许的停顿，也教何苗听出了端倪，凝眉咬唇，急迫地打听："妈妈，家里出什么事了？"

"没，没什么事。"母亲慌忙否认，欲笑还颦地蹙了蹙眉。稍事沉默，振作起精神，言语支吾地说："苗苗，回南天空气潮，你别总开窗，注意膝盖保暖。有空给爸爸打个电话，也要提醒他注意身体。"

"妈！"情急之下，何苗全然忘了足间的黑胶袋，猛一跺脚，"嘭"的一声，炸开的胶袋口露出几双或波点或蝴蝶结或心形图案的打底裤。抽起跌落的打底裤，胡乱塞回袋里，将黑胶袋转一个方向，收拢脚后跟夹紧袋口，何苗焦躁不安地追问，"妈妈你可不能瞒我，我爸他到底怎么了？"

"傻闺女，真的没事。"母亲试图安抚女儿，极力掩饰担忧之情，意犹未尽地说，"就是，前些天有点咳嗽，头两天他说胸口闷，就带他去了趟诊所。你也晓得你爸的驴脾气，不肯闲着又不老实吃药，你有空说说他。"

"怎么能去诊所呢？"何苗心急火燎的高喊声，盖过了厕所相邻商铺的买卖声，惹得两旁的人侧目而视，"黑心诊所坑死人不偿命的！前两天刚出一起医疗事故，一个女的感冒到诊所打点滴猝死，被弃尸河沟。你们还敢去诊所！我走的时候千叮咛万嘱咐，不舒服一定要及时上医院，你们……"

豆大的泪珠吧嗒砸落，反手扯下马尾辫上的橡皮筋，稍一含胸垂头，齐肩的头发恰当地遮挡住感伤的泪眼。"说了多少回了，"何苗哽咽，"别总想着省钱，有病看病，身体是最要紧的。"

"哎呀，这孩子，没说不去医院。你别哭呀。"女儿说话的尾音带着哭腔，母亲也六神无主，旋即焦急地和盘托出，"你爸他没事，这两天回暖了病就见好。就是诊所大夫怀疑他是风湿性心脏病，让上大医院检查。你爸不听大夫的，所以想让你劝劝他嘛。"

第四章 欲望这头小兽胃口不错

抽鼻提气，稳住自己情绪，宽慰母亲几句，何苗片刻也不耽搁，联系上父亲，脱口而出："爸，你必须去医院！抽血化验，做心电图，把 CT，核磁共振，能做的项目都做了，好好检查一下。"

"不去。"父亲斩钉截铁，瞥一眼妻子，面露愠色说道，"你妈就爱小题大做。说了没事，非拉我去看病，现在还找你告状。我壮得像头牛，上什么医院！"

"你不去也行，"何苗一拨头发，一撇嘴，言重意决地说，"我明天就回家，亲自押你去医院。"

"胡闹！你卖多少衣服才赚得着来回的路费？瞎折腾什么！"父亲怒斥，一回头瞪着妻子，愤愤的眼神中夹杂着心疼与指责的复杂情绪，"我好着呐！小病不用治，大病就不治了。反正我不去医院，要去你们自己去！"

说话间，父亲连声咳了好几嗓。每一声咳嗽，都如同挖掘机上的抓铲，在何苗心上狠狠地抓了一把，痛得她抓心挠肝却无力抵抗。母亲欲说还休的迟疑，父亲的咳嗽，再次令何苗深深意识到，父母已年迈渐衰。母亲再不是那个一面做饭，一面补衣，一面听女儿背书的女超人，而今的母亲，纵使专注地穿针引线，也常脱手而不得不寻求女儿的帮助。曾经，为了说服老人，母亲"扑通"一下双膝触地跪在满屋高堂叔辈面前，坚毅果决地表示："钱我们自己想办法解决，只要你们同意让苗苗试试。她要是能考上，我就是拼了命也要让她念完大学。"

不识字的母亲，深信知识改变命运，不惜卑躬屈膝舍弃尊严，只为了让女儿离面朝黄土背朝天的生活远一点。而何苗违背了母亲，报考服装技校，只为求学期间在工厂实习的一份薄薪，减轻家里负担。录取通知书下来的那天，母亲请邮政人员帮忙念了内容，面无表情地回到家,一声不响地将通知书放入何苗手中,转身进了房间。翻看一眼为女儿连夜赶工绣好的鞋面,摸出白布和糨糊,母亲盘腿坐在床边,一针一线地为女儿纳起了鞋底。整整三天,母亲纳完鞋底缝布袋,缝完布袋织毛衣,不眠不休,不饮不食地为女儿入学做准备,却不曾跟何苗说一言半语。何苗至今仍清晰地记得,母亲以绝食和沉默表达抗议时坚毅而冷冽的眼神。曾经说一不二、无坚不摧的母亲,如今与乡里缺少主见的村妇不无两样,遇事先自乱阵脚,时常对自己的决定产生怀疑,屡屡寻求场外支持。

生活是怎样的一把刻刀,直教勇往直前的山鹰,退化成瞻前顾后的鸵鸟?

而父亲,也不再有能力把她裹进雨衣逆风而行,把她驮在肩头蹚田而过,把她从苹果树上捞下来,或挥拳对欺负她的熊孩子下最后通牒:"再抢苗苗的笔记本,当心我揍你!"

父母正在老去。他们曾闪烁过钢铁般的蓝色光芒,如今正在消弭。一千三百公里外的父母,既是何苗最敬爱的双亲,也是她亟待看护的孩子。何苗甘愿用一切换取父母的健康,一如他们愿付诸一切换取她的未来。

吃过晚饭,收拾好厨房,何苗捧出削皮去核的苹果片,艰难地说出自己的打算,"妈,我仔细考虑了您的意见。房价确实太高,以我们目前的能力供楼确实压力太大。所以我想跟你们商量一下,能不能把我爸妈给的嫁妆取出来,您再借我点钱,一次性把他们的社保买清。他们年纪大了,我又不能在身边照顾,一旦有个病痛,社保局还能承担九成……"

"反正这钱在我口袋里放着,都烧你们的心对吧?"杨翠玲瞟一眼严寻礼,似笑非笑的神情耐人寻味,"老严,你看何苗这手机,怎么跟你那天看的一模一样啊?"

严寻礼正用牙签戳起一瓣苹果片,目光呆滞片刻,支吾地说:"啊,可不嘛。这,就是我,我看的那个。"

"你严叔真知道疼人。"杨翠玲分明笑着,面色却由白转青,目光最终锁定在丈夫手中提不起又放不下的苹果片上,凝成骇人的冷灰,"我跟他结婚这么多年,就给过我一部翻盖手机,还是他用过的。你这嫁过来刚两年,用上苹果了。你严叔可真把我儿媳当自己人呐。"

"明天就去给你买苹果好不好?"严寻礼反手托着苹果片,甘言巧辞地喂到妻子嘴边,"何苗进门时好歹叫我一声爸爸。他们结婚快两年了,我也没给孩子买过什么。礼金也……"意识到自己踩了杨翠玲的地雷,严寻礼话锋一转,讪笑说,"孩子手机不是丢了吗,那天正好电信有活动,充话费送手机。我就……没买。送的。充话费送的。"

"小念,这家里啥情况,你也听见看见了,"杨翠玲一摇头,眼眶湿润地望向儿子,颤声说,"你妈辛劳大半辈子,什么都没得着。当然,妈也不指望谁。也怪妈没能耐,苦一辈子,就从牙缝里给你攒了这点钱,你要是同意给你老丈人他们买社保,妈二话不说,明天一早就去银行排队给你取出来。"

"何苗,你过来!"宛如一头被偷摸了屁股的老虎,刘念慨然而起,三步并作两步跨回房间门前,怒发冲冠地命令道。

"你到底想干什么?"一把将何苗拽进房间,掩上房门,刘念气恼得难以自持,"不让买房你就要买社保,想方设法逼我妈拿钱。我说何苗,除了我妈那点血汗钱,你能不能琢磨点别的?我当初找你,就是觉得你不物质,想不到,你也那么庸俗!"

"我……"

"你什么你？我还没说完呢！"刘念气不打一处来，自说自话地教训道，"说好了这月发工资就给你买手机，你凭什么要严叔的手机？就因为我买不起苹果，你就能随便收人家的厚礼？"

"我不知道是严叔买的，"何苗紧皱眉头，欲哭无泪，"他说是妈给我买的……"

"谁买的你也不该要！你看我妈像土豪吗？你是不是以为我妈的钱都是大风刮来的，所以变着法儿地想占点便宜？"

"事情不是你想的那样，我爸，不，是我妈打电话说我爸……"被误解的委屈，与被曲解的羞愤，如同一股拧巴的麻绳，搅得何苗大脑里一片混乱，词不达意地辩解着。

"到底是你妈还是你爸的主意？"为了不让妻子失望也不让母亲为难，同时实现两人的买房宏愿，刘念白天请求领导预付项目奖金，非但遭拒还被奚落一番。心烦意乱地回到家，又碰上这档子清官难断的家务事，刘念心里难免起疙瘩，一心想尽快打消妻子的念头平息母亲的怒火，因而口不择言道，"真没看出来，你们一家看上去挺老实，打起小算盘来精明劲儿一点不比城里人弱。"

"对，我们一家都是绵里藏针的祸害。"

打小，父亲就教育何苗："别人越看不起你，你越要对得起自己。"每当不能选择不被轻慢时，何苗便还击以加倍的自重。此刻，何苗梗起脖子，决绝地宣布："抱歉让你看走眼了。从这一秒钟开始，你和你们家任何一个人的财物，我概不接受。"

说话间，何苗已将苹果5还原盒内，原封不动地拎出客厅，往茶几上轻轻一放，斩钉截铁说："妈，这手机您拿去用吧。我用不惯苹果。"

何苗夺门欲出，严晴推门欲进，两人险些脸贴脸地打了个照面，心照不宣地扯嘴苦笑。

不需要过问，仅是扫一眼剑拔弩张的杨翠玲，紧张气氛自不消说。今天注定是个不适合听取意见的日子。严晴探头伸舌，悻悻地退身出来，浅笑问何苗："去哪儿？一块儿透透气吧。"

"说什么睡得早，活得安逸，拿我当猪养，全都是笑话。"寂静的球场，晚风习习，何苗瑟缩地抖了抖身，两颗清泪打在了石阶上。

严晴搂过何苗，递上纸巾，一语中的："反正你从来没想过靠他养活，不是吗？"

"话虽如此。他说的时候，我还是被感动了，相信了。"摇头笑话自己痴傻，何苗幽幽地说，"承诺是最不靠谱的礼物。说者再动情，听者再欢欣，若实现不了，都不过是一贴治标不治本的暖宝宝，意义不大。因为日子，不可能画饼充饥、望梅止渴地过。"

严晴不言语，心下附和：我知道，亲爱的，你说的，我都清楚。

"姐。"

"嗯？"

"失望比无望更让人绝望，对吧？"

"……"

"所以，两个人的孤单，比一个人的孤单，更刻骨。"

"……"

"姐，你孤单吗？"静默许久，何苗头枕着严晴的肩，仰望清亮的夜空，泪水恣意地沿腮而落，"深圳那么大，人口那么多，为什么我总觉得孤单像一把切牛扒的餐刀，切得我满心满肺的疼。"

"傻瓜。"严晴欲语凝噎，只得将何苗搂得更紧。

"你们跟我不一样。你们有家，有爸爸，有妈妈，心里有根，就有依靠。我只是块浮萍。不管我多热爱这片土地，不管我多努力想扎根于此，我就是块浮萍。"

"傻瓜，你还有小念。他的家就是你的家。他的亲人就是你的亲人啊。"

"你也是这样安慰自己的，对么?"一转脸，何苗泪流满面地凝视严晴，不言自明的眼神直逼她心底最深的不安。

"婚姻只是个饱满的气球，充满了我们美好的憧憬和幻想。一旦气球破了，除了伤痛，我们仍旧一无所有。对吧，姐?"

严晴轻捏何苗冰凉的手掌以示鼓励，嘴唇微张，说不出一句话安慰或反驳。

"姐，我想家了。"话未说完，何苗已泣不成声。严晴默默地陪着何苗掉眼泪，注视着漆黑不明的远方，一字一泪地说："我也想家。可是，我也不知道我的家在哪儿……"

第五章 我的爱情是天花

　　如同两个同宿青年旅社的路客，尽管朝夕相对，贝红卫与严晴却全程零交流地各自生活着。多年来，严晴第一次驳拒贝红卫的请求。如同一个以肉食为生的野生动物无法接受食素，非但贝红卫无法适应胃口的转变，"饲养员"严晴同样心神难安。为了平息这场冷战，下班后，严晴特意搭乘地铁一号线，经由世界之窗转二号线，来回耗时两个钟点，捎回贝红卫最喜爱的榴莲比萨。

　　泡面吃到一半，听见钥匙孔内转动的声响，贝红卫匆忙起身，草草收拾碗筷，一道光影似的闪进书房，"咔嗒"一下反锁上门。

　　"老公，我回来了。"喊了两声不见动静，再一瞥见水池里油渍斑斑的汤碗，严晴无奈地撸起袖口，洗净锅碗，捧着榴莲比萨轻敲房门，"老公，你有惊喜哦，快出来瞧瞧。"

　　醇厚的榴莲果香，酥脆的面饼烘香，加上浓郁的芝士甘香，无孔不入，飘进鼻息，钻进脾肺。喉结轻微滑动，贝红卫正了正身子，不为所动地盯着电脑屏幕。

从电视柜抽屉中翻出备用钥匙，推开房门，娉娉袅娜地蹲到丈夫身边，严晴笑语盈盈地打趣："你有张良计，我有过墙梯，别想用一扇门吓退我。"

贝红卫不接茬，只抱袖靠紧椅背，冷睨着严晴。

"尝尝，还是热的呢。"俯脸掀开盒盖，加了双份材料的浓烈的榴梿气息直贯而入，严晴连忙屏住呼吸，下意识地撇过脸去。

"我爱吃臭榴梿，你爱吃香瓜，这本身无可厚非。但你别跟我这儿装爱吃臭榴梿，假惺惺看着我吃，做难受状，你这是恶心谁呢？"一个不经意的微表情，瞬间触怒了贝红卫，压抑一周的邪火，借此喷薄而出。夺过比萨，气冲冲地扔到一边，眼角眉梢里全是不屑，贝红卫睥睨着严晴，阴阳怪气地质问，"就像你不赞成我投资可以撒手不管，但别惺惺作态地表示支持，转头跟你姐妹告黑状。做人真诚点不行吗？你不装不行吗？"

严晴僵立在原处，错愕地一动不动地看着丈夫，许久缓不过神来。

贝红卫并不知道，因为《来自星星的你》的热播，公司所有内外，部门上下，从高管到前台，几乎人手一盒"二千"专用 IOPE 气垫粉。当办公室助理统计团购名单时，严晴稍作犹豫，继而坚定地表示："我不看韩剧，也不爱化妆，这种热闹我就不掺和了。"

严晴舍不得为自己买时下最热的粉饼，却用一盒气垫粉的钱，给丈夫捎回这份特殊订制的榴梿比萨，换回此刻吃力不讨好的局面。

严晴暗自轻叹，气若游丝的短促的气息，如同在林火中点烟，

"咻"地将贝红卫的怒火烧得更旺盛。

"你觉得特别委屈是吧?"贝红卫嘴角上挑地冷笑着,目光如刃,似要将她从自己的眼睛中撵出去,"这些年跟我在一起,你有哪天是不觉得委屈的?"

霎时间,空洞的无助感如同 PM2.5 严重超标的雾霭,层层叠叠地将严晴裹挟着。严晴心下苦笑:这房子要是不抵押换钱,我将永远活在他的怨怼中。即使保全了房子,这样的家,还算家吗?

一旦男人动了念头,步步都如同走钢索。依不依他,都是错。日后严晴逐渐明白,两人叫阵,一方先声夺人或声东击西地偷换概念,其实是因为自己底气不足。当下,她却觉只怪自己有所保留。

次日早晨,严晴收拾书房。

她煞费苦心买回来的榴梿比萨,原封不动地被晾在一边。经过一晚的风干,芝士与面皮变得冰冷坚硬,馅料酸馊得如同她的婚姻现状。严晴硬着头皮咬了一口隔夜比萨,两行晶莹的清泪,无声地砸落桌面。

两个人的寂寞比一个人的寂寞更为寥落。因为,再无法为彻骨的孤单找借口。

爱令智昏。明知不应该,严晴仍旧选择一个阳光灿烂的下午,默然走进银行贷款部。和暖如婴儿保温箱的温度,无形中予人以被母亲护佑的安全感,而人处于安然中,总是比较勇敢。

只花了简短的几分钟时间,严晴便在工作人员的指引下,飞速填写好申请表。签字画押的一刻,两指间的水笔,莫名地沉如石磨。门牙紧咬下嘴唇,手腕瑟缩,笔尖缓重地于纸上推写着,严晴战战兢兢地问:"蒋经理,如果,我是说如果。万一,万一我还不上贷款,你们会怎么处理我的房子?"

"通常,断供后,银行会给你三个月的宽限期。其间你需要缴付本金和利息,还要另外支付滞纳金甚至违约金。"

"那如果,万一,还是还不上呢?"严晴骤然止笔,恍惚的瞳仁渐渐迷蒙。

"那银行就会进行拍卖,扣除银行和仲裁委应收款,余下的部分如数归还。"

严晴认真倾听着,眼睛越来越潮,她微微鼓腮翘颔,憋红了脸,硬是不让眼泪落下来。从贷款部客服到经理,任职十年中,老蒋没少处理因断供而拍卖的房产。然而眼前这个六神无主、楚楚可怜却又坚韧到骨血里的女孩,还是牵动了他的恻隐之心。

"抵押贷款不是件小事。要不,你先回去和家人商量一下?"今年刚过第三个本命年的老蒋,正值熟男的黄金时期,只因早生华发,加之处事沉稳,故被同事亲切地唤作"老"蒋。经验和直觉告诉他,面前这个寡言少语、心事重重的女子,一旦办理抵押,大概从此就失去她的房子了。尽管收入证明、银行流水等贷款资料符合条件,老蒋仍好言相劝,"好不容易有个家,如果不是万不得已,就别拿房子冒险了。还是先和家人商量商量,想想别的办法吧。"

"不用了。"严晴轻声喏喏,微颤着补完最后几笔,毫不犹豫地摁下指印,喃喃低语,"我就是为了家人来的。"

似乎为了不给自己留反悔的余地,严晴"倏"地站起,竖起右掌,示意老蒋放弃游说,长舒一口气,抖肩说:"好了。什么时候去国土局,我等你们通知。"

谢绝老蒋送请的请求,严晴放下抵押贷款申请表,一转身,疾步而去。

望着她倏然远去的背影,老蒋摆摆头,掷下笔,爱莫能助地叹

第五章 我的爱情是天花

了口气。

依照惯例,国土局收讫房产证七个工作日内,银行自动放款,无须再与抵押人联系。想到那个惊弓之鸟似的女子和她欲言又止的眼睛,老蒋还是打了个电话,语重心长地提醒:"严小姐,从今天开始银行就要计算利息了,我建议你拨出一部分存放在账上,设置自动还息。只要银行按月扣足利息,至少这一年内,你的房产不会发生变化。"

严晴客套地谢过老蒋的好意,撂下电话,心头一热,仿佛酒精炉上温着黄酒,纵使未曾饮用,仅嗅着甘香,全身也通了暖流。

尽管电话中觉察一丝不妥,见到严晴时,何苗还是不敢相信自己的眼睛。

几天不见,严晴明显瘦了一圈,眼袋浮肿乌青,面容憔悴不堪,魂不守舍的目光失去了往日的生机,整个人都像被磨去珠粉的贝壳,黯淡无光。

伸手挽过严晴,贴在她冰凉掌心上的手,熨斗一样火烫。何苗小心翼翼地试探:"姐,都到楼下了,要不上去坐会儿?"

"不了。她在,说话不方便。"严晴指了指家的方向,何苗瞬间秒懂,"她"指代何人,会心地点点头。

"我,我找你,说点事。"慌乱地摸出一张银行卡,不由分说地塞进何苗手中,严晴神色紧张地叮嘱,"保密啊。这件事,只能天知、地知、你知、我知,谁也不许说。"

"姐,你这是干什么呀!"何苗连连摆手,二人你拉我扯地推搡着银行卡,仿佛那里面存放的不是钱,而是个杀伤力极强的定时炸弹。

冰凉的指腹反扣住何苗的手,将银行卡锁死在她手里,严晴不时抬眼向楼上张望,大惊失色道:"别推了。让她看见不得了。赶紧藏好。尽快给你爸妈把社保买了。"

"不不不!我不能用你的钱。"何苗还要推托,忽然缓过神来,惊诧地问,"姐,你哪儿来的钱?"

"我,那什么,你别问了。"翕张着缺少血色的双唇,严晴目光闪烁,欲语还休,"反正肯定是干净钱。对了,这事千万保密,必须保密,对谁都要保密!"

严晴越躲闪,何苗越清楚事态的严重性,抽出卡亘在二人中间,倔犟地昂起头,"你不说清楚,我绝不要你的钱。"

"不是给,是借。借给你的。"

"借也不要。"

"哎呀,我保证不偷不抢不违法。"担心僵持下去惹麻烦,严晴张皇失措地合抱双手,将何苗握着银行卡的手捂得严严实实,顿足催促,"你就别问了。赶紧回去吧。让她起了疑心,谁都不得安生。"

不忍看她急得眼眶泛红的模样,何苗一抽手,双手插袋,目不转睛地瞅着严晴,正色说:"姐,卡我可以先收下。我这就上去。但是,不弄清楚这钱的来路,我不会动一分一厘。"

言罢,何苗放缓脚步,转身,蜗牛般拾级而上。

"苗苗……"

何苗驻足,微微俯首含胸,并不回头看严晴,只静静地等待着。

"我把房子抵押了。"尽管严晴口齿含糊,语速飞快,但何苗依旧听得清清楚楚。

"姐！"

"别！"做了个阻挡的手势，严晴猛一抬头，眼中瞬间溢满泪水。二人一个在高处，一个在低处，一个在阴里，一个在光下，彼此对视，不言不语。严晴抽动着肩膀，死死咬紧槽牙，直到眼中的潮汐渐渐退去，这才从容不迫地说，"什么都别说了。你要说的，我心里有数。我心里想的，你未必知道。我不光是为你，更是为我自己。如果不这么做，我的婚姻会率先阵亡。你和小念的感情也会受困于钱，你父母会老无所依，为给你们争取礼金，我爸的日子也不会好过……一间房子就能换一大家子的安生日子，何乐而不为？保得住房子保不住家人，我自己一个人守着一套水泥壳子，又有什么意义？"

"姐。"何苗几次张口，又将到嘴边的劝慰生吞回去。来回游走的舌尖濡湿了嘴皮，缓步走下楼梯，抬起左手，指着虎口处一圈暗灰色斑纹，凄然一笑，"我八岁那年冬天，想给爸妈准备刷牙水，没拿稳暖瓶，被泼出来的开水烫伤了手背。怕他们担心，我忍着痛一直不说，结果因为没及时处理水泡，从此伤疤一直跟着我。"

茫然地看了看那圈疤痕，严晴费解地望向何苗，不明所以。

"也许因为我本身是疤痕体质吧。不管是切菜的刀口，还是油溅的伤口，都会留下印子。可是姐，我只是疤痕体质，你却有一颗疤痕质心脏。"何苗"扑哧"一下笑出声来，转瞬，泪盈于睫，"你受过的伤，忍过的疼，都在你心上烙下印迹。我可以不问，你可以不说，但如果你不及时处理，它们会跟着你一辈子。"

连日来，严晴内心中所有的恐惧和委屈，就在这一刹那决了堤。

何苗倾身向前，揽住严晴，将她怆然泪下的脸轻放在自己肩头，低声说："姐，房子只是身外之物，你可以不要，我也可以不要，我们都可以舍弃。但我们不能连自己都不要了。这事我可以替你保密，但你如果再委屈自己，我绝不再袖手旁观。说到做到。"

含泪道别后，何苗手握银行卡，心怀戚戚地上了楼。严晴失魂落魄地走向地铁站，一只灰白相间的西施犬，不知从何处冒出头来，亦步亦趋地伴她同行。

"小家伙，你主人呢？"严晴弯身蹲下，试探性地伸出手掌，细声问道。西施犬小心翼翼地凑前一步，昂起墨色如豆的鼻头，嗅嗅她指尖，散乱的尾巴讨好地摇摆着。严晴斗胆摸了摸它的头，小狗立刻发出惬意的咕哝声，尾巴摇得愈加欢快，索性一头扎进她掌中，晃动着毛茸茸的脑袋，一副求爱抚的娇憨，惹得严晴转悲为安。

时近傍晚，路上的行人渐次多了起来。严晴陪小狗玩了好一会儿，这才依依不舍地起身，挥了挥手："小家伙，我该回家做饭了，你也回家吧。"

貌似听懂了她的话，原本仰面朝天的小狗迅疾地翻身站起，抖搂着长垂如鬃的背毛，一副蓄势待发的模样。

严晴走一步，小狗便随她前挪一步。严晴停下，小狗立即刹住脚步，仰起炯炯有神的大圆眼睛望向她，等待着最新指令。

"嘿，小家伙，你不能跟着我。"严晴猫腰，抚摸着它柔密的背毛，耐心地劝说，"你再不回家，主人该着急了。"

严晴指了指相遇的后方，摆手示意它离去。小狗呆立在原地，定睛看她，谨慎而讨好地，摇晃着鸡毛掸一样的尾巴。

严晴抬脚，小狗也抬起前足。严晴立定，小狗立即收脚。无奈，严晴只得向就近停车场的保安打听："麻烦问一下，您见过这只小狗的主人吗？"

"走好几天了。"扫了她一眼，保安漠不关心地比画，"也是个女的，跟你差不多高，也是长头发。听说出国了，退了房子就把它扔出来了。"

"它一直在这儿流浪？就没人管它吗？那它吃什么？有没有受伤？"心里莫名地抽痛起来，严晴回身抱起小狗，拨开它的背毛，仔细检查着。

保安一撇嘴，打量疯子似的上下扫视着严晴，讥笑说："谁会管它吃什么！"

"是啊，"想起自己的处境，严晴不由得抱紧了小狗，苦笑轻呓。

"小家伙，你没有家，我也快没有家了。"坐在路肩上，将小狗放在膝头，脸抵着它毛茸茸的脑门，严晴撇嘴笑说，"既然我们都没有家，不如，我们做个伴吧？"

似乎听懂了她的请求，小狗目露哀伤，抬起前足蹭及她胸口，探出花蕊一般火红的舌尖，温柔地舔了舔严晴的下巴。

"他们都说，狗狗最重感情。如果我爱你，你会像我爱你一样爱我吗？"

小狗热烈地摇头摆尾，不时地跃起亲吻她以示回应。情感的荒原，忽迎一场甘雨，凉透的心便有了温度。严晴淌泪，捧着小狗湿漉漉的脸，自言自语说道："家家。以后，你就叫家家好吗？以后我就是你的家。你就是我的家。"

小狗以更热情的亲吻，回应了她。严晴的泪水，汹涌如潮，一发不可收拾。

比起栖身之所，女人更需要的是精神的依托与内心的安稳。严晴将仅有的房产做无望的抵押的这一天，这只不足十斤的流浪狗，给了她最大的支撑与最暖的慰藉。

也许，未可知的将来，她将像它一样失去住所。

至少，因了家家的存在，她心里的那所房子，不再动荡飘摇。

心找到了家，人就不惧颠沛流离。

唐小恬气急败坏地冲下大堂，不想物流公司的快递大叔的怒火较她更旺。一把撕下快递面单，连同签字笔一起摔到她面前，快递大叔先发制人地发了牢骚："什么破规定，上货梯还要排队！前面有个人搬家，害我等了40分钟！周末又堵车，我还有好几件货要派。我可不管，我等不了了，你自己想办法吧。"

"我能有什么办法？"唐小恬杏目圆睁，掷笔斥责，"大叔，你收了我的物流费，就得给我送货上门。"

"我可没拿你的钱。"快递大叔撇嘴嗤笑，露出两排参差不齐布满黄垢的"烟熏牙"，一副爱谁谁的痞相，"钱是公司收的。你要找麻烦就找公司的麻烦。今天派不完那些件，公司也要找我麻烦的。"

"你不搬我就不签字。"

"不签就不签。"快递大叔拾起笔，娴熟地指向天花一角的摄像头，"别欺负我没文化。哪个不晓得这里有监控？你不签字我也能证明你收了货！"

拐手将烟支夹回耳后，哼唱着"你是我的妹妹你是我的花"，快递大叔招摇地穿堂而去，扔下惊呆的唐小恬，和一张硕大的罩着聚丙烯颗粒袋的三人布艺沙发。

新到岗的值班保安将这一切都看在眼里，信步走向唐小恬，自说自话地搭话："送货的都这样。没耐性，没素质。"

唐小恬冷眼瞟他，并不接腔，躬身颔首，扶着把手，徒手将沙发向前推动两步。

"喊家里人下来帮忙嘛。"热心受到冷遇，保安也不气馁，仍旧自来熟地搭着讪。

"没人。"唐小恬没好气地白他一眼，心想，傻子都知道的事，还用你说？

"就你自己啊？那我帮你吧。"这张新鲜的面孔，眉眼含笑地凑近几分，责无旁贷地接过沙发，卖力地推、拉、搬、扛，顶一头密匝匝的大汗，顺理成章地走进唐小恬的家。

唐小恬递去一支黑豆奶，客套地道了谢。保安接过豆奶，兀自插管"滋滋"地吮了起来，左顾右盼地张望着，口齿含糊地说："不用谢，应该的。"双脚却没有挪动的意思。唐小恬稍一蹙眉，语气便有了几分急促与生硬："我还要收拾，就不送你了。"

"不用送。不用送。"保安象征性地退了两步，眼睛仍贪婪地扫视着屋内的一景一物。目光落到客厅中央那个罩着聚丙烯颗粒袋、汇聚他辛勤汗水的沙发时，登时喜上眉梢，指着自己的"功劳"不容置否地说，"沙发放哪个位置？我帮你摆好吧。"

"我自己弄。不耽误你工作了。"唐小恬脸一沉，面露不悦，把身子一横，遮挡住对方探索的视线。

"自己弄……"保安细细嘟哝，暗自琢磨着，恋战地抻脖向卧室探看，热情不减地表示，"我姓何。我也是单身。对了，怎么称呼你？"

如同在餐厅吃饭，忽然觉出异样，吐出细碎的咀嚼物，发现半只苍蝇,却死活找不到另一半尸骸一般,唐小恬的胃无端地翻动着,阵阵泛恶心。

将半掩的大门最大限度地拉开,唐小恬铁青着脸,对着暴露在外的明显可见的"半截蝇尸",怒于言表地驱逐:"你该走了。"

保安悻悻而去,唐小恬满以为他会知难而退,怎料他不知耻而后勇。次日下班归家,隔着几丈远,何姓保安满面堆笑地冲唐小恬招手:"唐小姐,下班啦?今天需要我帮忙搬东西吗?"

心头一紧,眉头一皱,唐小恬暗想,"这货怎么知道我姓唐?"

经过公寓大堂,唐小恬刻意绕开近道,旁若无人地朝电梯间走去。保安却信步追来,前臂屈伸着,试图将她拦住,殷切地招呼:"唐小姐,有你的快递。"

唐小恬收住脚步,径直走到包裹存放区,翻开签收登记本,找到自己的名字,方要落笔,保安又凑过脸来,言笑晏晏地套近乎:"你这名字真好听,跟你人一样甜。你的字也好看,跟你人一样好看。"

不得体的恭维与带有目的性的殷勤都似一场鸿门宴,直教人生不如死。

唐小恬甩开本子,怒目无视,心头涌出各种刻薄的字眼,却发现任何一个词语都不足以形容他腌臜的用意。

并非所有的追求都是赞美,别有用心的献媚,是对女人最大的亵渎。而将他识穿点破,则是对自己的玷污。

唐小恬咬紧牙根,愤然转身,抱起快件,快步离去。

"也许人家是训练有素,具备热忱的服务意识,会不会是你太神经过敏了?"盘腿坐在崭新的韩式田园风格碎花沙发上,严晴手托果盘,含一枚正当时令的车厘子,莞尔笑道。

"他哪里是乐于助人？分明是赤裸裸的骚扰好吗？"唐小恬两腮微隆，活脱一条愤怒的金鱼，"越无视他，他越无耻。那天我提了袋烧烤经过大堂，他竟恬不知耻地说，'唐小姐，我也要吃！'没过两天，他又谎称有快递，骗我过去，装模作样说，'啊，可能是我记错了，你最近怎么总那么晚回来？'最恶心的是，昨天提袋菜路过，他居然理直气壮说，'今天做什么好吃的？多烧一点，我也去吃好吗？'你说他大脑什么构造？"

严晴放下果盘，喉头滑动，挺直身子，瞠目结舌地侧脸看她："这也太猖狂了。"严晴咋舌，眨巴眼睛问，"你怎么不找管理处投诉呢？"

"他一光脚的难道会怕穿鞋的？"唐小恬一翻眼，气鼓鼓地说，"我是搪瓷他是砖头，硬碰硬粉身碎骨的肯定是我。万一让他丢了工作起了恨意歹心，我防不胜防！"

"忍气吞声也不是办法啊。"严晴愁得眉眼鼻唇都挤在一块，苦想片刻，迟疑地建议，"要不，找个厉害角色吓唬吓唬他？"

"找谁？我们身边都是文明人，论痞气谁比得过他？"惆怅地长叹一声，唐小恬起身取来手袋，摸出胡椒喷雾，苦笑自嘲，"看，都逼得我出入自备防身武器了。"

"夏晓光相识甚广，可以让他想想辙儿。"

"别，我可丢不起那个人。"扔开胡椒喷雾，跳进沙发，细想觉得自己的行为实在荒唐，唐小恬"咯咯"笑出声来，"你都不知道，为了躲他，我都不敢淘宝了，省得总取快件。每天进出，离远看见他撒腿就跑，宁可绕外圈走防火通道上楼，都不经过他进大堂。想我平时雷厉风行的，居然让一小保安吓得走投无路，太诡异了！"

唐小恬句句在理，严晴纵使担忧，却也爱莫能助，恨得牙痒地吐出一句："作死的保安，你说他到底想干吗！"

"还能干吗？图个一劳永逸呗。"唐小恬提眉撇嘴，讽笑说，"一层15户，两栋楼近千户人，他为什么非对我死缠烂打？不就因为我是个有房的女单身汉吗？"唐小恬耸肩皱鼻，带着探究的目光问，"亲爱的，我看上去像缺滋润的剩女吗？我就单得那么明显吗？"

话锋转得急而狠，严晴一不留神，"噗"的一声，惊喷出柠檬红茶。慌忙揩去溅在身前的茶水，严晴跳下沙发，信步绕场环顾一周，倒抽一口凉气，背过手去一本正经地说："亲爱的，这个，真的有！你看，一个高脚杯，一个洋酒杯，一套碗具，一张毛巾，一把牙刷……你岂止宣布单身，简直与二人世界彻底决裂，并以此宣告：你要孤独终老！"

"去你的！"唐小恬抽出腰后的抱枕，准确无误地掷向闺密，猛然间想起什么，端坐起来，认真打听，"对了，你和小贝怎么样了？"

"挺好。"严晴心中一颤，继而正了正神色，避实就虚说道，"我捡了只小狗，叫家家。"

"你家小贝不是讨厌小动物吗？"

听说家家是严晴抵押房子的路上捡到的流浪狗，一向讨厌小动物的贝红卫，张开双臂迎它进门，欢天喜地地表示："自来狗果然来财，家家，你真是我的财神爷！我会像供奉财神一样伺候你！"

回想当天的情景，严晴心头一酸，嗫嚅道："他……还行，"稍加停顿，严晴囫囵地说，"反正不用他打理，不到十斤重的小家伙，影响不到他。"

若不是受保安连日纠缠影响了心绪与判断，唐小恬兴许会捕捉到严晴眼中不易觉察的闪烁。可惜老虎也有打盹的时候,此时唐小恬的心思,全在免受骚扰的人身安全上,只耳提面命地提醒闺密:"我再重申一次,房子是底线,坚决不能动。把他的胃口撑大了,将来吃亏的是你自己。"

"你就别操心我了,"严晴心里七上八下地打着鼓,佯装轻快地拍了拍沙发扶手,巧妙地转移开话题,"有时间还是想想怎么对付你的'沙发哥'吧。"

"'沙发哥'?"唐小恬一怔,继而哭笑不得地照着抱枕捶了两拳,垂头丧气说,"早知道沙发会引发桃花劫,白送我都不要!"

"人生哪有早知道……"严晴轻叹,闺密二人,四目交投,相视苦笑,默契地陷入沉寂。

欲望是头野兽,并且胃口不错。所有的纵容与姑息,加速了这头小兽的生长。

在"沙发哥"眼里,唐小恬的回避,就是他胃口膨胀的养料。原本这头小兽一顿一只麻雀即可果腹,姑息喂养后,如今每餐一只山鸡,都无法令他满足。

这日子夜,唐小恬与客户签约后,双颊酡红,长裙曳地,身姿摇摆地步入大堂。何保安正当值,见唐小恬微脚步不稳,借机冲到她面前,二话不说拉住她,连声说:"你看你,喝这么多酒做什么?那么晚回来,多不安全。"

"有多远滚多远!"借着酒胆,唐小恬猛一扬手,硬牛皮手袋,"吭"一声正中对方的天庭。唐小恬暗中窃喜,嘴上刻意骂着醉话,愤然推开"沙发哥"。

愣了愣神,"沙发哥"讪讪地抽回手捂住头,卖笑追欢:"唐小姐,你不记得我了?我是帮你搬过沙发的小何啊。你喝多了,来,我扶你回家。"

"那是我家,跟你有半毛钱关系吗?"越是忍气吞声对方越得寸进尺,唐小恬终是按捺不住,借酒撒泼豁出去了。金碧辉煌的酒店式大堂,映衬着乌黑如墨的夜色,唐小恬驱赶苍蝇一般挥舞着硬皮手袋,一改往日的雅静,边扑打边痛骂,"给脸不要脸!不理你还来劲了。跟我动手动脚?你什么东西啊!别以为姐怕你!平时不骂你是怕脏了我自己的嘴!搬过一张沙发就想登堂入室?"

山洪暴发似的殴骂磅礴而至,"沙发哥"像鞋底抹了胶似的,错愕地惊伫在原地,满脸臊成猪肝色,"我,我,我"地无力辩驳。

唐小恬骂得爽快,肾上腺素激增,听见手机铃响不假思索地接通。"喂!等会儿。"抬眼指着保安的鼻子,意犹未尽地诮骂,"你,你给我听好了,从现在开始,跟我保持五米距离!东边看见我就滚到西边去!南门看见我就绕到西门去!还有,不管发生什么事,不准喊我,更不准碰我!"

"唐小恬,你又喝大了?"电话里窃听到骂仗现场,夏晓光开怀地伏卧在方向盘上,乐得直不起腰,"今天又是哪个倒霉鬼,撞你酒杯上了?"

唐小恬举起手机,仰头呈现30度角,眼睛眯成一条线,打了个酒嗝,嘟哝问:"你谁呀?"

"妹子,你肯定是AB型血吧?"一个华丽的急停、倒挡,夏晓光在大堂口的花槽前泊好车,稳步走向唐小恬,瞟一眼"沙发哥"无地自容的窘相,心头便明白了一二。拽了拽衣襟,清了清嗓子,夏晓光挺直腰杆一把将唐小恬环抱在身前,摘下她手中的"武器",

威而不怒地对"沙发哥"说:"我老婆什么都好,但就是欠盯(叮)。一没看住,她就喝得找不着北了。若有得罪,你多包涵。"

腋下稍一用劲,夹紧唐小恬绵软的身子,夏晓光在她耳边轻声喃语:"大半夜的耍猴也没观众,差不多得了。走,回家!"

撇下被石化了的"沙发哥",夏晓光一手环紧唐小恬,一手拎着硬皮手袋,迅步而去,扬起一溜烟尘。

以热毛巾为她拭脸擦手,又为她沏了杯添加橙皮的蜂蜜水,夏晓光一通忙活后,唐小恬的酒意也醒了一半。定睛打量夏晓光足有半分钟,唐小恬蹙眉怒目问:"你怎么进来的?你在我家做什么?"

又来了!夏晓光撇嘴,"啧"一声,哭丧着脸说:"妖精,你怎么总醒酒就翻脸,不识好人心呐?"

"好人?"唐小恬轻啐一声,嗤笑说,"欺负我单身想占我便宜的都不是好人!一个人怎么啦?姐一个人买得起房修得了马桶换得了灯泡过得了日子,犯得着你同情?"

"你当然不需要同情。你多高不可攀呐。"轻拍她的背部,夏晓光嬉笑安抚,掏出熠熠生辉的钻石链坠,轻握进唐小恬手中,"明知酒量浅,以后少喝点。估计是上次喝多了掉我车上的,今天才看见,给你送来又撞上这出。"

唐小恬咂吧嘴回味橙皮蜂蜜水的甘甜,舔舔嘴唇,睡眼惺忪问:"你是上帝派来看我笑话的吗?"

夏晓光不置可否,柔情脉脉地凝视良久,轻声说:"没事了。安心睡吧。"

"'内'什么。"

"收到。《摇篮曲》是吧?"和上次酒醉如出一辙,唐小恬起了个头,夏晓光低吟浅唱。很快,屈腿蜷缩在田园沙发上的唐小恬,发出安然的轻鼾。

唐小恬和衣躺枕在床榻间,被第一道晨光叫醒时,夏晓光已不知所踪。昨夜用过的毛巾与水杯均已复位,就连他穿过的拖鞋也整齐地归放在鞋柜第二排最右的位置。似梦非梦间,唐小恬下意识地摸了摸颈间,失而复得的钻石挂坠清楚地示意,在她亟需帮助时,夏晓光着实及时出现过。

恍惚地寻到手机,审慎地几番涂改后,唐小恬发去两个字:谢谢。信息提示旋即响起,仿佛夏晓光一直守候着她的消息,须臾不曾耽搁,发送来早已输入的疑问:"今天,还是《摇篮曲》吗?"

即便亲密如严晴,也不了解这首老歌之于唐小恬的深远意义。这是唐小恬的父亲生前最爱唱的歌。唐小恬还在襁褓中,父亲便时常哼着这首歌哄她入眠。父母意外离世后,每当心绪难宁,轻声唱起《摇篮曲》,身后就仿佛有一双含笑的眼睛,慈爱地注视着她。

人与人之间,或许情深缘浅,灵肉分离。但记忆不会因此而终结,歌声也不会因此而远离。每当唱响这首歌,唐小恬便觉得父母仍然活着,就在她的身边,从未远去。

一首歌,兴许能安抚人一时的脆弱,但其作用无异于阿司匹林,能镇痛却无法根除。

对于一个了无依靠的独身女人而言,比纵容自己的脆弱更可怖的,是依借回忆取暖。"止痛药"的抚慰,适合浅尝辄止。归根结底,生活的种种不易,只能凭自己消解,她没有任何人事可依仗。

"今天还是《摇篮曲》吗?"夏晓光再次发送同样内容的微信,执着地等待她的回复。唐小恬深吸一口气,略带海洋气息的无火薰瞬间使神智苏醒,使头脑舒爽。

盯着短信看了又看,唐小恬默默搁下手机,感伤地摇了摇头。

第五章 我的爱情是天花

如果说贝红卫曾经在下单那一霎手震肝颤过，那也是在初涉股海的试练期。那时候，每录入一个股票代码，贝红卫的心里都跟上了发条似的"咯嗒"不休。几番浮沉后，贝红卫对大市的起伏涨跌早已刀枪不入，那种挥霍妻子的血汗的羞愧，已然修炼成不痛不痒的漠然。

　　"尽人事，听天命"是贝红卫对自己最大的告慰，"我左右不了股市，但我所做的一切，都是为了让严晴过上更好的生活。只要我赚了钱，我一定加倍偿还她。"心理暗示是踌躇满志者的强大武器。当画饼充饥形成习惯，看见任何圆形物体，便能条件反射地诱发饱腹感。因此，当贝红卫将严晴以房产抵押的五十五万一次性买进环保概念股时，眼前所见已不仅是几行数字，而是衣香鬓影、名车洋房的远景。

　　"你以为他是为咱好？"老蒋的建议被贝红卫一口否决，抽一口烟，斜眼说，"他是银行的人，当然先保障银行利益。你傻啊。总共贷了五十来万，先拨出15%存着扣利息？那不等于咱只花了四十八万却付他们五十五万的利息吗？"

　　贝红卫到底在金融科系里浸泡四年，计算起风险与回报来头头是道，严晴心中戚然，却又拿不出理据反驳，只能听任他一意孤行。但象牙塔外的世界，岂是凭书本上的理论与数据就可计算出祸福？不到一个月时间，香港股市震荡不断，扣除手续费与税费，账上的股票市值跌剩一半。严晴寝食难安，却不敢多心过问。第一期还款日迫在眉睫，严晴每天查一遍银行存款，余额都是两位数。周五晚上，好容易等到贝红卫睡醒，严晴犹豫再三，递上一泡普洱，低眉顺眼地问："老公，后天该还利息了，没问题吧？"

"没问题。"贝红卫大言不惭地端起茶，闭目冥思，缓缓抬眼，目含责备，"你是担心我有问题，还是希望我出问题？"

连日来，贝红卫跟没事人一样通宵玩网游，从东方发白睡到万籁俱寂，悠然自得的松弛反将严晴的紧张显衬得不合时宜。

"没问题就好。"严晴怯懦地嘀咕，"我就是随口一问，没别的意思。"

"你就不该瞎操心。我是你老公，我需要你的支持和信任。"将家家唤到脚边，胡乱地揉了揉它的头，贝红卫心无挂碍地表态，"你就放一百个心吧。我才是正经金融系毕业的专家。"

美梦一旦做得太久，意识随之渐变混沌，再难分清梦想与幻想的差异。审视着那张胸有成竹的表情，惊叹于贝红卫的盲目乐观。但她如何叫醒一个大脑长年沉睡的植物人？即使现实摔得粉碎，贝红卫仍乐此不疲地给二人洗脑："钱生钱是永远的王道。到那时候，咱就能一夜暴富，瞬间变土豪。"

"暴富就算了。能把家保住就行。"严晴苦笑，暗自忧心盘算，"照这趋势，厨房和洗手间现在已经是银行的了。再暴跌下去，很快连阳台都保不住了。"

"总而言之，你不懂股票就别瞎操心。"放松地伸个懒腰，贝红卫抓起沙发巾擦了擦手，若无其事地轻拍妻子的脸，"去，给我下几个饺子。一天没吃东西，饿死我了。"

周一早晨，恒生指数势如破竹，一开市就拉出一道艳红明亮的阳线。严晴的手机信息提示利息捐款成功，旋即，贝红卫眉飞色舞地来电："怎么样，你老公靠谱吧？"严晴"嗯啊"地随声附和，心里却怎么也高兴不起来。自从房子的抵押款倾囊倒进股市，严晴就不曾睡过一个整觉。股市飘红，她担心贝红卫不知见好就收；股市惨绿，她害怕自己露宿街头。这才一个月，严晴已受够了每天睁眼就欠银行几十万的如履薄冰的日子。严晴心生悔意，想和贝红卫商量赎回房子，他偏跟注射了兴奋剂似的喋喋自夸："今晚别做饭了，我请客。我联系夏晓光，你把唐小恬，何苗两口子都叫上。"

说好的便饭，毫无悬念地成为贝红卫扬眉吐气的演讲大会。饭席全程，只听贝红卫一人，滔滔不绝地讲述他这叶小孤舟，如何在惊涛骇浪的股海中，与百舸争流。贝红卫的演说越热烈，桌上气氛越冷清。见势头不对，夏晓光悄悄埋过单，让服务员撤走碗碟，换上清茶和啤酒，提议大家玩几局"谁是卧底"。

几个回合下来，夏晓光和唐小恬的默契令在座的啧啧称奇。每次抽到卧底词，不足三五分钟，夏晓光一准能与唐小恬相互拆穿，毫不手软。当夏晓光说出，"环肥燕瘦，荤素搭配"，唐小恬与他互换一个眼神，兰花指点向他，不怀好意地笑说："你是卧底。我们都是红烧肉，只有你是梅菜扣肉。"

爽快地干掉罚酒，夏晓光眉目含笑地瞅着唐小恬："姐，你这又何必？"

"拆穿是因为心疼你。"唐小恬摸着杯底坏笑，刚呷一小口，便被夏晓光夺去了酒杯。

"还喝！"夏晓光锁眉，旁若无人地斥责，"没见过这么不自律的！"

严晴呆怔，少顷，与何苗相视一笑。

酒足饭饱，一行人在霓光中挥手道别。星月相映，严晴挽着唐小恬纤细的胳膊，满腹心事地轧马路。人影渐去，唐小恬率先发话:"你今天情绪不对。小贝的股票挣钱了,你不该闷闷不乐。该不是有事瞒我吧?"

严晴心中一沉,敛息僵立,怔忡片刻,强笑反问:"我还没审你,你倒先发制人了。你和夏晓光到底怎么回事?"

唐小恬心头一惊,头皮倏然发木,支吾道:"别瞎猜,我和他能有什么事?"

"唐小恬!"

"我招!"唐小恬轻跺一脚,朱唇微噘,莫可奈何道,"上次在你家喝挂了,他把我领他家去了。后来还有一次喝高了,正好他给我送东西,又在我那守了我一宿。"

"就这样?"

"你还想怎样?"

"真的仅此而已?孤男寡女共处两个良宵,就没发生一点故事?"严晴不甘心且不放心地仔细审阅着闺密的微表情,惆怅地说,"我们公司那个前台,见送快递的小伙长得帅,直接发微博宣布不追到他不罢休。后生可畏啊。唐小恬,你再这么扭捏,真要孤独终老了。"

"我又不是蚯蚓,扭捏什么?"夏晓光贴心照料的画面此刻在眼前挥之不去,他温柔的歌声此刻萦绕在她耳畔,唐小恬细细思考片刻,真诚地向闺密敞开心扉,"亲爱的,夏晓光的确是个正人君子,但我现在真没那个心思。我哪还有那力气恋爱?"

"我知道你心里有伤,但你也不能因噎废食啊。"牵着闺密瘦弱的五指,严晴心疼地感叹,"女人再强悍,总归需要保护。就说那作死的'沙发哥',要是你身边有个男人,他还敢那么肆无忌惮吗?"

"两个人有两个人的安稳，一个人也有一个人的自在……"话到嘴边，唐小恬顿了顿，不忍心揭穿，于是生吞活咽了后半句，"找个像贝红卫那样一无是处还需索无度的男人，真不如自己一个人。"

"你最大的问题，就在于错误地坚持了不该坚持的，轻易地放弃了不该放弃的。曾经遇人不淑，并不代表你今后遇到的每个男人都不是东西。"

抬手依次摸着钉了一排耳扣的耳骨，唐小恬笑得凄然："小时候隔壁一个善良的婶婶，身上总有硫黄皂的味道。有一次，我发烧了，她像妈妈一样用湿毛巾敷在我额头给我降温，摸着我滚烫的耳朵说，'耳朵热是因为有人想。你的爸爸妈妈在天上想甜甜，甜甜要快点好起来。'我知道她只是为了安慰我，可我还是相信了。渐渐地，我也学会借此慰藉自己。刚到深圳那段时间，也不知道是自己的妄想还是水土原因，耳朵每天都很热，我禁不住想，是不是那个人在想我。每天就这样自问自答，疑神疑鬼的。后来每次因为他睡不着，我就去打一个耳洞，直到再也没有多余的位置可以安插下耳扣。从那以后，耳根再烫，我就警告自己：别自作多情了，没有人想你，耳朵烫是因为金属过敏，耳朵发炎了！"

唐小恬娓娓细诉，如同描述一个事不关己的故事，严晴的眼眶却渐渐模糊。

没由来的，严晴想起了何苗，那个同样有着疤痕质心脏的瘦弱女子。没有痛觉刺激，却有真切的痛感，她们，无一幸免地各自体尝自己的痛，看不见的伤痛，就隐没在她们阳光的笑容中，潜伏在她们强大的意志下，在最关键时刻，给她们致命一击。

是谁说时间是最好的偏方？时光的流逝，尚且不能治愈开水烫下的皮外伤，枉论内伤。

有故事的女人，放不下过去，并非不想放下，而是无法放下。

唐小恬背负着累累伤痕微笑前行，不是因为心太空，而是心里太满、太沉。那些远去的背影、褪色的回忆、变调的承诺、留不住的愉悦、挽不回的伤害，都压得她丧失了期待和勇气。

爱情的杀伤力，总在曲终人散后方得彰显。

当初两个人潜移默化地互相影响，你以为你戒除了他，你甚至千方百计抹去相爱的痕迹，却不知不觉继承了对方的习惯。从睡眠较轻到听不见鼾声便睡不安稳，从开始对他说的每一句话信以为真，一路披荆斩棘，到最后只能讥笑自己天真。如一个虔诚的花匠，带着期许与憧憬走入一个花园，你亲自栽种、灌溉、施肥、捉虫，眼睁睁地看着这座花园从繁花似锦没落至寸草不生。

从相遇到走散，你仍可以重新活过，却再也不是从前的自己。

"我的爱情像天花，"华灯璀璨，人声鼎沸，唐小恬在严晴的拥抱下，笑出了眼泪，"得过一次，永不再发。"

感受到她瘦弱身躯的颤抖，严晴蠕动着嘴，良久，说不出一句劝慰。

世间万物，唯独爱情，争取不来，努力不得，入不敷出且得不偿失。

最后的最后，女人，只能自救。以顽强，以独立，以沉默，以洁身，拯救自己于情天爱海。

遇见，欢喜，钟情，相爱，分离，从最初还原到形同陌路。我们都是这样长大的。无人幸免于离散之苦。

无论曾经怎样深爱过，我们终将陌路。

就像我不曾因你笑,也不曾为你哭。

就像一切不曾发生,我们仍是陌生人。

一如往常。

第六章　从此丈夫是外人

杨翠玲咬一口凉拌黄瓜，咂咂嘴，蹙眉嘀咕："放了多少醋啊，都快酸成柠檬了。"

"酸吗？"何苗夹一筷黄瓜扔进口中，三下五除二嚼了吞下，一脸天真，"还好吧，不怎么酸呐。"

"你不是不能吃酸吗？"杨翠玲撇嘴，旋即，喜出望外地睁大眼睛，惊喜地问，"苗苗，你不会是怀孕了吧？"

何苗正用筷子点着盘沿的醋往嘴里送，一听这话，失手跌了筷子，愕然地看着杨翠玲，上下嘴皮都不听使唤了："不，不能吧。我们还没计划要孩子呢。就那么一次不小心，没那么巧吧。"

"胡说！"杨翠玲一巴掌拍在儿媳背上，下手虽然不重，但正好拍在了扇子骨上，砰然一声发出闷响。杨翠玲大惊失色，一手扶着何苗肩胛，一手又是搓又是揉地在她背上画着圈圈，眼角眉梢含笑，口中念念有词地叨咕，"没成形的孩子最小气了，你可千万不能瞎说。这越是计划外的惊喜才越大。这就是天意，是老天给咱家的礼物。苗苗啊，你可是立了大功了，这肚子里要是个男孩，我对刘家也算有个交代了，这辈子吃的苦都值了……"

"妈！"心理学家曾指出，人在突然蒙受巨大变故时，首先的应激反应是否认。此时，对于腹中有可能孕育着的不请自来的孩子，对自身未来感到迷茫的何苗，本能地产生抵触，"您别着急高兴，八字都还没一撇呢。我最近感冒，可能舌苔厚，味觉不灵敏。"

"还胡说！"杨翠玲握拳轻捶灶台，不满地剜何苗一眼，摘下围裙嗔怨，"这孩子总听不进油盐。你月事来没来？"

"还没有。"经杨翠玲一提醒，何苗更加心慌意乱，诺诺地安抚自己，"也就晚了几天，可能是因为感冒。"

"怀孕这么大的事，哪能有靠也许、可能胡猜呢？咱也别在这儿瞎猜了，我这就领你上医院。你不信我的经验，还能不信医生？"

全然不留商量的余地，杨翠玲扔下围裙，步出厨房一通忙活。雷厉风行地交代严寻礼如何处理择好的菜，给儿子刘念打电话通知他告假直接上医院等结果，杨翠玲爬上餐椅取下卧室高墙上的全家福，卸下背板，抽出10张粉色大钞，用一张灰蓝相间的旧手帕卷好钱，瞟一眼何苗，不容置疑地敦促："去换身宽松的运动服，体检方便。"

如同被催眠一般，何苗任凭摆布地更衣、换鞋，一路恍惚地来到医院，鬼使神差地接受各项询问、听诊、尿检等检查。妇幼医院人流如织，即便洗手间门口也是人头攒动。婆媳俩并排坐在等候区等待化验结果，望着你来我往的大腹便便的准妈妈们，何苗渐渐回过神来，扣起双手，战战兢兢地问杨翠玲："妈，我这两天感冒喝了好多板蓝根，万一真有了，会影响孩子发育吧？"

"他才黄豆大点，影响什么？"杨翠玲拧眉，侧目瞪一眼何苗，嗔说，"板蓝根是中药，滋阴的，要有影响也是好影响。"

"万一……"

"没有万一！听我的错不了！"

"可我还没准备好。"

"生儿育女，是女人的天职，有什么可准备的？"杨翠玲仔细一想，怒上心头，一拧身正对何苗，逼视她的瞳孔里藏着钩子，"苗苗，妈是个直来直去的人，说得不对的你别往心里去，但你也得跟妈直接点，说说你跟刘念结婚到底为什么。"

"当然因为我爱他！"一股热血蹿上天灵盖，大脑突然一阵晕眩，视野一片花白，何苗一仰脖靠在冷硬的椅背上，急赤白脸地辩白，"我没别的目的。我就是爱他，想一辈子跟他好好过日子。"

"这不就是了。"杨翠玲探身宽抚儿媳后背，耐着性子解释，"你看，既然你想跟他过一辈子，早晚都得要孩子。就算你们现在没打算，将来也得打算。现在有了，哪怕是个意外，那也是天意，是老天给咱家的礼物，哪有不要的道理？再者说，孩子就得趁年轻要。你自己恢复快，带孩子也有精力……"

"可是……"

"不就是要个孩子，哪那么多可是啊？"杨翠玲急得连捶大腿几拳，生怕主意大的儿媳对孙子"不利"，指着过道上体态各异的六甲孕妇，坐立不安地游说，"看见那姑娘没？穿绿裙子的，那肚子都入盆了，比你年轻，马上当妈了。还有在取药那个烫头的，35岁才生第一胎，又是妊娠糖尿又是妊娠高血压的，这会儿才后悔年轻时尽图清净了……"

"我不是怕带孩子累，"杨翠玲越说越激动，嗓门越提越高，等候区的孕妇和家属无一不循声皱眉，何苗连忙打断婆婆，轻搂杨翠玲手背，吞吞吐吐地说，"我和小念商量过，等有了房子马上就要宝宝。"

"这说着生儿育女的正事，你又拿房子来打岔。合着房子和孙子我只能选一样是吗？再说，房子答应给你们买就一定会买，你这时候提它图什么？"最近听见房子二字，杨翠玲就浑身燥热，心郁气结。根据酸儿辣女的民间传言，杨翠玲笃信，此刻何苗肚里揣着的是儿子的儿子，老刘的孙子，这点血脉的延续，是她杨翠玲一辈子省吃俭用忍辱负重拉拉大儿子的最佳回馈。杨翠玲对何苗腹中的胎儿如获至宝，偏偏孕育他的母亲却犹豫不决。最令杨翠玲暴躁的是，她吃不准何苗是由衷的犹豫，还是降服自己的伎俩。杨翠玲一急躁，说话时嘴里就像含了一口的锥子，胸口的无名火噼里啪啦地炸开了锅："老话说结婚生子、结婚生子，可没有说结婚、买房、生子的吧？你非要在里面加一个步骤，是要拿我孙子将我的军吗？"

何苗原本心乱如麻，又无端遭受这番指责，言语里也失了敬意，绷脸直言不讳地反问："我也想要孩子，可家里就两间房，孩子出生了住哪儿啊？"

"怎么就不能住？小念不就是在这个家里长大，上大学，找工作，娶了你吗？"

"那不一样。"何苗嗫嚅，反复扣合的双手紧张得快要掐出水来。

"你跟我讲讲，哪里不一样？"杨翠玲气喘如牛，态势上仍步步紧逼。

"妈，你好好想想，小念生活在这个家里，是因为他是你的儿子。"何苗垂下头,眼底闪动着浅浅的泪光,咬咬下唇,忐忑地说出,"你的儿子,跟我的儿子,到底是不一样的。"

"有什么不一样?"满门心思都倾注在保胎上,平日里擅长察言观色的杨翠玲,此时愣是没转过弯来,生铁似的板脸反问,"你的儿子就不是我的孙子了?"

"但他不姓严。"此话一经脱口,不仅杨翠玲怔怔出神,何苗自己也被吓得不轻。半截舌头像风干腊肉似的挂在唇外,呆若木鸡地望着面如土色的婆婆,良久,何苗颤颤巍巍地探出手,小心翼翼地搭向杨翠玲的手背,如临深渊地解释,"妈,我不是那个意思……"

"你就是那个意思。"杨翠玲梗起脖子,不苟言笑的肃穆,使人不明觉厉。她怎会不明白呢?自打带着儿子嫁到严家,杨翠玲终日惶惶,时刻担心着严家父女一个不高兴将他们扫地出门。比起无家可归,更让杨翠玲不能忍受的是,回到那个小镇。为了留在严家,杨翠玲不得不扮演一个厉害的白脸,先下手为强,时刻掣肘着严家父女,以确保自己和儿子留在赛场上,与这座城市共存。

如同非洲草原上的猴面包树,胸径虽宽达15米,但木质疏松,腹内中空,看似需十几个成年人合抱的大树,其实一推就倒。在严家,杨翠玲也是株外强中干的猴面包树,说一不二的强悍下,始终藏着一颗坐卧不安的心。

为了儿子,杨翠玲悬心吊胆地过了十几年,她再不能让孙子过这提心吊胆的日子了。

"你说得对。"杨翠玲抽出手,反手拍拍何苗以示认肯,正襟危坐道,"先前是我欠考虑。老刘家的孙子得生活在刘家,再不能生长在老严家!"

根据何苗的经期，医生推算胚胎已有四十三天。瞥一眼干瘦矮小的何苗，医生问："要么？"

何苗一时没反应过来，以为医生打听她是否用过药，乖学生一般如实回答："前几天感冒了，喝了好几块板蓝根。"

"还吃过什么药？你再好好想想。是计划要的孩子吗？之前有没有补过钙和叶酸？"

"没有。"何苗双腿并拢，手搭在膝盖上，羞惭地说，"没想到会怀上，所以没来得及补那些。"

医生停笔，看了看何苗："那现在打不打算要？"

"当然要！"一旁的杨翠玲像刚掀盖的蒸锅似的，一股脑热气，火冒三丈。杨翠玲原本就担心何苗有顾虑放弃孩子，眼下医生的询问，在她看来都是针对她孙子的挑唆。为了阻止事态朝她忧心的方向发展，猴面包树似的杨翠玲，惯性地先声夺人，怒目圆睁地瞪着医生问，"活生生一孩子，能不要吗？你们医生到底是治病救人还是谋财害命啊？"

"你这人怎么说话的？"医生有些不悦，说，"家属门口等。"

"我凭什么出去？"杨翠玲不甘示弱，一手摁着何苗的肩，一手画着半圆招徕观众，声音嘹亮地兴师问罪："大家给评评理啊，我们高高兴兴地来，这医生一个劲问孩子要不要地扫我们兴。哪有妇科医生盼着孕妇不要孩子的？这里到底是妇产科还是人流科啊？"

杨翠玲的嘴就是一把手术刀，锋利且灵巧，一旦出手绝不给对方反抗的机会。众目睽睽下，医生的脸涨得跟红富士一般，半开的嘴撑成"e"字，攥笔的手掌失了血色，竟无法还击半字。

何苗臊得耳红脸烫，垂脸乞求："妈，您先出去等我。放心，这孩子我要。肯定要。"

连推搡带请求地将杨翠玲送出诊室,回过身,何苗低声下气地道了句:"医生,对不起。"

刘念知悉自己将为人父的消息时,临场反应比何苗当初还要吃惊,眉毛折成川字,难以置信地往后逡了两步。

杨翠玲横眉怒目地教训:"你们俩都给我听好了,从现在开始,不许再说泄气话,只能夸我孙子,夸他来得巧,来得好,来得正是时候!"

"妈,你怎么知道一定是孙子?"耸鼻冲何苗吐舌做怪相,刘念嬉笑说,"说不定是个孙女呢。"

"还胡说!"杨翠玲抬手作势要打他,老树干一样满布细纹的巴掌擎在空中,眼角先弯了下来,"这个妈比你们有经验,一看苗苗害喜的反应和她那肚子的形状,我就知道里头一准装着我孙子呐。"

杨翠玲越是喜上眉梢,何苗心里越是阵阵发怵。下意识地摸摸小腹,何苗心中暗自祈祷:"请保佑我生一个健健康康的儿子吧!"

出了医院,杨翠玲破天荒地提议下馆子。就近找了家环境雅致的面馆,三人前后脚迈槛而入。杨翠玲走在最前头,猛然间想起什么,腿一斜,一个急转拧身回头,搂过何苗,轻捆儿子脖后,破天荒地指责:"都要当爹的人了,不能总顾自己,多在你媳妇身上花点心思。"小夫妻俩面面相觑,刘念顺从地牵过何苗,阴阳怪气地演了起来:"嗻。小主这边请,小主您慢点,当心身子……"

看到这一幕,迎宾的服务员和倒茶的茶水工无不掩面而笑,何苗也乐不可支,一双绣花拳轻擂刘念手臂,娇嗔地说着"讨厌"。

服务员忍住笑,问:"请问你几位?"

"四位。"杨翠玲回答得铿锵有力。见服务员探身朝门外张望,

第六章 从此丈夫是外人

杨翠玲骄傲地指着何苗的腹部，喜不自胜地说，"往哪看呢？这呐，我们仨，再加她肚子里的我的宝贝孙子，可不是四位？"

服务员心领神会地道贺，杨翠玲的笑容更加明媚，刘念也爽朗地呵呵憨笑，只有何苗像尊被封塑的蜡像，笑容陡然凝固在脸上。

吮着陕北细面，杨翠玲的话语间都带着汤水气，俯身哈气道："苗苗啊，妈在路上想好了。这几天我领你看看楼盘，等赎期一到，我就把那十万取出来，再加上你爸妈给的那些，先把首期交了，我孙子一出世就能住上新房子，你觉得怎么样？"

一口热汤直灌食道，呛出了眼泪。何苗"咔咔"地咳着，目光游离，断断续续地应允："啊，我觉得，挺好的。"

"就这么定了！砸锅卖铁我也帮你们把这房子供下来！"像是中了举的范进，杨翠玲穷尽毕生精力，只等扬眉吐气的这一天。双眼炯炯有神地望着窗外辽阔的蓝天，杨翠玲掷地有声地说，"买房！我孙子出生就有房有户口，看谁敢瞧不起他！"

何苗心头一紧，手一抖，筷子一下落在桌面。怯怯地看一眼得意忘形的婆婆，何苗胃里一阵翻腾，一溜烟冲进洗手间，"哇"一嗓子，吐一池子面汤。

回家这一路，杨翠玲春风得意，眼笑眉飞。走进小区大门，杨翠玲一摸后脑勺，兀自嘀咕："瞧我这记性。心里一念叨，临了还是忘买红包了。"

见着值班保安，杨翠玲跟看见久违的亲戚一般，迫不及待地从裤兜里摸出二十块钱，热情万丈地凑上前去塞进他手里，拉过何苗，郑重介绍："我要当奶奶了，你也沾沾喜气。日后我孙子他妈在这进进出出的,还麻烦你多照顾。"

何苗尴尬地咧嘴,苦笑的眼睛暗中朝刘念发出求救的信号,他却随声附和母亲,指着妻子的腹部啧啧笑道:"第一胎比较娇气,还麻烦你们多费心。"

"整个小区两千多户,估计就咱家把孕妇托付给保安。"进了家,关紧房门,何苗坐在床边更衣,不悦地背过身埋怨,"你妈奇葩也就算了,你还跟着一唱一和地瞎起劲,都拿我当猴耍啊?"

"傻瓜,你现在肚里装的不光是妈的孙子,还是我儿子,能不重点保护吗?你想啊,我要上班,你一进货大包小包连背带扛的,可不得请保安搭个手帮一把吗?"刘念开怀一笑,灵活地跃上床,四体投地地趴在妻子面前,仰头笑意盈盈地痴望着何苗,"我妈也太抠了,二十块钱就够人家吃两个素盒饭,谁会上心啊?明天我得去保安部一趟,一人发个大红包。"

幸福来得太突然,直教何苗措手不及。如同冬泳后立即烤火或洗热水澡,非但不能强身健体,反而因体温迅速回升削弱心血管的活动能力,且体表无法适应骤寒骤热的转换而产生火辣辣的疼痛感。尽管婆婆和丈夫为了她腹中的孩子极尽体贴之事,母凭子贵的何苗却无法适应这突如其来的关怀,观察陌生人似的揣摩着刘念,由衷地说了一句:"疯了吧你。"

"疯了也是乐疯的。"刘念俏皮地做了个鬼脸,喜滋滋地回答。转念一想,翻身坐起,一巴掌拍在自己大腿根上,煞有介事地说,"不对,我决定了。从今天起不许再进货了!你就在家安心养胎,淘宝店暂时不做了,一会儿我就替你写个公告,'东主有喜,再会有期'。"

"不做淘宝拿什么养胎?"一想到钱,何苗登时感觉自己矮了半截,低眉顺目地轻叹一声,音量也沉潜下来。

"不开店你还有老公啊。"轻刮她鼻梁,刘念眉目含情地笑说,"没事,你安心养胎,老公养你。"

命运,大抵是世界上最落拓不羁的捣蛋鬼,捉弄起世人来无拘无束且没完没了。何苗怎么也料想不到,票子,孩子和房子,会以前翻两周半又转体三周的高难之姿,优雅而迅猛地投进她的生活。

"老公,商量个事呗。但你得保证不生气。"何苗轻抚小腹,楚楚可怜地望着刘念。出身乡野且一身傲骨的何苗,不似其他女子般善于撒娇,也不擅长眼泪攻势。每次闯了大祸,何苗一不哭闹二不求饶,只扑闪一双水汪汪的眼睛,快快地看着刘念,让他声讨不得宽恕不甘。此刻,何苗楚楚可怜的眼神,如同夏日里喝下一剂冰镇薄荷,让兴头上的刘念心里七上八下,瞬间拔凉。

"什么情况?"留意到何苗捂住腹部的手掌,刘念心中更加不安。

"我爸妈辛苦一辈子就攒下那么几万块钱,我原想着咱们一时半会也买不了房,先给他们把养老问题解决,买房的钱我们再努力挣。谁想到这才过去20天,孩子有了,你妈也要给咱钱了,房子也说要买了……事情来得太突然,我所有的计划都被打乱了。"在杨翠玲眼中,何苗不过是个农家小户没见过世面的孩子。但就是这个农家小户不谙世事的孩子,却深谙一诺千金的道理。严晴有言在先,纵使天塌下来,何苗也抵死不漏半字。隐去严晴借钱的重要细节,何苗摘头去尾,避其利害地交代了嫁妆钱的去向,期期艾艾地请求,"别说首付和供房了,我现在真的拿不出一分闲钱。老公,你妈的脾气你最了解,帮忙想想办法吧。"

"你都把我计划掉了,我能有什么办法?"紧紧盯着何苗腹部,曲手攥拳的指甲深嵌入掌心，刘念鼓着腮帮闷声说，"一下子做了那么多事，真够难为你的。你做那些计划的时候，想到过你还有个一丈之内的夫吗？背地里做的时候不征求我的意见，没考虑我的感受，出事了才想起找我承担后果，是不是有点太不厚道了？"

"上次我爸生病，我跟你商量过。"何苗心虚地偷瞄丈夫一眼，双腿仿佛掰折的双节棍，晃晃悠悠地挂在床边，语气是柔软的，态度却是坚决的，"给他们买补交社保的事，我提过几次，你也没明确反对。况且，那钱虽然说是给我们的，毕竟是他们的血汗钱，花在他们身上也不为过吧。"

面对棘手的问题，自卑或不成熟的人多半选择逃避。逃避困难，省时省力之余，还能回避自己的无能与软弱。

"那没得聊了。"刘念跳下床，踏进拖鞋，挎上包，拉开房门前，面无表情地诘问，"话都让你说尽了，事也让你做绝了，还有什么可说的？"

从面馆回来，杨翠玲就开始张罗儿媳妇的晚饭。为了让何苗吃到营养价值不曾流失的最鲜活的鲈鱼，杨翠玲不让鱼贩现场杀鱼，而是提着一个连鱼带水的黑胶袋，哼着小曲，满面春风地往家走。单元楼道口，迎面撞上快步而去的儿子。杨翠玲眼明手快，一把拉住刘念的包，厉声喝道："媳妇怀孕了你不待在家陪她，又上哪儿疯去！"

"待不了。我出去散散心。"

"七十几平方米都容不下你了？"两斤重的肥鲈屈身于扎紧口的胶袋，不知是憋屈还是紧张，来回在袋子里游荡，杨翠玲的手腕也随之来回荡漾，不时发出窸窣的琐碎的响声。杨翠玲伸出手去，那个不安分的水袋就在刘念眼前晃动。杨翠玲没好气地责备，"拎着！

刚才不还好好的吗,你这又是抽什么风?"

"好不了了!"刘念缩肩,背手藏在身后,瞥一眼楼上,气鼓鼓地说,"想知道你自己问她吧!"

此时的何苗对楼道口的巧遇懵然不知,仍呆坐在床边,愁眉不展地望着半敞的房门,期待着那个不会出现的身影。

世间女子芳心暗许时,谁不企盼同舟共济、同生共死的奇迹出现呢?非要体悟希望、失望继而绝望,经受接二连三的无助,何苗才不得不相信——困境当前,她所嫁的并与之同床共枕朝夕相处的这个男人,仍旧是个"外人"。

日子过得举步维艰的时候,何苗曾庆幸刘念的存在,感恩地说:"在这座陌生的城市里,除了你,我一无所有。你是我的唯一,也是我的全部。"

遗憾的是,恋爱了身边有了伴,伴侣未必能同甘共苦;结了婚有了家,房子未必能遮风挡雨。每当生活出现困难和险境,何苗才发现自己依旧孤身一人,无依无靠。

结了婚,有了爱人,关键时刻与她共担风雨的,还是只有她自己。

日升日落,春分冬至,看似周而复始的生活,其实暗藏玄机。一个胚胎出其不意地着床,打乱了平静若水的生活现状。为了避免严晴同样蒙受措手不及的意外,久不见刘念归家,何苗拨通了严晴的电话,简单描述事情始末,愧疚地表示:"姐,你放心,你抵押房子的事我一个字没提。他也不知道我买社保具体花了多少钱。但我觉得有必要先跟你通个气,省得把你的生活也变成一锅粥。"

"你也别埋怨刘念。"想到这个瘦弱无依的女孩，揣着沉重的生活压力，眼睁睁地望着丈夫愤然而去的背影，严晴忽觉气短胸闷，联想到自己的处境，五脏六腑都隐隐灼痛起来。心里已然千军万马，为了不加重何苗的思想负担，严晴仍镇定宽慰，"大部分男人遇到突发事件，第一反应都是退缩。女人的柔弱就像一块海绵，压力来的时候能够很好地吸收，并适时地释放。而男人的刚强就像一块铁板，不是被困难击穿，就是将重力反弹。互相指责解决不了任何问题，给大家一点时间和空间，你要相信，办法永远比问题多。"

"我不怪他。"何苗轻声说，停顿片刻，咽下哭泣的冲动，幽声说，"所托非人，错不在人，而在自己寄希望于人。"

"苗苗，别这么悲观。相信我，一定会有办法的。"

"好。我知道了。"顺从地应允，何苗夹着手机，收拢双膝，微微躬背，虾子似的蜷成半圆，双手将自己环抱，支吾地请教，"姐，我婆婆明天要领我去看房子，我该怎么跟她说？"

"什么都不用说。"想到杨翠玲的嘴脸，严晴不寒而栗。大脑飞快地进行着运算，严晴筛肩嘱咐，"你先跟着去，什么都别说。钱的事我帮你想想办法。"

"不能再麻烦你了……"

"一家人，说什么麻烦？"何苗越懂事，严晴越心疼，干脆利落地打断她，"你既然叫我一声姐，我就有责任照顾你。你什么都别想，好好养胎，钱的事我来解决。"

放下电话，严晴取出纸和笔，毫无头绪地转着笔杆，呆望着空白的草稿纸，怔怔出神。

这年头，能够借钱给她不问归期的，只有她亲爹和唐小恬了。严晴暗自揣度，五万不是个小数目，若跟父亲开口，难保过得了杨翠玲那关；若求助于唐小恬，又难免牵扯出抵押贷款的秘密。最为要紧的是，无论父亲抑或闺密，过得都不轻松，自己已然背了笔偌大的几十万钱债，若是欠了他们的钱，真不知何时能还上。思来想去，严晴还是决定内部消化，自行解决。

这几天股市虽稳健，但大势看好的情形下，贝红卫买的那只环保股，却仿如万花丛中的一点绿，冷冷清清地挂在一片红艳中，格外扎眼。股票赔了钱，贝红卫自然心情低落，除了蒙头大睡和囫囵大吃，就剩下在DOTA世界里鏖战群雄寻求成就感了。

严晴小心翼翼地捧一杯花旗参茶，蹑手蹑脚地潜到贝红卫身旁，轻放下茶杯，指了指杯子空手做了个饮用的动作，安静地退到一侧，耐心地等待着。

一局游戏终了，贝红卫摘下耳机，片刻不怠地点入另一间游戏房，眼皮都不抬一下："干吗？"

"老公，我想跟你商量个事。"

"说。"

"你能不能先暂停一下？"偏头看一眼即将开始的对战游戏，严晴面露难色，央请说，"事儿挺大，三言两语说不清楚。"

贝红卫这才翻起眼皮瞟一眼妻子，些微迟疑地退出游戏，不悦地问："又怎么了？"

严晴尽可能地隐去重要细节，只简单地交代了何苗怀孕，嫁妆为父母买了社保及杨翠玲打算给小夫妻买房的事，神情谨慎地揣测："情况就是这样。刘念已经为这事跟何苗大吵一架了，她如果拿不出那五万，指不定杨翠玲要闹成什么样。"

"就这事？"听见杨翠玲的名字，贝红卫即露出怒不敢言的鄙夷，不客气地反问，"刘家窝里斗，跟咱有什么关系？"

"我们是一家人。"严晴努嘴,心虚地辩了一句。

"切。别逗了。谁拿你当过自家人?"贝红卫轻啐一声,眉眼中满是藏不住的轻蔑,"你买房时她出过一分力?咱结婚那么久她给过一分钱?我没工作她操过一分心?就连咱花自己钱投资她都百般阻挠干涉,她挖苦你打击我时,拿咱当过自己人吗?"

"不看僧面看佛面嘛,"严晴深知贝红卫对杨翠玲有刻骨的厌恶,怯声解释,"何苗是个不错的孩子,她挺不容易的……"

"她不容易,我容易吗?"严晴话锋一转,贝红卫旋即警惕地挺起身,端坐问,"你到底想干吗?"

严晴不懂股票,只知道近期新闻说恒指上升。至于自家账号上的情形,贝红卫不喜欢她过问,她便不多嘴舌,只低顺地嗫嚅:"最近行情好像还可以。我在想,能不能套一点现,先帮何苗过了这道坎。"

比起妻子多管闲事,更让贝红卫恼羞成怒的是,他因此不得不面对自己的投资失利。顿了顿,贝红卫掉转枪口,变被动为主动,转移了方向:"他们买房,凭什么要我们出钱?"

"是借。"每次话题涉及到钱,贝红卫吹须瞪眼的狰狞,在气势上就直接取得绝对压倒性胜利。即便请求合乎情理,作为家里的经济支柱,在这个时候,严晴仍像惊弓之鸟一般,手足无措地争取着原本自己应有的话语权:"不用我们出钱,只是借给何苗。"

"不借!没钱!"不愿意承认自己投资失误,贝红卫粗暴地无理取闹,"你说借就借?她缺钱我比她更缺!她都穷成那样了,什么时候还得上?你这不是借,这是送钱!你知道五万块的股票一天能挣多少钱吗?损失算谁的呀?你脑子长包了吧?看清楚!我才是你的丈夫,她只是一个外人的老婆,胳膊肘别总往外拐!"

第六章 从此丈夫是外人

贝红卫越说越激昂,越激昂越自觉有理,索性站起来,对着严晴跳脚挥臂地声讨,早在一旁高度戒备的家家不乐意了。相处时间虽不足一个月,严晴的精心照料已令家家深深爱上了她。动物学家说过,"世界上,只有狗对人类的爱,超越自身。"贝红卫肢体动作的幅度越来越大,家家越是深感不安,喉咙里"呜呜"地低声咆哮发出警告。说到激动处,贝红卫无意识的一挥手,险些击中严晴的左颊,家家义无反顾地冲上前去,一口咬住了他的裤管。贝红卫一惊,继而愤然地蹬脚摆脱,由于用力过猛,家家被甩开后,滚出半米远,凄然地发出一声呜咽。

就像秃子最看不得光头,懦弱的人最介意弱小者的挑衅。连日来诸事不顺,贝红卫无法言说的烦闷,都在一只刚及他脚踝高的小狗的挑衅下,彻底暴发了。一个箭步上前,贝红卫扬起巴掌,目光凶狠地瞪着家家怒斥:"狗东西,连你都不把我放在眼里!"

严晴不假思索地飞身扑向家家,拱桥似的搭在它身上,四肢张成一张网,牢牢将家家护在自己胸下。严晴如临大敌的惶恐,刺痛了贝红卫的骄傲。他原想吓唬吓唬家家,让小狗知道大小尊卑,不料严晴却当了真,那双愤慨又鄙视的眼睛,俨然将他看作丧心病狂的浑蛋。冷冷地咬着牙与严晴对视半分钟,贝红卫寒心地想:不拿我当人看是吧,我就浑蛋到底了!

"你起开!"怒不可遏地扯住严晴的衣角,贝红卫青筋突绽,失控地叫嚣,"联合外人逼我要钱不说,还联合一只野狗欺负我是吧?今天就让你们见识一下,到底谁才是一家之主!"

贝红卫越凶残,身下的家家叫声越暴烈,严晴的保护网收得越紧密。贝红卫几番尝试都够不着家家,盛怒之下,摊开双掌,使出全身的力气推开严晴。应声倒地之际,严晴曲肘搂过小狗,将家家夹护于腋下，目如冰刀。

自然界里，当孩子身处险境，猎豹妈妈置自己生死于度外，铤而走险引开敌人。保护幼小时的悍然不顾，是每一位母亲及至每一位女人的天性。此时的严晴，就是一只绝望的母猫，抱着同归于尽的必死决心，凛着不近人情的眼色，咬牙说："畜生！你敢动家家一下，我就死给你看。"

贝红卫探手向前，原是想拉起跌倒的妻子，不料她出言不逊，竟为了一只真正的畜生唾骂他。那一秒钟，贝红卫深信：日子是不会好了。严晴疯了，他自己也被这所有的疯狂逼疯了。

贝红卫缩回手，嫌恶地呸出一口唾液。奶白色口沫击在严晴脸上时，夫妻二人都惊呆了。旋即，严晴仰天大笑，不可自抑的笑声如同悬疑电影中的音效，刮得贝红卫心里阵阵发毛。

"笑什么！"贝红卫自知理亏，却拉不下面子，阴着一张脸木然地站在原地。严晴不理睬她，依然放声大笑，笑得全身颤抖，笑得泪花横流。

"要笑起来再笑。地上凉！"毕竟夫妻一场，见她如此神魂颠倒，半疯半狂的样子，贝红卫心头分外难受，沉着脸伸出手，试图拉她起身，却被严晴狠狠一拳击中手腕。"嘶"的一声倒抽一口凉气，迅速抽回被敲得生疼的手，贝红卫气不打一处来，恶声骂了句脏话。

模仿着贝红卫的口吻回骂他，严晴依旧疯疯癫癫，淌泪大笑。

如同一只斗红了眼的斗鸡，一心只想置对方于死地，一时间，贝红卫全然忘了亡母是严晴的忌讳，嘴上脏话连篇，直接问候严晴的妈。还来不及后悔，贝红卫的脑袋上就挨了一记闷拳。严晴像患了失心疯一样挂在他脖上，号叫着与他厮打在一块儿，一旁的家家也晒着尖利的犬牙，冲他吠叫不已。

"都疯了吗！"贝红卫也气得失去了理智，双手扳住严晴肩膀，用力摇晃着，口无遮拦地叫嚷，"不想好好过就滚蛋！都给我滚蛋！"

严晴瞬间安静下来，松开一秒前还揪着他后脖领的手，像太阳穴突然中弹或心脏突然停止跳动似的，面条一般软软地滑到地上，抱起龇牙咧嘴的家家，灰冷的目光掠过贝红卫，满脸泪痕地穿堂而去。

用力带上门的一刹那，严晴万念俱灰。

屋里那个被她敬爱的男人，已被她的敬爱从丈夫宠成了君主。当初她助长他攻城略地，如今她无法抵挡他鸠占鹊巢。

"哈哈，太可笑了。他让我滚。他居然让我滚。这是我的房子我的家呀。"坐在冰冷的水泥阶梯上，严晴怀抱小狗家家，喃喃自语，"小家家，现在我跟你一样无家可归了。除了你，我什么都没有了。"

家家不会说话，只有用温烫濡湿的舌尖，热切地揩拭女主人扑簌的眼泪。严晴背对着自己的房子啜泣，端的，又无法自持地狂笑起来。

笑小贝的狰狞，笑自己的落魄。

严晴抱着小狗，蓬头散发地坐在石阶上，掏空一切的狂放笑声，响彻楼梯间。

生活终归不是牌局，不能预设结局，亦无章理可循。

严晴抱着家家，心神恍惚地在自家小区里徘徊。薄暮冥冥，严晴饥渴交加，家家也累得呼哧带喘。在花圃中央找到园丁用的胶管，接上龙头，严晴就着自来水洗了把脸，掬一捧水啜了几口，送到家家嘴边，小狗迫不及待地伸舌汲水。

"老婆，回家吧。"贝红卫冷静下来，自觉过火，也没打电话，下楼寻了一圈，轻而易举地找到了严晴。

严晴不说话，抱起家家护在胸口，打量陌生人似的面无表情地扫视贝红卫。

"对不起，我错了。咱们回家吧。"贝红卫伸手欲牵严晴，还未触及她的手，警惕的家家已亮出四颗尖利的犬齿，皱着鼻子，虎视眈眈地冲他低吼。

"家家！"严晴微嗔，轻拍小狗的脑袋，抿唇不语。

小狗听话地收敛威吓，尾巴依旧警觉地夹着。贝红卫不敢贸然行事，只能低声劝慰："天快黑了，外面不安全。咱们先回家，万事好商量。"

低头沉思片刻，眼睛跳过贝红卫，严晴一言不发地迈开步子，兀自抱着家家上了楼。

夫妻二人，心如明镜。严晴之所以回家，是因为她无处可去。一如贝红卫之所以去寻她，也是因为知道她无处可去。

活到这个年岁，虽不是金刚不坏之躯，但谁不是在风霜刀剑中浸淫出一身铜墙铁壁？成年男女，之所以被深深伤害，不过是因为受害的一方，赋予另一方伤害自己的权利与机会。而此刻，贝红卫的示弱，与严晴的原谅，都不过是形势所逼。一下午的漫步，严晴渐渐厘清自己的出路，即走投无路。她不是没想过硬气一回，但她没有硬气的资本。父亲家里因何苗的事估计已势同水火，她不能再去添乱。唐小恬这个所有表格紧急联系人栏唯一出现过的名字，比亲生姐妹对她还亲，唐小恬越是担心她，严晴越不忍惹她心疼。事已至此，严晴才真正领会唐小恬劝她在经济上有所保留的良苦用心。纵使无人投靠，有钱防身便不至流落街头，饥寒交迫。

"你不现实，总有一天，现实会让你认清它的真面目。"唐小恬曾这样打趣。如今，严晴总算领教了现实的残酷——在贝红卫将她推倒，朝她脸上狠啐，甚至让她滚出自己的房子以后，她还是不得不乖乖地跟他回家。

反锁浴室门，将热水器调到60℃上限，严晴仰面，听任冒烟的热水冲得脸皮发疼，好似这样才能冲刷掉自己的屈辱。直到身上褪了白皮屑，严晴才关掉花洒，取下毛巾，发狠地揩着脸，却怎么也擦不掉那股口水的酸臭味。抬腕抹去镜面上迷蒙的白雾，怔望着镜子中憔悴的女子，严晴咬住毛巾一角，无声地哭了起来。

忍字头上一把刀。原谅一个人蛮横也许不难，难的是，忍让他的辱没。更为艰难的是，除了原谅与忍让，别无选择。

"老婆，真不是我不想借，确实是行情不好。"严晴躲在浴室太久，贝红卫不得不贴着门缝喊话，急于为自己此前的鲁莽开脱，"他们实在缺钱，要不我先找夏晓光借点？"

严晴一直沉默不语，听见这话，猛然拉开门，面无血色地摆手制止。门敞开得太突然，贝红卫脚跟不稳，身子一倾，一个趔趄栽进湿滑的浴室。严晴抬腿一绕，如同绕开高速路上一只夭折的麻雀，或是一只被碾轧的耗子，目不斜视地从他身旁穿过。

五万块钱，已搅得几个家庭天翻地覆了。严晴苦笑，若再因家事牵连他人，指不定怎样天下大乱呢。朋友之间，开口容易，还款不易，且忍且珍惜。

"苗苗，真抱歉，看来你要自己想办法了。"出了浴室，严晴给何苗发了条短信,关上手机,唤来家家抱在怀里,心灰意冷地席地坐在黑灯瞎火的墙角里。

曾经有个用微笑祭拜好友的男人对指责他冷血的人们说:"你们的眼泪流在了脸上,而我的泪,全流在心里。"

风轻云淡的表象,往往内里风起云涌。

读罢短信,何苗急忙拨去电话,却听见机主已关机的提示音。

肯定出大事了!何苗心急如焚,暗怪自己太不懂事牵累了严晴,惭愧之余忧心忡忡,因而更怕夜长梦多拖沓下去后患无穷。何苗一心想尽快平息这场风波,来不及细想,胸口提着一口气,径直冲进厨房,直面杨翠玲,斩钉截铁地说:"妈,房子暂时买不了。我把嫁妆钱给我爸妈买社保了。对不起。"

命运不会偏袒任何一个人。就在严晴回到日后忆当年仍心痛难当的家时,杨翠玲也无奈地发现,自己争取一辈子,要强一辈子,到头来仍是别无选择。

杨翠玲左手拿蒜苗,右手握着姜,气势汹汹地擎在半空,目瞪口呆地盯着何苗。愣神足有一分钟之久,杨翠玲垂下手,蒜苗旋即蔫头耷脑地泄了气折下腰。

"苗苗,你主意真大。"杨翠玲出乎意料地沉静,目光失神地碎碎念道,"现在的女孩啊,都要当妈的人了,主意真大。真的,主意太大了……"

习惯了杨翠玲的威风凛凛,一时间,何苗无法适应她的心平气和,慌张地凑近了研究她的神色,紧张兮兮道:"妈,您还好吧?"

"好着呐。"杨翠玲跌跌撞撞地摸墙步出厨房,拉开冰箱,取出黄鱼又塞了回去,挑拣出鸡蛋想想又放进格里,自言自语地嘟哝,"我就要当奶奶了,过不了几个月就能抱上大孙子了,我好着呢。"

"妈，对不起。"杨翠玲的疾言厉色虽使人心颤，但她的失魂落魄更叫人心酸。习惯是一种很玄的东西。分明讨厌的事物，因了习惯，会在排斥中渐渐产生依赖。就如同窗前屹立一株枝繁叶茂的老树，因挡住了阳光与阻碍通风而使人心生抱怨，但当它轰然倒地那一刹那，屋里的人又不忍心，且心生留恋。所以原本对色彩无感的人，分手多年后，仍对旧爱钟情的蓝色格外敏感；老死不相往来的旧相好，不经意间，刻录了对方的微表情，保留了对方的口头禅，身体裹挟着另一个人的某部分，直至终老。

时间是一管黏合剂，使南辕北辙的人们，在摩擦与碰撞中，学会接纳与宽容，彼此毫无防备地产生胶着、复杂的物理作用。人们往往重视猝不及防地起化学反应的强烈情感，却忽视了需要岁月淬炼的物理性感情。

恰恰，于无知无觉中产生的物理作用，才使彼此难以分割，相互难以怨恨。

一如此时的杨翠玲。

"算了。你的嫁妆，怎么花是你的权利，你没什么对不起我的。"杨翠玲无可奈何地说。她的气恼是真的，罢休也是真的。且不说何苗腹中孕育着她的宝贝孙子教她怨不敢言，单说她自己也是母亲，冲着何苗赤诚的孝心，杨翠玲也狠不下心来指责。只是一想到，老刘家的宝贝孙子，将继续胆战心惊地栖身于老严家，杨翠玲的心就悬了起来，滴答沥血。

"妈……"杨翠玲越深明大义，何苗越自责愧疚。

"没事。房子先不买，又不是没地方住。"杨翠玲机械地提腮，笑容僵硬地说，"头两年孩子小，跟你们睡不占地儿。等他大一点，咱也攒够了钱，再买房也不迟。你就别胡思乱想了，宽心养胎。你严叔是个好人。你们就安心在这儿住吧。"

之所以单项选择题的准确率比多项选择题的高,是因为当你无从选择,唯一的选择就是你最好的选择。

何苗张大了嘴,上下两片唇蝴蝶翅膀似的翕动,终究,说不出半个字。

第七章　世界给你以痛，你要报之以歌

周日晌午，暴雨如注。唐小恬在钢琴曲的陪伴下睡得正酣，忽然被一阵急促的门铃唤醒。意识朦胧地趿步走到客厅，拉开防火门，单眼凑近防盗门板上的猫眼，看见"沙发哥"的瞬间，唐小恬睡意顿消。

"什么事？"唐小恬尽量克制内心的慌乱，躲在门背后冷脸问。

姓何的保安推了推帽沿，晃动着手里的表格，从容地说："你开一下门。"

"你到底有什么事？"唐小恬眉心拧作一堆，警觉地拿过手机，在键盘上按下110，随时准备摁下拨出键。

"你先开门。"

"你先说清楚。"

"有张意见表需要你签字。"借工作之名，门板另一端的"沙发

哥"理直气壮，"开下门。"

"你把表格放我信箱里吧。"唐小恬斜肩抵在门背后，整个身体的重量不遗余力地压在门上，谨慎地表示，"签字是有法律效应的，我得看清楚内容，才决定签不签。"

"你先开开门，"搬出工作职责也没能叩开唐小恬的家门，保安的脸上挂不住了，神色焦灼起来，徒劳地曲指敲门，催促道，"开一下嘛，管理处要求我们要当面回访。"

"听不懂普通话吗？"保安一失态，性质就从服务变成了纠缠，愈加让唐小恬深感不安，"你走吧。表格放信箱，我看过觉得没问题自然会签。"

"你拒绝签收是吧？"想到唐小恬不顾念自己曾对她施予援手，如此无情地喂他一记闭门羹，"沙发哥"的倔脾气也上来了，无理取闹地赖在门口，不停地敦促，"开门。快点，别耽误我工作。"

"真是人至贱则无敌啊！"唐小恬暗骂，压低嗓子正色警告，"赶紧走！再耍无赖我就报警了！"

保安重重地摔上防火门，唐小恬争分夺秒地拨通管理处电话，与主管核实情况。

"确实是我们安排保安上门送整改表。"主管温吞地说，"有业主反映你们装的防盗门存在安全隐患，要求管理处出面协调。"

确有其事并不能让唐小恬悬着的心落地，反而加剧了她的不安。冲动犯案虽难防范，但有预谋的行凶通常不留生机。唐小恬不惧色狼耍无赖，就怕无赖有准备。

"那你们换个人来！"唐小恬直截了当地说，"如果还是那个姓何的，我绝不开门！"

经主管询究，唐小恬和盘托出二人的过节。从"沙发哥"假意帮她为由，窥探她的闺房，打听她的情况，到他直接表明自己是单身后的种种纠缠，唐小恬义愤填膺地表示：“我已经想方设法躲着他了，他居然还谎称有快递骗我到岗亭，甚至对我拉拉扯扯。这种没脸没皮不懂分寸的人，休想再踏进我家半步！”

"真的很抱歉。"了解到"沙发哥"的种种出格行为，主管也惊呆了。诚意拳拳地许诺，"感谢您向我们反映情况，我们一定会尽快处理的。"

"别！"唐小恬大惊失色，慌忙制止，"人又不是过期商品，扔掉就能了事的。他本来就厚颜无耻，万一再丢了工作自暴自弃，我不就成了他报复社会的箭靶了吗？"

主管表示协同保安部长、行政等管理层协商后再决定。放下电话，唐小恬这才惊觉，自己四肢冰凉，额头直冒冷汗，唇齿都在相互干架。

"原来人极度恐惧的时候，是感觉不到害怕的。"几天后，唐小恬已能拿事故当笑谈，嘻嘻哈哈地自嘲，"想不到我多少大风大浪都挺过来了，跟这个总那个董事长谈判我都面不改色，居然被一个保安吓得全身发抖。不过也可能是气的，不是吓的。"

"你就是害怕！"一想到当天的情景，想到"沙发哥"那副无下限的油头滑脑的模样，夏晓光不由得七窍生烟，"我的话都敢不放在眼里，他是真不想混了！"

"什么？"唐小恬一脸懵懂，努力回想着，却完全记不起两个男人之间曾有过交流。

"没什么。"夏晓光莫名地烦闷，黑着一张脸问，"管理处最终打算怎么处理他？"

"给他调到地下车库了。"唐小恬欣然一笑，"能保住他的饭碗，又能避免他和业主过多接触。这是最好的结果了。如果真让他丢了工作,我反而过意不去。"

"唐小恬,你就是只窝里横的门槛猴!"夏晓光掷筷,厉色喊结账,怒其不争地拉起唐小恬,"走,送你回家!"

果不其然,"沙发哥"的"主场"已从地面转入地下,车子驶进车库闸口,"沙发哥"歪脖朝车内打量,目光掠过夏晓光,定格在唐小恬脸上,明知故问道:"哪一户?"

"装!你再给我装!"唐小恬还没厘清状况,夏晓光已推门跃下,一把抓住白色制服的领角,颧骨上扬,咬牙切齿地教训,"上回警告过你,离我老婆远一点。你当我是耳旁风,还蹬鼻子上脸是吧?"

"沙发哥"虽比夏晓光高出半个头,却也被他意欲食人的凶悍震慑住了,身子后仰,伸直双臂,力求推开对方,口中喃喃:"误会,你误会了。"

"误会?都是老爷们儿,别跟我卖弄纯情!你怎么那么渣!"夏晓光抡起拳头,砸向对方太阳穴,怒不可遏地告诫,"你今天之所以还能站在地下车库里,全是因为我老婆的善良!再敢靠近她一步,我不光让你丢工作,还要好好教训你!"

夏晓光盛怒的脸庞,仿佛凿了"深仇大恨"四个字。揪住"沙发哥"的衣领,就好像当场抓获偷取他传家宝的小贼似的,颇有绝不手软的架势。

唐小恬唤了几声名字,都教夏晓光自动屏蔽掉了。情急之下,唐小恬大喊一声,"老公!"夏晓光浑身抖一个激灵,回眸瞅她,自然而然地松开了手。

悻悻地望着二人上车渐行渐远,"沙发哥"颓唐地低头含胸,

第七章 世界给你以痛,你要报之以歌

随意地拨拉着被揪出褶子的领口。

"野蛮人,"车厢里,唐小恬噘嘴嗔笑,"谁是你老婆?"

"刚才谁叫我老公,谁就是我老婆。"夏晓光泊好车,舒展着捏得酸痛的指关节,脉脉含情地笑望着唐小恬。

"妖孽,我刚才逗你玩呐!"

"妖精,我现在可当真了。"

"呸!你什么时候认真过?"唐小恬扬起下巴,眉目流转,笑语盈盈。

"你过来,我告诉你。"夏晓光勾勾食指,示意她靠近一些。唐小恬稍一倾身,他温润如玉的唇,磁铁一般贴了上去,牢牢地吸住了她。

日子如常过着,一切却又物是人非。每天出门上班,严晴便开始担心将与贝红卫独处的家家,托着小狗的下巴,再三叮嘱:"家家,听话,乖乖睡觉,自己玩,千万别去惹他。"家家溜溜地转动着清澈的眼眸,灿若星辰地冲严晴摇尾巴,一副不辱使命的坚定。饶是如此,严晴依旧不放心,依依不舍地出门,提心吊胆地工作,下了班便似一支离弦箭,飞也似的奔向地铁站。

严晴并不指望贝红卫像她一样善待家家,爱护家家,照顾家家,她唯一乞求的是,他不伤害它。

指望一个人爱屋及乌,前提必须是他爱你,或者足够爱你。

但是,贝红卫爱她吗?严晴不确定。即便一个陌生人失足跌倒,严晴也会在第一时间伸手扶一把。而那个与她同床共枕承诺要和她同舟共济的男人,却在她倒地后落井下石,狂妄地凌辱她。那个曾经在公共海滩搀扶她前行，以手机的微光照亮简陋的厕所，为她点灯引路的男人，如今任由她躺在冰冷的地板上，雪上加霜地唾弃她。

事后每每经过"案发现场"，严晴不禁自嘲冷笑，心如针扎。

至亲至疏夫妻。他对她已丧失悲悯，严晴如何指望贝红卫宽待她的狗？

这日严晴下班归家，才走到楼道口，便听见贝红卫震天动地的吼声："狗东西，滚出来！"

由不得细想，严晴拔掉高跟鞋提在手上，夹上手袋，三步并作两步地冲上楼，推门蹲身大喊："家家，快过来！"

如同一颗炮弹，家家"噌"地从沙发底窜出，飞一样地跃进严晴怀里，"嗯嗯"地呜咽。一手护住家家，一手揉抚接近窒息的胸腔，严晴冷眼挑衅贝红卫："你想干什么？"

"你自己看！"贝红卫抓起雷蛇鼠标，愤然摔到严晴面前，暴跳如雷，"看它把鼠标线咬成什么样！"

"就为一根鼠标线？"怜惜地抚摸家家，严晴对贝红卫横眉冷对，"怨不得它。我给它买咬胶你嫌贵，它只好用你的鼠标线磨牙了。"

"好几百的东西，就这么让它糟践了！"贝红卫试图从她怀里捞出家家，却被严晴狠狠地一肘搪了回去，诧异地瞪着她问，"没事吧你？狗干了坏事还不让教育了？"

严晴"呵呵"冷笑两声，鄙薄地剜他一眼，心如槁木。

那日在宠物店，严晴看上一袋三十八块的宠物咬胶，贝红卫死活不让她掏钱，口口声声说："狗是吃骨头的，啃什么胶皮？别瞎浪费银子了！"

为了节俭，严晴依了他。不曾想，贝红卫舍不得为小狗花几十块钱，豪掷几大百给自己买鼠标却不在话下。

可恨的不是男人没有钱，而是他没有钱却苛刻他人，自己挥霍。

严晴扔下包，踏上拖鞋，抱起家家，兀自回房。贝红卫在身后气急败坏地叫嚷："给我站住！这事儿没完呐！你的狗把我鼠标咬坏了，你得赔我！"

"你眼里就只有你自己，对吧？"严晴驻足，斜眼转回身，气断声吞。

不管大市如何飘红，贝红卫买的那只环保股，就跟被拔掉气门芯的轮胎似的，"嗞嗞"地泄着气。赌场失意，又叫家家咬坏了鼠标毁了游戏。贝红卫这一天，已憋足一肚的邪火，再遇上严晴的冷言冷语，便忘了几日前的教训，跨步上前，一把扯住严晴的手臂，大喝："少废话，赔我鼠标！"

仿佛场景重现，怀里的家家龇牙咆哮，一旁的贝红卫张牙舞爪，心上那道不曾愈合的伤口再次被掀开，鲜血淋漓地暴露在严晴眼前。

"来，朝这儿吐！"忽然间抓过贝红卫的手，伸向自己昂起的腮帮，严晴包着一汪热泪，笑得撕心裂肺，"上回你只吐了一边，今天把这边脸也啐了吧。"

"疯子！"经严晴一提醒，贝红卫也意识到自己的失态，挣脱开手，剜一眼家家，稍稍缓和了语气，"咬了就咬了吧。我也没想怎样，就想买个鼠标。"

"买！买！买！"严晴搂着家家，俯冲向沙发，单手掏出钱包，拽出零零整整的钞票，飞扬地甩到贝红卫身上，目露寒光，"给你，都给你。你爱买什么买什么。求你放过我们吧。我真的一分钱也没有了。求你放过我们,好吗?"

贝红卫猫身拾起零散的钞票,再一抬头,身无分文的严晴已抱着家家,夺门而去。抓着一把颜色各异的纸钞,呆望那扇未被带上的家门,贝红卫苦闷地长叹一声。

他们之间的裂缝,就如同那五指宽的缝隙,正被一双看不见的捕风之手,愈拓愈宽。

严晴本是回家更衣备战今晚的公司年会,如今却像只斗败的公鸡,魂不守舍地趿着拖鞋站在小区门口,除了怀里这只患难与共的小狗,一无所有。

走到相熟的杂货店,严晴借公用电话通知智海婷:"家里有点事,今天我就不去了。"

"罗总发过话,不许缺席。"摇下车窗,智海婷探头张望,"再说,我都已经到你们小区门口了。赶紧出来吧。"

无奈,严晴只能趿拉着拖鞋,抱着小狗,愁肠百结地经过岗亭,走向那辆停在路边等候的的士。

"嗨!"拉开后座车门,严晴当即被一张灿烂的笑脸惊得一怔,定睛一看,才看清花枝招展的智海婷身边,坐着满面春色的马乐。

这是严晴第一次见他脱去工作服。一件红黑灰三色相间的针织衫,搭一条天蓝色五分牛仔裤,脚上踏了双红身黑首的方头休闲鞋,充满时尚感的装扮,不失活泼又暗藏风骚。

平日相遇,她是着装得体的女白领,他则是千篇一律的藏青色工服配枣红色马甲的快递员。严晴习惯了他的灰头土脸,也习惯了自己在他面前端庄娴雅的样子。忽然撞见他清新俊逸的一面,再想到自己邋遢落魄的样子,严晴无端地慌了神。

饶是在毫不相关的异性面前，女人终归希望，自己永葆好印象。就好比大家闺秀不愿让男邻居看见自己酒后失态，失联的女同学害怕让旧日男同窗看见自己中年发福。下意识地拨了拨头发，收起脚，严晴清了清嗓子，故作镇静问："你怎么来了？"

"我邀请的。"智海婷挤眉眨眼，朝严晴使了个眼色，欢天喜地说，"请示过罗总了，他说可以携眷。"

"那你们玩得开心。"严晴颔首微笑，算是对他刚才的热情的回应，后蹴一步，准备关上车门。

"你不去吗？罗总说了，必须出席。"

"我就算了吧。"因为两人住得近，下班前智海婷主动邀约同车前往年会现场，严晴找不到拒绝的理由便依了她。如今看着车内精心装扮的两人，再垂头看看不修边幅的自己，严晴尴尬地笑笑，惘然说，"就我这一身，估计连会场都进不去。"

"赶紧回家换啊，我们等你。"智海婷连说，连伸出胳膊推搡严晴，提醒道，"把狗存家里，会场不让带宠物。"

严晴扭捏着不动弹，智海婷还要催促，却被一旁的马乐按住。

"上车。"马乐微笑示意，亮出贝壳似的几颗门牙，有条不紊地说，"先把狗送附近的宠物店寄养，再陪你去买身衣服买双鞋，然后一起去会场。"

"我没带钱包。"

"我有。我借你。"马乐粲然一笑，眉眼弯弯，如同一海上初升的皓月，挂在白皙清秀的脸上。严晴不忍再推脱，顺从地走向副驾座，却听见马乐说，"海婷，你能不能坐前面？我想跟小狗玩一会儿。"

车子发动时，马乐贴近严晴耳边，轻声说，"我知道你会来，我才答应她来的。"

严晴不语，默默地别过脸去，心头一阵慌乱，继而，被难以名状的忧伤吞没……

刘念虽怪罪何苗的独断独行，关起门来只剩两母子时，还是满脸赔笑地与杨翠玲商量："妈，你能不能跟严叔说说，看他那能不能先借咱点钱。"

"不能。"儿子话音刚落，杨翠玲已断然否决，斩钉截铁告诫，"你就别动那心思了。问谁借，都不能问严家父女借。"

平日杨翠玲虽骄横，但心里始终揣了个水平仪。她比谁都清楚，同一屋檐下，两家四口凑合过日子，什么当说什么不该做，杨翠玲心里那杆秤随时掂量着。在原则问题上，杨翠玲从不让步，但也绝不逾矩。她不曾为严晴的供书谋职出过一分钱，所以在儿子的读书就业上，她从不指望严家父女。严晴结婚至今，杨翠玲不曾掏过一分彩礼，如今儿媳妇生娃买房，那都是她自己家的事，凭什么巴望外人援助？

是的，结婚十三年，杨翠玲内心始终亲疏有别。严家父女在她看来，始终是别无选择下的搭伙同伴。就像几个人流落险峻山区，为了相互照应共同脱险而组团前行，即使沿途花好月圆，谈笑风生，但到底是半路组队，谁也无法真正走进对方心里。十三年的"花边婚"，并不似传说中美好坚韧，相反，在杨翠玲心里，这只是桩华而不实的贸易，风险或利益，都各自承担。对于敏感性皮肤而言，花边就是块鸡肋，旁人看上去很美，只有自己知道，贴在身上很不舒服。严寻礼的房子，就是一圈花边，虽然给杨翠玲母子提供了生活保障，却始终没能让她内心安然。

"养子比不得亲生子，何况你连养子都算不上，顶多算他半道捡的义子。"杨翠玲怜爱地瞅着儿子，搓了搓手，叹气说，"义子如侄。你见过哪家叔叔给侄子买房子的？"

"只是借。"刘念诺诺道，泄了气的皮球似的，双肩松垮，腰腹重叠。

"借也不行。"杨翠玲严肃的口吻，毫无商量的余地，"面儿上说是一家人，你开口说借，人家好意思让你立据？又不是几十、几百，没有任何凭据，人天天活在热锅上，既不好意思催咱还，又生怕咱真不还。人家不催，咱不能不自觉，只要看见那父女就忘不了欠他们钱，这心里有了亏欠说话都不敢用劲，你受得了夹着尾巴心里打鼓的日子吗？反正我受不了。"

"要不，你再想想，看有没有朋友或老同事能帮上忙的。"母亲一番语重心长的分析，虽然让刘念打消了向严家求助的念头，却仍不死心，绞尽脑汁地寻求新的突破口。杨翠玲一记巴掌掴向他后脑，虽没用力气，却委实吓了刘念一跳。

"没出息的玩意儿！"杨翠玲不满地"啧"了一声，沉下脸来，瞋目而视，"不是我胳膊肘往外拐，你媳妇确实比你强多了！"

"她？"不容刘念争辩，杨翠玲抢过话锋，气恼地说，"可不就是她！别看何苗主意大，人家遇事从不巴望别人，全靠自己解决。她不打招呼就买了社保是不地道，但人说得也没错，人爹妈给的嫁妆，怎么花是她的权利。再说，她也没挥霍，全孝顺父母了。"杨翠玲越想越失望，越说越委屈，原已塌陷的眼尾越发下坠，话语间鼻音渐浓，"虽说我看不上她的出身，但有时我真挺羡慕她爸妈的。豆大的字都不认识的农民，调教出一个这么争气的姑娘。我为了你操碎了心吃尽了苦，你都是要当爹的人了，遇事一点主心骨没有，就跟没断奶似的哇哇喊娘。哪天我两脚一蹬，你碰上事了找谁去？"

"唉哟我的亲娘啊！这怎么就说到百年之后的事了？"见势头不对，刘念慌忙横过臂膀，从背后搂住母亲肩头，好声安抚，"妈，我错了。千错万错都是我的错。我不懂事，我该罚，你打我吧。"说着，刘念就抓起母亲的手腕，假意往自己脸上扇。

杨翠玲哪里舍得下手，猛一用力，抽出手掌，轻拍向刘念右颊，嗔道："你确实不懂事。你要有你媳妇一半独立懂事，我得省多少心呐。"

母亲转怒为安，刘念也放宽了心，嬉皮笑脸地冲着杨翠玲，坏笑说："对对对，我保证向何苗同学学习。做一个独立懂事的好孩子。"

"你学得来才怪！"深深地呼一口长气，杨翠玲失落地摇了摇头。何苗的老辣，得益于艰苦的生长环境，和一路的世情冷暖。杨翠玲和儿子虽也命运不济，但丈夫的早逝使她对刘念心生亏欠，于是一直拿他当温室花朵般精心喂养照料。杨翠玲就像是一只坚厚的蚌壳，替刘念抵挡掉所有的风沙异物，让他始终在柔软温暖的海床上安枕无忧。尽管刘念安然无恙地长大成人，但杨翠玲在为他阻挡风雨侵蚀的同时，也挡掉了他圆熟自主的必经之磨砺。今日的刘念缺少家庭担当与处世智慧，杨翠玲自然脱不了干系。

"你还没定性，妈已经老了。"杨翠玲仔细端详刘念，满目忧伤，"你都还没长大，马上就要适应爸爸的角色。妈也不知道还能帮你多少，能帮你多久。你没多大能耐，你媳妇又一肚子主意，一想到你以后的日子，我真的吃不好睡不稳。"

"唉哟喂，好好的，你又怎么啦？"刘念不解母亲的担忧，依旧一副天塌下来有高个儿顶着的无知无畏,像儿时那样在母亲松懈的面庞上轻啄一口,大大咧咧地笑说,"别愁眉苦脸的啦。咱有吃有住的,已经比很多人幸福了。实在不行就不买房了,我们带着孩子将就挤一间房,日子照样能过。"

一听见儿子说出如此没远景没骨气的话,杨翠玲的心事更重了,霎时间老泪纵横,徒手揩一把鼻涕,手指房门,灰心丧气地说:"你出去吧。让我静静。"

对于母亲情绪的风云突变,刘念束手无策,只能抓几张纸巾塞给杨翠玲,尔后讪讪地带上了门。

杨翠玲怎么也想不到,平日里任性的儿子,会在这个时候恭顺,当真扔下她一个人。往事像高速公路上倒后镜中的画面一般,走马观花地回放着。杨翠玲攥着皱皱巴巴的纸巾,嘤嘤地哭了起来。

"死鬼啊,你扔下我在这儿受苦受累。早知道你是个短命鬼,当初结什么婚、生什么孩子?你两眼一闭啥也不管了,儿子和孙子都靠我一个人扛。他们都姓刘,有我什么事?"猴面包树一样色厉内荏的杨翠玲,哭哭啼啼之余,仍不忘对多舛的命运骂骂咧咧,"人呐,有什么意思?婚丧嫁娶,生儿育女,有什么用?到头来一个都指望不上!"

神仙眷侣,只顾花前月下,柔情蜜意,哪管世间星沉月没,人事变迁。再聚首已是三个月后。这边厢,唐小恬和夏晓光勾肩搭背地俨然一对中国好情侣。那边厢,严晴与贝红卫一前一后拉开半米距离,一个左顾另一个右盼,俨然一双最熟悉的陌生人。

"你们什么情况?"蜜运中的女人,智商与情商直线下降。此情此景下,唐小恬竟觉察不出端倪,喜眉笑目地问,"这是不赞成我们在一起的节奏吗?"

"你要恋爱,八匹汗血宝马都拉不住你,谁拦得了你啊?"严晴强颜欢笑,转身背对着贝红卫,轻扬下巴,揶揄夏晓光,"说说吧,你放了什么大招,居然把这位姑奶奶降住了。"

"三连招齐发。"一把搂过唐小恬香肩,夏晓光乐不可支道,"爱,很爱,非常爱。她就万箭穿心,直接归降了。"

"呸!"唐小恬肩头一斜,抖落他的手掌,睨笑说,"真不要脸。明明是我缺个司机加保镖,你正好具备这两项功能,所以我把你招安了。"

热恋中的小情侣正打情骂俏,贝红卫冷眼嘬一口铁观音,阴声说:"先点菜吧。"

小情侣面面相觑,再一看严晴,板着的一张脸上,也阴云密布。

扫一眼贝红卫,夏晓光关切地问发小:"家里都还好吧?"

"挺好。"贝红卫斜眼看着严晴,拿起筷子敲打着面前的空碗,冷声奚落,"就是股票亏了点钱,有的人就觉得世界末日了。"

亏了点钱?严晴心头一惊,嘴里的茶险些喷口而出,暗地里反击,前后搭进去小七十万,现在剩下不到一半,这月利息都还不上了,这还叫亏一点?

"亏钱就别炒了呗。"唐小恬不知内情,端壶示意服务员续茶,一面循循善诱,"我一直不赞成你们炒股。做稳妥投资,才对得起自己辛苦挣的血汗钱。"

"你说得轻巧。"贝红卫正要发作,余光瞄到夏晓光渐耸的眉峰，压了压内火，沉痛地说，"哪儿那么容易全身而退？这个节骨眼上斩仓，那房……"

严晴突兀地干咳两声，及时用眼神制止了贝红卫，抢过话端，自我解嘲道，"没事，股票嘛，有跌就会有涨。等待行情放亮的过程虽然折磨人，但早晚会苦尽甘来的。"

担心这个话题继续下去会引发更大的争端，夏晓光慌忙打圆场，连声打岔："对对对，心态很重要。比如，恬恬虐我千百遍，我待恬恬如初恋。"

一顿饭，就在插科打诨中潦草结束。饭局过半，后知后觉的唐小恬才从那夫妻二人零交流的冷漠中觉出不妥，碍于场合，只得暂且压下心中的疑问。四人道别时，唐小恬一手傍着夏晓光，一手勾过严晴，恋恋不舍地握着她的手，语重心长地叮嘱："亲，不管发生什么事，你还有我。"

严晴试图微笑，唇角的弧度未曾扬起，嘴却扁了下来，鼻音浓重地"嗯"了一声。

落了单的贝红卫眼瞅这一幕，心中五味杂陈。忘了从什么时候开始，贝红卫有了一种被世界孤立的苍凉感。贝红卫没有工作，没有固定收入，也没有几个聊得来的朋友。在家里，曾经同床共枕的妻子如今与他形同陌路，他的位置已被半道闯入的流浪狗所取代。严晴白天捧着小狗说话，夜里搂着小狗入梦，却连一个冷眼都吝于给他。在外面，曾经无话不谈的发小如今也与他渐行渐远，他的地位已被中途介入的小女子所顶替。夏晓光自恋爱后，鲜少联络贝红卫，难得相约看一场球，凳子还没坐热就被唐小恬的一条微信勾搭走了。看着相亲相爱的那三人，贝红卫觉得自己活脱脱一个幽灵。没有人顾及他的感受，也没有人尊重他的存在。

"至于这样吗,不就是亏了点钱?"贝红卫越思忖越不甘,拧眉走近抱团的三个人,面向严晴,短促地问,"走不走啊?"

三个人同时怔神,严晴稍一抬眼皮,目光掠过贝红卫,微笑对夏晓光说:"谢谢你的大餐。先走了。回头微信联系。"

脚后跟一旋,严晴以60度角的倾斜度,面无表情地从贝红卫身边穿插而过,兀自向地铁站走去。贝红卫快跑两步追上她,低声喝道:"你什么意思?"

严晴不接话,足下有意地加快了速度。确定与唐小恬拉开了距离,严晴这才放缓脚步,扬起头,灰冷的目光平视贝红卫:"不用演戏了。回去打你的游戏吧。我自己去接家家。"

贝红卫心中有数,每次严晴外出都将家家送回严寻礼处,美其名曰给老人解个闷,其实是怕他对小狗不利。起初只是偶尔为之,因为股票关系,夫妻俩又有过几次激烈争执和肢体冲突后,小狗便跟入托似的,严晴每天先送去父亲那再回公司,下了班先接小狗再回家。严寻礼一来喜欢小动物,二来能替女儿省笔不小的寄养费,三来因小狗的缘故每天都能见女儿两面,他自是满心欢喜。

杨翠玲对这个非人类的"外来者"相当排斥,考虑到自己的孙子还需要落户老严家,便不好鲜明地反对,只是每次打照面,无不苦口婆心地劝阻:"我听人说,孕妇家里不能养小猫小狗,容易生畸胎。要不你等孩子生下来了再把狗带来?"何苗虽不解内情,但凭她对严晴的了解,若非万不得已,严晴必然不会每天忍受杨翠玲的脸色带着小狗来回折腾。出于感恩,更出于体谅,每当杨翠玲发难,何苗便付之一笑:"妈,我问过医生了。弓形虫一般寄生在猫身上,家养的狗很少有。而且,只要我不接触家家的唾液和粪便,就没问题。"

何苗帮了腔，杨翠玲也就不好再坚持，只是每天仍喋喋不休地念叨："哎呀苗苗，你躲狗远点，别伤着我大孙子。""哎呀，老严，那货又蹿到孩子房间去了。你赶紧把狗抱走！"

若非别无选择，严晴也不愿每天牺牲早餐时间，抱着狗蹭班车，中途送去父亲家，再自己挤公交转地铁空着肚子冒着迟到的风险上班。每天出发前，只要一想到杨翠玲白板一样的脸色，严晴心里直打哆嗦。转念想到贝红卫愤怒时扭曲的神态和失控的肢体，于是一把捞起家家，义无反顾地冲出门去。

"我们9点上班，宠物店10点才开门，所以……"第一次送家家过去，瞥见何苗微隆的小腹，严晴十分过意不去，支吾说道，"苗苗对不起，把它关阳台上就行。我下班就来接走。"

"姐，说什么呢！"何苗笑得嫣然，口中三言两语，眼睛里却是千言万语，"谁也不是铜墙铁壁，谁没有扛不住的时候呢？没事，你尽管来，家家我帮你照顾。"

晃眼三个月过去了，何苗的肚子已揣了西瓜似的，行动也不如从前利索。有几次，为了躲避因兴奋而突然跃起的家家，何苗险些绊倒。为这，严寻礼没少受杨翠玲数落。每日疲于奔命，受尽奚落，严晴不曾替自己委屈半分，她只是心疼何苗，更心疼父亲。通往父亲家的路她走了三十年，步伐却越来越沉重。

别过夏晓光和唐小恬，独自走在接家家的路上，严晴神情落寞，脸色黯然。秋风乍起，婆娑的树梢沙沙作响。身不由己地打了个寒噤，胃里一阵痉挛，严晴扯了扯衣襟，交臂将自己裹抱住，手掌上下摩擦臂外取暖。

"这会要能抱着家家，一准暖和多了。"想到那个毛乎乎肉团团充满灵性的小家伙，严晴的嘴角露出一丝难以觉察的微笑，灌铅的步子也轻盈了许多。

谁也不是铜墙铁壁，人人都有扛不住的时候。对严晴来说，夏日的一把蒲扇足以驱暑，秋凉的一只小狗足以驱寒。

大千世界，她要的实在不多。

杨翠玲不在家，多少让严晴松了口气。但一听说杨翠玲在附近超市找了份清洁的工作，严晴这心里，又变得沉甸甸的。

"我知道她这么辛苦不是为我，但也是为了我的孩子。"说起婆婆，何苗羞愧地哽咽道，"我说了不如上关外买个二手房，首付便宜，供起来也不吃力。"

"那杨翠玲肯定不乐意。"纵使心里对继母的严苛与精明有诸多意见，一想到近六十岁的老太太，每天佝偻腰背在超市里扫扫墩墩，严晴也于心不忍，怅然叹道，"想想她也挺可怜的。为儿子算了一辈子，争了一辈子，到老还在为孙子挣扎。"

相处十来年，严晴深知杨翠玲的脾性。杨翠玲越是对自己的出身耿耿于怀，就越期盼子孙出人头地。"她就是这么说的。"何苗频频点头，亏心地偷瞄一眼严晴，轻声说道，"她说了，'我和我儿子在别人家住了一辈子，再不能让我孙子住别人的房子了'。"

"确实像她的风格。"严晴付之一笑，一副不足为奇的坦然，由衷感叹，"杨翠玲平时的确小心眼、小市民，但关键时刻，她也是个有风骨的人。"

严晴对杨翠玲的判断，准确且客观。曾经有过那么一瞬间，杨翠玲想问严寻礼借钱，转念一想，过去十多年，父女俩有难时自己也不作为，如今开这个口非但讨不着好，难保不落人笑柄。再者说，何苗成天挺着西瓜大的肚子进货发货，连快递员都同情地劝她别太辛苦，严老头作为法律上的公公，如果有心，早就有所表示了。夫妻十三年，杨翠玲心酸地想，我在他心里，也就值部手机的小恩小惠，再别指望其他了。这样想着，借钱买房的因由到了嘴边，硬是叫杨翠玲生吞了下去，转而托对门老李头的媳妇，给自己找了个超市清洁工的活。

每当杨翠玲猫腰清扫蔫头耷脑地黏在地上的菜叶，或弓身铲除沥青似贴在地面的墨色积尘，忍受着肩胛腰肌的酸痛迟缓地直起身时，肢体所承受的苦痛，都转化成对严家父女的埋怨。大是大非的原则性问题上，杨翠玲虽不糊涂，无奈她认知层面较窄，眼界与格局不够开阔，胸怀便难及他人。做出"冷漠无情"这个定论，杨翠玲的确错怪了严家父女。且不说严晴瞒着全世界偷偷借给何苗的十万，就说严寻礼，也有他的难处和顾虑。老伴走后，严寻礼一心给女儿寻个妈妈，不料娶了个厉害角色，没少让严晴受委屈。严晴生于七月，严格来讲，她考上大学那年还未满十八周岁。就因为杨翠玲含沙射影的一席话，暑假才刚开始，严晴便拾了几件衣裳，清理几本书，草草数字留书出走，无声无息地告别。尽管严晴在信上说，自己想在上大学前多行些路，多看些风景，但严寻礼胸中了然，比起杨翠玲的指桑骂槐，更让女儿无法忍受的是自己夹在中间左右为难。生日那天，严晴在泰山脚下给严寻礼打了个长途电话，意兴盎然地说："爸，泰山的日出，美得无法形容。昨天站在玉皇顶上俯瞰，我才真正领会'会当凌绝顶，一览众山小'的壮阔。世界如此辽阔，烦恼如此渺小，健康活着就是生活给我们最好的馈赠。您已经给了我最宝贵的生命，您不欠我什么了。今天我18岁，是成年人了，我可以照顾好自己，您不要再为我操心费神了。我今年的生日愿望和往年一样,以后每一年都一样,就是希望您过得开心,身体健康,为自己活一回。"

严寻礼连声应着"好好好",抹一把纵横的老泪,肩膀抖动着啜嚅道:"女儿长大了,我就放心了。"

话虽如此,一想到女儿未满十八岁就离开了家的庇护,严寻礼揣在怀里的那颗心,就不曾真正放下来过。宛如离巢的小鸟,严晴这一离去,从此后会无期。大学四年,严晴回家的次数屈指可数,即便回来探望父亲,也总是晚来早归,尽可能避免在家留宿。泰山之行后,严晴言出必行,自己靠家教和零工勤工俭学,拒绝再接受父亲的资助。

女儿过早的独立,使严寻礼自觉亏欠她太多。除了人生中最珍贵的母爱之外,严寻礼认为自己还欠女儿一个完整和睦的家,一段无忧无虑的孩童时光,和一个无须设防的避风港。严寻礼的印象中,女儿不曾任性过。根据心理学家荣格的理论,母子关系主要影响孩子的情绪和情感表达方式。母亲是孩子与社会的最初联结,而严晴,在不知晓何为任性时,便失去了母亲。因此,她不知如何索取爱,只知道如何付出爱。成年后的严晴拒绝了父亲的资助,严寻礼只好私下开了个账户,将女儿的学费及生活费,以零存整取的方式逐月存入,悄悄替女儿攒下,以备不时之需。私存十几年的存款,就像是《格林童话》中存放在祠堂里的那罐猪油,而严寻礼则是那只蠢蠢欲动的小猫。女儿结婚后,严寻礼几次想告诉严晴这笔钱的存在,并交由她亲自打理。无奈女婿太不争气,非但游手好闲而且好高骛远。要不是严晴背着自己领了证,严寻礼无论如何也不会将女儿的幸福托付给贝红卫。怎奈木已成舟,严寻礼只好暗中祈祷上苍开眼,保佑女儿平顺,同时打理好那笔救命钱,指着它某天能救女儿出水火。

这几日，账上的存款即将自动续存，严寻礼正琢磨着和严晴商量，把钱取出来帮刘念小两口一把，不想严晴一进门，率先拉着何苗散步谈心去了。趁着家里没人，严寻礼从床底的行李箱中，翻出一个鞋盒，揭开盒盖，抖出十几双鞋垫。鞋垫都是严晴母亲生前绣的，严寻礼知道，杨翠玲忌讳碰往生者的东西，所以踏踏实实地把存折潜伏在鞋垫里。扶着床沿站起，侧坐在床边，严寻礼翻开存折，瞅一眼流水记录，欣慰地笑了。

就在严寻礼感怀欣慰时，客厅里的手机响个不停。颠颠地循着铃声找到手机，后仰着头，眼睛眯着一条缝，吃力地睨着显示屏上的电话号码，严寻礼拿起电话，温厚地说："小贝啊，小晴陪何苗散步去了。一会儿她回来我让她给你打电话啊。"

"你好，请问这是严晴的手机吗？"电话另一端，老蒋困惑地问。

"啊，是啊。"严寻礼拉开手，又仔细看研究了一遍来电号码，这才发现，末位两个数与女儿家的座机不同，显然，这只是与严晴家同个区域的某部电话。"抱歉，刚才没看清楚。"严寻礼和气地问，"请问您哪位？"

"您好，这里是……"话刚出口，未报家门，脑海里飞快地闪过严晴惊恐而忧伤的神情，老蒋顿了顿，客气地反问，"不好意思，请问您是？"

"啊，我是严晴的父亲。"严寻礼心无城府地回应，面上挂着一贯的春风旭日般的笑容，"您找她什么事啊？"

严晴办理抵押贷款，已是一百多天前的事情，但老蒋至今记忆犹新。他记得她曾说过，是为了家人而抵押的房子，老蒋暗自揣度，那她家人有权也应该知道事态的严重性。这样想着，肚子里的话自然而然地涌到了嘴唇边，涓涓地流淌而出："严先生您好，我是银行信贷部经理小蒋。是这样，严晴在我们银行办理的抵押贷款。可能她工作太忙，忘了缴付这月利息，后天就是最后期限了，如果再不还就要计算滞纳金了。"对方迟迟不予回应，老蒋心里顿时没了底，干笑两声说，"咳，叔，您别误会，我不是催债的。就是担心她忙忘了白罚滞纳金划不来，所以打电话提醒她一下。"

"喔，喔，喔！"严寻礼扶稳椅背以支撑自己摇摆的身子，仿佛刚从噩梦中惊醒一般，恍然大悟道，"好，好的，感谢您提醒。我们会尽快还上的。"

听筒里的声响从忙音到长鸣最后归为沉寂，严寻礼依旧保持着摇摇晃晃的站姿，灰浊的眼睛向窗外远眺。直到大门钥匙响起转动声，两个女孩清脆的谈笑声渐近，严寻礼抬起袖口揩了揩鼻子，将手机放回原位，颤巍巍地拖着脚挪步回房。

拈起床上那本存折，背部微微地颤抖着，躲在没有人的房间里，无声地仰天，怆然泪下。

第八章　神器也计算不出幸福

　　严寻礼再三坚持，丈二和尚摸不着头脑的严晴，不得不同意父亲随行。开门进了家，贝红卫照例盘坐在书房打网游，吃过泡面的碗筷随意地扔在餐桌上，碗边挂着参差不齐的辣油，看上去触目惊心。灰白交错的格子外套，斜躺在沙发扶手上，一只袖子垂挂在地上，宛若一个失足跌倒的人。茶几旁的垃圾桶，散发出隐约的酸馊味，垃圾桶周边，横七竖八地散落着未曾投准入"篮"的瓜子壳。

　　扫一眼脏乱无序的客厅，严寻礼手抚胸口，心中默默哀叹。如同一个弃婴，这是一间被弃置不顾的屋子，没有得到应有的照料与爱护，因而死气沉沉。

　　书房房门被推开的一霎，贝红卫照例专注于游戏，眼皮都懒得翻动一下，一声不吭。

　　"小贝啊，在忙呢？"

听见岳父的声音,贝红卫手一抖,鼠标当即滑落。本能地,贝红卫探出身子拽住鼠标线,将鼠标扯了回来,坐定,抬起头,狼狈的目光掠过显示屏,啼笑皆非问:"爸,您怎么来了?"

"你好久没回家了,我来看看你。"到底是经历过风霜雨雪的人,严寻礼心底的悲愤如同井喷的石油似的汩汩往外冒,脸上依旧是镇定的和气,"小贝啊,忙不忙?咱爷俩下楼说两句话行吗?"

老丈人开了口,贝红卫只得舍弃盟友,让自己的英雄离线,胆战心惊地走在严寻礼身后,暗地里直犯嘀咕,严晴跟他说了什么?还是他听见了风声?他到底了解多少?我该怎么办?

出了门,下了楼,还没走出单元口,严寻礼忍无可忍地猛一回头,单手扶墙,一手直指贝红卫鼻尖,胸口跟风箱似的抽动着:"你,你可真行啊!我那么好一个女儿,平白嫁给了你,我没找你要酒席礼金吧?我没要求你有房有车有存款吧?我就一个希望,希望你真心待她,两个人好好过日子,你连这点都做不到,还算是个男人吗!"

"爸,您这是……"贝红卫吃不准老丈人到底了解多少"内幕",也就摸不清老人这席话针对的是他的暴力行为还是股票亏损,嘴皮子颤动几下,为避免不打自招,终究收了声。

"明天一开市,你就把股票卖了。对,就明天,全给我卖了!三天之内,必须把房子给我赎回来!"说到激动处,严寻礼脚下一滑,身子一仰,险些栽倒在地。贝红卫眼尖手快,一把托住老丈人的背将他扶稳,却不想严寻礼反手抠住他的手腕,肩膀剧烈起伏着,瞋目切齿地怒视着他,"结婚才几年?你就把她的积蓄和工资祸害光了。我没说过你一句不是吧?日子是你们的,老婆是你的,只要她心甘情愿让你败家,我就不好干涉。但这房子是你们结婚前我买的,你打我房子的主意,那可不行!"

"爸,"严寻礼到底是个年过六旬的老头子了,年迈加之气愤,手上已无缚鸡之力,扣在贝红卫手腕上的泛着褐色斑块的手,被他轻而易举地解开。抽回手揣进裤兜,贝红卫亏心地干笑着,仓皇无措道,"现在行情不好,这时候斩仓,亏不少钱呐。"

"亏也得抛!就是剩下一块钱,你也得还给我闺女!"严寻礼丝毫不留余地,一字一句地给女婿下最后通牒,"明天一开市就全抛了。钱到账就还给我闺女,你一个子都别想留!"末了,严寻礼粗短颤抖的十指,死死摁住贝红卫双肩,怒斥道,"我可不是严晴,没那么好忽悠。你最好别跟我耍心眼,否则我就算拼了这条老命也要拉你陪葬。"

"爸!"

"别喊我!"严寻礼松开手,目光如剑,嫌恶地剜着贝红卫,"我不是你爸。从现在开始,你只是严晴的丈夫,不是我女婿。听明白了吗?今后怎么做,你好自为之。"

修养再好的人,也有他的罩门与软肋。看似温和的人,不过是比寻常人更擅长隐忍。生活的磨难和考验,如同炽热的岩浆,被他默默地压在体内。压力突然增大超出负荷时,蓄积的岩浆便从他最薄弱的地方,破体而出。

给女儿的房子,就是严寻礼不可侵犯的死穴。

打他们领证那天,严寻礼就不曾对贝红卫寄以厚望。一个指望婚姻改变生活的男人,严寻礼暗想,不可能有多大的出息。之所以放任自流,是因为他尊重女儿的选择。爱,不是为对方倾其所有,而是尊重且给予她理想的生活。其他打着爱的旗号附加的关心或指导,建议或意见,皆不过是画蛇添足。

严寻礼的宽纵姑息，同样滋养了贝红卫的贪婪。即使在这样的时刻，贝红卫仍厚颜斗胆提议："亏了那么多钱，就算我全抛掉，也不够赎房子的，还不如等大市好一点再说。"

"用不着你操心！"严寻礼冷眼看他，寒光凛凛，"亏了的，算我们自己倒血霉。剩下的，一毫一厘你都给我还回来！"

对贝红卫和严晴的婚姻，严寻礼也不加干涉，只隔岸观火，静观其变。最坏的结果不过是离婚，对此严寻礼早有打算：离开贝红卫，严晴还有一个稳妥的安乐窝可容身，还有一份稳定的工作可糊口，还有一笔数额不小的存款可防身，还有他这位甘愿为她抛洒一切甚至生命的父亲可投靠。

一旦为最坏的打算，做足最好的准备，任何突发状况来临，人都无所畏惧。

只是，严寻礼万万想不到，当初他以为是个包袱的贝红卫，实际上是条吸血的蚂蟥，靠吸食他人的血液赖以求存。贝红卫对严晴所造成的摧毁的程度，远远超出严寻礼的预料。蚂蟥一样的贝红卫，寄生于严晴的生活中，附在她的床畔枕边，无孔不入地吸食她的血。一滴不剩地榨干她全部的血汗后，又将吸盘伸向她的父亲——她最后的，仅有的，防护。

"听好了，我就给你三天时间。"像是拍掉蚂蟥后，恨不能狠狠将它摔打在地一般，严寻礼厌恶地看着贝红卫，没好气地警告，"如果你配合，我暂时不惊动你父母和警察。你要再一意孤行，到时就别怪我没给你留后路了。"

老丈人以不可逆转之势突然介入，要求他在规定时间内斩仓，不仅意味着他将丧失股票的操控权，更意味着今后他将彻底丧失经济自主权。一旦严寻礼插了手，便再不会坐视不理。除了阻止严晴拿钱给他投资炒股，今后他的任何决定，老丈人都会出面干涉与阻挠。这对于贝红卫来说，不啻于晴天霹雳。就像是一辆加满97号汽油的跑车，刚风驰电掣地上了路，却驶入了四面围墙的死胡同，空有一腔热忱却无路可走。

贝红卫徒劳地张大了嘴，像一尾挂在鱼钩上的鱼，垂死挣扎亦枉然。

反身上了楼，重重地摔上家门，贝红卫操起玄关上的香炉，狠狠掷向地面。不足一分钟，视线所及之处的小摆件都被他砸了个稀烂，贝红卫又冲向餐桌，抱起一整套蓝色碎花的玻璃水壶和水杯。刚要撒野掷下，严晴抱着家家冲到贝红卫面前，诚惶诚恐地瞪着他："发什么神经？"

"装什么大尾巴狼！"看见严晴怀里的小狗，贝红卫已形成条件反射，伸爪就去抓家家，口里不干不净地咒骂，"不是你告状，你爸会逼我卖股票？操！让我走投无路，你们也别想好过！"

来不及分析父亲知情的原由，眼下严晴只能专注地护卫家家，双臂夹紧，左闪右躲，四处逃窜。

二人叫阵，攻其不备是勇士所为，声东击西则是懦夫之举。正因为知道严晴对小狗的爱已超越自身，贝红卫才不厌其烦地向家家痛下毒手。同样一个拳头，打在严晴身上只是肌肤之痛，捶在家家身上却能让严晴痛心不已。虐打家家，并不能让贝红卫获得快感，但当他通过欺凌小狗而让严晴备感折磨时，他就能获得一丝不易觉察的属于强者的成就感。

严晴抱紧家家，穿过一地的破碎，慌不择路地奔逃而去。贝红卫追到家门口，怒不可遏又扬扬得意地在她身后叫嚣："滚！有多远给我滚多远！有种滚了就别回来！"

这三个月来，左右上下的邻居已逐渐适应严晴家的争吵打闹声，对贝红卫动辄咆哮的叫骂声，也从好奇到不齿，发展至今变成了充耳不闻。

生活不如意的人，大多脾气暴躁。

愤怒，是他与这世界负隅顽抗仅有的武器，也是他不认输的唯一方式。

暴躁，是软弱的代名词，也是无能的一种表现形式。

平日里的争吵不休虽使左邻右里觉得他可气可厌，但更多时候，暴怒无常的贝红卫，让邻居们为他感到可悲可悯。

老丈人突然登门兴师问罪，让毫无防备的贝红卫吃了个哑巴亏。冷静过后，贝红卫坦荡了许多。我可是懂经济法的。贝红卫不服气地想，一个人坐在昏暗的门廊里，暗暗冷笑，动不动就找警察，警察也不是万能的。我一不偷二不抢，他女儿自愿抵押拿钱给我炒股，就算找警察局长来也没有用！

至于找家长，对贝红卫更难构成威胁。父母各自再婚后，家对他而言，仅仅是个名词，爸妈也不过是两个熟悉的称谓。

真正对贝红卫起作用的，不是严寻礼的一席恫吓，而是严寻礼已知晓内情的现实。

贝红卫再三分析利弊，总结出最佳的退场时机，即现在。为了抵押房子炒股，夫妻俩的关系已冷到冰点。如今事情败露，无论如何，严寻礼不可能再让他继续铤而走险，杨翠玲那张刀子嘴也不会轻饶了他。横竖都是要退场，此时应严寻礼的要求抽身，亏得再多那也不是他的责任，赎楼的缺口自然碍不着他的事。倘若过了这个村,再想搭乘顺风艇可就没那么容易了。且不说到时他将因炒亏了股票而受千夫所指,就说赎楼所缺的那笔不小的金额,都将成为他责无旁贷的重担。

横竖不能继续在股场厮杀,至少要给自己一个华丽的退场。

贝红卫机关算尽,却算不见股市的风起云涌。就在他倾仓卖出的当天中午,蛰伏一个季度的环保股票,如有神助般在收市前拉出一条鲜亮夺目的阳线。贝红卫的心情莫名地焦躁起来。就好比一个人垂钓,苦守湖边一百天,风餐露宿、忍饥受冻却连条小虾米都没见着,刚收竿回家,却发现新来的垂钓者连岸边的石堤都没坐暖,就钓上一条百年难遇的巨型鲶鱼。眼巴巴地看着别人乐得合不拢嘴,空手而归还搭进时间成本的这一位情何以堪?

可惜运气不讲逻辑,没有先来后到之说。输即是输,赢就是赢,赔了就是赔了,赚了就是赚了。认不认栽都不能改写结局,也只有认了。

"玩我呢?是不是啊?你玩我呢!"严晴一早上班去了,家家照例被送去严寻礼家,贝红卫一个人对着电脑摔摔打打,骂骂咧咧,神经病似的自言自语道,"要脸吗?你说你要不要脸?我那么信任你,苦等白熬守了你三个月,你天天给我扣绿帽。我这刚放弃,你就转正了,你说你讲理不讲理吧!"

当天交易的资金不能当天到账,整个下午,除了喋喋不休地咒骂,贝红卫只能巴巴地望着股价芝麻开花似的节节高升却无能为力。感觉就像是隔了扇透明的防爆玻璃,只能眼睁睁瞅着ATM机器疯狂地吐出钞票,却无法破门而入,怎么伸手伸腿都够不着那白花花外冒的钱。贝红卫就这样窝了一天的邪火,直到妻子和小狗回家,他再难抑制心中的郁闷,随便找了个碴儿,又吵得不可开交。

香蕉忘用保鲜膜包裹而长黑斑，不过是个借题发挥的引子。严晴心里清楚，贝红卫不过是因为抛了股票心有不甘，任何一件小事，都可能成为他暴跳如雷的起因，继而演变成鸡飞狗跳的局面。这一次，严晴学聪明了。不等贝红卫张牙舞爪，先抱起家家逃出家门。

就像贝红卫早晚会因其他小事暴发，严晴迟早还是要提心吊胆地回家。

男女之间一旦形成高低进退的关系，无论在不在理，姿态低的那一方，再难有翻身之日。她忍让，他则得陇望蜀；她还击，他仍得寸进尺。两个人都将男尊女卑当成了行为准则，她怎样做，都无法令他满意。

男人在婚姻中处于绝对上风时，女人哭闹是错，静默也是错，甚至在他无理取闹时，她连呼吸都是过错。

生活，似乎形成一个死循环，谁也看不见希望。

入夜，严晴蹑手蹑脚地贴近家门，侧耳监听屋里的动静，揣测着贝红卫此刻是否熟睡，还是有一场新的战火等待着自己。

对门新搬来的东北大婶喝酒归来，在严晴身后观察了好一会儿，悄悄走近她，打量这个清丽灵秀的姑娘，"啧啧"地惋惜，冒着酒气摇头说："可惜了，多俊的姑娘，你完全可以找个像样一点的男人。"

严晴一扭头，勾起嘴角，对心直口快的邻居报以羞赧的苦笑，心中好不辛酸。

这一夜，严晴踟蹰于自家门外，进退维谷。严寻礼也在自家床上，辗转反侧。

昨晚从女儿家回来，严寻礼便感到胸闷气短，五更时胃里烧得厉害。身子刚钻进洗手间，一只脚还滞留在门外，严寻礼"呕"的一声，将晚餐吐了个干净。起先他以为是闹肠胃炎，不料第二天，胸闷头昏的症状仍未消减，走路稍微快一点便感觉到天旋地转。

"我这是什么毛病啊？"严寻礼好声好气地问妻子，杨翠玲吊着一张脸，寒光凛凛地斜眼乜他，阴阳怪调地撇嘴说："什么毛病？心病呗！"

守财如命的杨翠玲，一想到严家父女竟白扔三十多万让贝红卫拿去填了股海，心里便有种落井下石的痛快，但更多的，是兔死狐悲的凄怆。

哪怕那父女俩拿出三分之一借给她杨翠玲，她也不至于每天起早贪黑地上超市扫菜叶，她的宝贝孙子也不至于连个正经的落脚地方都没有。杨翠玲越想越觉得自己命贱，同床共枕十三年，她竟不如一个好吃懒做的上门女婿！

严寻礼越是难受，杨翠玲越是解气，非但不劝慰丈夫，反而雪上加霜地嘲讽道："三十多万呐，你以为是三块两块的？投河里还'咕咚'一声呢，这就无声无息地没了，搁谁身上都得气出一身病啊！幸亏你心宽，要是我遇上这事，半条命都没了。"

"你，你少说两句吧。"严寻礼揉着钝痛的胸口，心里跟吞了一个秤砣似的喘不上气来，下了床榻，跟跟跄跄地踽步到客厅，一下子瘫倒在沙发上。

为了弥补自己的"过错"，何苗几经努力，终于说服杨翠玲母子允许她继续经营淘宝小店。"妈都上超市扫地了，我不能袖手旁观。我也得努力挣钱给儿子买房啊。"何苗热泪盈眶地央求，"我不用自己提货，只做代购。找几家靠谱的店，接了单让店家直接发货，我就坐在家里数钱，帮你们分担一点，行吗？"

话虽如此，做生意无论大小，向来"力不到不为财"。前几天有个四黄钻的买家拍下一件高仿风衣，何苗再三与供货商确认后，承诺48小时内发货。转眼过去96小时，供货商丝毫不见动静。买家在旺旺上发难，警告称再不解决将向淘宝发起投诉并给出差评。对于何苗这样的小卖家，一个差评足以毁掉她一年的努力。为了挽救小店信誉，何苗决定亲身去供货商店内了解情况。尽管气象台前一晚已悬挂出橙色台风预警信号与黄色暴雨预警信号，何苗推窗看了看乌云压顶的灰黑色天空，稍作犹豫，远远看一眼虚掩的房门内鼾声如雷的严寻礼，轻手轻脚地打开五斗橱，挑了把结实的8支伞骨的长柄雨伞，换上一双平底鞋，小心翼翼地出了门。

还未走进地铁站，黄豆大的雨点密密匝匝地坠落，狂风在耳旁呼啸，顷刻间，世界已是风狂雨横，进退两难。回头远眺来时路，何苗一咬牙，擎着伞健步如飞地冲进近在咫尺的地铁站。橡胶鞋底湿了水，便与大理石地板产生了溜冰似的化学反应。外面风雨大作，地铁站内人迹罕至。没有可求助的人，何苗只好一手扶墙，一手托腹，慢慢吞吞地朝着乘车方向艰难行去，如履薄冰。眼看就要走到闸口，脚后跟突然踏空，像低飞的蜻蜓似的悬空划过，何苗瞬间失足滑倒，"咚"一声跌坐在地上，惊动了远处执勤的志愿者。

手忙脚乱地扶起大腹便便的何苗，年轻的小伙子大惊失色，上下打量着何苗，慌张地问："你没事吧？要不要送你去医院？还是送你去医院检查一下吧。"

在年轻志愿者的帮助下，何苗顺利地上了的士，前往妇幼医院。

"医生，孩子没事吧？"许是受了心理暗示的影响，何苗并未感觉到不适，内心对自己草率出门懊悔不已。赤身坐在检查床上，何苗胆战心惊地解释，"我就是不小心坐到地上了，摔得不严重，肚子不痛也不恶心，不会伤到宝宝吧？"

主任医生不接话，意味深长地看她一眼，继续着手里的活。完成初步检后，主任医生回到诊桌前，下笔如飞地填了几张化验单递给何苗，正襟危坐说："去，先把这几项做了，回头再说。"

接过化验单，何苗不放心地追问："我从小务农，身体很结实的。这一跤摔得也轻，宝宝不会有事吧？"

"我记得你。不是提醒过你，要定期做产检吗？"经杨翠玲大闹妇产科，何苗也给主任医生留下了难以磨灭的印象。再次意味深长地扫了她一眼，主任医生正言厉色地问何苗，"你上一次产检是什么时候？"

"忙。总想不起来……"心虚地垂下头，何苗双手无处安放地吊在身前，红着脸嗫嚅道，"我想着自己也算年轻，能吃能睡的，害喜反应也不大，不如给宝宝省点奶粉钱……"

"产检的钱能省吗？"主任医生难以置信地瞪大眼睛，嗔怪说，"你现在图省钱，将来花得更多。去，把这几项检查都做了。"

化验结果比主任医生的预期还糟糕，何苗的人体绒膜促性腺激素仅是135.3，孕酮只有7.3，雌二醇为187.4。反复掂量、比对几张化验结果，主任医生的脸色宛如窗外的低压天色，望着何苗直眨巴眼，疑惑地问，"你没发现自己内裤上有异样吗？比如血块什么的？"

"之前是有过一些咖啡色的血迹，"何苗仔细地回忆，"我上网查了，说少量出血是正常的，所以也没多心。后来就减少了，偶尔累的时候有一点,只要休息好就正常了。"

"这孩子!"主任医生气恼地一拍桌子,化验单像不干胶小广告似的,"啪"的一声贴紧桌面,"网络上的话能信吗?如果上网就能看病,还要医院干什么!"

"您别生气,我错了。"通过医生恼怒的程度,何苗判断,自己的胎儿遭遇的问题不小,心头如同揣了块烫手山芋似的,红着眼眶忙不迭地认错,"我错了,医生。我保证以后按时做产检,再也不轻信百度,再也不到处乱跑了。"

"哪还有以后!"主任医生横眉怒目道,"黄体酮太低。这孩子要不了了。"

"不不不!"何苗惊恐地摆动双手,连声否决,泪如泉涌,"要。我要这孩子。您帮帮忙,今后我全听您的。"

"不是我不帮忙。"记起何苗家里那个厉害婆婆,主任医生也心下戚戚,爱莫能助地摊手表示,"你要是早点来,我还能想办法。现在这情况,孩子都停止发育了,就是我想帮忙,也留不住。"

"哇"的一声,何苗捂住篮球似的肚子,无助地仰天长哭,嘴里断断续续地哀求着:"都是我的错。求求你了医生,帮帮我,帮帮我的孩子……"

同为女人,主任医生能够体会与一个尖刻的厉害婆婆朝夕相处的艰辛。撇开母亲的天性不说,至少,一个健康的孩子能够增加她在家庭中的分量,哪怕微不足道,对何苗而言,也是突破性的进展。

因为懂得,所以慈悲。

怜悯地叹了一口气,将纸巾盒推到伤心欲绝的何苗面前,主任医生无可奈何地劝慰:"这样吧,我先给你开点保胎药。三天后再来复查。你也跟家人商量一下,最好叫他们一起来,我把情况跟他们说明一下。如果实在留不住,趁早手术恢复也快一些。你还年轻,以后有的是机会,对吧?"

尽管体重处于历史最高点,尽管肚子仍旧沉甸甸地坠在腰下,何苗却感觉不到自己的重量,如同一具被掏空的躯壳,脚步幽浮地飘出诊室,飘离医院。

一纸诊断书很快要将平静的日子撕裂、打碎、瓦解与摧毁。

傍晚的时候,风雨将息,整座城市已成泽国,好似国画生清洗过的砚台,青灰,濡湿。

何苗收起雨伞,心神凝重地走进超市。隔着几栏货架,一身草绿色粗布工装的杨翠玲,正蹲在地上认真地拾捡菜叶,几绺枯黄的发丝,凌乱地垂挂在耳际两侧。顾客于果蔬架中穿行,在杨翠玲身前身后来来往往。仿佛置身森林的小矮人,一时间,杨翠玲被各式各样的小腿包围着。或粗壮或纤细的,或肤如凝脂或毛发茂密,或被裤管包裹或全然裸露,或在热裤半裙的遮掩下,犹抱琵琶半遮面的腿肚子,在杨翠玲眼前来回晃动。人们精心挑选着架子上的晚餐,杨翠玲始终专注地手扶垃圾铲蹲于腿中央,面朝污渍斑斑的水泥地板,垂头俯拾人们失手掉落的一段葱,一根香菜,一节黄瓜花蒂,或一缕玉米穗。

杨翠玲骄傲到骨髓里,何苗心里清楚,她断不想让任何人瞧见这副模样。隔着几栏货架,何苗呆望着佝偻成团的婆婆,不忍上前。转过头,心中一阵酸楚,泪落如珠。

待杨翠玲清扫完菜架,交了班出来,风收雨敛,天空黢黑似墨。

站在超市门口等候已久的何苗,怯声轻唤:"妈。"杨翠玲撇过头,惊诧地问:"大风大雨的,你来干什么?"

"接您回家。"何苗咬紧嘴唇,握拳捏住伞柄,面色如土。

不由分说地夺过雨伞,搀过何苗,杨翠玲大惊失色:"哎呀,你一个孕妇,拿什么伞呀!不吉利!"

婆媳俩并肩依偎,相互搀扶,深一脚浅一脚地蹚过积水,平安回到家。严寻礼风风火火地循着声,从厨房蹿出,应门而奔,手里还举着来不及放下的菜刀。

"哎哟你可回来了。"见着何苗,严寻礼长舒一口气,如释重负道,"回来就好,回来就好。我一眨眼就看不见你了,一打电话发现你把手机落茶几上了,外面大风大雨的,我也不知道上哪儿找你。"

"刀刀刀!"听见何苗中午就顶风冒雨地外出,杨翠玲腹诽心谤,侧目瞪了她一眼。顾不上打听详情,杨翠玲左手握着长柄雨伞,右手夺下严寻礼手中的菜刀,不满地絮叨,"提醒过多少次了。孕妇不能碰钉子,不能拿雨伞,不能挪桌子,不能见刀子。你们可好,大风大雨地往外跑,来开个门还举着菜刀。老的小的都不知道避讳,这是想要我孙子的命啊。"

贝红卫炒股亏钱,殃及严寻礼。东窗事发后,原本在家里地位就矮小的严寻礼,身架又比妻子短了一截。确实,在亲生闺女与外来儿子面前,严寻礼做不到一碗水端平。如今严晴有难,他必须豁出一切帮女儿渡过难关。至于杨家母子的困难,他只能在精神上给予最大的支持。为了让杨翠玲高兴,她稍有不悦,无论孰是孰非,严寻礼立马点头哈腰,连声抱歉。

"是我大意了。"严寻礼赔着小心,憨笑讨好,"这两天太累了。中午打了个盹,没看好苗苗。"

"不不,"何苗摆手,焦躁不安地揽过责任,"不怪严叔。是我不好。"

"算了。别互相打掩护了。"杨翠玲踢掉鞋子,麻溜地放好雨伞和菜刀,作势掸了掸袖管,自嘲地说,"怪来怪去,还是怪我自己没能耐。你们都拿我当空气,我说的话跟个哑屁似的,放完就拉倒了。"

杨翠玲的脸色,阴沉似窗外的天色。一旦她怒从心起,免不了又是一番新仇旧恨的清算。担心牵累有恩于自己的严家父女,何苗连忙抢过话题,翻开背包,掏出化验单,神色惊慌地交代:"我有点不舒服,所以去了趟医院。"

一听这话,杨翠玲迅速换上慈祥的祖母脸,目不转睛地盯着何苗的腹部,关切地问:"怎么回事?我看不懂那些数字,你就直接告诉我,医生怎么说?我孙子没事吧?"

"让三天后再去检查。"何苗垂眉,低语毕,立刻屏住了呼吸。

因了此前的矛盾,杨翠玲始终对主任医生心怀芥蒂,提起她就气不打一处来:"那女的医术如何我不好说,但医德是真不怎么样。"

从受孕到分娩,杨翠玲只在破了羊水后进过一次医院,因而想当然地认为,何苗能完好无损地回来,说明身体无大碍。在杨翠玲眼里,所谓的妇科检查,不过是敛财的医疗幌子,于是撩起袖子,准备接替严寻礼的工作,下厨做晚饭,一面不以为然地嘟哝:"女人生孩子,不都是天经地义的事吗,用得着谁给检查?现在的年轻人,都是玻璃做的,动不动就往医院跑。这人呐,没事不能上医院，不吉利。再说了，那些什么光啊，什么超啊，都有辐射，对孩子不好。"

何苗不吭声，夜里伴着枕边的清灯，仔细与刘念说了情况。经儿子一转述，杨翠玲这才意识到事态严重，天不亮就扎进菜市场，说是要挑只老母鸡，为何苗补补身子。

三天后，一家老小如数现身。主任医生拿着最新的化验报告，眉头与鼻梁皱作一团，连连摇头叹气，沉重地建议："你的情况不乐观啊。激素只有58，孕酮也跌到4.7了。孩子不可能再发育了。必须终止妊娠，否则大人也有危险。"一听这话，杨翠玲就跟遭了雷劈似的面色如炭，怒发冲冠，冲到主任医生跟前，舞拳跳脚地喊道："你是医生还是杀手啊？你怎么能劝病人断子绝孙呢！"

严寻礼从身后拽住杨翠玲的胳膊，努嘴示意刘念拉她出去冷静冷静，口中致歉道："对不住啊医生，她太想抱孙子了，有点接受不了这情况，所以情绪有点激动。"

主任医生嘴上说着可以理解，不肯松懈的眉头却出卖了她的愠恼。转眼看见哭成泪人的何苗，心中一软，好心安抚道："姑娘，你也别太自责。主要是营养不良，黄体酮过早衰退，HCG太低无法维持妊娠，跟你摔跤没关系。毕竟是第一胎嘛，没经验。没补营养又没做孕检，不摔那一跤，这孩子也保不住。"

医生用心虽善，不想却激发了更大的矛盾。一旁的杨翠玲虽喋喋地叫骂着，同时也听得字字真切。到了这一刻，杨翠玲才反应过来，何苗所谓的身体不适其实是她自己造成的。深抽一口凉气，杨翠玲举起双臂猛地一挣，甩开刘念和严寻礼，从胸腔内爆发出一声激昂的怒吼，没等众人缓过神来，一个响亮的耳光端端地落在何苗布满泪痕的脸上。

"你还有脸哭！你个挨千刀的！你谋杀我孙子！"杨翠玲再度冲何苗扬起手，鼻孔朝天，嘴皮抽搐，牙齿咯咯作响，"你打一开始就不想要这孩子，终于如愿以偿了。说了多少遍，第一胎得好好养着。叫你别开店，别到处乱跑，你偏不听。把我大孙子摔没了，猫哭耗子给谁看呐！"

孩子保不住，准爸爸刘念心头自然不是滋味。再想到何苗一意孤行冒着风雨出门导致滑倒，心里也怨她不识轻重。严寻礼虽心疼何苗，无奈嘴笨，体力也拼不过肾上腺激素作用下的杨翠玲，只能一面拉扯一面劝说："别这样，苗苗肯定不是故意的。"

一边是穷凶极恶的婆婆，一边是置身事外的丈夫，何苗挺着西瓜一样滚圆的肚子，一手抚住滚烫的左颊，无助地抽动双肩，失声恸哭，嘴里像个电力不足的复读机，抽噎着说："妈，对，对不起。老，老公，对不起。"

主任医生实在看不过去了："你们到底怎么回事啊？要打要骂也不是现在。她还得手术呢！没看见她现在还是个孕妇吗？"

经医生一提醒，刘念心里虽有些过意不去，但面子上仍然拉不下来。更重要的是，这个时候他若帮媳妇多说一句，母亲势必会迁怒于他。刘念打小活得战战兢兢。虽然更多时候，杨翠玲母狮子似的凶猛都表现在对待外人和严家父女身上，饶是耳濡目染，刘念也跟着心惊胆战。杨翠玲不光嘴毒，更可怕的是她擅长持久战，芝麻绿豆大的小事，叫她反复嚼上个三年五载，准能叫人精神崩溃。原本这件事上刘念就觉得自己是个受害者，再想到他的袒护将使自己成为母亲的箭靶，心里便惴惴不安起来。

"先回家吧妈，回家再说。"悄悄扫一眼何苗，眼中的千言万语都敌不过他的怯懦。双手轻扶母亲的肩膀，刘念低声宽慰着，背向何苗，搂着哭闹的杨翠玲，缓步离去。

严寻礼尴尬地挤出比哭还难看的笑容，冲医生咧咧嘴，转脸望向杨家母子，继而回过头，为难地看着何苗。

"去吧，叔。"何苗轻轻颔首，揉揉眼角，温吞地说，"我没事。真的。妈现在最需要人安慰，您赶紧去吧。"

接到父亲的电话，严晴摘下工作牌，抓过手袋，慌不择路地冲出写字楼。马乐推着一车大小不一的纸箱纸盒，刚刚停稳，抬眼便看见如临大敌的严晴。

严晴心似火烧，脚踩风火轮似的奔过一排泊在路边的车辆，险些迎头撞上刚拐进来的电驴，幸亏马乐及时伸手拖住了她。严晴尖叫一声，怔色看他。

"不要命了？"马乐蹙眉轻斥。

"疯了吧你？"忧心着何苗，纵使因为他躲过一劫，严晴仍无法给马乐好脸色。

"这么着急上火的，上哪儿去啊？"

"要你管！"

"送你去！"话一出口，马乐便绕到车后卸货，一面央请保安帮忙盯一下快件，一面拧眉敦促严晴，"愣着干吗？赶紧帮忙！"

严晴抬腕看一眼手表，正是的士交班的堵车高峰，来不及细想，手忙脚乱地上去帮忙搬空纸箱，抬腿一跨，攀上了电动三轮的铁架。

"妇幼医院。"抽出面巾纸递给满头大汗的马乐，严晴毫不客气地命令，"抄小道走，快，赶时间。"

引产手术安排在第二天早晨,听完医嘱,何苗侧身,眼泪汪汪地抬头看着严晴:"姐,我今晚不想回去。"

"我也是。"严晴心里应了一句,颔首低眉,抿嘴微笑说,"不想回就不回。我去接家家,顺便给你收拾几身换洗衣服,然后我们再找个地方落脚。"

贝红卫斩仓后,严寻礼分文不剩地取出为女儿私存十几年的防身钱,又垫了六万,这才将严晴的房子赎了回来。可自打清仓后,那只环保股却像条复苏的睡龙一样,无端地异军突起,在迷雾重重的股海中杀出重围,股价一路攀升。过往的种种失败,都教这后发制人的环保股票抵消了。纵使没有真正赚到一分钱,但它势不可挡的锐气,足以使他骄傲。如同最后一根救命稻草,节节开花的股票,是贝红卫用武之地的有力证明,也是他反抗严家父女"强权"的唯一生机。

看着每日一串赤焰似的数字,贝红卫怨声载道,先是责备严晴不信任他的眼光,然后怪罪她背叛了自己搬来家长镇压他,最后免不了新一轮的游说要求她再次抵押贷款。严晴不依,他便没来由地撒野耍横,怪严晴胳膊肘朝外拐,联合严寻礼毁了他的辉煌大业,最后,矛头千篇一律地指向家家:"要不是那个狗东西分薄了你对我的爱,你会处处跟我对着干吗?它早晨哼一声,你立马起床喂食。晚上它刨一下门,你立刻带它下楼。它想怎么着你都依着它,我想干点正事就这不行那不行。我在你心里,连一条狗都不如了吗?"

在贝红卫与日见长的不可理喻的疯狂下,严晴沉默的频率越来越高,无语的时间也越来越长。即便如此,贝红卫依旧不依不饶,祥林嫂一样无时无刻不诉说着自己被孤立的悲惨与斩仓后所蒙受的巨大损失，没日没夜地找茬争吵，无休无止地逼迫严晴重新与自己站队。

昨日，严晴终于爆发，只还了他一句："别说得好像我们欠你似的，房子是我爸给我买的，你炒股的钱也是我房子的钱，损失再大那也是我们的损失。"

严晴话音未落，贝红卫气急败坏地抡起拳头，"砰"的一声擂向桌面，新买的蓝光鼠标"喀嚓"一下，碎裂成两半。

打狗，摔东西，搞破坏，你就这点能耐了吗？严晴心中冷笑，鄙夷地挑起眼角乜着贝红卫，冷冷地宣布："我没钱了。自己弄坏的，自己想办法买。"

过去人们常说，"嫁汉嫁汉，穿衣吃饭"。丈夫二字，本应是一份温暖安全的承担，如今，有他在的地方，却比南、北极还要险峻严寒。严晴留意到，何苗说不想回去时隐去了"家"字，猜想她和自己境遇相似。

她们，已成惊弓之鸟，但凡风吹草动，她们便望风而逃。

逃亡不是最好的选择，却是她们仅有的选择。

办好入院手续，垫付了费用，严晴搀扶着何苗缓步走出医院，马乐快步迎了上来，关切地问："怎么样？人没什么事吧？现在要去哪儿？要我送你们吗？"

严晴怎么也料想不到，马乐会在孕妇集中营似的医院门口守候一个多小时，一时间不知如何回应他一连串的问题，没头没脑地反问一句："你的箱子呢？"

"都完事了。"严晴问得离奇，马乐却回答得机敏，手指电动三轮板车，粲然一笑说，"我不放心你，打电话请同事帮忙送件了。今天我的工作就是给你当司机。现在去哪儿啊？"

严晴与何苗互换一个眼色,摇头说:"不知道。"稍作沉思,试探地问,"你知道哪里有便宜的招待所允许带宠物的吗?"

"这你就问对人了。"习惯性地搔了搔头,澄澈的眼睛弯成明月,马乐羞涩地笑说,"高档地方我一个都不知道,便宜的能让狗住的地方,我知道不少。"

电动三轮还在单元口滑行,杨翠玲呼天抢地的哭声直灌耳膜,亮烈的诅咒声,振聋发聩。何苗举起双手捂住耳朵,满面难堪,凄然地望着严晴。搂住她战栗的肩膀,严晴拨通刘念的手机,简洁地嘱咐:"把家家抱下来,给何苗收拾几套宽松舒适的换洗衣裳。什么都别问了,见面说。"

当着外人,刘念羞于表达内心深处复杂纠结的感情,既有对何苗的心疼,也有对孩子的不舍,还有一些交杂的愧疚与愤怒。最终,将一包衣服递给妻子时,刘念神色木然地交代:"妈情绪不太稳定,我请了假在家陪她。明天几点手术?我想办法溜过去吧。"

自己老婆上手术台都不敢明目张胆地探望陪护,即便他潜行去了医院,能帮上什么忙?况且,他走了,扔下父亲和杨翠玲两个人关在一间屋子里,谁知道她在这种精神状况下会做出什么事来?这样想着,严晴断然拒绝:"不用。我照顾何苗就行了。你还是看着点你妈,别再出岔子对大家都好。"

"也行。"刘念爽快答应,怯生生地偷瞄何苗一眼,简短地叮咛,"那你照顾好自己。有事给我打电话。"

饶是不希望刘念亲眼看着自己的肚皮被掏空,两个人的感情结晶被摘除,但他不加犹豫的应承,还是深深地刺痛了何苗。就像一个依借仪器维持生命的植物人,尽管没有了知觉与尊严,但当最信赖与亲近的人拔掉她的呼吸管时,她的生命仍会本能地做临终前的抽搐与挣扎。濒临死亡的人渴望存活下去，心灰意冷的人也渴念对方多给一丝温暖。横竖都会死都会冷的，何不给彼此多一点时间呢？

"呵呵，男人。"刘念的身影很快消失在漆黑的楼洞中。何苗甩甩头，笑出了眼泪。

"是啊，男人！"严晴除去牛仔外套，搭在何苗瘦削的肩头，弯下了嘴角。

侧脸靠近严晴耳根，朝后背湿透了的马乐眨了眨眼睛，何苗轻声说："男人也有善良的，热心的，负责的。"

"是啊。"收回落在马乐背上的目光，严晴别过脸去，苦笑调侃，"刚开始接触，男人都是好人。尤其在他没成为你丈夫以前。"

"也许不是他们变了，只是我们自己的期望值太高。"

"也许吧。"

一阵冷风刮来，穿透了单衣，直抵心脏。严晴打了个寒战，搂紧坐在她腿间的家家，两股热流，淌过脸颊，洇湿了小狗热乎乎毛茸茸的背毛。

第九章 不能成为礼物，就别闯入对方生命

无须多说一个字，杨翠玲从儿子怀中那捧换洗衣物，便已知晓一切。

"天呐，我到底造了什么孽啊！老公死了，孙子也活不了了。"何苗和严晴还没走远，便听见杨翠玲扯开嗓子的号哭，悲怆之情仿佛逝去的是一个活蹦乱跳的小生命，而不是失去一个未能成形的胚胎。

护卫生命的延续，是自然界赋予母亲的天职，也是母亲逆境求存的精神支撑。

就是凭借这样的天职与意志，杨翠玲在孤单时，在绝望中，在亲友背弃后，在流言蜚语里，顽强地咬紧牙根将儿子拉扯大。杨翠玲毕生的心血精力，都耗在侍弄儿子上，但乳燕终有离巢时，随着儿子求学、毕业、立业、成家，杨翠玲逐渐感到自己被削弱。儿子

的独立带走了一部分的她,而孙子的到来,重新为她注入强心剂,使她又有了为之奋斗的目标。如同一个满血复活的武士,杨翠玲正摩拳擦掌、忘乎所以地为新生命拉开架势,一个意外却叫她泄了真气,一蹶不振。

"都是那条该死的狗!"埋怨过命运不公,杨翠玲需要另一只替罪羊,推开窗冲着严晴渐远的背影,无理取闹地哭喊,"我说孕妇不能养狗,没人听我的,现在你们满意了吧!死狗,还我孙子!"

出了问题,人们对结果无能为力时,总需要找个人怪罪。因为怪罪于人,要比自我检讨、深究内情容易得多。杨翠玲不愿意承认自己福薄与胎儿缘浅,也不愿意正视是自己对何苗关心不够照顾不周,最让她无法面对的是,最终同意何苗继续开店的人,是她自己。

"多一个人挣钱也好。"刘念死活不同意何苗太辛苦时,杨翠玲难得与儿媳统一战线,反倒游说儿子,"衣裤鞋袜、奶粉、纸尿片,哪样不花钱?多一个人挣钱你就少一分压力。反正她只是在家上上网敲敲电脑就能来钱,能累到哪儿去?"

根据主任医生的分析,何苗的情况除了营养摄入不均衡不全面外,也不排除劳累和休息不足的原因。对此,杨翠玲与刘念心知肚明,却没有一个人愿意承担责任,哪怕只是承认胎儿发育不良不是何苗的错。过去那些年,杨家母子为了生存而拧成一股麻绳,遇见任何事,无论对错,母子俩都一个鼻孔出气。久而久之,母子俩成了一个战壕里的战友,遇事自动连成战线枪口一致对外。

风平浪静时,严寻礼是杨翠玲的丈夫,何苗是刘念的妻子。出了状况,严寻礼和何苗都成了外人,杨翠玲母子,才是肝胆相照的自己人。

仅仅因为她是"外人",事发后婆婆的诽谤与丈夫的软弱,让何苗在失去腹中骨肉的悲痛时刻,独自承受了二次伤害。

"简直莫名其妙!"扶着车把,马乐忽然回头,一脸愤慨,撇嘴说,"她没了孙子,你还没了儿子呐!"

何苗抽了抽嘴角,欲语凝噎,坐在对面护栏板上的严晴,递出手掌,眼眶噙泪,默默地握紧何苗冰凉的指尖。

进了楼屋密集的城中村,马乐手指一幢灰黄的旧楼,抹一把汗说:"到了。我先回公司还车。你上403找董小姐,我跟她说好了。"

家家本能地对这复杂的环境产生戒备,竖起耳朵,背毛倒立,尾巴像桅杆似的坚挺。严晴一面安抚小狗,一面与何苗面面相觑,语塞良久,低声问:"就这儿?"

"对啊。"马乐晒出两排贝壳似的白牙,不识忧愁地开怀笑说,"没事,我都安排好了。上去吧,我还了车就回来。"

小男生的热忱与坦然,教她无法拒绝。严晴一手抱家家,一手牵着何苗,贴着墙根,小心翼翼地摸索着上了楼。夜幕低垂时,马乐提着一兜喷香的盒饭叩开房,收藏家似的从塑料袋里一件件宝贝往外掏:"这烧鹅饭是卤水店的镇店之宝!给,还有两个乌鸡蛋,给何苗补补身体。对了,人参鸡汤要趁热喝,凉了油大。"

严晴抬手看一眼时间,难为情地看着他,轻声说:"她明天手术,这个点已经不能进食了。"

"那,那你全吃了吧。你也够瘦的,也得补。"

"我没胃口。"严晴推搪着,心里暗暗盘算这顿外卖花掉马乐几天的血汗钱,面色绛红,羞愧地表示,"你吃吧,你也辛苦一天了。不好意思,给你添了那么多麻烦。"

"傻不傻啊？不能吃苦还算男人吗？"

"这儿到底是什么地方？"

"我住这儿啊。"挥手指着对面的405房，鞋尖触地，下意识地在地面上画圈圈，马乐羞得面红耳赤，吞吞吐吐说，"这里虽然乱一点，但是让带狗住，又不用看身份证交押金什么的。我刚来不久，只知道这儿的短租房便宜，还允许带宠物。"稍事停顿，两腮持续升温，挠挠耳后，腼腆地嗫嚅，"我想着，反正我住对门，有事我可以保护你们。而且，我给得起租金的，也只有这儿了……"

"喂，"严晴蹙眉，只轻唤了一声，喉头便哽咽得说不出话来。两人面对面僵立着，冷场三分钟之久，严晴平复了情绪，板起脸严肃地问，"我跟你说过，我表侄女跟你一样大。"

"那又怎样？只能说明你表哥要孩子要得早。"

"我结婚了。"

"那又怎样？你可以不喜欢我，但你不能剥夺我喜欢你的权利。"马乐挑眉，昂起下巴，挺起胸膛，气恼地逼视着严晴，"我稀罕你是我自己的事情。我没想过要什么回报，就想对你好。"

如同一头使性子的倔驴，马乐涨红了脸，胸口憋着气，直勾勾地瞅着严晴，一副爱谁谁的无畏。告白来得太突然太直接，犹如弹子机里笔直滚落洞口的弹珠，丝毫没有迂回的时间。直线是两点之间最短的距离，所有婉拒的技巧，在直率面前，都派不上用场。瞠目结舌地干眨着眼睛，良久，慌乱地回头看一眼何苗，严晴微张着嘴，宛如一尾搁浅于沙滩的垂死的鳗鲡，空洞地发出微弱的气息。

严晴刚将何苗护送进手术室，马乐电话就追来了。

"你是不是往我口袋里塞钱了?"看不见他的脸,也不难透过他的语气想象他恼羞成怒的模样,"你怎么能这样?你怎么能给我钱?你还当不当我是爷们儿?"

为了方便照顾何苗,也为了躲避贝红卫,严晴一早联系房东索要付款账号表示想续租两晚,董小姐却说:"你安心住吧。马先生交代过,你们的房租记他头上。"趁着马乐下楼买早餐的空隙,严晴将事先准备好的五百块钱,连零钞带整票,一股脑塞进他的工服口袋。既然露了馅,严晴也不躲藏,坦然地说:"是我放的。除去三晚房钱,还有你的误工费和饭钱。"

"非要跟我划清界限?"心里明白她的好意,却放不低男人的自尊心,马乐冷笑两声,"那行。昨晚的外卖你们没吃,饭钱今晚我退给你。"

"我什么都给不了你,所以不想欠你太多。"攥着手机拐进楼梯间,仰头靠在梁柱上,蜗牛似的沿着柱体缓缓蹲下,温柔地说,"就算你有权利付出,我也有权利偿还,对不对?你做的一切都是为了你的心,我也一样。你的心痛快了,也得让我的良心好过些,对不对?"

一席话,直教马乐无言以对,默默地挂断了电话。严晴跌坐在冰冷的石阶上,双手抱膝,将头埋进腿间,挡住了满脸无声的泪水。

人与人之间,若真能做到两不相欠,也许世间的痴男怨女,便能少些相互折磨,亦不必苦苦牵念。

严寻礼起了个大早,偷瞄一眼侧卧的妻子,轻手轻脚地钻进厨房。翻箱倒柜地寻摸出一盒阿胶,一袋红糖。东张西望地探了探风,赶忙翻出报纸,里三层外三层地将阿胶裹了个严实,装进深咖啡色购物袋里。

杨翠玲背对房门恹恹地躺着,侧耳听着厨房内窸窸窣窣的动静,闭上眼继续装睡。结婚十三年,严寻礼始终如他们初见时面慈心软。知道他此番动静是为了去医院看望何苗,杨翠玲也不吱声,任由他代替自己探病施关爱。一想到手术意味着孙子的夭折,杨翠玲固然恼恨得紧。但到底是女人,自己也闯过儿奔生娘奔死的分娩难关,杨翠玲清楚地知道女人引产要遭的罪。何苗父母远在江南,开个个体淘宝店一没组织二没同事,除了家里这几口人,在这座城市里,她当真是无亲无靠。手术当前,何苗纵有千般不是,也不该像弃婴一样被晾在医院无人问津。杨翠玲受不了那个刺激,难得严寻礼有心,她便默许了他。

藏好阿胶和红糖,严寻礼轻手轻脚地走向玄关,似乎又放心不下,折身回到卧室门口,望一眼依旧在睡梦中的妻子,小心翼翼地踮着脚尖出了门。严寻礼反身带上门,一回头,对门的大婶"嗷"地大叫一声,捂着胸口问:"你,你是人还是鬼?"

"嘘——"严寻礼慌张地摆手示意,心有余悸地回头拉了拉门,趴在门缝间侧耳听了听屋里的动静,转过身,小心翼翼地用气音说,"人。我是人。"

"可吓死我了。"惊魂未定地喘着大气,大婶口无遮拦地埋怨,"你这不在这儿吗,为啥你家那口子号了半夜,一直说自己老公死了?我还说这也太突然了,前两天见你还好好的呐。"

经好事的邻居提醒,严寻礼才意识到妻子造成的影响之严重,心中倒也不介怀,压低声线请求:"家里出了点事,她受了点刺激。抱歉,影响您休息了。您多担待。"

大婶正要追问,严寻礼一哈腰,点头道了句"回见",虾子一样猫身潜行，快速下了楼。

这边厢，严寻礼还心急如焚地乘坐地铁赶往医院，那边厢，心里惴惴不安的刘念已抵达妇幼医院大堂。

严晴抱着何苗的包，望着她手机上不停闪烁的名字，前思后想，接起了电话，愤懑地率先开了腔："人已经在手术了，没什么事就挂了吧。"

杨翠玲前半夜哭号，后半夜啜泣，刘念也跟着彻夜难眠。刘念心里对何苗自是有愧，有担忧，但让他心中辗转的，却是对母亲的歉疚和心疼。父亲病逝后，若不是母亲一意孤行地坚持，他兴许已饿死街头，又或者被某个善心的亲戚收养，留在贫困的小镇上，懵懂度日混吃等死。这些年虽然住在严家，户口本上看似多了两位家庭成员，继父与姐姐。事实上，刘念了然于胸，自己与母亲，始终活在相依为命的二人世界里。他吃的每一粒米，喝的每一滴水，求学期间买的每一杆笔，交的每一笔学杂费，都是母亲从牙缝里一点点省下来的。没有母亲，就没有今日的他。母亲成就了他的过去，妻子赋予了他的未来。倘若二者只能择一，他将毫不犹豫地与母亲并肩站队。

在刘念看来，没有过去的人，不足以谈未来。

天蒙亮的时候，刘念披上休闲外套，拔足奔到二里外的大排档，买回母亲最爱喝的艇仔粥，送到床前。杨翠玲翻过身去背向儿子，眼皮也不动一下，冷声说："去上班吧。我不用你陪。"母亲正在气头上，刘念不忍逆她的意，忧心忡忡地更衣上班。刘念上了公交，撞见一个肚子浑圆的孕妇，手里捧着热气腾腾的八宝粥吃得正香，一旁的丈夫还捏着纸巾细心地替她拭掉嘴角黏上的紫米粒，登时，心房像被芒刺扎破的氢气球，炸得整个胸腔生疼。公交一靠站,刘念挤出人群跳下车,招手拦了辆的士,直奔妇幼医院。

平日在杨翠玲的煽风点火下,刘念也总觉得严晴为人冷漠,说话尖刻。然而此时,他却无法介怀她的冷漠尖刻,就像一个混账,无法指责别人是浑蛋。

"你们在几楼?"刘念好声好气地央求道,"我已经到医院了。医生说有好几台手术,她也不确定是在几楼。"

男人大多粗枝大叶,不知寒不识暖,但在紧要关头还能处变不惊的,那就是薄情寡义了。严晴原是恼怒刘念的薄情,听见他斗胆逆杨翠玲的意来到医院,脸上的愠色当即消退许多,声音也有了温度:"等候区谢绝男宾,你去附近找间餐厅,打包点热汤水备着,回病房等我们吧。"

刘念诺诺地应着,沉吟片刻,声音低沉地说:"姐,谢谢你。"

十四年来,刘念头一次管严晴叫姐,话一脱口,两个人都为之一震。在这个特殊家庭里,因了难以言明的利益关系,姐弟俩从未说过贴己话。刘念曾与何苗戏谑:"我跟家楼下的流浪猫说过的悄悄话都比跟严晴说的多,你没必要拿她当我姐。"但就在这一刻,刘念真心实意地,接纳且承认了这个名字与他存档于同一个户口本十三年的姐姐。

"一家人,谢什么。"严晴若无其事地带过,眼眶却情不自禁地温润了。

"姐,你想吃什么?我一块儿打包。"

"我不饿。现在何苗是咱家的 VIP。"严晴含泪打趣,抽抽鼻子,和风细雨地叮咛,"小念,别怪我多事啊。妈妈是要孝顺,但老婆也需要心疼。女人,都不容易。"

"好,我记住了。"刘念试图微笑,却像有一团棉花塞住了喉管，堵住了他未曾扬起的笑意。

　　和刘念一同将何苗送回去，再三交代术后注意事项后，严晴牵着家家，精疲力竭地回到家。听见钥匙转动，贝红卫疾步冲到门前，抢过她的手袋扔向沙发，一把抱起严晴，腾空旋转一圈，忘乎所以地喊："老婆，咱们的机会来了！这次无论如何，你得相信我支持我！"

　　严晴奔走于医院和公司的那几天，环保股票接连几个跌停，贝红卫认为，这是黎明前的黑暗，雨霁前的阴霾，腾飞前的滑行，打一场漂亮的翻身仗的最佳时机："不能再错失良机了，今天就得入市，必须今天抄底！"

　　推开贝红卫，静默地除去高跟鞋，严晴盘腿席地而坐，一面揉着酸痛的小腿肚，一面侧目打量得意忘形的丈夫，如同审视一个行为怪异的陌生人。

　　"老婆，你辛苦了，我来！"嬉笑着弓膝而跪，捧过严晴的腿肚子，贝红卫殷勤地为她按摩，口中念念有词地说，"经过我的专业分析，就这两天，最晚不会超过后天，这只股票肯定疯涨。就像减肥的人报复性反弹一样，股价接连下挫后肯定报复性上扬。不出半个月，至少能赚40%，你就等着数钱吧！"

　　贝红卫说得眉飞色舞，严晴听得愁眉锁眼。像是羊入虎口前最后尥一蹶子的垂死挣扎，严晴长叹一声，对丈夫仅存的一线希望为这段婚姻做最后一搏："我没钱。一时片刻，上哪儿弄这么多钱？"

　　"我都想周全了。"贝红卫没有意识到，严晴的婉转，是保护他的尊严与婚姻和谐的最后一级台阶。未曾发生的暴富，未曾实现的胜利，已冲昏了他的头脑，无视严晴脸上紧锁的笑意，隐忍的愁容，贝红卫手舞足蹈地描绘着他的宏伟大业："我问夏晓光借二十万，你找咱爸借二十万，唐小恬那你看看能借多少借多少，房子的抵押贷款你也再办一下。下个月的这个时候，咱就能把本金还上，余下的继续钱滚钱，到年底咱就能在市区里买套公寓。再加上这套房，两套房能押个小二百万，咱就用银行的钱继续创造财富……"

贝红卫慷慨激昂地讲着他的宏图伟略，严晴凝神定睛看着他，眼前渐渐浮现出一张巨大的烧饼。画饼充饥不可笑，可笑的是置身其中的人，竟不知道画出来的饼是填不饱肚子的。"哈哈，真投入，讲得跟真的似的。"严晴手指着贝红卫的鼻尖，一手捧腹，笑出了泪花，"二十万？你以为玩大富翁呢，随便抛个色子就能要来钱？我爸为了给我赎这房子，一辈子的辛苦钱全搭进去了，别说二十万，两万他都拿不出来！估计我爸现在跟我一样，就剩一条贱命，不知道我们的命值几个钱，要不你把我们父女都卖了吧，希望能给你换个十万八万的。"

严晴笑得太过放肆，胃里的痉挛也演变成胃抽筋。四脚朝天地仰在地上，双手摁于胃前，严晴嘴角抽动，断断续续地笑说："唉哟妈呀，不行了，逗死我了。"

"至于吗？"握拳俯视笑作一团的严晴，贝红卫咬实牙关，怒目相对，"我想做件正经事，就那么可笑吗？"

"不不不，你一点也不可笑。"严晴捂着胃，甩头似筛糠，"可笑的是我。家里接二连三发生那么多事，你不闻不问。我四天三夜没回家，你也漠不关心。为了节省洗头时间，我把头发剪到耳根，你还是视而不见。就这几天工夫，我今天中午不得不去天虹买条皮带，要不我这裤子就直接掉地了。即便这样，我一进门，你就跟高利贷似的追着我要钱。所以说你一点也不可笑,可笑的是我,可笑的是我居然对你还心存希望。可笑的是我以为婚姻是幸福的归宿,我以为你是我最亲的依靠,我以为你值得我付出一切。到今天我才明白,你不过把我当成你的保姆兼人肉提款机。哈哈,真欢乐呀,我真的太可笑了,你不觉得吗?"

"我不是不关心,只是没来得及问。"贝红卫脸上一阵红一阵白,梗起脖子理直气壮地辩解,场面却愈加滑稽。

大多数瘾君子犯瘾时无不六亲不认,当全部心思专注于一件事,他根本无法顾及左右。到了这个时候,贝红卫仍在钻牛角尖,心里还是只有眼前这一件事,即无论如何要在今天内筹到一笔巨款,搭上这趟港股快车。苍白地申辩两句后,贝红卫坚持不懈地软磨硬泡:"老婆,我真的特别有信心,这次一定能赚大钱。你就再信我一次,我保证这绝对是最后一次。我这么投入,全是为了你。我家的情况你也了解。除了你,我心里也没别人了,我也是想给你幸福给你依靠,但现在我特别需要你的理解和支持。"

"理解?支持?"像个发条失灵的闹钟,严晴的笑声始终停不下来,泪水盈睫,花枝乱颤地笑问贝红卫,"你理解我吗?如果你理解我,你该知道,我已经给了你所有能给的支持,甚至透支了我所能给的理解和支持。但是,我需要你支持的时候,你在哪里?"

人在极度困苦的时候,只能依靠捞取回忆为自己的心取暖。然而,躺在冰凉的地板上仰天长笑出热泪,回忆像一个说书人,将她的青春与爱恨娓娓道来,至此,严晴惊觉,这段历时八年的婚恋,除了几个廉价的包包,竟再无多少温暖片刻可以打捞。

贝红卫顾不上关心妻子这些天的生活,也无从知晓她内心的变化,一心只想着尽快弄到炒股资金。就像一只口干舌燥的沙鼠,突然看见一汪清泉,自然是心无旁骛地奔足而去,哪怕它所看见的泉水,只是虚幻的海市蜃楼。

"一提钱你就跟我扯闲篇。"对严晴的诉说不予回应,贝红卫不悦地蹙眉说,"我没工夫陪你在这哭哭笑笑地演戏,赶紧想想办法筹钱,这是正事,是大事。"

严晴扶着沙发腿摇摇晃晃地站起来,眼神发直,精神涣散,怔怔地望着贝红卫激烈翕动的嘴唇,灵魂出窍似的声音空洞且飘忽:"我没钱。我也没办法。我累了。我要睡觉。"说完,严晴招呼一声家家,晃晃悠悠地朝卧室走去。

在贝红卫看来,妻子的漠然是对他能力的极大蔑视,也是对他努力的极大践踏。

"不许睡!"暴跳如雷地拉住严晴,虎口箍住她的下巴颏,掰过她的脸正对着自己,贝红卫的唾沫星子飞溅到严晴的脸上,"我忍你很久了!要不是你和你家老头逼我斩仓,股票能亏吗?你们害我赔了钱,就想不了了之?没门!我不管你去借去偷还是去抢,今天你必须给我弄到钱!"

贝红卫劲大,严晴奋力扳动身子却挣不脱他的束缚,只能徒劳地尖叫:"放开我!你弄疼我了!"

家家不明白两个人之间发生了什么,在一只小狗眼里,它只知道,它亲爱的女主人此刻受到了严重的威胁,因而奋不顾身地冲上前去,一口咬住了贝红卫的脚踝。尖锐的疼痛让贝红卫瞬间松开了手,顺手操起果盘里的水果刀,弯腰架在家家的脖子上,声色俱厉地呵斥:"妈的,敢咬我!死狗,活得不耐烦了吧?滚开!"

这套德国 BASS 刀具,算是家什中屈指可数的"高大上"。有一次到严晴家做客,见她拿那把从中学时代沿用至今的生了铁锈的菜刀，笨拙地剁着排骨，累出一额汗，大排却纹丝不动，只有浅浅几个刀口。唐小恬摇头苦笑："巧妇难为无米之炊真不算什么，杀牛用鸡刀才为难人呢！"没过几天，唐小恬便送来这套刀具。饶是全套刀具中最细又最不起眼的水果刀，也是寒光凌凌，刃如秋霜。家家看不见压在它颈背上的实物，只凭借动物敏锐的体察与感觉，已明白项上那寒凉，纤细且刚硬的东西，绝非闹着玩的。极度惊恐下，家家喉咙发出呜咽，腹下已大小便失禁，四颗尖利的犬牙却不依不饶地咬合在一起，死死卡住贝红卫的脚踝。

"放开它！"小狗依依诀别的眼神，触痛了严晴的记忆，她再次记起母亲临终前，也是这样一双凄绝的眼睛，默默无语地与她惜别。严晴俯冲向下，与贝红卫争抢着水果刀，山洪暴发似的咆哮着，"成天就知道欺负弱小，你还是不是个男人？没工作没收入没本事没出息没能耐，你也就剩下这一身蛮力，想方设法地折磨我们找快感！"

"对，老子一无是处，就是爱折磨你们！"无论说者是否言过其实，听者都无法直面自身的短处。揭人伤疤就好比将一颗心脏用刀划上若干道口子，再往里面洒上辣椒面和盐巴，最后还要放在火架上翻烤。再强大的心脏，也经不起这番蹂躏。贝红卫原本紧绷至极限的精神，这下彻底溃散了。毫无先兆地一掌推倒严晴，起脚踹飞家家，贝红卫举起刀尖，通红的眼睛瞪若铜铃，咬牙切齿地说，"老子这辈子已经让你们毁了，你们也别想好过！躲得了初一躲不了十五，反正我杀狗不犯法。你看着吧，说不定哪天我就请你吃狗肉煲！"

冷不丁被踢飞，撞在桌脚上应声倒地，家家撕心裂肺地叫了两声，见女主人也躺倒在地，小狗顾不上自己的伤痛，心惊肉跳地扭身起立,跛着脚一瘸一拐地朝严晴走去。

"离婚吧。"忍受着胸口剧烈的疼痛,严晴弯身抱起家家,小心翼翼地护在怀中,感受着自己体内每一根血管的冰结,脱口而出的话,吹肥皂泡一样逐字在嘴边爆炸,"我不想再这样生不如死地过下去了。离婚吧。"

"什么?!"贝红卫仍旧手举水果刀,吹胡瞪眼,难以置信地盯着严晴。

"离婚。"严晴仰起下巴,满面寒光,一字一句地宣布道,"我、要、离、婚。"

月朗星稀,秋凉如水。严晴抱着家家从宠物医院出来,蹲坐在街边,借着路灯的微光,拿着从医院讨来的笔和纸,一笔一画地写着离婚协议。贝红卫冷静下来,看着一地狼藉,心中羞愧且忐忑,手上锲而不舍地拨打着那个已关机的电话号码。

入夜,严晴抱着家家走到单元口,贝红卫从水泥石阶上一跃而起,带着歉疚的笑容迎上前去:"回来啦?回来就好。家家没事吧?"

严晴不应声,眼角斜扬,目光僵冷,仿佛他是一个搭讪技巧拙劣的路人,径自抱着小狗上楼,贝红卫屁颠颠地跟在她身后没话找话说:"我把屋子收拾了,换了套床上用品。上次摔了家家的饭盆,刚才我去给它买了个新的……"

"晚了。"严晴突然收住脚步,回头冷眼看他,摸出离婚协议伸到贝红卫面前,心意坚决地说,"我是认真的。我要跟你离婚。"

恋爱到结婚近三千个日夜,无论贝红卫做过怎样荒唐乖张的事，曾经伤害过她拖累过她，严晴都不曾提过分手。而此刻，纸端那苍劲有力的四个大字，俨然透露出她离婚的决心。夫妻闹矛盾，女人常把分手挂在嘴边，就好比经常喊"狼来了"的牧童，只是孩子气的任性。而持久缄默与隐忍的女人，就好比马拉松赛场上的种子选手，不鸣则已，一鸣惊人。此前所有的忍耐与宽宥，都积淀成今日的爆发。正因为清楚严晴的耐力，贝红卫才越发惊惶，急不可待地求和说："老婆，对不起，今晚我确实过分了。我太沉迷炒股，不够关心你，不知道体谅你，一切都是我不好。给我个机会，我改。"

"对不起，是我不够好。"勾起嘴角苍白地浅笑，严晴凝声请求，"我太累了。我撑不下去了。我不想撑下去了。对不起，你放过我吧。"

"就因为它？"严晴语噎，豆大的泪滚出眼眶，受了腰伤的家家强撑着身子，歪头探吻，轻舔她的泪珠。看见这一幕，贝红卫莫名地来了脾气，眉心拧成川字，怒声问，"再穷再苦的日子我们都熬过来了。以前再怎么吵你也没想过放弃。现在就为一只狗，你要跟我离婚？"

与其说严晴为一只狗离婚，倒不如说是因为一只狗，使严晴看清了贝红卫阴暗的小我，和她自己的处境。她可以原谅贝红卫的粗暴，却无法宽恕他的残忍。粗暴的人容易冲动、意气用事，残忍的人则自私、不计后果。这一次，他兴许只是把水果刀架在小狗的脖子上，下一次，难保他不会把菜刀架在严晴的后脖上。

"你要这么想，我也没办法。"严晴轻摇脑袋，抽抽鼻子，凄然一笑，转过头兀自归家。

担心贝红卫在情绪激动下继续伤害家家甚至自己，进了门，径直走向厨房，抽出最大的砍骨刀攥在手中，严晴将自己和小狗反锁在洗手间里，仰望天花板睁眼等天亮。贝红卫敲了许久的门，说了许多的好话，因得不到回应而渐感困顿，于是决定睡醒再想辙儿挽救自己的婚姻。无论贝红卫怎样哄劝，严晴攥着砍骨刀的手始终不肯松懈，咬着唇贴近门板，侧耳聆听着洗手间外的动静。直到一切归于沉寂，严晴谨小慎微地拉开一条门缝，战战兢兢地四下张望。

隐约听见沉稳的鼾声，严晴食指在唇边比画，示意家家安静，手里倒提着砍骨刀，轻手轻脚地潜行进卧室，立于床边微微垂首，借着荧荧星光，垂注蜷成婴儿模样的丈夫，脑中一片空白。睡梦中的贝红卫是恬静的，安然的，无害的。严晴凝视着睡相安恬的丈夫，心里不再是初识时同病相怜的懂得与惺惺相惜的珍视，而是满心疑惑——"他是谁？"荧荧星光下，严晴一遍遍地问自己，这个男人为什么会躺在我的床上？我为什么容许他接二连三地剥削我、伤害我？我当初为什么要嫁给他？我到底爱他什么？

贝红卫翻了个身，尽管睡得沉实，鼾声如雷，但眉头轻皱，握着拳的双手交抱于胸前。大概又做恶梦了。严晴心生怜悯，鼻尖酸楚，暗想，闹成这样，他一定也不好受，他心里应该也害怕极了。

当一对恋人在一段争吵不休的关系中无法相互体谅，这段感情便没有赢家。两个人都是输家，两个人都长期活在惊悚与哀痛中。就好比眼睁睁地看着两辆失控的大巴迎面相撞，却无能为力。跳车而逃，是生还的唯一机会。

一段感情只剩下无穷无尽的彼此折磨与互相伤害时，爱或不爱都不再重要。分开止痛，斩仓止损，忍痛割爱，是求存的唯一出路。

在一起八年光景，这一刻，凝望着自己的枕边人，严晴却感觉自己从未真正认识过贝红卫。她仍清晰地记得,初见时他穿一件灰旧的条纹T恤,一条宽阔的米色麻裤,踩一双深棕色人字拖,笑容清澈地问:"同学,麻烦问一下,你知道学生三号食堂在哪儿吗?"

那时候,因为高校合并,校内涌现好几个档次不一的食堂。条件好的学生都去教师食堂用餐,而以蔬菜为主打的学生三号食堂则门可罗雀。就在那间用餐人数和菜品一样少得可怜的食堂里,严晴和贝红卫分吃一份宫保鸡丁,分享一碗大排面。那个时候,哪怕碗里只剩下一块肉丁,贝红卫都会毫不犹豫地喂进她口中。什么时候开始,他们的关系从分享变成了侵占?如今,他们相存相依,他们朝夕相对,彼此却越来越陌生,两个人之间的距离,已似银河中的两颗星宿,背向而行,遥不可及。

也许唐小恬是对的。严晴垂下手,想要抚平贝红卫微皱的眉毛,再三迟疑地收回了手,怔望着自己的丈夫,凄楚且无助,他本来不是这样的人,是我喂养了他的贪婪,激活了他的私心,诱发了他的粗鄙。都说婚姻是一所学校,好女人是好老师,我却把一个优等生带成了劣等生。他变成这个样子,完全是我的错。

严晴出神地想着心事,留意到床榻有动静想转身为时已晚,贝红卫将她拉住,柔情地唤了一声:"老婆。"

严晴心里的冰川,无声地化作汪洋。

"老婆,我不想离婚。"贝红卫哽咽,眼角滚出两颗泪,"别离开我,求你了。"

"离了吧。"夜色掩盖了她涟涟的泪水,严晴声轻如蚁,咬唇低呓,"离婚对你,对我,对我们都好。"

在这场婚姻里,他们是两个不谙水性的溺水者,二人尚且不能自救,如何拯救对方?溺水的婚姻,两个人抱团只会加速下沉,分开或许还有一线生机。

"不，我不离婚。我对不起你，我说要让你过好日子都还没做到。"贝红卫坐起身，双手捂脸，肩头抽动地呜咽起来。

严晴别过脸去，一咬牙，紧闭双眼，言重意决地说："你真想对我好，就离了吧。放了我，也放过你自己。"

严晴头也不回地出了房间，顺着反锁的洗手间门缩成一团，两排牙死死咬住自己握着的手背，泪如雨倾。

不久前，她曾在书上读到这样一句，"不能成为礼物，就别闯进别人的生命。"彼时，严晴并不理解其中的深意。如今跌坐在漆黑的洗手间内偷偷恸哭，她却霎时体悟出其中的深情。这段婚姻如同一座海砂垒起的房子，基础没打好，无论再刮多少次灰，刷多少层漆都是徒劳。每一次的伤害，都是一次巨大的损耗。而岁月会不留情地逐渐腐蚀掉感情的梁柱，蚕食夫妻间最后的温情，直至房子坍塌。

对任何一段感情来说，和执着相比，放弃需要更大的勇气。

月朗星稀，秋凉如水。严晴找出皱皱巴巴的离婚协议，一手拿协议和笔，一手擎着不曾放下的砍骨刀，冷静地走进卧室，坐在床边，温柔地望着贝红卫："我很想放下这把刀，但是我做不到。我怕我放下它，一个不留神，你又会突然发疯，而我没有办法抵抗你，更不能阻止你伤害家家。因为你每天都活在愤懑中，所以我每天都活在恐惧中。为什么我们要这样互相折磨？难道你希望我们以后一直这样刀刃相见吗？我也不想离婚，我也想放下这把刀，但是我做不到。即使我现在放掉手里的刀，我心里的刀还悬在那儿。我们互相伤害得太深了，谁也没有办法放下防备。离开我，你会更自在。离开你，我会更轻松。如果我们真心爱过对方，就给彼此一条生路吧……"

贝红卫拧开床头灯才看清楚严晴手里举着一把砍骨刀,震惊得沉默良久,一字一顿地问:"你一整晚都握着刀?"

"嗯。"

"你就那么恨我?"

"我不恨你。"

"你就那么怕我?"

"我也不怕你。"

"你就那么烦我?"

"我不烦你,也不讨厌你。"严晴抿嘴,笑得凄美,"我只是不能再信任你。"

"明白了。"贝红卫看也不看协议内容,飞快地签下名字,含泪沉痛地说,"我承诺你的都没做到。你想要自由,我给你自由。这也是我唯一能给你的了。"

"谢谢。"拾起离婚协议,倒抽一口凉气,严晴一撇嘴,热泪盈襟。

老蒋休假归来,本想跟进严晴的贷款个案,却被同事告知房产已赎回。从严晴独自办理抵押,到拖欠利息再到提前赎楼,不难想见个中经历多少变故。担心自己上次的冒失产生了不良影响,思前想后,老蒋还是拨通了严晴的电话,关切地说:"严小姐,真不好意思,上次您父亲一再追问,我只好跟老人说了实话。我看您提前半年赎了楼,家里事都解决了吧?"

"没事了。都解决了。"南方的正午,秋高气爽。烈日炎炎下,背对着民政局,手执离婚协议,严晴嘴角轻轻抽搐,扯出一抹苦笑。

"那就好,那就好。"老蒋如释重负地点了点头,"我还担心自己捅娄子了呢。那你忙,有贷款需要随时给我电话。"

"不需要了。"烈日下,一身白衣白裤的贝红卫,远去的背影渐次缩小成一个圆圈,一个黑点,如同身边川流不息的过客。严晴对着那个渐行渐远的身影,机械地挥手道再见,"呵呵"地傻笑道,"蒋经理,您知道吗?现在连离婚都是件喜事了,离婚证都是大红色的。"

"什么?"

"真的。离婚和结婚一样值得庆贺,都是红红火火的颜色。"不理会对方的惊诧,严晴自言自语着,像个失语多时突然找到倾泻出口的患者,滔滔不绝地说道,"也对,两个人一起煎熬,相互拖累,真不如各自轻快。你说对吧?我结婚什么都没办,连口酒都没喝,离婚了怎么着也该开瓶香槟庆祝一下吧?对了,蒋经理,您知道罗湖民政局附近哪里有酒吧吗?"

"严小姐,你还好吧?"老蒋听得一头雾水,隐隐有些不安,无端地担忧起来。

"好得不得了。"严晴捂着胸口,仰天大笑,"真的,你不相信?我保住了房子,家家再也没有生命威胁了,我不需要每天睁开眼就为欠银行几十万而提心吊胆了。我彻底解脱了。我从来没有这么好过,真的。不说了,我得去喝两杯庆祝一下。"

老蒋再试着联系严晴,她的手机却从忙音转为关机。

"什么情况?这是要疯的节奏啊。"尽管不得要领,老蒋还是从严晴喃喃自语的对话中分析出大概剧情。依规矩,房产既已赎回,

第九章 不能成为礼物,就别闯入对方生命

严晴与老蒋之间就算两清了。她的生活糟烂或精彩,统统与他无关。摇头叹气地将电话归位,起身将资料袋放进文件柜,想想又不安心,老蒋取出资料袋,翻出申请表,找到严晴填表时所写的紧急联系人的电话,"你好,打扰了,请问您是唐小姐吗?"

简单几句对话,唐小恬就听出了前因后果。震惊与担心,使她乱了方寸,当下迁怒于老蒋:"谁让你们给她贷款的!"

"手续齐全,符合规定就可以批款啊。"

"批吧、贷吧,现在她家破人散了,你高兴了吧!"

未待老蒋辩解,唐小恬愤愤不平地掷下电话。老蒋抓耳挠腮,翻阅着严晴的抵押申请,曲指敲打着桌面,自说自话问:"奇怪,她离婚又没征求我意思,我怎么成了帮凶?"

夜幕低垂,酒吧里烛影摇曳,重金属音乐跳蚤一样钻进耳膜,震得严晴的心肝直颤。不远处,一个西装革履的白面小生端详严晴多时,装模作样地摸着杯肚,轻轻旋转半圈,仰脖小抿一口,托起酒杯冲着严晴举起手,眉目含情地朝她走去。

神采飞扬的眼角瞟一眼她身边的空座,不等严晴开腔,白面小生已理直气壮地落座,多此一举地问:"美女,我可以坐下吗?"

"No。"严晴翻一个白眼,挪开身子,与他保持一肩的距离。

"那可以请你喝杯酒吗?"

"No。"

"我没恶意,也不是做传销的。"白面小生身子朝严晴蹭近了些许,锲而不舍地搭讪,"你长得特别像我妹妹。看你心事重重的,我想你也许需要一个听众,我愿意把耳朵借给你。"

"你妹?!"唤来服务生结了账,狠狠剜一眼白面小生,严晴挎上包,东倒西歪地摇晃出酒吧。

事情发展到这个地步，倾诉是最无聊可笑的无用功。

说什么呢？说与谁听？又可以向谁哭喊？如同一个顽执的投资人，当她决定倾囊而出竞投这件瓷器时，身边的人都劝说："它看上去并不那么美好，也不值得这么巨大的投入。"她却一意孤行。如今，曾经劝诫她的亲友一语成谶，这件瓷器碎裂得不名一文，她力排众议的倾注成了一个笑话，再说一字，都像是人鱼公主脚下的尖刀，将她扎得鲜血横流，灰飞烟灭。

没有人逼迫她，相反，是她自己甘愿冲破层层的阻挠与保护，选择了那个男人，选择了那样的家庭生活，选择了不设底线的付出。感情花园，凡自己种的因，终将自食其果。

成年人的爱情规则不过如此。无论凄风楚雨或艳阳高照，甘苦自担。

严晴记不清自己是如何爬进一辆的士，又是如何摇下车窗吐了一路却安全抵达，在家门口撞见背靠大门伸直双腿端坐在地上的唐小恬时，酒意登时抵消掉一半。

"亲爱的，什么都别说了。"牵起嘴角嘿嘿傻笑，严晴晃了晃巴掌，轻拍唐小恬黑如生炭的脸颊，双眼迷离地说，"什么也别问。我也不想说。我只想跟你说一句：我愿赌服输。"

唐小恬沉着一张脸，举手投降，扶墙而起，努嘴说："开门，洗个热水澡，赶紧睡觉。"

梳洗完毕，唐小恬换上自备的睡衣，率先钻入薄被，拍了拍身边她因担心严晴神经衰弱睡不好觉而托人从香港买给她的记忆枕，柔声说："睡吧。睡醒了一切都是新的了。"

好似一个梦游中的孩子，严晴安静且顺从地遵照指令，听话地爬上床，合眼而卧。不消一会儿，轻柔绵长的呼吸，匀速而起。午夜，酒精在酣睡中发挥殆尽，严晴突然一个激灵坐起，背靠床头双手抱膝，号啕大哭。唐小恬一直睡不踏实，这会儿也一骨碌翻身坐在严晴对面，默默无语两眼泪，不时抽出一张纸巾，一言不发地递上前去。

两人相对而泣到天明，唐小恬冲了碗麦片，逼着严晴喝下，收拾好厨房，牵肠挂肚地出了门。十分钟后，严晴收到一条文字微信，逐字看过去，眼前便洇成一条小溪。

"上地铁了。想到你，又忍不住落泪。你不想提，我也不会问。都过去了。但是，我再也不想看你那样伤心地哭了。"

那天黄昏，严晴收到一束粉色布偶猪扎成的花束。斜阳的余晖洒在精致的卡片上，每一个字都像一抹金灿灿的暖阳。唐小恬漫画一般的圆体字简洁有力地写着："花会凋谢，但是猪不会。他会离开，但是我不会。"

严晴双手抱住那束布偶，放声痛哭。

悲伤宛如山泥倾泻，摧枯拉朽，势不可挡。

"严晴，不许哭。"将脸浸入蓄满水的洗脸池，严晴睁开眼睛感受热泪在冷水中淤滞，凝结，尔后干涸，心中一遍遍喁喁私语，"不许再伤自己的心，不许再伤爸爸和唐小恬的心，不许再让任何一个爱你和你爱的人哭了！"

第十章 人生每多变幻时

唐小恬和夏晓光爆发了有史以来最激烈的争吵。和相识初期针尖对麦芒的叫阵相比，这一次的对立，犹如洪水猛兽。

起因是夏晓光提议唐小恬搬去与他同住，将她的小公寓出租，一来有利于增加感情，二来可以多挣一份租金，再来还能节约两人来回消耗在路上的约会时间，并轻减出一套屋子给更需要的人。

夏晓光扬扬自得地称其为，"低碳节能环保人性化的恋爱进行时"，唐小恬对此嗤之以鼻。

"不可能。"夏晓光的笑容还在脸上绽放，唐小恬已干脆利落地否决了他的提议，"你那中国好发小就是最好的前车之鉴。"唐小恬揶揄道，笑中带刺，"不管男人还是女人，过分依赖另一方的结果，就是树倒猢狲散。哪天你一不高兴把我扫地出门了，我难道也跟他一样，卷床被子到天桥底下打地铺？"

"你说谁是猢狲？你才上西天取经，你才是母猴儿呢。"夏晓光言辞谐趣，神色却暗藏不悦。毕竟是一起穿开裆裤一同玩泥巴长大的哥们儿，尽管心里也气贝红卫处事不够敞亮，暗地里也恼他遇事不跟自己掏心窝子，转念想到他一夜间丢了老婆和住所，没家没业没收入，形影相吊的连个落脚地都没有，夏晓光便无法狠心不理睬他，自然也见不得唐小恬落井下石。"人家也就临时在桥洞底下过了一晚，到你嘴里怎么就成流浪的犀利哥了呢？"眉头轻蹙，夏晓光横她一脸，绷脸说，"小贝怎么着你了，成天拿他打牙祭。人家严晴还没说什么呢，你一个局外人见天挤对他，不合适吧？"

"你成天颠倒黑白地袒护他就合适了？"纵然知道在严晴与贝红卫的婚内事上，夏晓光所知与自己一样有限，内心深处也明白男友的无辜与无奈，但每每想到严晴抱着家家惶惶不可终日的场景，唐小恬对贝红卫的愤慨就好比大雪崩时滚落的雪球，惊天动地，绵绵不绝。尤其是一想到无数个深夜，她在这个世界上所剩下的唯一的亲人，抱着受虐打的小狗在关外的寒夜中游走，缺水少粮，风袭雨侵，茕茕孑立地坐在马路牙子边悲哭时连个陌生怀抱都没有，唐小恬的心就开始沥血，恨不能挑起贝红卫抛泥浆似的狠狠摔打一番。

事到如今，唐小恬舍不得责备严晴，又联系不上罪魁祸首，她只能迁怒于贝红卫的发小，"外人？我是外人，那你就是他内人呗。"

"唐小恬，你过了啊。"夏晓光拧眉，试图去拉她的手，却被唐小恬一掌推开，瞬间也来了脾气，"我是我，他是他。你对他不满，别冲我发火。"

"切，这会儿又分你我他了？"唐小恬撇嘴冷笑，"天下男人一个样，没一个好东西！天下乌鸦一般黑！"

同样的两个人，当朋友时再怎么针锋相对，彼此安然无恙。感情浓度不够，两个人再怎么争拗，也不过是隔山打牛，毫发无伤。一旦关系太过亲近，谁若动了伤害之心，往往事半功倍。彼此太了解对方最受不了什么。

越是在意一个人，越容易让自己受伤。夏晓光怎么也想不到，唐小恬竟拿啃老婆的贝红卫与自己作类比，因而敛眉怒斥："谁是乌鸦？谁一身黑？你有病吧？没事找事！"

"你停药了吧？天塌下来了还想息事宁人！"

"是非不分！不可理喻！"

"不理最好！赶紧走！"不由分说地抓住夏晓光的袖管，唐小恬使出吃奶的力气跌跌撞撞地将他推出屋子，"砰"的一声，重重摔上大门。

猛然被清逐出境，夏晓光愣了半秒，举起拳头正要擂门，巡岗的"沙发哥"从他身边走过，掩嘴而笑。指节突起的拳头瞬间变换了方向，瞪着"沙发哥"，眼神像要吃人一样凶狠，逼着墙，片刻不耽地挥拳而去，鲜血登时从指缝间溢出，夏晓光声嘶力竭地吼道："看什么看？滚！"

唐小恬应声拉开大门，却不见夏晓光的身影，只见门边墙面上一缕粉色印渍，和家门口散成梅花状的血滴。

"沙发哥"仍惊讶得双唇大开，横起手，指着楼梯间，唐小恬剜他一眼，凶神恶煞地警告："滚！不然下一拳就不是打在墙上了！"

捧着碘酒、云南白药、纱布与药棉，唐小恬碎步走向楼梯间，没看见人，先听见夏晓光气喘如牛的急促呼吸。

"你傻呀？知道疼了吧？"唐小恬嘴上不饶人，神色却是柔和的,声音糯软,"要打打我,干吗跟墙壁过不去?它又没惹你生气。"

"你也知道我生气啊?"忍着痛咬紧牙,白药粉末在伤口上突突生烟时,夏晓光"嘶嘶"地倒抽两口凉气说,"打墙我手疼,打你我心疼。手疼好治,心疼是绝症。要是打你我才是真傻。"

"还知道耍贫,证明伤得不重。"唐小恬痴笑着,鼻头却酸了。

"唐小恬,别因为别人离婚了就不再相信爱情。"拉起唐小恬,并肩坐在楼梯上,拍了拍自己的肩膀,示意她靠在自己身上,夏晓光情真意切地说,"别人幸福美满或家破人亡其实都与我们无关。日子是为自己而过的,甘苦也只能自己尝。别人过得好与坏,不该影响我们的生活。"

"但它会影响我的情绪和判断。"歪着脑袋斜枕在男友宽厚的肩头,唐小恬嘤声细语,"人的力量太卑渺了。初心再美,用情再深,到头来还是曲终人散,覆水难收。两个人靠得太近,就离散场不远了。我失去过,我不想再痛失至亲。"

"我小时候叫鱼刺卡过喉,难道此生再不吃鱼了?你难道没被水呛过,莫非你从此再不喝水了?"后脖一梗,侧目打量她粉妆玉琢的精致面庞,夏晓光无奈摇头,"唐小恬,因噎废食只会让你饿死。逃避解决不了问题,避免重蹈覆辙才是正道。"

"对啊,所以我不能搬去你那儿。"弹簧一样跃起,吐舌作个怪相,唐小恬嬉皮笑脸道,"不同居就不会分居,不入场就不会离场。"

"你不胡搅蛮缠会死啊?"

"会。"唐小恬嫣然一笑,"再不带我去吃饭,我真的会饿死。"

对门邻居家的女儿抱着满月的外孙回娘家，婴孩不知何故啼哭不已，清脆响亮的婴儿哭，仿似倾盆而下的手雷，接二连三地在杨翠玲的心里炸开。

"大中午的，还让不让人睡觉了？"杨翠玲怒目而视，敲开门那一霎，看见襁褓中剥壳鸡蛋一样圆滚滚肉嘟嘟白玉无瑕的脸蛋，不自觉地松开眉毛，眼尾放松地问，"哟，这孩子长得真好。男孩女孩？"

"男孩。"婴儿的母亲抱歉地笑笑，夹臂于胸前左右轻摇，"喂过奶了，纸尿布也是干净的，不知道他为啥闹。可能是头一回出门不习惯吧。打扰您午休了，真对不住。"

"没事没事，宝宝哪有不哭的？"痴望着别人臂膀中的婴儿，杨翠玲目露垂涎，探出手，请求问，"能让我抱抱吗？"

杨翠玲接过婴儿，熟练地合抱在胸前，手掌轻拍婴儿背部，轻声呢喃："风不吹，树不摇，鸟儿也不叫。小宝宝，要睡觉，眼睛闭闭好。"

婴儿瞪着澄澈的童眸，无意识地循声望向杨翠玲，哭声渐息。

"这孩子真乖，跟我儿子小时候一模一样。"手里摇动襁褓，面上喜不自禁，杨翠玲贴着婴儿的母亲，低声说，"这个我有经验。我儿子小时候一哭我就唱歌哄他睡觉。一哄就好。"

婴儿的母亲尴尬地笑着点头，直到婴儿昏昏入睡，杨翠玲爱不释手地归还了孩子，陡然想起什么，回身进屋，不消一会儿工夫抓了一兜婴儿服，意兴盎然地递给对门邻居说："这都是我为我大孙子准备的小衫，全是新的。反正我们也用不上，我跟这孩子有缘，送给他吧。"

第十章 人生每多变幻时

"不行不行，无功不受禄，哪能随便收您东西。"婴儿母亲百般推搡，杨翠玲执意不从，两人推搡间，婴儿蹬了蹬藕节似的小腿，杨翠玲慌忙住了手，小心翼翼说："别争了，吵着孩子。街里街坊的，我们反正用不上，你要不嫌弃就收下吧。"

邻居道了谢，杨翠玲这才喜滋滋地挥手跟睡梦中的婴儿道别，口中恋恋不舍地嘀咕："这宝宝长得真好啊，虎头虎脑的，白胖白胖的，跟山东大馒头似的。"

何苗人在屋里，耳朵却穿墙而过，将门外的动静听得字字真切，一颗心，像雪后的湖面，一点点沉了下去，静默地凝结成了冰。

何苗刚从医院回来那阵子，杨翠玲的情绪仍大起大落，在家总翻看自己为孙子准备的衣衫鞋袜凭吊，外出时看见孕妇就双眼放光艳羡地盯着别人的肚子。有一回，杨翠玲看一档所谓真人秀的调解节目，电视里婆婆因儿媳不能生育坚持让儿子休妻，场上的嘉宾纷纷劝老人理性看待，不要擅自替儿子的幸福做主。

"幸福个啥！"电视机前的杨翠玲牙间咯咯作响说，"一个家庭没有孩子，就像桌子缺了脚，镜子破了口，怎么幸福得起来？都顾自己的幸福，谁也不生儿育女、不传宗接代，人类都绝种了，还幸福？"

严寻礼担心何苗听着难受，眨巴着眼睛朝杨翠玲使眼色，她却熟视无睹，一脸凛然："本来嘛，子宫孕育不出生命，就像是母鸡下不出蛋，窑里烧不出陶，还能叫女人吗？顶多就是个长得像女人的摆设！"

那个时候，何苗特别希望婆婆失声，快快地偷瞄刘念，他却事不关己地埋头玩着手机。渐渐地，何苗适应了婆婆的讽刺，而杨翠玲也渐渐接受了现实,收起婴儿的衣物,不再愤世嫉俗,不再怨声载道,甚至辞去了超市的工作。

望着装满婴儿衣物的抽屉空出的一个缺口,何苗感觉心里某个地方,也被凭空抽走,留下一个深不见底的缺。如果说医生建议半年后再考虑怀孕是对何苗执行的缓期徒刑,那么杨翠玲的一句"我们反正用不上"相当于直接宣判了何苗的死刑。比起现在,何苗更愿意听见杨翠玲含沙射影的讥讽。饶是话不中听,但一个人挤对你终归是因为对你失望,而失望恰恰是因为她对你抱有希望。相反,当一个人对你视而不见、置若罔闻,和平的背后,是她对你的彻底放弃。

是夜,刘念侧卧在床边看小说,何苗从身后探出双手勾住他颈项,牵牛花藤似的缠了上去。

"干吗?"刘念聚精会神地读着东野奎吾的小说,正看到紧张处,突然被一双冰凉的"鬼爪"勾住,本能地抖肩挣开,稍显不耐烦地"啧"了一声,锁眉说,"别闹。"

"老公,已经一个月了。"何苗含蓄地说着,轻撩真丝睡裙。

目光掠过书的顶端,落在何苗新添置的玫红色真丝吊带睡裙上,脑子里还在思考谁才是凶手,刘念不走心地问了一句:"什么一个月?"

扬起下巴贴近刘念的耳根,何苗明眸善睐,呵气如兰。

"别闹。"刘念先是费解地瞪大了眼睛,回过神来,不领情地连连摆手,"你忘了医生怎么说的了?半年内先养身体。"

"我已经恢复了。"何苗说着,稍一昂胸,靠上前去,刘念敏捷地侧身坐起,她便扑了个空,俯面朝下,栽倒在床上。

"乖,别闹。我看书呢。"

"老公，我想给你生个宝宝。"

何苗神色坚定，刘念心中一颤。扔开书，将妻子的秀发拨到耳后，捧住她两腮一本正经地敲打："老婆，冷静。一定要冷静。"

"我很冷静。我是经过冷静的思考，才决定和你要个孩子的。"

"要孩子容易，拿什么养？孩子生下来就十个月工夫，上哪儿弄套房子给他住？总不能让我妈再回超市扫菜叶吧？"好不容易杨翠玲不再哭哭啼啼地哀悼未出生的孙子了，这才消停几天，怎么那头刚按下葫芦这头又起瓢了？刘念不敢想象，刚经历过的那场浩劫卷土重来的后果，一心要断了妻子不切实际的念头，嘴边没个把门的冲口而出，"咱们本来就没计划要孩子，所以有了也没能留住，这就是天意。我们现在的首要任务是赚钱买房，不是开枝散叶生儿育女。"

刘念并未意识到自己的失言，但见何苗顷刻间变了脸色，嘴角颤抖，眼角下垂，泪光闪闪地盯着他问："有话直说吧。你是不是也觉得我是不会下蛋的母鸡，烧不出陶的窑？你是不是也认为我是件不中用的摆设，怀了娃也没能耐生？你是不是也想把宝宝的衣服玩具全送人？你是不是也放弃我了？"

何苗机关枪一样的设问，好像一窝采蜜的蜜蜂，在刘念耳边嗡嗡作响。刘念不胜其烦地跳下床，烦躁不安地在屋内来回走动，耐着性子压着嗓子劝慰："你冷静一点听我说行不行？医生说了，你现在的身体不适合怀孕。再说，我们现在的经济状况也不适合要孩子……"

"现在不适合，以后更不适合了。"何苗撇嘴，哭丧着脸抢话说道，"女人二十五岁身体就走下坡路了。我今年二十四了，现在都保不住胎，以后就更难了。"

每当变幻时

"别自己吓唬自己，你身体棒得很。"

"别自欺欺人了。你妈天天数落我的时候，你怎么不吭声？你怎么不反驳她？你妈把宝宝衣服送人的时候，你怎么不拦着？我都打扮成这样了，你怎么还拒绝我？你跟你妈一样，觉得我是个残次品，是个生不出孩子的假女人。"

"闭嘴！"说话间越想越觉心酸，何苗的音量越拔越高，刘念唯恐惊扰了母亲再次掀开她久久难愈的疮疤，不及细想，扑身上前一手捂住妻子的嘴。何苗倒着苦水，情绪已跌至崩溃的临界点，经刘念鲁莽的制止，想也不想就张大了口，狠狠咬了下去。

"啪"的一声脆响，刘念爬了一排牙印的手掌，蓦然扣在了何苗的脸上。

空气突然间凝滞，时间也仿佛静止了。夫妻二人凝神屏息，四目交投，许久，何苗沉静地勾起嘴角，牵出一丝微笑，轻声说："打得好。"

"莫名其妙。"刘念也被自己的举动吓得够呛，低垂下头，轻轻地撣了一句嘴。

"我欠你们刘家一条命。我该打。"旁若无人地扒光自己，将薄如蝉翼的真丝吊带睡裙扔下床，换上起了球的棉布睡衣，虾子一样缩进被窝里，何苗背朝刘念，带着鼻音说，"你要是真烦我了，嫌弃我了，麻烦告诉我一声。我不会赖着你拖累你的。"

"胡说什么呢？"刘念试图道歉安抚，何苗却用被子将自己蒙住，如同一只受了伤的寄居蟹，深深地躲藏起来。刘念张开手想要拥抱何苗，陡然间竟忘却了刚才自己用哪一只手掌掴的她。突发事故微电影似的在眼前重复播放，刘念却怎么也想不起来，自己是何时，又是为何出手，以及举起的到底是哪一只手掌。

第十章 人生每多变幻时

刘念瞬间失忆了，一如他瞬间的失控。一切发生得不可思议，却又无力挽回。

化石一样摊开双手静坐在何苗身后，刘念声若蚊蝇，细声说："苗苗，对不起，我不是故意的……"

午餐后回到公司，严晴刚步出电梯，就看见一个熟悉的身影埋于前台。严晴弯腰侧目，马乐也正好抬起眼皮，下巴微含，手脚并用地忙碌着，冲她粲然一笑："嗨。"

再一看交臂站于马乐身前的智海婷，朱唇微启，眉眼含情，痴笑着看他。两个人你一言我一语地逗趣，马乐一张嘴，智海婷就咯咯笑个不停，浑身上下都张着弓，每一支箭都射中了幸福。

严晴一抬眉毛，未曾提出疑问，智海婷抢先揭晓了答案："我电脑上不了网。他学计算机的，他说他能帮我的电脑治病。"

"哦——"严晴拉长的语气既表示叹服，又隐隐透着讶异。冲智海婷挤了挤眼睛，打趣说，"争取治疗，否则让'事儿姐'撞见了又是件大事。"

严晴交代完，歪着脑袋冲马乐莞尔，挥了挥手，不待他开口，扭身回到办公区。

整个下午，严晴莫名地心神不宁，大脑像被打散的蛋清似的稠且凌乱，思绪黏糊糊的。智海婷每个细胞都散发出幸福的表情，总是无端地在严晴脑中回闪。双手捧着两腮，淘米似的旋转着自己的脑袋，越想将那画面甩出去，智海婷幸福的笑脸越像糯米团子一样黏在她眼前。

心里越想冷静越是乱成一锅粥，严晴躲进洗手间，仔细端详镜子里的自己。三十一岁的严晴在化妆品的遮盖下,虽是红粉绯绯,明眸善睐,但是颦笑间,酡红的脸颊隐约可见褐色斑点,眼尾也难以藏住纤细干燥的纹路。再好的遮瑕膏即便能够为她的肌肤减龄,但也减不去他们之间八年的年龄差。撑起眼角,严晴对着镜子徒劳地做各种提拉伸展,终究抹不去脸上的斑点与细纹,不禁跟自己生起闷气来。

沉下脸怒视着镜子里的自己,严晴扪心自省:"醒醒吧!看见他们有说有笑的画面了吗?那才叫金童玉女、天生一对。你?你老得可以当他表姑了!"

有人说,你永远不知道自己多爱一个人,直到你看见他和别人在一起。

若不是无意间撞见智海婷与马乐谈笑风生,严晴也许不会知道,那个有着太阳一样灿烂的笑容,月亮一般温暖的目光的小男孩,已经在她心里扎了根。

花了一个下午的时间回顾大半年来两个人为数不多的接触,严晴越想越犯迷糊。是因为他用心记住了她喜欢蓝色?是因为他屡屡在她落难时伸出援手?是因为他让她感受到贝红卫不曾给过的体贴与温柔?抑或是因为她正处于情殇期而他刚好在?

在这一刻,马乐闯入她生命的因由,不得而知。严晴只知道,不管马乐的闯入属于哪一种情况,他们之间的终点,都是绝路。前方是看不见的未来,身后是回不去的不曾相识。在一起是错,分开也是错,前进是错,后退也是错。起点困难重重的感情,行走于悬崖峭壁,稍有不慎,即坠入万劫不复,摔得粉身碎骨。

思想混乱地自我交战到下班,严晴失魂落魄地走出写字楼,突然被一团横空出世的物体挡住了去路,刚要喊叫,却听见一句耳熟能详的"老婆,是我"。

"你要干什么?"身子往后退了两步,严晴双手抱在胸前,惊魂未定地问。

"我想跟你谈谈。"两个月不见,贝红卫消瘦了不少,长长的头发盖住了眉毛,灰白的嘴唇被一圈黑亮的胡须包围着,眼窝深陷,面色蜡黄,像一只迷失的小猫,丝毫没有了狮子般张牙舞爪的霸气。

"我们没什么可谈的了。"严晴嘴上拒绝,身体却没有离意。那么多年的相处,眼前这个男人像一颗种子一样长在她心里,饶是没有了爱情,要将他连根拔起,弃之而去又谈何容易?

为了打破僵局,贝红卫绞尽脑汁,战战兢兢地打听:"咱爸还好吗?"

"那是我爸。"严晴神情严肃地纠正,"他挺好的。谢谢你替我保密。"

离婚一事,除了唐小恬,没有人知道。在民政局拿到盖有钢印的离婚证,严晴再三叮嘱贝红卫:"这么多年我没向你要过什么,以后也不会再跟你开口。我只求你这一件事,千万别让我爸知道。"

贝红卫垂头耷脑地像霜打的茄子,蔫蔫地点了点头,算是应承。此后严晴照例每周末回家看望父亲,因为房子的事严寻礼有言在先不认这个女婿,所以贝红卫不出现,老人也没多心。若是父亲问起家家,严晴便推说何苗正在恢复身体,最好避免接触过敏原。就这样,相安无事地过了两个月,严晴以为婚姻已告一段落,从此小贝是路人,他却偏又出现在她面前,搅动她原本不平静的心绪。

贝红卫拉开斜挎在腰间的电脑包,慢慢吞吞地抽出一份劳动合同,如同捧着奖状似的双手朝上,朝圣一样捧到严晴眼前:"我找到工作了。四千元一个月，还包食宿。虽然不是金融对口专业，但挺有发展前景的。"

"那就好。恭喜你。"

"老婆，咱们复婚吧。"贝红卫双膝着地，举着当初严晴买的那枚婚戒，嗫嚅地请求，猛一抬眼，深陷的眼窝里泪花滚滚，"我现在有工作有收入了，我不会再花你的钱了。我可以照顾你了。给我个机会补偿你吧。"

严晴毫无思想准备，眼睛扑闪地俯瞰突然矮下一截的贝红卫，微张着嘴，半晌说不出一个字。误把严晴的惊呆当成心软，贝红卫平添了一分勇气，一把抱住她的小腿央求："老婆求求你了，我不能没有你。我知道错了，你再给我一个机会吧。"

就在贝红卫紧抱住她的一刹那，那种溺水后被海藻绕脖缠紧的窒息感，迅速逼进严晴的胸腔。拔腿尖叫着跳开，高度戒备地悬空抡起手袋，严晴声音颤抖地请求："别碰我。有话好好说。别碰我。"

"我不碰你。别怕。"见她如临大敌的惊恐，贝红卫的心情瞬间跌到了谷底。举起双手作投降状，缓缓起身说，"我只是想复婚。你别怕。"

确信他没有进一步的动作，严晴这才缓缓地垂下举着包的手，眼神涣散地问："复婚？你觉得可能吗？"

"可能。以前是我不好，我会改。我保证。老婆，我真的离不开你。"

"但我离得开你。我必须离开你。"

爱情开始的时候，人们总天真地以为，自己是对方不可或缺的唯一。爱情结束以后，才赫然发现，谁离开谁都能过得很好，甚至更好。贝红卫这只离巢的小兽，没有了衣食无忧的庇护，从而打起精神学习觅食打猎，不再像过去一样，仰着脖子等人喂食。而严晴也在离婚后，才有机会把悉心照料别人的精力，用来爱自己。两个人各自有了起色，复合只会将一切打回原形。

"你现在这样多好。"平复了心情，与贝红卫保持一丈的距离，严晴由衷地说，"独立、充实、吃苦耐劳，这才是我最早认识的你。"

"是啊，我还是我。"盯着手中的劳动合同，贝红卫怅然若失地喟叹，"我还是原来的我。我对你的爱也从来没有变过。为什么不能给大家机会重新开始呢？"

"小贝，我们回不去了。"唇齿间吸进一股凉风，严晴酸楚地笑了，"就好比两颗种子，我们一起发芽，生长，开花，结果。那么多年过去了，本质上，我们还是果树，我们的内核也仍是两粒种子，但我们再不复简单，不再平滑如初。年轮的印迹，风雨虫眼的烙印，顽皮孩子刻下的刀痕，已经改变了我们。我们回不去了。"

"八年的感情，你用一晚的时间结束，不觉得太残忍了吗？你难道没有一点留恋吗？"

"残忍？"听见这两个字，严晴的眼前立刻浮现出寒光凌凌的刀刃架在家家颈背上的画面，嘴角颤动，笑得很绝望。

两个人面对面僵立在夜幕下，忽然风起，严晴不由得打了个哆嗦，下意识地叠臂抱住了自己。贝红卫除下外套试图为她披上，严晴张开五指，制止了他："小贝，你知道焚心和伤心的区别吗？再重的伤口，也会有愈合的一天。心若在瞬间烧成了灰，就没有复原的可能了。"

"……"

深深地提一口气，严晴背上包，最后看一眼贝红卫，幽声说："我也希望我只是残忍，至少刃下还有心。遗憾的是，刀还在，心死了。"

一到排卵期，何苗就焦躁不安地缠着刘念。起初他不愿意配合，但是拗不过何苗的顽固，加之不忍见母亲总直勾勾地盯着别人家的婴儿，刘念心想，冥冥中自有天意。该是我的跑不掉，不是我的怀上也未必能出生。半年过去了，何苗的肚子迟迟不见动静，刘念再不能淡定如初。

这一日，何苗外出进货，刘念难得陪母亲转转菜场。一路上，杨翠玲一会儿跟张家闺女打招呼，一会儿问候梁家儿媳，话题无不是围绕着初生婴儿的近况。到了蔬菜摊，杨翠玲挑了把西芹递给刘念，一猫腰半蹲下身子，仔细挑拣着圣女果，顺手拈起一枚果子，喂到儿子嘴边。

"别给我，我不爱吃西红柿。"刘念撇头躲开，害臊地嘟哝。杨翠玲却举着手，执意说："吃了。多吃点茄红素对身体好。"

"不要不要。"

"让你吃你就吃，听话。"

摊主虽是个未婚妇女，经年浸淫于鱼龙混杂的菜市场，早已练就一身刀枪不入的大无畏精神。母子俩僵持不下时，蔬菜摊的小主发话了，面不改色地提醒道："小伙子，听你妈的没错。这圣女果男人吃最好了，一年抱俩。"

大庭广众下，刘念像只熟透的章鱼似的，目瞪口呆，手足无措地接不上话。刘念还没做出反应，杨翠玲不乐意了，一撒手散掉精挑细选的圣女果，起身从儿子手中抽过西芹，投回菜摊。

"走，不买了！她家的菜跟她一样清不出去了！"气鼓鼓地拽着儿子离开蔬菜摊，杨翠玲直奔海产摊，挑了半斤蚝肉，兀自嘀咕道，"谁稀罕她家的破果子，吃这个一样！"

一旁的刘念不吱声，内心倍受挫折。两人买好菜，一路无话，前后脚散着步往家走。远远看见楼下小孙搀着挺着大肚子的媳妇，杨翠玲主动打了声招呼，羡慕之心呼之欲出："肚子都这么大啦，啥时候生啊？"

"预产期是下个月底，不过医生建议下月中就住院。"小孙媳妇抱着冬瓜一样的肚子，美滋滋地回答。杨翠玲连声应和"真好"，一转脸，感伤地看着儿子："看看，人家比你结婚还晚两年，下个月也要当爸爸了。"

刘念配合地恭喜几句，及至回到家，母子二人进了厨房放下菜，刘念脸色一沉，吊着眼斜睨着母亲，不悦地问："妈，你是不是也觉得我不行啊？"

"胡说什么呢！"杨翠玲抡起巴掌，作势要打他，翻出眼白恼怒地说，"你不行，那何苗怎么怀的孩子？"

"你要觉得我没问题，又是圣女果又是生蚝的，算怎么回事啊？"

"成天卖力气，不补能行吗？"老房子隔音效果差，饶是小夫妻俩克制地尽量减小夜里的动静，一墙之隔的老两口还是心照不宣。杨翠玲心疼儿子又不能说得太直白，瞅着刘念不服气的倔劲，杨翠玲绷紧的脸，渐渐放松下来，长叹一声，"这种事，光靠你一个人卖力气不管用。"

"妈，何苗心里也着急。"话说到这个份上，刘念也不得不替妻子美言几句,"她又是喝中药又是锻炼身体的,真的很努力了。"

"我又不瞎。"说起何苗,杨翠玲心里百感交集,心灰意冷地摇了摇头,"何苗是田里长大的,从小吃糠咽菜,身体底子不好。别看她有一身蛮力,但她根上有问题,基础没打牢,再怎么喝中药做运动也无济于事。你就是给山鸡喂山珍海味,它也变不成凤凰不是?"

"妈!"纵有再多缺憾,终归是自己的枕边人,刘念瞟一眼母亲,嗔色说,"何苗挺好的。贤惠孝顺,善良正直,吃苦耐劳,勤俭节约,不自私不贪心不拜金不图安逸,我们这个年纪的女孩中,她这样的品质算上上乘了。"

"你也是见识太少。"杨翠玲认为自己只是客观地评价了一下何苗,不想儿子连这点大实话都接受不了,心里不免有些愠恼,一面用牙刷刷洗蚝肉,一面懊悔地叨咕,"早知道,你上大学那会儿,我就该鼓励你恋爱的。这男人呐,要是见过花园里的千娇百媚,就不会独独觉得玫瑰好了。"

母子俩从小县城一步一步奋斗到都市,好不容易遂了杨翠玲的心愿,刘念从县里的子弟学校考进重点中学,杨翠玲断不许他因恋爱误了学业。直到刘念大学毕业前,杨翠玲坚决不许他谈恋爱。及到他参加工作,科技公司里又多是理工学生,难得有机会接触女生,即便碰上,对方不是名花有主就是惨不忍睹。这种情况下,当刘念遇见秀丽的何苗,当时就惊为天人。像一只井底之蛙,眼里只见过青灰色井砖,难得遇见一块雨花石,便觉得那是世间极美的天物,却不知外面还饱藏着丰富多彩的珍珠、玛瑙、翡翠和钻石。

"也就是你没见过世界,拿她当个宝贝。"杨翠玲无可奈何地搅着蛋清,苦笑着道出了真心话,"你所说的何苗身上的那些个优点,严晴不也有吗？可她除了有这些，还是个特区户口，是个大学生。还有那个来过咱家的唐小恬，人不仅年轻漂亮有学问，还能挣钱，自带婚房。你再看看你找的这个媳妇，农村户口不说，没学历，没正经工作，没固定收入，最要命的是，连个孩子都生不了……"

"所以赶紧休了我吧，重新找个有房有车有模样有文凭的给你们续香火。"母子俩讨论得热火朝天，竟不知何苗何时出现在厨房门口，两手分别挽着一大兜衣服，目露寒光地接茬说道。

何苗的突然出现，让刘念乱了阵脚，慌神地望着母亲求助。姜到底是老的辣，杨翠玲心里暗叫不好，却稳住了神色，不慌不忙地走向何苗，强夺下两兜衣服递给惊呆的刘念，若无其事说："所以说，一人一个命，一物降一物。你这种没想法的人，就得找何苗这样有主意的媳妇儿。"

"那对呗。"刘念诺诺地附和，顺坡下驴地堆出笑脸，讨好地凑近何苗，"老婆辛苦了。冰箱里有雪梨，我给你削一个，败败火。"

母子俩一唱一和地配合着打圆场，让何苗无法却又不能违心地领情，灰冷着一张脸，默然地折身回了房间。见状，刘念拔腿欲追，却被杨翠玲一把拉住，低声说："这会儿你说什么都没用。让她自己静一静吧。"

场面话都是说给外人听的。自己人之间，说出口的重话就如同泼出去的脏水，一旦造成伤害，便很难再收恢复。之所以内伤比外伤难释然，是因为我们对自己人向来不设防。

那天夜里，何苗冷面朝墙，刘念几次试图抱她，都被何苗坚决地挣开。无奈，刘念好言地安抚："老婆，我妈那人就是刀子嘴豆腐心，她不是那个意思。"

"别越描越黑了。"何苗一动不动地背对刘念，侧卧成一截石柱,"她什么意思,大家心里都有数。她一直瞧不上我。她永远不可能瞧得起我。"

"你没回来的时候,她也夸你来着。"

"夸我什么?"

刘念立刻泄了气,何苗缓缓坐起,凝目而视,爱怜地说:"你最大的优点,就是不会说谎。"

良久,何苗聚精会神地看着刘念,轻声问:"老公,如果我真的生不了孩子,你打算怎么办?"

"不可能。"刘念飞快地打断何苗,不假思索地否认,"咱们又不是没怀过,不可能怀不上。"

"如果还像上回一样呢?"

"不可能。"

"如果真的发生了呢?"

"……"

缄默的时间,一秒万年。

何苗会意地点点头,轻抚丈夫光滑的脸庞,凄然一笑:"不早了,睡吧。"翻过身去,背对着刘念,何苗声轻如蚁:"老公,我最爱你这一点。你宁可不说,也不会说谎骗我。"

撞见马乐帮智海婷修电脑后,严晴便刻意回避他。马乐几次想接近严晴,都被她巧妙地躲开了。这一天,借着收快件的名义,马乐横冲直撞地闯入办公区,径直走到严晴桌前,不容置疑地说:"你出来一下,我有话跟你说。"

"我没话跟你说。"尽管低着头,严晴仍然能感觉到异样的目光从四面八方而来，聚集在她身上，不由得蹙紧眉头，低声责备，"现在是上班时间，你别影响我工作。"

"你已经严重影响我了。"笔直地站成她面前的一道桅杆，炯炯的目光锁定在严晴脸上，马乐无畏无惧地说，"你不理我，已经严重影响我的生活和工作了。今天你要不听我解释，我就不走了。"

隐约听见身旁的窃窃私语，既担心旁人误会，也忧心他的冲动会造成不良影响，严晴一时乱了方寸，心慌意乱地吓唬马乐："你赶紧走，不然我投诉你。"

"用不着你投诉，我自己来。"没等严晴反应过来，马乐已掏出手机，麻利地拨出电话，义正词严地说，"经理吗？对不起，我今天违规了，所以我替你把自己炒了。"语毕，举着手机，挑衅地瞅着严晴，白皙瘦削的颧骨上飞着两朵红晕，"听不听我解释随便你，反正现在我有的是时间跟你耗。"

严晴无法指责马乐的冲动与任性，他不过是犯了年轻人都会犯的混。她在他那个年龄段，何尝不是如初生牛犊般为了爱一个人，不管不顾，一意孤行呢？曾经因为和贝红卫吵架，严晴逃了一天的课，不眠不休地折了一千只纸鹤求和。她也曾因为知道父亲不会赞成他们的婚事，撒谎骗来了户口本，瞒着父亲登记结婚。不计后果，鲁莽热烈，是这个年纪的人追求爱情独有的执着。因为懂得，所以慈悲。严晴曾被身边的人宽容，如今她也能够宽容马乐。

"走吧。"严晴无奈地站起，侧身对一旁的同事交代，"我去去就回。老板问起就说我临时有点急事。"

和马乐一前一后地经过前台，智海婷投来惊诧的目光，严晴抱歉地还以微笑。

"婷婷和你挺般配的。"进了电梯，严晴率先打开天窗说亮话，

"模样,身高,年纪都相仿,对你来说,她就是那个'正当好'的人。"

"你吃醋了。"句尾是上扬的疑问句,但语气分明是笃定的陈述句。马乐一挑眉,喜不自胜地看着严晴。

"我没事吃什么醋。"

"你会为了我吃的。"自信满满地看她,强烈的爱意渗出眼角眉梢。

"神经病。"严晴的语气是不屑的,脸颊与耳根却不自觉地炽热起来。

两个人坐在露天星巴克,严晴首次深入地了解到马乐的背景。他十五岁那年,父母从长春回吉林走亲戚,路途遭遇车祸,生死一线间,父亲扑向母亲双手将她护在身下。母亲因此落下腰伤,逢阴天下雨便直不起腰,父亲则被直贯而入的硬物严重伤害,一年内做了两次开颅手术。虽然保住了性命,但却丧失了工作能力,生活不能自理,且语言神经严重受损。为了给父亲治病,家里倾家荡产,负债累累。那一年,马乐正念计算机中专一年级,没有和任何人商量,自行肄业。为了帮补家用,他先后在电脑城打散工帮人装机,也在电子厂当过工人,还在鞋城卖过鞋子。去年冬天,父亲再次进行开颅手术,听同乡说深圳挣钱多,过了年他便随同乡来到这里。

"我的人生是一条直线,转弯只是为了遇见你。"面对面坐着,马乐舍不得将视线从严晴脸上移开,星星之火于眸眼中熊熊燃烧,"原来我不理解这句话,一见到你,立刻秒懂。我来深圳,最重要的不是挣钱,是遇到你。"

眼前这个清瘦白净的男孩,整整比贝红卫小十岁,体格也只有他的二分之一,却比他有肩膀有担当。迎着马乐熠熠生辉的目光,严晴情不自禁地臆想，如果十年前我在操场上遇见的是他，我们现在是不是依然幸福地相扶相伴？转念一想，若时光倒退十年，他还只是个十五岁的孩子，人生刚刚遭逢巨大变故，纵使二人遇见，又能改变什么呢？这样想着，严晴自觉痴傻荒诞，不由得笑出声来。

"你笑什么？"马乐梗起脖子，闷闷不乐道，"我没跟你开玩笑。我说的都是真话。"

"我知道。"严晴心中一暖，笑容愈加柔和，"我在你这个年纪的时候，对什么事都很认真，甚至偏执。那个时候，我也认定，爱一个人是一辈子的事情。但时间和现实给了我无数个耳光，现在我不得不承认，没有'一定'，也没有'永远'。你还年轻，还不了解命运的狰狞，也分辨不清自己到底想要什么。"

"我想要你。"马乐单刀直入，热烈的目光逼视着严晴，"我只要你。"

"但我不适合你。"

"你没试过，怎么知道不合适？"

"我们不在一个成长波段。你将要走的路，我已经走过了。"严晴耐心地试图用他能理解的语言解释说，"你将面临许多生活的冲击，感情的考验，你会不断地质疑当初的选择，推翻自己曾经认定的一切。但我已经走过那条曲折的小路，并且没有精力重新走一遍了。"

"你后悔过吗？"

严晴呷一口咖啡，低头不语，认真思考许久，扬起下巴，诚恳地说："不。我不后悔。如果没有那些年的疯狂和任性，我也不会是今天的自己。"

"我也不后悔。"没有经过排演与设计，一切只缘于情不自禁，马乐抻脖俯首，双手捧住她的脸，深深地吻下去，灼热的双唇紧贴在她温软的嘴唇上。

一切发生得太突然。就像飞机遭遇强烈气流，登山遭遇暴风雪，严晴根本来不及启动应急措施，就已在大庭广众下被马乐浓情蜜意地牵制着，容不得她半点扭捏。

"不管将来如何，起码现在，我对得起自己爱你的这颗心。我不后悔。"贴近严晴的耳根，马乐含糊不清地喁喁细语道。

众目睽睽下，严晴越是费力挣脱，马乐越是将她抱得更紧。她渐渐地不再做徒劳的挣扎，任由自己像跌进油锅的雪糕似的，被他的热情吞食、融化。

短短半小时，漫长得如同熬过一个世纪。两个人十指相扣，紧紧相牵地走进写字楼，一旁等电梯的白领们纷纷侧目打量，好似他们不是一对恋人，而是一道不同寻常的奇观。

旁人探究的目光惊醒了严晴，陌生人脸上或疑惑或轻视的神情，毫不客气地提醒着她：你们太不相称！

如同一只受惊吓的小猫，严晴猛然间抽回手，连迈两步，与马乐保持着一臂宽的距离，别过脸去不看他。热吻到冷漠间的转换，如同六月烈日当空的飞雪。莫名其妙地被严晴晾在一边，马乐陡然一愣，再一看她六神无主的窘迫，登时明白了她的处境。无视人群里异样的目光，马乐一个箭步跨到严晴面前，细而修长的双臂一环，将她搂住贴在胸前，声如洪钟地嗔怪："怕什么？咱俩光明正大地恋爱，谁管得着？我爱你我愿意，怎么着吧！"

到底是年少轻狂，这份勇敢的担当，给在场怀"老牛吃嫩草""小白脸吃软饭"的阴暗心理的观众一记当头棒喝，羞愧地收敛了肆无忌惮的目光。被马乐死死护在胸前，严晴动弹不得也言语不得，草莓似的从里到外，从头到脚，红得发烫。马乐意犹未尽，抱着严晴自在地大声哼唱："因为爱情，不会轻易悲伤，所以一切都是幸福的模样。因为爱情，简单地生长，依然随时可以为你疯狂。"

年轻的本质就是张扬。轻狂似一张迎风而舞的帆，澎湃似峡谷间飞溅的浪花。在那一刻，马乐并不清楚，日后将遇到什么样的风雨，撞击上怎样的岩石峭壁。但在那一刻，他的无知无惧感染了严晴，同样带给她无法言说的力量与勇气。

脸上红潮渐消，反手握紧马乐勾在自己身前的十指，严晴阖上眼睛，投入地轻声附和："因为爱情，怎么会有沧桑，所以我们还是年轻的模样。因为爱情，在那个地方，依然还有人在那里游荡，人来人往……"

第十一章 我们都没错,只是不适合

情人节这天,贝红卫买了束野火似的红玫瑰,准备了一肚子求和的腹稿,欢天喜地地回到曾经的家。严晴人不在家,手机也联系不上,贝红卫掏出备用钥匙,却发现旧钥匙已无法打开新换的锁。

离婚八个月,一切都变了。

离婚当天,贝红卫只背了电脑出门。他知道严晴有一颗比棉花糖还要柔软的赤子丹心,因而想当然地以为,如果她发现他没带走换洗衣物和日常用品,势必会主动跟他联系。但是贝红卫忘记了,这场婚姻的尽头,两个人都是重伤患者。严晴尚且需要躲在角落里自我疗伤,哪还有余力为他忧心?贝红卫在自家小区外的桥洞下等到子夜,钻心的秋风穿透了他单薄的衣裳,也寒了他的心。不知从哪里蹿出一个邋遢的流浪汉,翻出隐蔽的蛇皮袋,从散发着恶臭的蛇皮袋中抽出大小不一的纸壳和一床破败的棉被铺在地上,旁若无人地在距离贝红卫不远的地方躺下。亲眼看着一个树干一样高大的男子，蜷缩在臭气熏天的桥洞，瞬间坍倒成一座黑土堆，贝红卫身不由己地打了个寒噤。那一刻，贝红卫清楚地看见了自己的明天——无家可归，无人可依。倘若再放任自流，不久后的某一天，他将成为另一个盖着破棉被睡在破纸壳上的流浪汉。就在那一夜，贝红卫以天为被，以地为床，真切感受了一宿无所归依的凄凉，并暗立誓言要洗心革面力挽狂澜，把从前安逸平静的幸福找回来。

从夏晓光那借了些钱，贝红卫租了套不足20平方米的单间，将亲笔制订的奋斗计划，贴在抬眼可及的墙头。贝红卫回去取衣物时，严晴刻意回避，只给他留下字条说："钥匙你留一套吧，那边放不下的东西可以暂时存放在这里，将来有条件了你再来取。"就是这样简单的一句留字，让贝红卫看到了复合的希望。贝红卫满心雀跃地想，严晴终归是个善良慈悲的姑娘，她依然相信我有能力，有前途，她相信我会更好。

对贝红卫来说，相较于他们八年的爱情长跑，分开的八个月，不过是一次暂别，所以尽管尝试了好几次，他仍凝神盯着手中的旧钥匙，无法相信它失效了，正如他至今无法接受，自己再不能从容自如地出入这个他曾经叫作家的地方。

夜色有些深了，严晴的手机始终无法接通。喷洒在红玫瑰花瓣上的水珠已在等待中蒸发，特意喷洒在包装纸上的香水也已经在等待中挥发。贝红卫心中隐约产生了不祥的预感，坐立不安地抱着花束，来回徘徊于小区大门和附近的公交、地铁站。

第五次走向地铁站时，贝红卫一眼认出了刚出站的智海婷，就像是迷航的人看见了灯塔，喜出望外地朝她狂奔而去。

"婷婷！这么晚才回来，公司又安排加班吗？"

"你等严晴?"冷眼睨着贝红卫手中的花束,智海婷不留情面地说,"她早走了。一下班就冲出去了。"

"你知道她去哪儿了吗?"

"还能去哪儿?约会呗。"智海婷也是这两天才知道严晴离了婚。起因是她为了奋战情人节,安排了好些节目,兴冲冲地向马乐发出邀约却被他一口回绝。招架不住她的死缠烂打,马乐对智海婷说出了实情:"严晴现在是我女朋友,我心里只有她。所以你别再找我了,我不想她误会。"

"我到底哪里不如她?"情敌从来都是女人不能触碰的死穴,尤其是当对手样样不如自己时。电话里,智海婷操起桌面的文具,看也不看掷向地面,边摔东西边哭着问,"你宁可选个二手货,都不要我吗?"

"你再污辱她,我就直接把你拉黑名单了。"

"你既然喜欢她,为什么要给我希望?为什么跟我参加年会?为什么帮我修电脑?"

"我只是想抓住每一个能看见她的机会。"马乐直截了当地承认,"我没对你做过过界的事,也没说过暧昧的话吧?如果让你误会了,对不起。但我真没给过你希望。"

天窗拉开到这个程度,真相随即大白。智海婷这才彻底明白,她不过是一味药引,为那段隐蔽的姐弟恋做了最好的掩护和最巧妙的牵引,自己还傻乎乎地乐在其中。

"她抢了我的男人。你不知道?"如果说,在这场没有硝烟的战争中必须有人牺牲,以成全他们的希望,智海婷希望自己不是唯一的阵亡人。此刻,看着贝红卫焦躁不安的样子,智海婷忽然恶向胆边生,心想,凭什么就我一个人受伤?我就是死,也要拉个陪葬的!

"她现在的男朋友跟我同年,90后。两个人好得跟连体婴似的,你难道一直没发现?"煞有介事地撒谎说,"去年公司年会,我们一起来接严晴,结果他俩又去宠物店又去服装店,一直有说有笑的。估计那会已经偷偷好上了,把我们当傻瓜耍呢。我说呢,别人送快递都是放前台,只有他俩非要亲自签收……"

"嗡"的一声,贝红卫的脑袋像被干冰击中似的,又凉又麻,青烟四起,顷刻间迷陷入一团解不开的浓雾中,完全丧失了思考分析能力。仿佛观一幕默剧,智海婷仍旧喋喋不休地抱怨,贝红卫只见她嚅动飞快的唇语,却只字未曾入耳,一门心思地揣测,难怪她非要离婚,难怪她不肯复婚,难怪离婚前她就变了,成天对我爱理不理,死活不肯再支持我炒股……

智海婷的编造与挑唆,成功为贝红卫洗脑,叫他忘却了自己曾经的暴行,只着眼于严晴的不是。

昔日种种,像一本不堪回眸的旧账,就在这一刻,全然记录着严晴的"背叛"。

爱情似糖,却暗藏剧毒。一旦愤怒与妒忌之火烧毁了爱,随之而来的便是赤裸裸的伤害。一念天堂,一念地狱。爱曾有多深,追讨时的伤害便有多深。

贝红卫抬手招了辆的士,愤然将红玫瑰扔给智海婷,跳进车内,心急火燎地报出严寻礼的地址,催促道:"师傅,出大事了。麻烦您快点!"

贝红卫急火攻心地踏上复仇之路时,严晴正沉浸在用心良苦的柔情里。

因为严晴仍不能适应在大众面前与他太过亲昵,马乐便把第一个情人节的晚餐,搬到昏黄窄小的蜗居里。两个人席地而坐,油渍斑斑的茶几上围了一圈心形蜡烛,蜡烛中央摆放着一盘卖相简陋内容单一的紫菜包饭。

"给我妈打一下午电话,她边说我边学,话费都打没了,总算做出来了。"徒手抓起一坨饭团喂到她嘴边,马乐眉眼含情地浅吻她鼻尖,悠声说,"这是我最爱吃的东西。你老说咱俩有代沟,我想让你熟悉我了解我。先从我最爱吃的食物开始,然后是我喜欢看的电视剧,我喜欢玩的游戏,我喜欢抽的烟,我喜欢的颜色,我都会让你慢慢了解,直到把咱俩之间的代沟全部填平。"

他说得认真且天真,严晴暗笑他呆萌,代沟岂是一顿饭,一部戏,一包烟就能熨平的?但一垂眼睑见他言之凿凿的坚定,和手上的刀口,便宁愿蒙蔽理智与经验,单纯地相信一顿饭,一部戏,一包烟,一切他所为之付出的努力,能够改变他们之间的精神距离。

"还有多余的材料吗?"严晴咬一口饭团,当即溅出一嘴油,强忍着腻歪感囫囵咽了下去,柔情似水地说,"你的心意我领了。现在你教我怎么做,轮到我做给你吃了。"

将胡萝卜、黄瓜和火腿肠切成条,将煎好的鸡蛋饼切成块,为紫菜抹上一层轻薄的橄榄油,拈取焖熟的米饭,将所有食材摆放于紫菜一角,撒上少许碘盐与胡椒粉,滚雪球似的推行,直到所有食材被紫菜覆盖,再用刀切成均等的小段。

在马乐的指导下,严晴轻松愉悦地完成一盘紫菜包饭。捡起一段饭团塞进嘴巴,马乐双目放光地看着严晴,孩子气地开怀大笑,满嘴喷香地说:"对对对,就是这个味道!看吧,你懂我!"

嬉闹着吃过晚餐,马乐打开电脑,迫不及待地呼唤严晴:"宝贝儿,快过来,我有份礼物要送你。"

狐疑地走近电脑，严晴在心里回想微博上提到过的90后各种令人琢磨不透的另类求爱，生怕马乐会做出让她难以招架的举动。所幸，他只是登入一间语音房，为她唱了一首歌，在一众网友的见证下，在大家齐心合力的报数中，一朵又一朵地，为她送上99朵虚拟玫瑰花。

末了，马乐羞涩地搂着她说："我第一次给女生送花。特意打听了一下，人家说99朵最好，代表天长地久。可是我没那么多钱，所以我就充了Q币，反正我想，电子玫瑰比真花强，永远不会凋谢，就像我对你的爱一样。"

正说着，早已领命的哥们儿将送花的截图一一传送过来，并将马乐献歌的录音一并发了过来。

"你唱的是什么歌？"严晴重复播放着，娇羞地问。

"《我想大声告诉你》。"

"什么？"

"《我想大声告诉你》。"

"说吧。"

"就是《我想大声告诉你》。"马乐有些惊讶于严晴的无知，瞪大了眼睛空泛地眨巴几下，旋即轻声唱了出来，"我想大声告诉你，你一直在我世界里。我想大声告诉你，对你的爱深不见底……"

马乐唱得那样动情且动听，严晴痴痴地凝视着他，仿佛他只是梦境中的一位仙客，竟有种飘忽不定的极不真实的游离感。

他们之间，有太多的差异。生长背景，生活阅历，心理年龄与社交关系，皆大相径庭。正是这毫无交集的巨大差异，源源不绝地产生出新鲜感。和马乐在一起的每一天，都像是打开一枚奇趣蛋，每时每刻充满着未知的甜蜜与惊喜。而正是这不确定的新奇，令严晴患得患失，备感煎熬。她早已走过渴求浪漫的青葱时代，如今的严晴已是一个三十二岁的女人，她需要的是平实的有温度的可掌控的当下，而不是跳跃的有冲击力的未可知的惊喜。

两个反差极大的人容易产生极为强烈的吸引力，因了好奇所带来的强烈求知欲。但生活毕竟不是过家家。三十二岁的严晴更渴望接地气的人间烟火。她宁愿马乐将 Q 币换成一把韭菜花，一碗热汤面，而非一捧玫瑰截图。

旁观着马乐一脸稚气的纯真的欢欣，严晴陷入一种两难的境地。就好比看了一场焰火表演，对方燃烧所有给她的绚丽，却不是她需要的平实。但那绚烂夺目的，却是他火热的滚烫的心，容不得她婉转。马乐为严晴所做的一切，都不过是在适当的年纪，做出恰当的表达。他为她做了所有他能做的事，给她全部所有他能给的爱。

尽管，那并非她真正需要的。

怔怔地看着马乐虔诚而卖力地为她制造她无法理解的激情与浪漫，难以名状的忧伤，洪水一样，在严晴心中恣意泛滥。

对男人而言，失婚，失业，流离失所加起来的挫折，也远不及被另一个男人横刀夺爱。前者是与自己的纵向较量，而后者则是与另一个人之间的横向比较。一旦失手，输掉的不仅是爱人，还有男人看得比生命还要紧的尊严。

过去那些年，从校园走向社会，从情侣变成夫妻，贝红卫与严晴像两株连理树，相依相偎地长进彼此生命里。贝红卫习惯了身边有个严晴，理所当然地视她为自己生命的一部分，就如同他习惯了她隐忍的付出，理所当然地将她的私有财产视作自己的共同拥有一般。纵然离了婚，在贝红卫内心深处，严晴依然归他所有。他习惯且认定，她只属于自己。因此，当他听说自己专属的独有的女人，竟与另一个毛头小伙共度情人佳节，心中的愤恨不亚于被抄家——来者气势汹汹，明刀明枪，公然夺走他辛苦建立的一切，他却只能袖手旁观。

不，贝红卫不允许自己输得这样窝囊丢人，他不能这样不明不白地将另一半拱手相让！

找不到严晴，贝红卫决计与前岳父清算总账。曾经，因严寻礼倾其毕生的积蓄赎回严晴的房子，贝红卫一度对老人心怀敬意与羞愧，然而，现在看来，他曾经的愧疚与仁慈竟是那样可悲。若不是严寻礼威胁，他不会挥泪雨抛股票，他们的婚姻不会覆水难收，他的妻子也不会成为乳臭未干的毛孩子的女朋友。

人在极度无助时，将所有的过错与罪责推诿于人，比较能够缓解自己的痛苦。

的士夺路狂奔，贝红卫须臾不耽地拨打严晴手机，得到的回应始终是"您所拨打的号码暂时未能接通"。各种不堪入目的画面，在贝红卫脑中涌现，画面中的严晴赤身粉面，风情袭人，而与她缠绵悱恻的男人，不是他。

妒火快要将他吞没时，贝红卫见到了应门的严寻礼，胸中所有的愤懑与不甘，就如明矾掉进了开水锅，噼里啪啦地硝烟四起。

"要不是你横加干涉，我们不会倾家荡产，她也不会跟人跑！"一想到自己为了复婚的种种哀求与努力，想到自己在天桥洞里与流浪汉同眠，想到自己原本过着衣来伸手饭来张口的安逸生活，如今却朝不保夕地靠泡面度日，贝红卫愈加认定，自己今日所有的不幸，都是眼前这个风烛残年的老人一手造成的。倘若当初他选择拉他一把，而不是落井下石，逼迫他斩仓，也许今天的一切都不会发生。怒火烧毁了贝红卫的教养与理智，双手攥拳，眼睛瞪若铜铃，贝红卫大不敬地攻讦道，"你口口声声说要保护她，但看看你做的那些事！娶个泼妇欺负她让她有家回不得，逼我们抛股票白亏几十万害我妻离子散。她被别人拐跑大半年了，你还跟没事人似的。要不人说'子不教父之过'呢，自己娶个小的，闺女也有样学样找个小白脸，你这个爹当得真称职啊！"

贝红卫的控诉就像是一道脱了栓的栅栏，久困多时的躁郁，蜂拥而至，鱼贯而出。贝红卫越说越失控，越说越过火，严寻礼惊讶的瞳孔越扩越大，胸膛犹如一架鼓风机，呼呼生风地起伏着，气喘吁吁地抡起巴掌，猛地掴向贝红卫，却扑了个空，一头栽倒在地。

严晴接到消息时，已经是后半夜。马乐送她回到家，椅子还没坐热，严晴将手机充上电，微信短信未接电话等各种消息就炸开了锅。电话一接通，何苗只说了一句："姐，我们在市二医院，你快点来。"严晴的眼泪"哗"的一下，夺眶而出。

见状，马乐一把将严晴搂到胸前，抱紧她关切地说："走，我陪你去。"

严晴推开他，左摇右摆地晃了晃脑袋，飞身翻出藏在沙发抱枕内和语法大词典内的所有现金，塞进包里拉起马乐就往门外冲。

"鞋！"到底是经历过重大突发事件的人，马乐临危不乱，一把扯住夺门而去的严晴，稳住她摇摇欲坠的身体，弯身替她换下拖鞋，以最快的速度冲进卧室抓件厚外套搭在手上，取个环保袋装上毛巾牙刷卫生纸等日用品，张臂环住她，冷静地说，"这个点，超市都关门了。如果要留院，这些东西都用得上。"

感激地看了看马乐，严晴梨花带雨地频频点头，心中庆幸这个时候自己不是一个人，而是有一个人陪伴在身旁。

"你确定不用我去？我爸住院那些年，都是我照顾的，我有丰富的护理经验。"二人上了的士，马乐满腔热情地请缨，全心全意想要替严晴分担，她却沉默不语，目光迟疑。饶是心里乱成了灾难现场，严晴仍然顾及到马乐的感受，迂回而委婉地支吾道："我先去看看什么情况再说吧。人多了反而更乱。"

"你是怕不知道怎么介绍我吧？"社会学者指出，孩子和小动物的感知能力，比成年人更为准确与敏锐。越是单纯未经熏染的心，看问题越是直观而敏感。严晴的话语里拐了好几道弯，还是被马乐敏感地识穿，强笑说，"没关系，以后有机会再说。"

严晴想说两句安抚他受伤的心，脑袋里早已乱作一团糨糊，怜爱地拍了拍他的脸，柔声说："你累一天了，早点回去休息。"

"先送你到医院门口。"体谅地轻吻严晴，刀子一样的目光狠狠剜向从倒后镜里偷瞄他们的司机，马乐不放心地叮咛，"你自己一定得按时吃饭睡觉，不然没有体力照顾病人。别什么事都自己死扛，有事给我打电话。记得，你还有我呢。"

严晴感激地回吻她，推门下车，迎头撞上焦躁不安的贝红卫。

透过车窗，贝红卫看见了智海婷口中的90后小男友。当想象中的情敌，落实成具体的一个人，贝红卫却连上前责问的勇气都没有了。

怔忡地望着车内二人亲密浅吻，依依道别，贝红卫将自己站成了一块顽石，理智叫他拔腿躲避，双脚却不听从大脑使唤。

"对不起，我没想到会这样。"的士绝尘而去，贝红卫侧着身体，艰难地挪动脚掌，走到严晴跟前，哭眉丧目地请求，"我真不是故意的。你骂我吧,要不,你打我一顿吧。"

"算我求你了,放过我和我的家人吧。"严晴目前了解到的情况,只是听何苗说,小贝上门和老人说了几句,严寻礼突然摔倒了。严晴不知这背后的因由与他险恶的用心,她只知道贝红卫像一股龙卷风,所到之处,无不断瓦残垣。先是家家吓出心脏病,再是自己的房子险些一去无回,如今他的几句话,又让父亲被送进了医院。她把最美好的青春和爱情奉献给了眼前这个男人,他却接二连三地摧毁她的世界。

"你走吧,别再让我见到你。"严晴目光森森地盯着贝红卫,面若白蜡,冷若冰霜,脸上唯一的温度,来自于担忧父亲而涓涓流淌的泪水,"看在那么多年的感情上,放过我吧。别让我后悔认识你。"

徒手擦掉眼泪,严晴昂起头,决然地从贝红卫身边,擦肩而过。严晴疾去的脚步,生起一阵轻风,从他身旁刮过。

贝红卫心中一颤,身子一哆嗦,不禁闭上眼睛,温吞地滚落两滴热泪。

修复一段破碎的关系,就好比修复一个裂纹深刻的翡翠手镯。就算能工巧匠用金子包裹住裂纹,它依然不会消失。倘若用力过猛,在修复的过程中,只怕裂痕会加深,甚至玉碎瓦裂。

不是所有的伤痕都可以修补,不是所有爱过的人都可以挽回。

严晴走出很远,贝红卫始终没有回眸。贝红卫不敢,亦是不想亲眼看着严晴远去的背影。

饶是不听不看不说不想,贝红卫心下已了然。

这一次,他真的彻底失去她了。

第十一章 我们都没错,只是不适合

和杨翠玲一样,严晴也以为严寻礼的猝然昏倒只是一起意外,像往常任何一次普通的摔跤,只需要处理伤口留院观察两天,便能毫发无损地回家。然而,在急诊科见到父亲,严晴简直无法相信自己的眼睛。

严寻礼颓唐地仰卧在病床上,偏头斜眼地望着严晴,目光呆滞。良久,似乎认出了女儿,严寻礼颧骨抽动,口角歪斜地一开腔,未听见声响,先淌出唾液,婴儿牙牙学语似的含糊不清又急切地表达着。

"典型的中风症状。"医生慢条斯理地询问,"脑血管病都有先兆,病人之前有没有发现头晕、耳鸣、四肢发麻等病象?"

严晴心急如焚地转头看着杨翠玲,满脸煞白,打探的目光中带着责问。

"有吧,"杨翠玲蹙眉,仔细回忆着,直视着严晴理直气壮地说,"先前家里出了点事,他从女儿家回来就喊胸闷心慌,但谁摊上那样的事都会气炸的,所以我也没往别处想。"

"嗯呜哈,"严寻礼唾液横流地说着无人能解的语言,无力地挥动手掌,紧缩的五指如同卤水鸭掌,滑稽地在身前悬空摆动。严晴向下一蹲,握住父亲瑟缩颤抖的手掌,泪如泉涌。杨翠玲经历过前夫病逝,自认为已百毒不侵,看见这情境也没了主心骨,眉头深锁地掂量着,提心吊胆地问:"医生,他现在这样,还能治吗?"

"目前没有办法治疗急性脑血管疾病。只能是勤做护理,缓解后遗症。"

"那他以后就这样了?"活到这个岁数,杨翠玲见过不少饱受心脑血管疾病煎熬的中老年人。隔壁单元楼的老区,不久前也有中风偏瘫。原本是个雷厉风行的厂长,突然就成了缩在轮椅上目不能直视,头不能扬起的病号。纵然司空见惯,但事情落到自己头上,杨翠玲还是不敢相信自己的耳朵,面红耳赤地与医生争辩着,就好像说服了医生便能为严老头赢回健康,"他刚才还好好的呢,那兔崽子来之前他还在听评书,这会儿就说不了话走不了路了?他身体棒着呐,每天爬莲花山到顶儿都不带休息的,一年四季都难得感冒一次。他跟老区不一样,他生活规律得很,早睡早起爱运动,不抽烟不喝酒,不可能摔一下就报废了。不是说医者父母心吗?你不能就这么轻易地放弃自己的孩子吧?您再给仔细瞧瞧,想办法给治一下吧。"

"大姐,您也知道,老年人中风率很高,但治愈率极低。您要是不相信我,可以多换几家医院试试。但你们作为家属,也要做好心理准备。脑神经细胞是不可再生的细胞,一般受损就是永久性的损伤……"

听见永久性损伤几个字,严寻礼突然激动起来,"咿呀"地喊叫着,双手上下挥舞挣扎着要起来,口齿不清地嚷嚷:"狗!狗!"

严晴猜想,父亲极可能说的是"走,走",慌忙猫腰,双手搭在父亲肩头,轻声安抚:"爸,别急,咱一会儿就回家。"

一秒钟的时间,自己就从一个四肢健全生活健康的人沦为无法自理的残障人士,严寻礼无法接受口沫横流、丢人现眼的自己,也无法原谅连一个"走"字都说不清楚的自己。歪着脖子抖着脚使出浑身力气,颤巍巍地从床上坐起,拼了命地连滚带爬地掉下床,上肢屈曲下肢伸直,梗脖朝门外走去。迈开的右脚在空中画了一个半圆,左腿一滑,严寻礼扭动着身体,俯冲向下。幸而医生手快,一把扶住他,严寻礼才避免再次跌倒。嘴角失控地抽动,面部表情扭曲，严寻礼空洞而无助地望向女儿，"啊啊"地叫唤两声，瞬间老泪纵横。

严寻礼这一生，是出了名的和平爱好者。无论在单位还是住宅小区，他都是远近驰名的老好人。遇到再无理的人或事，严寻礼总是和蔼可亲，笑语盈盈地化干戈为玉帛。眼前的这个老人，却像个胡搅蛮缠的孩子一样，无理地叫嚷与吵闹。严晴轻呼一声"爸"，上前抱住父亲，鼻尖霎时涌起一阵酸。

"中过风的人，一定要避免情绪激动。"医生开了些抗凝、扩血管的药物，添了些营养神经及改善脑部微循环的处方，循循善诱说，"你妈也说了，他身子底子不错。多做些针灸、按摩，配合功能锻炼和理疗，还是会有改善的。"

医生话音未落，杨翠玲与严晴，异口同声道："我不是她妈。""她不是我妈。"

医生抬眼，疑惑地打量杨翠玲，她安之若素地解释："我是他老婆，但不是她妈。"

"这种情况需要住院观察一些日子，你们谁陪床？"

"我！"几乎同一时间，严晴和何苗脱口而出。医生再次抬眼，扫一眼杨翠玲，她木着一张脸，面无表情地回看医生，仿佛读不懂对方的眼神。

杨翠玲辞去超市清洁工的工作，成天到公园里抱别人的孩子解心瘾，很是苦闷了一段时日。也是在那个溜孩子的公园里，杨翠玲结识了一个古道热肠的徐老太。一来二去混个脸熟后，徐老太说自己也因为各种不顺遂苦恼了好些年，自从做了强磁强振理疗，吃嘛嘛香，倒头就睡着。三五个老太太，在徐老太的带领下，欢声笑语地穿街巷拐进一幢筒子楼，在五楼楼道尽头处一间隐蔽的公寓里，体验了一回强磁强振理疗。自此，杨翠玲一发不可收拾。倒不是理疗仪真如徐老太所说包治百病，而是一堆老太太边做理疗边拉家常，笑谈间半天工夫就过去了，杨翠玲也就没那么多闲工夫缅怀未能如愿的含饴弄孙的时光。再者，理疗中心推行会员制，杨翠玲拉来一个客户不仅享受免费理疗还能获得提成，这对她来说，是生财的康庄大道。不花钱享受服务，还能给未来孙子挣房钱，杨翠玲就像是蜜蜂见着花粉，企鹅碰见磷虾，心无旁骛地投身于理疗事业，哪里顾得上其他？尤其看见严寻礼毫无预兆地病倒，杨翠玲更是触景伤情，心有余悸。今天躺在病床上的是严寻礼，那么明天呢？严家父女再不如意，总有两套房子傍身。刘念夫妻俩还是仗着她的姻亲关系，才得以寄人篱下。小两口在大都市里无依无靠，倘若有天她倒下了，儿子怎么办？未来的孙子怎么办？看着严寻礼呜哇乱叫，口沫横飞的样子，杨翠玲心里也像钝刀子割肉一样阴阴地疼着，转念一想，结婚十多年，他像防贼一样提防自己给女儿攒下一个小金库，平白让把他气倒的兔崽子亏了个干净，那口怎么也咽不下去的气，便又顶到了心口。

"我年纪也不小了，万一熬坏了身体，孩子们更麻烦。"物伤其类。从现在开始，杨翠玲决定安排好自己的晚年，断不允许自己成为下一个严寻礼。迎着医生，杨翠玲面不改色地说，"家里也不能没人，我还是负责后勤工作，顾好他的一日三餐吧。"

"姐，你要上班，还是我留下照顾严叔吧。"因为手机和父母社保的事情，何苗本已对严家母女感恩戴德，加上婆婆如此不近人情，她更觉得自己有责任扛起这个担子，替杨家母子出一分力，尽一分心。

"还是我留下吧。毕竟要擦身、翻身，我在比较方便。"严晴心酸地想，这个家里，她能指望与依赖的，也只有弱不禁风的何苗了。感激地握着何苗的手，严晴眼眶湿润地恳求，"苗苗，我没时间做饭。我爸的伙食，就麻烦你多费心了。"

听到这里，医生已经大致了解这个家庭的现状，伏案继续写住院单，谆谆引导说："如果你们没时间，最好请一个有经验的护工。刚中风的病人，最怕痰堵和褥疮，身边离不开人。就算出了院，如果经济条件允许，还是请个看护比较保险。"

"护工很贵吧？"说到钱，杨翠玲惊弓之鸟似的小心戒备着，皱紧了眉头。

"请护工的事不劳您费心了。"杨翠玲不打算留院那刻起，就已冲破严晴的底线。如同一辆飞身坠崖的跑车，严晴过去因父亲而给予杨翠玲的包容、忍耐、礼教与尊重，在那一瞬摔得稀烂。

"我爸还有我。"双手握紧父亲，希望借此向恐慌的父亲传递自己的温暖与力量，严晴冷眼看着杨翠玲，掷地有声地对医生说，"别怕花钱，别怕麻烦。只要对病情有帮助，有任何需要，随时找我。再贵咱都花得起。命比钱贵！"

杨翠玲本没有推托之意，但叫严晴那样不留情面地当众说了几句，便悻悻地想，要不是你找了那么个男人，能把你爸气成这样？想到严晴敢把房子抵押交给贝红卫去亏空，杨翠玲便觉得自己的担忧纯属多余，于是不再多嘴过问。

隐隐间，杨翠玲往深层一想，医生说幸亏送院及时，严寻礼只是轻度偏瘫，若再发生一次脑卒中，轻则半身不遂，重则危及性命。依着自己和严晴这形同水火的关系，严寻礼若有个三长两断，严晴虽不会和她争这套老房子，但免不了依法分割遗产。那也就意味着，严寻礼若两眼一闭，杨翠玲一家子就将面临卷包袱走人的命运。唯一能站住脚跟的办法，是攒下足够的钱买回严晴所占有的产权，或者，游说严寻礼立下遗嘱，将房产指定予她。想到这一幕，杨翠玲陡然间打了个寒噤，叫自己的联想惊得不轻。

"呸呸呸，"杨翠玲摇头若拨浪鼓，兀自啐了几声，暗中嘀咕，"别自己吓唬自己。老天有眼。严老头一辈子和气善良，肯定长命百岁。"

饶是萍水夫妻，严寻礼到底不曾亏待过她。严晴上了大学就没在家里住过，严寻礼照旧每月出一半生活费。那时候是杨家母子二人，后来又添了个何苗，多个人多张嘴，严寻礼还是不计较，照样一个人承担一家人的半数开销。知道杨翠玲爱吃盐水毛豆，每年入秋，严寻礼都会去菜场挑选带叶芽的翠绿色毛豆，亲自用盐水浸泡半小时，放上花椒大料，文火煮至毛豆变黄软后，沥干冰镇起来，以便她随时解馋。杨翠玲喜欢看冗长的电视剧，严寻礼喜欢听评书，为了不妨碍她，严寻礼让女儿在手机里下了个软件，无论春夏秋冬，吃过晚饭遛了弯回来，他将电视让给杨翠玲，自己则沏一壶茶，戴上耳机，坐到阳台上去听节目。结婚十四年，虽然没有留下刻骨铭心的回忆，但也少不了若干年后想起来心头仍然有暖流淌过的温情时刻。杨翠玲确实想有套房子，她做梦都想有一套属于自己的房子，但如果要拿严寻礼的命去换，杨翠玲宁可不再做这个梦。

这是个勤劳致富，机会均等的时代。香港小姐冠军拍戏落魄，转行卖鱼蛋却能发家。技术活不再是低廉劳动力，护工、月嫂的月薪远高于本科生。严寻礼是本市户口，住院期间，社保局将承担90%费用，但出了院，每月高达四千元的护工费，就是笔不小的开支。以严晴的收入，独力承担护工费用后，剩下的薪资只勉强够生活，基本上没有余钱给父亲买进口药和做理疗，更别说存一笔风险金以备不时之需了。思前想后，严晴又找到了老蒋，老练地填好申请表，泰然自若地交到他面前。

不是说不会再抵押了吗？偷瞄严晴，老蒋暗想。再次见面，她身上少了当初的青涩与惶惑，多了几分沧桑和干练。如果真的有魔术师，他一定叫经历。短短半年时间，能够让一个六神无主的女生，在同一个艰难抉择的时刻处变不惊，只有经历才具备这种拔苗助长的魔力。

"严小姐，要不你再考虑一下。今年政策不如去年，卡得也紧。"老蒋拿出白纸黑字的文件，言之有物地劝说，"现在做抵押贷款，利率比去年高，而且还要先做三成质押。就拿你这房子来说，实际拿到手的只有三十来万，但是要按五十万付8.1的利息，性价比实在不高。"

"有更好的办法吗？"严晴依旧坐得端正，眼睛都不眨一下，纹丝不动地说，"我很需要钱。"

"我个人建议，如果真的急需用钱，卖房可能比抵押更实际。"

"不卖。这房子不能卖。"

"严小姐，你考虑过出租吗？"见她一脸铁一样的坚定，老蒋抿嘴，倒吸几口凉气，为难地考虑好一阵子，认真地说，"你那房子的评估照片我看过，保养得不错。如果出租的话，每月能租三千块。这样一来你不仅不用还利息，还有净收入。"

"房子租出去，我住哪儿？"严晴正色一反问，老蒋登时怔住了。二人对视半秒，严晴垂首沉吟道，"要不申请表今天先不送审，我回去算算账，再想想其他办法，实在不行再回来。"

"对，抵押是件大事，考虑周全比较好。"老蒋点头如捣蒜，亲切的笑容与严寻礼的和蔼如出一辙。严晴定睛打量这个和父亲一样憨厚的微胖界暖男，语焉不详地问，"你赚的够花吗？"

"啊？"

"我是说，你总替客户着想，大家都不贷款，谁给你佣金？"

"咳，吃饭穿衣花得了几个钱？"脸上泛起红晕，老蒋笑语盈盈地说，"谁都不容易，我不想挣出卖良知的钱。反正我认定一件事，帮别人就等于帮自己。"

受海洋气候影响，南方的冬天阴冷潮湿。寒风乍起时，阴冷的湿气像锥子一样钻进毛孔和血管，使人由头到脚由里到外都透心凉。但老蒋的一句大实话，却让站在风口的严晴，一丝和暖。摆手示意老蒋留步，严晴回眸浅笑，由衷地说："谢谢。蒋经理，你是个好人。"

严晴道了谢，转身要走，却被老蒋唤住："严小姐，实不相瞒。我和几个同事租的房子春节后就到期了。反正我们也要找房子，你那离我们银行又近。如果你有意，价钱和押金都好商量。我保证我们会爱护你的房子。如果你不嫌弃，我们可以把主卧让给你住。人生么长，谁都免不了遇上点困难，相互帮一把就挺过去了。"

"我会好好考虑的。谢谢你。"严晴笑靥如花。翩然转身，一袭冷灰色毛呢长裙婀娜远去，沿途的木棉花开得正艳，火野似的红花映衬下，照得她的身影亮堂堂的，照得他的心里暖烘烘的。

听说严晴要搬去城中村，唐小恬气得真跳脚。末了，唐小恬无可奈何地摔出一套门禁卡和钥匙，沉下脸说："要搬也得搬到一个安全的地方。喏，带上你的衣服，打个车去我那儿吧。"

"你不生我气?"依唐小恬的脾性，光是"姐弟恋"就够她大动干戈的，何况两人感情关系持续升温进阶发展。严晴下巴僵挺，眨巴眼睛，有些错愕地看着闺密，"你真打算让我和他住你家?"

"有什么办法?"唐小恬翻起眼皮丢给严晴一个"卫生球"，撇嘴说，"你的日子已经那么艰难了，我再光火，也舍不得为难你了。"

舍不得在这个节骨眼上跟严晴置气是其一。其二是夏晓光经过历时三个月的软磨硬泡，终于让唐小恬松了口，同意搬去与他同住。但唐小恬没有听从夏晓光的建议，而是给自己留了后手，宁可让自己的房子空着积灰，也不多赚一笔租金。房子若交给严晴，一来解决了她眼下的难题，二来自己的房子也有人护养，一举两得，何乐不为?

"女人如果不给自己留退路，就像是不穿内衣出门，浑身不自在，说话做事都缺乏自信。"唐小恬私下里跟严晴交心说，"房子就是我最贴心最华美最有安全感的内衣，只要想到，天塌地陷我还可以回家，不管遇到什么狗血事件，我都不会慌乱。"

横竖他们财政独立，为避免口角，唐小恬便诓骗夏晓光说房子租了出去，并搬空了自己的衣物，只是每周找个理由偷溜回家打扫卫生，给原封不动的家电热场化，以免元件老化。唐小恬原本对自己瞒天过海多少有些羞愧，如今遇上严晴需要住处，便想出一石二鸟的良策:"咱爸出了那么大的事，你总得给我机会出点力吧?借钱你不肯要，这房子你必须得住。"唐小恬噘嘴嗔怪，"有时候真怀疑你的智商是不是全用来充话费了，怎么越活越倒退。你这才刚从虎穴里爬出来，又迫不及待往狼窝里跳。小你几岁不说，又没个稳定工作,还让你陪着住城中村,你这生活品质越活越倒退,找的男人一个不如一个,你到底是怎么想的啊?"

"马乐挺好的。虽然年纪小,但挺懂事,知道疼人。"提到马乐,严晴的面部神经不由自主地松弛下来,眉梢眼尾多了几许柔情,"前两天打电话,我突然想喝芝麻糊,他身上就一张地铁卡,红着脸问同事借了三十块钱,上沃尔玛给我买了一袋芝麻糊。"

"啧啧,姓严的,你还能再有点出息吗?"严晴绘声绘色地描述着马乐的种种表现,唐小恬听得连连摇头,"一袋芝麻糊就给你感动成这样?你是缺爱还是缺钙啊?"

"不光是芝麻糊。有一回去酒吧,他买了一把 LED 灯的棒棒糖,给在座所有女生的都是一颗蓝色糖,就买了一颗红色的给了我。当时我还纳闷,他明明知道我喜欢蓝色,结果他悄悄告诉我,因为玫瑰和心一样,都是红色的。"

严晴说着,渐又入了戏,独自沉浸在甜蜜的回忆里,语调含情眉眼含笑。见她的沉沦相,唐小恬曲指叩击严晴的头顶:"醒醒!每天吃棒棒糖,能解饥驱寒吗?"唐小恬越琢磨越觉得不可思议,啼笑皆非地扫视严晴,"说来说去,不是芝麻糊就是棒棒糖,我以为他给了你多大恩惠呢!大姐,你属寒号鸟的吗?怕冷还无处容身,但凡有个人给你一点温暖,你就认定他是世界上最好的人,和他在一起就是最温暖的天堂。"

"你听说一条宇宙法则吧:所有我们给出去的,终归折返。所有我们失去的,也将以另一种方式回到身边。"仔细回想和马乐相识,相恋的每一个细节,严晴经过深思熟虑,郑重地分析,"我可以保证,我离婚跟马乐没有半毛钱关系。但我必须感谢他。他的出现和存在,让我将自己的处境看得更清楚。也是因为他,我才意识到自己仍然有被爱的权利和可能性。多亏他，我才有勇气挣脱婚姻桎梏，逃离小贝的囚笼，停止做一只绝望的困兽。"

"哟，听上去他简直是神一样的存在！"唐小恬夸张地惊呼，戏谑道，"你也别盲目地个人崇拜了，跟我说说，你到底爱这位'小男神'什么？看我能不能理解你们的爱。"

认真地想了很久，严晴皱眉挤眼，有条不紊地说出："我爱他爱我时的那股疯狂。婚姻我经历过了，也就是那么回事，我不抱奢望了。现在，我只想谈一场纯粹的疯狂的恋爱，而他正好是第一个爱我爱得那么疯狂的人。"

唐小恬张大的嘴足以塞下一枚鸡蛋，抱拳拱手，甘拜下风道："姐，我真心败给你了。我总算明白了，你就是一坑姐！对自己不负责，对别人不负责，对爱情也不负责，坑人坑己，至尊坑姐！"

迎着严晴一脸的迷茫，唐小恬哭笑不得又怒其不争地劝诫："姐姐，二十三岁正是疯狂恋爱的时候你选择平淡如水的婚姻。三十二岁正是追求岁月静好的时候你要疯狂地恋爱？你难道就没看出来，贝红卫和马乐本质上都一样——都不具备幸福的能力。爱也是要有能力的，但他们俩既没能力让自己过得好，也没有能力让你幸福……"

"不不不，马乐跟小贝不一样。"唐小恬一针见血，严晴面红耳赤地争辩。

"对，是不一样。上回那个坑姓贝，这回这个坑姓马。就这么一点区别！"眼看内火就要蔓延成外伤，唐小恬咬紧槽牙，就此打住，愤愤地瞪着严晴，急赤白脸地说，"算了。不烫到手你是不会舍得熄火的，不伤到心你是不会舍得放手了。反正你就是这么个又二又坑的人，谁劝都没用。"

"那,房子,"慢慢伸出手,放下已握成体温的钥匙,严晴小心翼翼地试探,"如果你后悔了,我也能理解。"

"拿回去!"唐小恬突然拔高音量,厉声呵斥,"回去告诉他,再敢让你走进城中村一步,我打折他的腿!"

托尔斯泰曾说过,"最大的罪过,是人类抽象的爱。爱一个离得很远的人,爱一个我们所不认识的、永远遇不到的人,是一件很容易的事请,而爱你的近邻——爱和你一起生活的人,却分外艰难"。

若说疯狂的爱对严晴具有致命的吸引力,那么疯狂的生活,便同样有着致命的杀伤力。

和任何一个初涉爱河的年轻人一样,马乐的爱,不计回报也不计代价。就好比一捆干柴,忘我地熊熊燃烧,无畏于自己灰飞烟灭,也无顾于殃及其他生灵。

从快递公司辞职后,马乐重新踏上求职征程。因了文凭不过硬且语言不通,马乐在找工作的路上,屡屡碰壁。好容易找到一份送外卖的工作,那天马乐接了单,骑着车风风火火地赶到公寓楼,门被拉开出来一个老外,叽里呱啦地说了一长串英语,马乐当场就傻眼了。情急之下,马乐拨通严晴的手机,连比画带强迫地要求老外跟严晴对话,这才弄明白对方说的是,"你们承诺半小时内送到,现在已经晚了20分钟,我拒绝接收。"

"那可不行,折腾这么久,饭都凉了,我拿回去也卖不掉,老板会扣我工资的。"开着免提,马乐气急败坏地要求严晴翻译,"你跟他说,我已经玩命地骑了,遇上下班高峰期,又碰上车祸封路,我也没办法。"

"人家着急出门，所以另外叫了快餐已经吃过了。"一时片刻，严晴无法通过寥寥数语，让马乐理解老外强烈的契约意识，只能撒个善意的谎言，好言相劝说，"你还没吃饭呢吧？要不你找个地方把这份快餐吃了，回来我补你钱，算我请你，行么？"

"我凭什么吃他不要的？他点了餐又另外叫餐，拿我当猴耍啊？"急与倔，是东北男人特有的脾气。性子一上来，马乐油盐不进，好赖不听，不依不饶地缠着对方讨公道。事情最终以老外报警并投诉告终，马乐丢了工作，闷闷不乐地回到家，严晴做了他最爱的紫菜包饭，体贴地宽慰："今天这事错不在你，别往心里去。工作的事不着急，慢慢来。"

"错不在我，你为什么帮他说话？"严晴本是好心安抚，却不想反倒激怒了他。马乐摔下筷子，怒目而视，苍白清瘦的额头青筋突绽，"慢慢来，你说得倒轻松。我跑了三个月才找到这个送饭的工作，就因为你不挺我，不光丢了人，连工作都丢了。"

"对不起，是我不好。"知道他心里不痛快，严晴也不和他计较，语笑嫣然地柔声抚慰，"要不我给你报个班，你先学点技术。这些日晒雨淋的工作你干得辛苦，我看着心疼。你先学点东西，有了证书，再找工作选择就多了。"

很久以前，严晴曾认真考虑过，出资让马乐进修。不管二人将来如何发展，掌握一门技术，对马乐而言，百利无一害。安于现状，远比穷困无知更为恐怖。顾虑到马乐那颗过敏原极为丰富的心，严晴只能静观其变，伺机提议。趁着今天的突然状况，这才顺水推舟地提出想法，不料还是掀起轩然大波。

"你是不是也觉得我小，没文化，没出息？"横眉冷对着严晴，马乐挑衅地问,"你是不是也跟你朋友一样,觉得我没本事,沾你的光,住你朋友的房子,吃你做的饭,穿你买的衣服,还要花你的钱学手艺。你是不是觉得我就是个吃软饭的小白脸,根本配不上你?"

搬家那天,三个人一起吃了顿便饭。几杯酒下肚,唐小恬又成了嘴里飞刀的话痨,任凭严晴怎么阻挠也拦不住她的真心话。拍着马乐肩膀,唐小恬托起酒杯,眼神游移地嘱咐:"这是我最亲的姐姐,她以前吃了好多亏遭了好多罪。小朋友,你找到她,算是捡到宝了。你要加油,别再让她受伤,别再让她吃苦。一定要让她过上好日子。"

当时马乐沉着地点点头,爽快地干掉杯中酒,就此结束与唐小恬的初次会面。事后,两个人对那天的对话都讳莫如深,只字不提。光阴疾步如飞,严晴想当然地以为马乐已淡忘,却不想,他仍然对三个月前的那番嘱托耿耿于怀。

"你这样想我,未免有点不近人情了。"严晴心中反复提醒自己,他还是个孩子,无理取闹也情有可原。耐着性子,像对待家家一样,柔情似水地看着马乐,尽可能地体谅他的任性,好声好气地跟他讲道理,"我是觉得,你这么聪明,不念书可惜了。如果不是因为家里出了事,你现在肯定也是名牌大学生了。我正是因为觉得你行,觉得你有能耐才鼓励你进修,因为我相信你会比现在更好。"

"那你就是承认我现在不够好了。"

"你已经很好了。但是你可以更好,你值得更好的生活。"话赶话说到这个份上,严晴也顾不得许多,情真意切地袒露心声,"我不是为了自己,完全是为了你。你才二十四岁,未来还有无限的可能性,你一家老小也需要你更强大不是吗?就算将来我们不在一起

第十一章 我们都没错,只是不适合

了,你可以发挥一技之长,让自己过得更好,让家人过得更好,这样不好吗?"

"终于说出你的真心话了。"如同一个净化器,马乐的一双耳朵,自动过滤掉所有信息,只专注于他认定的某几个字眼。目光凄凄,面色苍灰,马乐撇嘴望向严晴,一字一顿地问,"你根本没想过陪我到天荒地老,所以你现在就替我安排分手后的出路了,对不对?"

如海鸥与海豚,严晴与马乐相知相恋近一年,始终临海相望,难以交集。他为了靠近她而陪同她看美剧,看话剧,学习打升级,她为了与他培养共同语言而学习东北方言,看动漫,玩网游。他努力地为她学习飞翔,她也努力地为他练习游泳,然而无论怎样努力地亲近对方,结果总是徒劳而返。每每鸡同鸭讲时,严晴便十分赞许徐志摩穷其一生寻找灵魂伴侣的壮举。志趣相投的两个人在一起,无须多言自是心领神会。反之,频道不一致,饶是掏肝挖肺,也只是平添误会。比如此刻,马乐胡搅蛮缠地曲解她的意图,怒不可遏地追问:"你是不是从没想过跟我有未来?你是不是只把我当成一剂调料,玩玩就算了?"

"公司和家里的事,已够让我烦心的了。"严晴双手交叉,举起一个休战符号,忍耐地请求马乐的体谅,"如果和你在一起,还要因言获罪,我真不知道自己还能撑多久。"

"你的意思是,你跟我在一起很累,你一直在死撑是吗?"

"你能不能成熟一点,别这么偏激?"

"承认了吧,你瞧不起我,嫌我小嫌我不成熟嫌我不懂事,对吧?"

"如果你再这样无理取闹,不如……"

"不如什么?"马乐戛然而止,毫无先兆地疾步走到窗边,灰青的眼睛凝视着严晴,咄咄逼人地说,"直说吧。不如分手对不对?你想分手了,对吧?"

熟悉的无力感,铺天盖地地向严晴席卷而来。说与不说都是错的荒凉,油然而生。与马乐的沟通,就像是对牛弹琴,无论她弹奏怎样的乐章,他听见的只是毫无头绪的噪音。就在那一刻,严晴深刻地明白到,自己永远无法用他所理解的语言清晰地表达自己的意愿,正如同他永远无法理解她话语间的真情实意。海鸥注定属于蓝天,海豚只能存在于海洋,他们,永远不能真正抵达彼此。

"不说话就是默认了。"马乐凄惶地笑笑,转过头,瞬间,人已爬上窗台,纵身欲跳。说时迟,那时快,严晴只觉头皮发麻四肢发软大脑一片空白,身体已先于意识奋身上前,一把抱住马乐,使出九牛二虎之力往回拖。推搡拉扯间,马乐一个闪身,严晴脚底一滑,磕倒在沙发扶手上。马乐抱起严晴,将她摁在沙发上,一手拦腰抱起狂吠不已的家家,低声安抚说:"家家别怕,我们闹着玩呢。"没等严晴回过神来,马乐从茶几下抓瓶药,不管不顾地倒出一把就往嘴里送。严晴皮球似的从沙发上弹起,张开虎口卡住马乐的喉咙防止他吞咽,一面粗暴地伸手探进他嘴里往外掏,惊恐地哭喊:"吐出来!给我吐出来!"

如同泥浆摔跤一般,短短几分钟时间,两个人跌抱在地,精疲力竭,气喘吁吁。

"你疯了吗!"黏稠的药片在手心里融化成一把浅棕色泥状物,严晴挥动着沾满药泥的手,抡拳如雨落,毫无章法地砸在马乐身上,声嘶力竭地恸哭,"我已经没有妈妈了!我爸也坐轮椅了!你再有个三长两短,我可怎么办?我上哪儿找条命还给你父母?你爸和我爸那样了还顽强地活着,你健健康康一个大小伙,动不动就跳楼服药,你还让不让人活了!下次你要自杀先通知一声,我跟你一块死个清净,一了百了!"

"好了宝贝儿,不哭了啊。"严晴伤心欲绝的哭诉,非但没引发马乐反省,反倒叫他产生一种被重视的满足感。若无其事地凑上前来搂住严晴,马乐低头亲吻她的额头与嘴唇,陶醉地说,"我爱你。我真的很爱你。我也不知道自己为什么那么冲动,我只是想让你知道,我爱你爱到可以为你去死。我愿意为你去死。"

严晴扬起下巴,透过涟涟泪眼,惊呆地望着马乐,凝神屏息,半晌,吐不出一个字。

时至今日,马乐仍会在马路中央卑躬屈膝地为她系鞋带,他仍会因为她不经意的一句话四处借钱走遍大街小巷扛回一台蒸汽熨斗,仍会因便利店收银员对她的态度恶劣而冲上去教训对方,仍会在停电时扛半个西瓜爬上十七楼为她解暑。马乐仍然是那个疯狂莽撞不顾一切地爱她的男生,只是严晴不再是那个欣喜若狂、甘之如饴的女人了。

惊心动魄的一幕,刺青似的刻在她心上,成为疤痕质心脏上的又一道刀口。

就在马乐疯狂地展示他爱她爱得舍生忘死的那一霎,严晴恍然大悟——他不仅仅在爱她这件事上不要命,因为年轻无畏,所以他是以玩命的姿态在活着。

一切,仅仅因为他太年轻。

而她,已经老得心力交瘁。

严晴为父亲请的护工叫陆梅，小严寻礼十岁，有两年护工经验。陆梅的丈夫也曾中过风，因为缺乏经验护理不当，导致二次中风后猝然辞世。陆梅无儿无女，丈夫走后，她一度绝食打算随他而去。

"安葬那天，他单位的会计大姐问我为什么我俩没要孩子，我突然想起来，我们结婚时他就说过，在这个世界上他不可能像爱我一样爱另一个人了。他不想分薄给我的爱，所以我们婚后一直没要孩子。他那样爱我，如果我不爱惜自己，就算上到天堂，我也没有勇气面对他。"陆梅娓娓道来，宛如翻阅一本人物传记，声音悠扬眼神幽远，明晃晃的水波在眼中闪动，"后来我就振作起来学习护理病人，想帮助那些和我当时一样手足无措的家人。多给他们一些引导和帮助，就能减少一些失误，就能少一个痛失爱人的未亡人。我相信他在天上看见我做的这些，一定会为我骄傲并且感到欣慰。"

陆梅并不是应征者中护理经验最丰富的，收费也并非最便宜的。但严晴一下子就被她眼中的真诚所打动，加上她的住所距离父亲家只有十五分钟脚程，恰好解决了家里没有住宿条件的难题，严晴当时就拍板决定："梅姨，我爸爸以后就麻烦您多费心了。"

见陆梅第一面，杨翠玲心里就有种难以言明的抵触情绪。尽管比自己稍长两岁，但没有生养过孩子的女人终归减少了雌性激素的消耗，皮肤的弹性与身条的匀称皆起到减龄的效果，陆梅看上去反倒比杨翠玲年轻几岁。论五官，杨翠玲与陆梅平分秋色，但陆梅左颊的鼻翼与唇角之间的法令纹处，有一颗显眼的美人痣。接近于玛丽莲·梦露的性感之作，使陆梅看上去有种欲语还休的风情，偏她一开腔，却是和风细雨的柔情似水。难怪陆梅的前夫甘愿割舍一切只醉心于爱她。即使是女人，碰见集万千宠爱于一身的陆梅，都难免情不自禁地爱上她。

只有一种人例外。比如杨翠玲。人妻，大抵是世间最爱树敌的女人。她们的假想敌无奇不有，无处不在。大多数人妻，都是敏感、自卑、好战的混合体。饶是自己堪比西施，若是丈夫身边站着东施，她也会大义凛然地认定"对手"不安好心。

事后杨翠玲主动向严晴提了几次，让她请退陆梅："你也不富裕，省点钱多给你爸买点保健品多好啊。他不能动弹，擦身子洗脸这些活，让外人干不合适。十几年的夫妻了，还是我照顾他好一点。"

"合同都签了，我不能无故辞退梅姨。"严晴不知道杨翠玲的葫芦里卖的什么药，警惕地研究着她的微表情，果断地拒绝，"我爸现在需要专业的护理，梅姨学过按摩和推拿，而且还有照顾中风病患的经验。"

严晴不同意，杨翠玲也请不走那尊"神"。但自打见到陆梅，眼看她和丈夫相处甚欢，杨翠玲心里便扎了根刺，看不见，够不着，拔不得。情敌如此妖娆，杨翠玲也不能坐以待毙。杨翠玲降低了理疗的频率，在何苗的教导下学会了上网，照着网络医书每天变花样地给丈夫熬小米粥，蒸鱼，剥核桃，煮海带汤，满腔热忱地抱着保温饭盒早一趟晚一趟地往医院跑。

再没有比夫妻更为微妙的男女关系了。二人同步时如跳探戈，心意相通，齐头并进。反之，进退如国标，一方越是想亲近，越容易将另一方逼退。

结婚十四年，杨翠玲难得向丈夫大献殷勤，却没能得到严寻礼的回应，内心备受挫折。

经过半个月的疗养，严寻礼虽恢复部分语言能力和行动能力，但含痰式的"火星语",依旧让旁人摸不着头绪。这一天,天蒙光的时候杨翠玲就爬起来,挑了件天蓝色兔毛短装毛衣,搭一条绣亮片的直筒牛仔裤,挽上发髻,整个人看着清爽而颀长。特意上市场挑了块猪腹腔靠近肚腩位置的小排,熬了一锅海带山药排骨汤,杨翠玲精神奕奕地到了医院,却看见陆梅端着一碗汤,正全神贯注一口一口地喂着严寻礼。

杨翠玲疾步走上前,一把拉住陆梅刚伸出去的手臂,推开她另一只手上的汤碗,厉色问:"你干什么!"

"他想喝排骨汤,"陆梅着实被杨翠玲的愤怒吓了一跳,受惊兔子似的睫毛扑闪,解释道,"我刚从食堂买回来,没喂几口。"

说话间,陆梅无意瞟了严寻礼一眼,却被杨翠玲当成情敌向自己的丈夫发出的求救信号。杨翠玲的脸拉得更长了,神色更为阴沉,蹙眉问:"明知道我会送饭,为什么提前喂他?不知道食堂的汤油性大盐重吗?"

邻床昨天出了院,今天新到的病号和家属不了解杨家的情况,一上午只见陆梅一个人忙里忙外地贴心伺候着,想当然地以为她是严寻礼的老伴,于是对这个身份不明的不好招惹的女人,产生了莫名的反感,不由得帮腔说道:"她让等来着,她老公一直闹着要喝排骨汤。"

"我才是她老婆!"旁人的误会愈加激恼了杨翠玲,"砰"的一声掷下保温盒,冷眉冷眼地看着陆梅,不依不饶地命令,"把那个倒了,喝这个!"

"啊、嗯。啊、嗯!"严寻礼慌忙撇嘴,唇齿抽搐,含了口水似的重复吐出两个音节,让杨翠玲完全摸不着头脑。

"他是说浪费。"陆梅尴尬地笑笑,轻声解释,倚床而坐的严寻

第十一章 我们都没错,只是不适合

礼连连点头。

"我特意打的没加盐的汤,"陆梅为难地请示杨翠玲,"扔了怪浪费。要不我把它盛起来,先喝你煲的,晚点再热这个给他喝?"

"嗯、嗯。"严寻礼晃动着合不拢的双唇,激烈地甩动脑袋,颤巍巍地伸出手去够陆梅手上的汤碗,用身体语言顽固地向妻子"宣战"。

"中过风的人比较偏执。"邻床家属亲自照顾过中风的公公,如今又照料着遗传性心血管病的丈夫,刚才自己失言引起的不悦正愁无处化解,这会儿便善意地向杨翠玲传授经验,"可能是脑神经受损的关系,他会越来越像个孩子,思维越来越简单直接,行为越来越乖张叛逆。硬碰硬肯定没有软招好使,你就像'对付'孩子一样'对付'他就行。"

杨翠玲默默地听着邻床的建议,怔怔地望着陆梅像安抚孩子一样抚慰自己的丈夫,忽然一阵恍惚。无端地,杨翠玲觉得自己像是置身于苹果间的一枚雪梨,又像是天鹅群中的一只绿豆鸭,她的存在,是一种突兀的多余,与这病房内的一切人与事都格格不入。躺在病床上的是她同床共枕十四年的一丈之夫,但她却听不懂他含混不清的语言,分辨不出他看似寻常的一个眼神,到底是要喝水还是擦嘴。甚至,在严寻礼任性地咿呀吵闹时,她也不懂得怎样劝慰使他平静。

所有她无能为力的,外来者却胜任有余。

美国作家安东尼·勃朗特曾说过,"其他的事情可能会改变我们,但我们开始并终结于家庭。"看着自己的丈夫在另一个女人的安抚下渐次平静,展露出微笑,突然之间,空泛的无力感,在杨翠玲心里飘然而起。在他们面前,她好比是鹅毛大雪的天窗中,飘飞的一叶羽毛，无足轻重。眼看着严寻礼在陆梅耐心劝说下渐渐安静，杨翠玲沉思着，史无前例地检视自己的婚姻，并因此而后悔。

她后悔过去十四年，从不曾用心听丈夫说话；她后悔过去十四年，从不曾留意丈夫的形色；她后悔过去十四年，从不曾感恩丈夫的善待；她后悔过去十四年，从不曾体谅丈夫的艰难。

这段目标明确、有的放矢的婚姻中，杨翠玲看重的是房子，城市户口与儿子的前途，直到这一刻，她才意识到，她以为可有可无的严老头，才是她一直以来最害怕失去的。尽管过去十四年里交流甚少，但他已经像春雨一样细密无声地潜入她的生命，而她也习惯了身边这个可欺负，可奚落，可撒气的对象。就在严寻礼神经严重受损，再无法像从前一样和她交流的时候，杨翠玲懊悔不已，这才后悔自己从未与他进行过真正的深入的交流。

吸取了上次的教训，月事迟到一周，何苗没有声张，一个人悄悄去了妇幼医院。

"确实怀孕了，但孕酮还是太低，只有 20.1。"看着化验单，主任医生惆怅地蹙眉建议，"这样吧，你多注意休息，放松心情，再注射黄体酮观察看看。"

握着那张呈阳性的孕检报告，何苗无论如何也高兴不起来。脚步沉重地回到家，夜里枕在刘念耳畔，何苗忐忑地试探："老公，咱们努力快一年了也没见成效，如果我真生不了孩子，你打算怎么办？"

"瞎说！"津津有味地读着小说，刘念想也不想，不以为然地驳斥，"咱们四肢健全，年轻力健的，怎么可能灭绝呢？"

"万一，我是说万一。"

"没有万一。"刘念翻了个身，目光掠过书，狐疑地盯着何苗，"咱们又不是没成功过，干吗总自己吓唬自己？"

担心话题继续下去会走露风声，何苗赶紧换个方向，小心翼翼地打听，"咱妈那么想抱孙子，万一我生了个女儿呢？"

"那就再生呗。"刘念眨眼耸鼻做了个怪相，坏笑打趣。

"也就是说，无论如何咱们都得要孩子，而且一定得生出儿子为止，对吧？"深夜的屋里只有一盏床头灯，刘念背着光，看不清何苗欲哭无泪的怅然，轻描淡写地敷衍道，"我是独子又是单传，肯定得要孩子。至于生男生女，听天由命呗。"

"如果妈真的很想要男孩，咱们领养一个……"

"你吃错药了吧？"刘念眉头一紧，啧色道，"我又不是不行，凭什么帮别人养儿子？"

"嗯。开玩笑的。"何苗轻声应对，侧过身去，低低地道了一句晚安，无声的眼泪轻悄地落下。

怀孕第五周的周六晚上，一家人吃着饭后水果，何苗突然感觉到腹部两侧像被铝条割扯似的锐痛，到洗手间低头一看，内裤上赫然一团赭红色，梅花似的盛开。何苗心下一惊，深呼吸几口气，拉门而出，面色青灰地冲严晴笑说："姐，我想下楼买点东西，顺便送你回家吧。"

严晴虽不明内情，但从何苗反常的言语中读到了不祥之兆，配合地提上包换好鞋，挽着何苗匆匆而去。一下楼，豆大的虚汗如露珠般爬满何苗的脸，细如葱白的十指冰凉刺骨，她紧紧抓住严晴手腕，声音断续而起："姐，去医院，快。"

"没想到是宫外孕。"手术过后，主任医生惋惜的目光像一床温柔的羊绒毯,覆盖在何苗失去血色的面庞上,"孕囊破裂了。幸亏送院及时,不然就有生命危险了。"

经医生介绍,严晴这才了解到,何苗的输卵管发育不良,所以着床困难,加上她长期营养不良导致黄体酮过早衰退,子宫内膜分泌不良,所以极容易流产。瞥眼看了看曲躺在病床上黯然神伤的何苗,主任医生长叹一声,温和地劝说严晴:"你也劝劝她吧。生孩子这种事真的急不来。她目前的身体状况确实不太适合受孕,勉强怀上也不容易保住,流产多了还伤身体,最后就形成恶性循环。"

"姐,"借由胳膊肘的力量支起身,何苗轻拉严晴衣袖,声若蚊蝇地请求,"帮忙打个电话给刘念,就说我今晚住你那儿,不回去了。"见严晴犹豫,何苗牵起嘴角,凄然一笑,"能瞒一晚是一晚吧,少一天失望就多一天希望。"

无奈,严晴只能依着何苗,拿起手机走到病房门口,定了定神,遂又轻手轻脚地回到病床前,细声说:"苗苗,女人如果总替别人着想,就没有余力为自己考虑了。"

"最近他们承受的打击够多了,我不能再雪上加霜。"

"傻瓜,孩子没了还可以再要。关键是你,你得好好的。"

"放心吧姐,我挺好的。"何苗一蹙眉,眼眶里泛起一阵潮气,"姐,我说句心里话你可别生气啊,其实我觉得我比你和小念都幸福。虽然家庭条件不好,但我至少生长在一个完整的家庭里。而你们却在残缺和破碎的环境中长大。所以,你应该理解他。你应该明白他对完整家庭的渴望,你应该能懂,我没有权利让他承受残缺。"

"苗苗,谁说没有孩子的家就不完整?"

"对他们母子来说,没有孩子的家,就是残缺的、破碎的。对我来说,也一样。"轻推严晴后腰,示意她给刘念打电话,何苗泪眼婆娑地像是对严晴阐述，又像是自言自语，"要不了孩子是我的问题，不是他的错，不能让他们跟我一起承担。"

严晴在医院陪护三晚，将何苗送回家后，天衣无缝地骗过了刘念和杨翠玲。回到唐小恬的房子，马乐雀跃地迎了上来，兴高采烈地抱起她一通狂吻，不由分说地抛到床上，灵活的双手随即探向她的衣襟。

"别，"严晴拉紧衣领，翻身坐起，有气无力地说，"亲爱的，我真的好累。"

"咱们三天三夜没见了，你不想我吗？"终归是血气方刚的年纪，马乐吃了颗"酸枣"却不放弃。

"亲爱的，我今天真的没心情。"

"你不爱我了。"马乐气鼓鼓地跳下床，脸贴在她的面前，带着探询的目光鱼钩似的勾住严晴，噘起腮帮问，"你说在医院是骗我的吧？是不是背着我偷偷跟人约会去了？"

严晴心里嘟哝一句"神经病"，懒得理睬，翻出睡衣径直走向洗手间。

"你心虚了！"马乐一个箭步跨到她身前，伸展双臂拦住严晴的去路，眼睛眯成两条黑线，侦探似的在她脸上寻找蛛丝马迹，"你不敢看我，也不敢回答我的问题，你肯定是心虚了！真想不到你是这种人，吃着碗里的还看着锅里的！"

"够了！"严晴大喝一声，马乐吓得肩膀一抽，瞠目结舌地怔在原地。

"公司医院两头跑就够累的了，哪有工夫偷人？"

猛然间被严晴吼一嗓子愣了片刻，回过神来仔细一琢磨，马乐越发觉得她的恶人先告状里大有文章。

"你累？我想帮你分担你说不用。我要去帮忙你不同意。你没做对不起我的事，为什么怕让我去医院？一年前在你们公司年会上拍了你的照片，当天就给我爸妈看了。咱们都处了一年了，到现在你都不敢让你家人见我，你安的什么心？别以为我不知道，你就是觉得我配不上你，嫌我给你丢人。"

"有意思吗？"严晴一抬眼，愤愤不平地瞪着马乐，"总这样无理取闹，你觉得有意思吗？"

一年来，严晴和马乐一直在同一座迷宫里转圈。无论怎样的起因，无论过程如何，最后的争吵总是绕回原点，那就是一个小男生的自卑无法承接差异较大的姐弟恋。他们不停地争吵，不断地修好，来来回回地纠结看似无关紧要的小事，最终却发现，所有争端，都源于他的不自信与敏感。疯狂带来狂喜的同时，也伴随着伤害。争吵不休和猜忌冷战，对这段关系的损伤，已远远超出两个人所能负荷的重量，也抵消了爱情开始时的愉悦。

情侣之间，最痛的不是不爱了。而是我爱你，却不知如何继续爱你。

我想和你牵着手，一直走到天荒地老。抬头却发现，四下皆是悬崖峭壁，我们根本无路无走。

"作吧。你快要作到尽头了。"严晴扔下这一句，甩开马乐，冲进洗手间，重重摔上门。

入夜，两个人各自平复好情绪，马乐一把搂过严晴，连体婴似的交抱在一起，坐在床中央，被上好佳的各种零食环绕着，用笔记本看电影，一如往常。无端地，他咬着她耳垂，喃喃低语："宝贝，我跟你说个秘密，但你必须答应你会原谅我。"

"好。我原谅你。"

"你洗澡的时候,我看了你的手机。"从枕头下摸出严晴的手机,翻到贝红卫发来的那条短信,马乐眉宇舒展,释然地问,"他再婚了,你怎么不告诉我?"

"别人的事,没什么好说的。"自医院一别,严晴与贝红卫就彻底断了联系。就在几天前,贝红卫给她汇了五万块钱,附言简洁地备注为"还款"。银行信息随后,贝红卫补了一条短信,称自己遇到了一个女孩:"过去一切都是我对不起你。感谢你对我的包容,如果不是因为你,我也许不会觉醒和改变。我现在有份稳定的工作,贷款买了房准备结婚了。无论如何,谢谢你。祝你幸福。"

严晴没有作出任何回应,只暗地猜想,贝红卫毕竟也是个有血有肉的人,自己曾经的好他大抵心中有数。这颗被现实鞭打成长的种子,终于长成了一株自给自足的果树。他在收获的季节,不忘感念她曾给的帮助,这就够了。金钱并不能弥补他对她和父亲造成的伤害,却能偿还他的良心债。因此,严晴不动声色地将这笔钱存成定期,并不打算动用一分一毫,连同这条迟到太久的短信,一同在心里立了座碑。她的青春,她的爱情,她的婚姻,她的梦,从此一并埋葬。

"你前夫结婚是好事,你应该告诉我的。"摆弄着严晴的手机,马乐沾沾自喜地说,"现在我总算放心了,他不再纠缠你,你就彻底属于我一个人了。"

他终究不懂她的心。望着那个因消灭了假想敌而窃喜的小男生,严晴满心荒凉,仰脖睁大眼角,努力不让泪水掉下来。

前任幸福了,值得庆贺吗?世间最可悲的女人,莫过于里程碑式的女人。每一次倾其所有去爱一个人,结果都是替他人做嫁衣。她教会一个男人如何去爱,自己却消失于人海。然后他穿着她买的衣裤，喷着她送的香水，说着她从前渴望听见的情话，和另一个女人相亲相爱。她让他终生难忘，他却陪着别人一起牙齿掉光。

"下辈子我要做一个男人，然后娶一个我这样的女人。"持久的静默后，严晴凝噎着，没来由地说了这样一句。

"不，下辈子你还是做女人。就做你自己。"马乐不懂她的哀愁，只任凭自己滚烫的唇，游走于她耳根颈间，呵气如兰地说，"下辈子，你别走得太快。你慢一点长大，等等我。让我做第一个娶你的人。"

严晴心头怦然，阖上眼睛反过脸去，回应他炽热的吻。

温润的泪水，断了线似的滑落两颊。

第十二章　确定是美丽的，变幻无常更美丽

"我在医院。切了两个小瘤子，还要再住两天。"唐小恬轻描淡写的语气，轻松得如同只是上医院取了两颗无关痛痒的痣，那边厢，夏晓光却炸开了锅。

"手术这么大的事都不通知我，唐小恬，你到底当不当我是你男人！"

"又不是计划表里的事。公司组织体检嘛，顺手就切掉了呗。"每年秋天，公司都会组织全体员工体检。唐小恬做胸透时被查出乳房两侧各有一粒乳腺纤维瘤。医生说瘤子是良性的，可切可不切，但考虑到她将来要哺乳，医生建议切除以免喂奶时诱发乳腺炎。

"如果切除，什么时候可以进行手术？"唐小恬淡然得如同一个看客，单刀直入地问医生。了解到麦默通微创手术可以在一小时内解决掉纤维瘤，唐小恬当机立断，洒脱地宣布，"那就今天做吧。

正好我没吃早餐。"

狮子座的唐小恬，独立且果敢，自双亲意外离世后，她便彻底失去了牵绊，从此与这世界若即若离。诚然，唐小恬热爱生活，珍视生命，但在她自如奔放的处世哲学背后，是对命运的敬畏与顺服。谁也不知道下一秒钟会发生什么，视若珍宝的生命，极可能转瞬即逝。正是明白命运的不可预测，唐小恬才警醒地与这世界保留距离。她害怕牵挂于人，也害怕被人牵挂。两颗心若不相牵相绊，便可不相负不相误，一旦失去，也不必承受剜心割肉的痛苦。对生命的敬畏以及对命运无常的体察，使唐小恬活得随心所欲，自在如风。仅仅是路过一家文身店，唐小恬一时兴起，便在手腕上纹了一朵向日葵。仅仅因为路遇一间耳饰店，唐小恬便在一边耳骨上打了三个耳洞，只为同时戴上她一见钟情的三枚耳钉。同样，因为医生说微创手术耗时短恢复快对生活不产生影响，唐小恬便爽快地躺上了手术床。

大多数男人讨厌女人过分依赖，却又害怕自己不被依赖。相恋两年，夏晓光始终无法理解唐小恬的恣意与任性。

"唐小恬，你真拿我当司机和保镖吗？你自己想干吗就干吗，从来不跟我商量，知不知道你这样做相当不尊重我！"夏晓光放下电话，以百米冲刺的速度奔向车库，几乎一口气冲上五楼住院部，疾言厉色地教训。

"不就是个微创手术吗。"大庭广众下，唐小恬穿着白底蓝条的病号服，粉拳轻擂夏晓光胸膛，嬉皮笑脸地打趣，"你吃错药了还是忘吃药了？"

"唐小恬，我很认真，拜托你严肃一点。"

"好吧。"收回拳头，端坐起身，捋平病号服，唐小恬一本正经地看着男友，"我很认真地告诉你，身体发肤受之父母，父母不在了，它就全权归我管辖。我做手术给它治病是对它负责，我不认为我做错了。"

"你爸妈不在了，不是还有我吗？你这样我行我素，把我放哪儿了？"

"你不是完好地在公司吗？当然，有时候，我也会把你安放在家。"见夏晓光横眉怒目火气冲天的模样，唐小恬佯装正经地调侃，五官渐渐绷不住了，绽露出狡黠的笑容。

"唐小恬，我是一个男人！"愤然拽开领带，松开领口，夏晓光勃然大怒地吼了一句。唐小恬并未因此而收敛笑容，如同一头野性难驯的狮子，"猎物"的蹦跶着进攻，反倒激发了她的征服欲望。喜笑颜开地扬起眉毛打量夏晓光，唐小恬俏皮地回击："我当然知道你是男人。"

"唐小恬！"三十二岁的夏晓光，无论出国游学抑或与客户谈判时，从未失过水准与方寸。不管应对什么样的人，他总能不怒而威地收服对方。偏偏，眼前这个不按常理出牌的女人，常常令他束手无策，情绪大起大落。爱令智昏。人一旦动了心，天才也会在爱人面前变成脑残，任你心如钢铁，在看见她的一瞬间，也碾作护花的春泥。

"嫁给我吧。"出乎唐小恬的意料，也超出自己可理解的范围，夏晓光脑中一道闪电，抓过台子上不知谁送来的花束，"扑通"一声，单膝跪下，诚意拳拳地恳求，"唐小恬，做我老婆吧。"

唐小恬原本嬉笑着，被夏晓光突如其来的一跪，惊得笑容僵在了脸上。再听见他毫无头绪的求婚宣言，唐小恬彻底笑不出来了。

"起来。别闹。"从夏晓光手中夺过花束，花朵朝下地拍向他肩

每当变幻时

膀，唐小恬蹙眉催促，"这里是医院，不是马戏团，快起来，别让大家看笑话。"

纵使求婚是一时冲动之举，但就在脱口而出的那一刹那，夏晓光的确是诚心实意想娶唐小恬为妻。令他错愕的是，自己端着一颗真心虔诚地捧到她面前，朝圣般庄严的行为，却被她当成马戏团小丑的闹剧。登时，夏晓光也来了脾气，拍去肩头的花瓣，骄傲地横眉说："唐小恬，我是一个男人。一个有责任心有担当也有能力的男人。我需要的不仅是我需要的女人，而且是一个需要我的女人。两年了，我一直宽纵你的放肆，放任你无视我的存在。那是因为我爱你，我需要你。但我不确定你是否爱我，也感觉不到你需要我。所以你最好想清楚，给我一个答案。如果你像我爱你一样爱我，像我需要你一样需要我，那就嫁给我。要么结婚，要么分手。你选吧。"

影视作品或现实生活中，或浪漫或煽情或温婉或另类的求婚桥段比比皆是，但这么别出心裁的求婚场面，唐小恬还头一次碰见。长而密的睫毛，夹子似的上下开合，唐小恬聚精会神地盯着夏晓光，半晌，推出大拇指，声脆如铃："霸气！"

这就是唐小恬。有人说女人如书，精彩或平淡，深刻或简单，引人入胜或食不甘味。但唐小恬不在其中。她是一本谜语，难以捉摸，难以捕捉，难以看透，却又令人情不自禁想捕捉，想看透，想破解谜题。

"别闹。我求婚呢。"被她一打岔，夏晓光的怒气就泄了一半，蹙眉喷笑，"知道吗，唐小恬，你就是朵浮云！忽高忽低忽明忽暗，看得见却摸不着，看着很近却离我很远。谁让我是个守法公民呢，想把你留住，我只能拿起法律的武器。"

"干吗?"

"捍卫我作为一个男人,一个丈夫的权利呀!"右膝跪疼了,夏晓光站起身,弯腰揉了揉,换上左膝,"扑通"一声再次跪下,"如果我们结了婚,我就是你丈夫,受婚姻法保护,我将享有和你同居一室,了解你的行踪,以及参与你大小决定的权利。"

"切。"说了那么多,真正触动唐小恬的恰恰是那句"我需要的不仅是我需要的女人,而且是一个需要我的女人"。一个人孤单地在世上独行太远,强撑太久,唐小恬以为自己不再需要谁也不被谁需要。夏晓光绕口令似的剖白,却让那个连唐小恬自己都忽略的渴望爱护和牵挂的内在小孩,从长满茧子的心里,破土而出。那个童年因变故而不得不一夜长大的小女孩,此刻正在她心里呐喊,"我也爱你!我也需要爱!我也需要你!我也需要你爱我!我也需要你需要我!"然而,太过坚强,或坚强太久,如同一道诅咒,附在唐小恬身上,使她在内心融化成涓涓细流时,表面上仍是一脸玩世不恭,"就算结了婚,我不跟你睡,不告诉你我在哪儿,不征求你意见,警察还能枪毙我啊?"

"你同意了!"夏晓光"噌"地跳起,一把抱住唐小恬,啄木鸟似的喜出望外地在她的眉眼间,脸上,一通狂吻。

"疼!疼!"唐小恬边叫唤边躲避,夹紧双臂反手护在胸前,巧笑嫣然,"不害臊。谁同意了?"

"你说结了婚也不跟我睡不告诉我你在哪不征求我意见啊,不是同意结婚是什么?"斜眼坏笑着从钱包里摸出十块钱,卷成捆再曲成环,不由分说地套进唐小恬的无名指,夏晓光扬扬得意地说,"唐小恬,从现在起,你就是我的人了,你是夏太太。"

"你好歹弄张粉的。"挣扎着退出纸戒指,伸到夏晓光面前,唐

每当变幻时

小恬笑弯了腰,"真是个纯种屌丝。求婚求得寒碜也就算了,婚戒还这么省。"

"你知道什么呀?"说话间,夏晓光再次为唐小恬戴上纸戒指,目光炯炯地说,"结婚证是九块钱。我出十块,买你一生。剩下一块是定金,来生你还得嫁给我。"

"妖孽!"唐小恬轻啐,眼中泪光闪闪,张开双臂,柔声说,"快到碗里来。"

这一次,夏晓光格外留神,避开唐小恬的伤口,小心翼翼地轻轻环抱住她,泪花滚滚地在她耳边低吟浅唱:"如果明天的路你不知该往哪儿走,就留在我身边做我老婆好不好?我不够宽阔的臂膀也会是你的温暖怀抱。如果你疲倦了外面的风风雨雨,就留在我身边做我老婆好不好?我一定会承受你偶尔的小脾气,或许我还能给你一点意外,一份欢笑,一个简单安心的小窝,陪你日出,陪你日落,到老……"

何苗再度流产一事,严晴与何苗如约三缄其口。其间严晴几次劝慰何苗:"过日子本来就不轻松,一家人如果不相互体谅彼此分担,小事各自看着办,大事还玩捉迷藏,岂不是太累了?"

"我了解刘念,我想我也比较了解他妈。"何苗搓着袖管低语,"我相信他们宁愿不知情。他们宁愿不知道我们曾经有过一个孩子又再次失去了他。"停顿了好一会儿,何苗仰鼻,出神地望着严晴,强颜欢笑道,"姐,你觉不觉得,断人念想是一场不见血却要命的谋杀?他们越渴望要个孩子就越不能承受失望。对他们来说,比起一次又一次的失望,绝望反而是一种慈悲。就像杀鸡宰牛,一刀致命远不如刀刀割痛苦。"

"善良的小傻瓜，"严晴不忍直视那双清澈的眼睛，爱莫能助地摇头叹气问，"纸包不住火，他们早晚会知道实情，那时候你怎么办呢？"

"走一步算一步吧。"勾勾嘴角苦笑，何苗声轻如蚁道，"最近一年家里发生那么多事，我越来越相信自己只是命运棋盘上的一颗棋子了。我相信命运早已经替我做了选择，我只需要耐心地等待，平静地接受。"

"你也别太灰心，医生说了，你的情况虽然比较难受孕，但也不是完全不可能。"

"医生也说了，就算再怀孕，还是很有可能习惯性滑胎。"

"苗苗……"

"姐，我没事。不用安慰我。"

就这样，何苗的第二个孩子，路人一般，无声无息地到来，无影无踪地离去，仿佛从不存在。

虽然有了社保，父亲还是舍不得花费哪怕10%的医疗费用，因此病情总有反复。电话里，何苗好言相劝，父亲答应得爽快，违约也爽快。何苗悬着的一颗心，直到最近，才因做了决定而踏实下来。

收拾好行囊，买好高铁票，何苗这才向杨家母子提出自己要返乡探望父亲。自严寻礼病倒后，杨翠玲对生命有了新的认识。依照契约，严寻礼出院后，陆梅从日工转成小时工，不再需要全天陪护。然而，陆梅还是每天早早地赶到严家，古道热肠地表示："我反正一个人，待在家里也没什么事，不如早点过来帮忙。"杨翠玲刚表示自己可以照顾丈夫，让陆梅到点再来做康健，严寻礼却在房间里急得嗷嗷叫唤，手足并用地提出抗议。如同病患对主治医生的依赖，又如初生婴儿对母亲胸怀的依赖。弱小者总是能够在繁杂的环境中，一眼认出最强悍的人，并偏执地投靠于最强者的保护。此刻的严寻礼，是个思考能力退化的病人，是个极度缺乏安全感的弱者，谁也不能扭转他对陆梅的信任与依赖。无奈，杨翠玲只能眼睁睁看着陆梅推着眉开眼笑的丈夫出门，和他在鸟语花香的小径上晒太阳，陪他看老头老太太们跳广场舞，搀他在康健道上缓步走，与他一同旁观活色生香的每一天。望着他们渐行渐远的背影，杨翠玲神色恍惚地问自己："算了一辈子，争了一辈子，要强一辈子，有什么用？到头来还不是孤零零一个人，连个说话的人都没有了。"

刘念的父亲不在了。严寻礼人还在，却逐渐剥离出她的生命。

眼看着奔六十的杨翠玲，一生结过两次婚，为自己找了两个伴，临老才惊觉自己的孤单，并因此心生恐慌。所以，当何苗提出返乡请求，杨翠玲慨然应允，一反常态地表现出宽容和理解："既然回去了，就多待一段时间。好好陪陪你爸妈。这人呐，什么都是虚的，身体才是一切。人在一切都在，人要没了，什么都没了。"

杨翠玲破天荒地支持何苗回家探亲，倒是刘念对此显得漠不关心。只平淡地问了一句何时动身，便不再过问何苗家中的情况，也不关心妻子的归期。潜意识里，刘念对岳父岳母颇有微词。私下里总琢磨，要不是何苗把钱全给他们买社保了，那时候就不用么辛苦开店挣钱，母亲也不必去超市捡菜叶，何苗也不会摔那一跤，孩子也许就不会被迫引产。纵使所有化验结果都表明，胚胎早在何苗跌倒前就发育不良，刘念仍固执地认定，胚胎发育不良与何苗休息不足有关，停止发育与何苗摔跤有关，而整个悲剧的导火索就是该死的钱！大脑是个爱学习同时不守纪律的怪学生，一方面吸收着科学证据，另一方面却固执己见地坚持着自己认定的误判。如果何苗的父母不出尔反尔，不接受给出的嫁妆挪为己用，不提前花掉外孙的房款，他们现在可能已经住进新房，怀里抱着新生儿，过着其乐融融的生活。

何苗父亲的健康，不仅改变了他们的过去，也影响着他们的现在。自打知道父亲昏厥过几回后，何苗言谈间便透露出去意。"我认真考虑过了，把他们接过来不现实。我爸现在的状况，动不动就要挂急诊，他的医保卡深圳又用不了，花现金看病咱们也负担不起。我们三年五载的肯定买不起房子，他们来还得租套房，房租那么贵，我就是24小时不吃不睡，淘宝店挣的蝇头小利也只够维持我们一家生活的。同样的收入，如果回浙江县城，应付一家人的衣食住行绰绰有余，每月还能攒下三两千。"

"所以呢？"刘念横眉立目，心中分明有了答案，却忍不住追问，"你有什么打算？"

"我先回去陪我爸把病看好，"避开刘念探询的目光，何苗轻语，"再做下一步打算吧。"

两个人之间，若是无法谈及下一步，也就到了止步的时刻。婚姻生活一次又一次地考验着他们，他们一次又一次地败下阵来。那些无法言说与无能为力，在两个人心上重重地刻下刀痕。看得见的外伤，虽然刺目，但也容易治愈。相反，心里的伤时常被忽视，却最容易摧毁一切。刘念心头的伤口，就如同决堤的河坝，风和日丽时相安无事，一旦受到风袭雨侵，便以摧枯拉朽之势，冲垮一切。比如此刻，伦理观和大脑意识都在提醒刘念要表现出对老丈人的病情的关怀，以及对妻子的挽留，但是他的心，却阻挠着他，驱使他沉默地将何苗送到高铁站，神色漠然地嘱咐一句："路上小心，到了给我电话。"

"嗯。你也照顾好自己。"脉脉温情地望着丈夫,何苗平和地说,"我走了,你回去吧。"

回顾近三年的婚姻,何苗依旧是那个独来独往的农村女孩,在这座五光十色的大都市里无所归依。如果说她有所收获,那便是比房子、票子和孩子更珍贵的领悟,即如果对方使你受伤,是因为你赋予他伤害你的权利;如果对方令你失望,也不过是因为你对他过分期望。

因此,对于刘念的不闻不问,何苗已然看淡,平静地接受他漠然的姿态,如同接受自己不能孕育孩子的残酷。

如同一只受重伤患重病的小象自发回到象冢等死一般,意识到这段名存实亡的婚姻时日无多时,何苗选择远离群体,独自疗伤。

倘若分离在所难免,安静道别也许是最好的告别。

隔着厚厚的玻璃窗,刘念与何苗凝神对视,默然挥手时,彼此心里都明白,就此离去,再会难有期。今日一别,从此夫妻是路人了。

南国的深秋,一件单衣足以驱寒。千里之外的长春,却已是千里冰封,万里雪飘。

马乐的母亲每天早晨五点起床,为丈夫着衣洗漱,备好早餐好,自己才匆匆梳洗,扒两口早饭,踩着灰黑的积雪往单位赶。心疼妻子太过操劳,这天早上,趁妻子在浴室洗漱的空当,马乐的父亲迈开腿,绕着罗圈步,吃力地走到厨房,踮起脚尖试图打开橱柜取出挂面,却不想还没够着柜门,脚底一滑,头重重磕在墙根上,

第十二章 确定是美丽的,变幻无常更美丽

随即跌倒在地，不省人事。

听见动静，马乐的母亲循声奔来，一面拨打急救电话，一面弯身试图抱起丈夫。结果人没抱动，自己又扯伤了腰部旧患，两个人一同被送进急诊室。接到电话，马乐哑然失声，惊呆地握住手机，脸色煞白如纸。严晴从他手中抽出电话，三言两语间弄明白事情始末，谢过来电话的邻居，当机立断地订下次日8点最早一班直航机票。

订好票，严晴刚探出手，马乐一偏头，闪过她的抚慰，嘴角抽搐，强装镇定说："没事。我扛得住。"嘴上这样说，马乐的身体却如春天的柳条似的筛动着，严晴去握他的手，宛如握着两块寒冰。几分钟前，马乐还聚精会神地看着《爱情公寓4》，不时开怀大笑，前仰后合。这一刻，电视里的曾小贤仍在卖萌耍宝，马乐却呆若木鸡，从头发到汗毛，都惊魂未定地倒立着。见状，严晴再次拨通订票电话，追加一张机票，拦腰抱紧马乐，言轻意决地说，"别怕，我在。我不会再让你独自面对这种事了。"

收拾行李时，严晴看了一眼独立存放五万定期的银行卡，稍加迟疑，旋即毫不犹豫地装进包里。她的婚姻已经死了，而身边的这个男人还鲜活着。在这座繁华都市里，她是他仅有的全部，是他唯一的支撑，也是他所有的希望。半个人，拼凑在一起，才形成"伴"。半个自己都舍出去交付对方了，若是在钱上计较，便平白辜负了曾经的付出。

登机前，马乐和母亲取得联系，得知父亲磕碰不严重，母亲也只是轻微拉伤，脸上这才活了过来，挤眉弄眼地调戏严晴："我妈说了，家里亲戚朋友都等着见你呢。我让他们先拿个号，排好队，按顺序接见。"

"见我干什么？"看他不怀好意的笑容，严晴心头一颤。

"我可不像你，"马乐撇嘴，抓紧机会"修理"严晴，"我光明正大地处对象，一不偷二不抢三不违法的，我不怕家里人知道。"

"谁说我怕了？"严晴心虚地眨巴眼睛辩解，"这不是没碰上合适的机会么。"

"也行！我是男人，先见我爸妈，我再跟你回家见你的。"马乐虽敏感，但到底单纯不谙世情，美滋滋地牵着严晴走向登机口，意味深长地说了句，"我那天做了个测试，说最适合我的结婚年龄是二十四岁。上个月你刚给我过完二十四岁生日。"

严晴分明听懂了他的弦外之音，却佯装失聪，别过脸去，指着通道外围湛蓝的天空说："看，万里无云。今天很适合飞翔。"

下了飞机，马乐搂着严晴钻进雪铁龙，大方地向前来接机的哥们儿介绍："我媳妇，严晴。"

副驾座坐着司机的未婚妻，1991年的小女生唇红齿白，只是青春代言人"青春痘君"密布在额间，扭头打量严晴，艳羡地说："早就见过照片，这回算是看见3D版真人了。姐，你皮肤真好。"

一声清脆贯耳的"姐"，叫得严晴一愣神，尴尬地笑笑，一时间竟不知如何回应小妹妹。下意识地钻出马乐的臂膀，严晴挪开身体，与他保持半臂宽的距离。

十一月下旬的长春，室外温度低至零下八摄氏度，漫天飞雪将整座城市装扮成银装素裹的清丽姑娘。成长于沿海城市的严晴头一次看见3D版真实雪景，却没有想象中亢奋，内心和车窗外的景观一样，白茫茫一片。不曾克服的心理障碍，因旁人无心的一句称呼，被无限放大。90后小女生随口一句话，轻易打破了他们小心呵护一年多的平衡关系。

一声贴切的称呼，拉开了严晴与马乐，甚至是车上除她以外所有人的距离。

在她的故乡，被了解她为人的家人朋友围裹着，严晴尚没有勇气公开爱情，在遍布马乐的社会关系的陌生城市里，她如何敢造次？关起门来，爱到山崩地裂也是两个人的私事，放到社会显微镜下，严晴如何让公众信服，她不是外貌控也不贪图"小鲜肉"，而她如何说服大众，他没有恋姐癖也没占她便宜？

有时候，越是纯粹的爱情，在不纯粹的扫视下，往往显得别有用心。

"你啥意思啊？"敏感地觉察出她的异样，马乐抬起屁股紧贴严晴而坐，在她眉心间狠狠啄上一口，横腰将她揽进怀里，义正词严地说，"你是我媳妇，我不许你离开我半步。一会儿去医院，你得跟着我，一秒都不准离开。听见没？"

双唇翕动试图争辩，瞟见倒后镜里猎奇的目光，严晴舔舔嘴唇，生生咽下了心里的疑虑。

到了武警医院，马乐遣开朋友，一丝不苟地瞅着严晴，问了一句："咋的？有啥想法赶紧说，一会儿见到我爸妈就没工夫说了。"

"要不，我就不上去了吧。"掏出钱包里所有现金塞进马乐手里，回避着他的审视，严晴低眉看着鼻尖嗫嚅道，"昨天来不及取钱了。这一趟用钱的地方还多着呢，我得去找银行。"

"我不要你的钱。"

"这种时候就别计较了，你问别人借也是借，问我借也是借。"

"你是我什么人啊？凭什么借钱给我？"

被马乐一考问，严晴心中咯噔一怔，狐疑地抬起眼皮望向他："你说呢？"

"我在问你呢。我是谁?"

"马乐啊。"

"马乐是谁?"

"你啊。"

"正经点!没工夫陪你绕圈子。"马乐一跺足,怒目而视,"说,我是你的谁。"

"男朋友。"慌乱地四下张望着,严晴声如蚊蝇,羞涩地轻吐出三个字。

"嘿嘿,承认就好。"话音未毕,马乐一把握住严晴手腕,扬扬自得道,"丑媳妇终须见家翁。走,跟我上楼。"

"我丑吗?"

"不丑。所以更要早点见公婆。"

"喂。"

"干吗?"

"我怎么称呼你爸妈啊?"有人说,真正的爱是莫名其妙的心疼和毫无底线的包容。严晴的一时冲动,真正印证了她对马乐的爱。因为心疼,她不假思索地买了机票追随他而来。因为包容,她和他携手并肩站在医院石阶上。因为爱,她诚惶诚恐地试探,"毕竟他们只大我十几岁,我真的不好意思喊他们叔叔阿姨。"

"那我下回见到你爸,是不是得叫他爷爷?"马乐反目,腮帮因槽牙咬紧而突出着,甩开严晴的手,气鼓鼓地瞪着她,"你到底是要做我媳妇,还是我爸妈的妹妹?你最好想清楚再进去!"

两个人别扭着,一路无话,先后走进了病房。远远看见他们,马乐的母亲向病房门口挥手,热情地招呼:"小晴啊,快过来,我刚才还跟你叔念叨你呢。北方屋里干燥,怕你受不了,我寻思得上哪儿给你弄个加湿器去。"

"小晴啊,谢谢你啊。"不等严晴反应过来,马乐母亲已亲切地握住她的手,将她拉到身边,坐在床沿上,慈眉善目地端详她,眼中泪花闪闪,"这孩子,真的辛苦你了。马乐见天给我打电话说你好,说你对他好,说你为他学做东北菜,说你教他学英语,说你经常给他按摩,说你瞒着他送了他一台笔记本,说你舍不得给自己买衣服总给他买……真的,姨特别感谢你。家里啥情况你也知道,你也不嫌弃咱,你是个好姑娘。他一个人在外边儿我这心里像起重机似的,成天吊着,但你叔那种情况姨只能先顾这头。多亏有你,他安稳了我们心里也踏实了"。

马乐母亲嘴上念叨着,手上也没闲着,说话间已脱下戴了多年的翡翠手镯,小心翼翼地捧到严晴面前,慈爱地说:"家里也没啥值钱玩意儿,这镯子是他姥姥那辈传下来的,就当姨给你的见面礼了。"

"姨,这可不行。"因了马乐母亲的善待与看重,严晴顺利进入角色,毫无违和感地脱口而出,"太贵重了。姨,这镯子我不能要。"

"赶紧拿着,试试大小合适不。"马乐母亲不由分说地拿起翡翠镯子就往严晴手上套,一面喜上眉梢地念叨,"那孩子也是没经验,一下飞机就说要结婚。我们这还来不及准备呢,你先戴着镯子,回头我跟你叔出院了,我再领你去挑金子。"

马乐父亲这会儿也做完常规检查回来了,执意不回病床,支使儿子搬来凳子坐在病床边,喜不自胜地冲着严晴微笑,口中混淆不清地说着:"齁哈八,齁哈八。"

"我爸让你收下。"马乐在一旁提醒,窃喜的神色好比一只巧捕螳螂的黄雀。

"我知道。"严寻礼中风十月有余，严晴已能准确无误地听懂父亲的"火星语"。马乐父亲也是因脑神经损伤而口齿不清，但对身经百战的严晴来说，单是从老人眼笑眉飞的神情中，已能揣测出他的心意。

相反，真正让严晴看不透的，是马乐的意图。但是，在病房里，在满面倦容却笑得炽热的热情里，严晴不忍心忤逆两位老人，只能顺势收下手镯，温恭地配合着马乐。她像是高峰期坐地铁的乘客，因排错了队伍，被身后拥挤的人群簇拥推挤着登上了反方向的列车。

出了医院，严晴变色龙似的瞬间拉下脸来，挺胸收腹，笔挺地站到马乐面前，目不转睛地逼视着他，嗔怒问："你要结婚经过我同意了吗？我没同意，你怎么能先通报家长呢？"

"你同意了。"斜勾着唇角，马乐一脸稚气的黠笑，调皮地耍着无赖，"我跟我铁子介绍你是我媳妇儿你没反对吧？我说回深圳去见你爸你也没说不吧？我妈刚才给你传家宝说回头领你挑金子你也没拦着对吧？全是你自己默认的，我没冤枉你吧？"

看着那张稚气未脱的脸一副大义凛然的郑重，严晴不禁哑然失笑，一时语塞。沉吟良久，哀伤地说："你没听见那谁喊我姐吗？"

"喊你姐怎么啦？"马乐打了个冷鼻，不屑地翻翻眼皮，"她男人是我兄弟，按说她该叫你一声嫂子。现在叫姐也行，等咱俩结婚了，她必须改口喊嫂子。"

"傻瓜。我是说，人家觉得我比你大。"

"那又怎样？只要你自己不认老，没人会觉得你老。"

"谁说我认老？"

第十二章　确定是美丽的，变幻无常更美丽

"不认老你犯贱?"就像是打游戏找到了敌人藏身之所,马乐端起武器开足马力,挑眉激将道,"年轻人向来敢作敢当,敢爱敢恨。我爱你,我就敢让全世界知道。我想和你在一起,我就敢跟你结婚。你敢吗?"

马乐梗着脖子,提着眼角,挑衅严晴,他身上那股义无反顾的劲头,十足当年的她。冲动是魔鬼,但冲动也是年轻的证书。若少了这份敢爱敢当的冲动,兴许就不再是爱情了。

"不就是结婚吗,谁怕谁呀!"严晴果然中了计,气势如虹地昂头宣布,"结就结。谁反悔谁是孙子!"

英国小说家艾略特曾说过:"在理想与现实之间,在动机与行动之间,总是亘着一道阴影。"冲动结婚容易,过日子就是另一番景象了。严晴到底不复当年的果敢,上一段婚姻的惨痛教训,使她明白有些决定草率不得,即使深爱的两个人,并不意味着适合一起生活。

睡前,马乐搜寻完自己的行李箱,又"进攻"严晴的行囊,东翻西摸地不知在做什么。袖手旁观好半天,严晴费解地问:"你这是干吗?"

"我给你找衣服呢。"马乐兴致勃勃地将挑选的几套衣裳排列在床上,沉浸在搭配的乐趣中,笑容可掬地说,"结婚不得先拍结婚照?一辈子就一次,咱俩不得好好打扮一下啊?"

马乐对结婚的热忱与认真,远超出严晴的预料,看着他兴高采烈的亢奋模样,严晴心中抗议,开什么玩笑!微张着嘴唇,死活不忍心说出那个"不"字。

"喂，你真要跟我结婚？"

"废话！我爸妈都答应了，你觉得我跟你闹着玩？"

"为什么啊？"

"什么为什么？"马乐停下手里的活，扔下衣服，警惕地盯着严晴，灿烂的笑容像虹吸式咖啡机似的，渐渐被收干，惶惑地追问，"你不是反悔了吧？"

"我只是想确定一下，为什么是我？"

"因为你好，因为你值得。"全神贯注地凝视着严晴，马乐的眉眼渐次松弛下来，柔情似水地表示，"其他女人听说我家这情况，逃命一样地跑开。你不仅没逃跑，听说我爸妈又一起进医院，你还主动陪我回来。我知道我不可能再碰到一个像你这么好的女人了。我也不想再碰见别人了。"

女人都是软耳根动物，明知情话只是过耳清风，不足以滋养日子，却还是按捺不住内心的感动。马乐诚心实意的表白，瞬间让严晴泪盈于睫，姿态因而变得很低很低，柔声说："可是我比你大那么多，又离过婚，这样对你不公平。"

"不公平也没办法。"马乐摊手耸肩，笑若星辰，"你还没离婚那会儿，我也想过不爱你，可我做不到。也许我上辈子欠你的吧，这辈子我只能爱你，只想爱你。"

严晴还想争辩，却被马乐热烈的吻封堵住疑虑。蛇一样地缠在她身上，马乐滚烫的双唇在严晴耳边喁喁私语："媳妇儿，你知道为什么我俩在一起一年半，都从来不主动跟你合影吗？"

"嗯？"

"因为我最想跟你照的照片，就是一辈子只能照一张的那个。"

严晴至今清楚地记得，每当社会新闻报出某某明星离婚或某某出轨，马乐愤慨得如同自己是受害者一般，义愤填膺地痛斥："现在的人太不拿婚姻当回事了！既然要搞外遇要闹离婚，当初何必结婚呐？我要是结婚，绝对不离！"

对此，严晴深信不疑。都说家庭是最好的学校，父母是最好的榜样。马乐家里，从祖辈到父母叔婶，皆是从一而终的良好示范。尤其他的父母在经历生死考验后彼此的不离不弃，就是一本最好的教科书。父母的言传身教，使他对婚姻充满愿景与信仰。作为一个年轻的婚姻信徒，马乐怀着最虔诚的敬仰与最坚定的信念，要与严晴厮守终生。而这，偏偏是严晴犹豫不决的原因。

年终两人一直看《我是歌手》的网络直播，马乐突然要求严晴用自己的电脑观看。满心疑窦地上开机、上线，两人相向而坐，各自埋头于屏幕前。突然，直播视频的上端，出现一行即时滚动字幕，端端写着："严晴，我爱你。爱死你！"

面对这幼稚但热烈的告白，严晴盖下显示板，打趣道："爱死我是啥意思？非得等我驾鹤西游才爱我？"马乐笑而不语，俯首飞快地敲打键盘，不一会儿，直播视频上又滚动出一行字："爱死你的意思是就算世界末日了，我也爱你。死也要爱你。"

"那要是有一天我不爱你了呢？"严晴嬉笑着揶揄。马乐心中一沉，合上笔记本，正色端详严晴，片刻，煞有介事地说："那我也爱你。爱你是我自己的事。就算你不爱我了，就算你不在了，我还会继续爱你。我会爱你坚持到生命的最后。"

霎时，严晴涕泪齐飞，笑得开怀且绝望。

在马乐的年纪，严晴也爱得倾城倾国，不管不顾，她也一度相信一个吻的热能足以持续至永恒。遗憾的是，永远，是一种遥不可及的美好愿景。

啥吃啥，不用客气，咱不差钱！"

来的十几个人都是和马乐同龄的男生女生，不是干着临时杂工就是处于啃老阶段，尽管起哄K歌的是他们，但严晴原也打算自己刷卡埋单，但经马乐先斩后奏地一吆喝，心里多少添了些不受尊重的介怀。磊子挑了瓶黑方，又点了一盘烤串，理所当然地递给马乐，挤眉弄眼说："铁子，家里有款姐别忘了兄弟，以后多请我喝几回。"

严晴的双颊瞬间着火似的烧得通红，马乐却满不在乎地接茬说："那必须的。咱俩谁跟谁呀，我的就是你的！"

一句撑场面的话，彻底激恼了严晴。什么样的交情水乳交融到不分彼此，任由对方调戏自己的未婚妻，甚至愿意与对方分享自己的家财？

"什么叫'我的就是你的'？"众目睽睽下，严晴勃然大怒，目光凛凛地挑衅，"老婆也可以共享，那我干脆直接跟磊子结婚得了。"

马乐年轻好面，但因身世过早被迫辍学，无论文化、职业，还是家庭条件，都不足以为他争光。与严晴相爱，是他人生中最意外的精彩，就像个潦倒汉中了高额彩票，又像是成绩平平的学生在运动会上夺得锦旗一般，严晴就是马乐的彩票，是他的锦旗，他恨不能把她揣在怀里，挂在墙上。心气不高的女人喜欢将婚姻当成终生事业，而马乐也不自觉地将这段爱情当成自己经营得最成功最出彩的事业。马乐想通过宣扬幸福，证明自己不比别人差，却因表达不当，屡屡使严晴遭旁人误解。她为此大动肝火，他却毫不知情。

她是他最得意的作品，怎容他人碰触？十几双眼睛关注着，马乐顾不上严晴的感受，气势汹汹地回敬："给你个机会，再说一次，你要跟谁去登记?"

见气氛不对,十几个人一拥而上,将二人拉开,你一言我一语地劝解着。曾叫严晴姐的女生将她拉到角落,好言相劝:"姐,咱比他大,咱不跟他计较,你说对不?"

一听这话,严晴更觉委屈,红一阵白一阵地绷着脸,晶莹的泪花在眼眶中转动。好容易平复了这场风波,马乐和严晴各自憋着一股邪火,随着十几号人进了包间,不一会儿,马乐再次借题发挥地吵嚷起来。

这一次,他的撒火目标是包间服务生。

众口难调,十几个人不间断地按响服务铃,一会儿要色子,一会儿要加麦克风,一会儿要求开暖气,一会儿要求调温度。正值周末高峰期,服务生进进出出忙得不亦乐乎,这边刚端上茶水,那边又有人催促:"说了几遍了,烟灰缸呢!"服务生渐渐没了笑容,白板似的一张脸,忍耐地来来往往。就在服务生擦桌子不小心碰倒啤酒瓶的一刹那,马乐突然大发雷霆,指着对方鼻尖破口大骂:"苦着一张脸哭丧呢!爷还没发火,你倒不耐烦了。不会笑就别当服务生,你还想不想混了!"

在KTV混的服务生也不是善茬儿,扔下抹布抡起拳头就冲了上来,一屋子人又一窝蜂地拥了上去,嚷着拉架。严晴冷眼打量马乐因激动而扭曲的表情,越看越觉得陌生。忽然间,严晴明白自己过去误读了他的英雄救美。

还在深圳的时候,有一个深夜,两人去便利店买鱼蛋。招呼两声不见值班收银员动静,严晴便自己揭开锅盖。身后突然传来一声:"别动!烫得很!"严晴还没反应过来,马乐已指着她面前的两排卤煮小锅,咬牙切齿地昂头命令:"不让动是吧?那你来!全都

每当变幻时

给我打开!"收银员自知不是对手,低眉顺眼地逐一掀开锅盖,冷声问:"要什么?"

"什么都不要。就要你道歉!"马乐眼睛里像是通了电的电焊机,喷着火星子似的厉声说,"我的女人轮得着你吼吗?赶紧道歉!"

还有一次,电梯里有人吸烟,严晴看不过去,皱眉嘀咕:"电梯里还抽烟,太没公德心了。"对方猛吸一口,一脸痞气地啐:"八婆,我就吸,怎么着?"

"来,你再骂她一句试试。"马乐迈步上前,将严晴挡在自己身后,冷眼盯着对方,将骨节摁得嘎嘎直响,威严地挑衅道,"骂啊,再说句八婆我听听。"

两次护花事件,都以对方向严晴道歉成功收尾。那个时候,马乐在深圳举目无亲,却为护卫她的尊严挺身而出,严晴想当然地以为那是他爱自己的方式和证据。如今想来,马乐捍卫的,其实是他自己的尊严。在他的内心世界里,严晴并非作为一个独立个体存在,而是他的从属。所谓打狗须看主人脸,不看僧面看佛面。别人对她不敬,挑衅的是他的威严。男人的自尊心,大多和他的经济能力成反比。无论马乐身边的女子是谁,他都会为捍卫她所代表的他的尊严而战。

看清这一点,严晴不禁要嘲笑自己的耳聋目盲,她怎会错把一个男人的暴戾当成孤注一掷的爱呢?

真相就好比华服里穿洞抽丝的内衣裤,又像是酒店式大堂管理下的集体宿舍,是经不起揭穿的。一旦洞见,上好的珍馐也就变了味道。

K歌宿醉到次日晌午,两人商量去欧亚商都挑选对戒,出门前,马乐再三叮嘱,"我不懂首饰,到那你可别磨叽,别让人家看出来笑话我。"知道他爱面子,严晴爽快答允,但进了"金至尊",马乐看上一对白金对戒,严晴凑近他耳边轻悄地提醒:"白金会变色,买白金不如买黄金。而且要长期佩戴的东西,18K 金还是不如 24K 金。"

严晴声轻如蚊,耳尖的导购还是听出了一二,笑容可掬地说:"先生,小姐说得对,您要不看看这边的千足黄金?"

"看啥呀?我啥也不懂,有啥可看的?不买了!"像是突然爆胎的轮胎,马乐突然炸开了,掷下戒指,掉头就走,被扔在一边的严晴像吊在绳索上的腊肠似的,孤零零地晾在店里。逛金店,钱就是男人上好的妆容。为给足马乐面子,出门前,严晴将现金一股脑揣进他羽绒服口袋里。漫天冰雪,她身无分文,他却为了赌一口气,不管不顾地扔下她!严晴登时火冒三丈,抬脚追出商都,站在雪地里冲着背影大喊:"马乐,再敢往前走一步,咱们就分手!"

他果然收住脚,转过身,冷脸直视她,一字一顿地说:"你再说一遍。"

"再迈一步,就分手!"

足有三分钟,马乐一动不动,雪人一样僵硬地直立在及踝的雪地里。忽然之间,一个身影从严晴眼前,闪电似的一晃而过,她定睛一看,马乐已急速飘移到马路中央。眼见斑马线两端的人行绿灯预警地闪烁,交纵的车道上等候发动的车辆蓄势待发,严晴的心一下子挂到嗓子眼上,不要命地冲出街头,一头扎进马乐胸口,双手绕过他的腰,抱紧他使出吃奶的力气往人行道上拖。千钧一发之际,马乐抱起严晴跳进花圃,呼啸而过的车辆里探出的脑袋冲他们破口大骂:"不要命了!想死死远点!"

每当变幻时

"还分不分手啦?"脱险后,欣赏着严晴惊恐万状的紧张,马乐若无其事的脸上,带着孩子气的窃喜问。

严晴点头,继而连连摇头,双唇无法克制地颤抖着,泪水不由分说地涓涓而落。

拿生命当赌注的爱情,看似壮烈却甜到哀伤。站在马路中央的花圃中瑟瑟发抖,感受着来往风的车速,记忆的洪流在严晴不肯面对的脑海中,彻底释放。回想过去近两年时间里,自己越来越频繁地像今天一样,对自己深爱的人张牙舞爪的样子,严晴心里阵阵紧缩。良好的两性关系应该使彼此成为更好的人,而错误的恋情则会激发人性的假恶丑。

一次又一次的小口角,最后都毫无悬念地演变成你死我活的战斗。她仍深爱着眼前这个在她的心跌进寒窖时温暖过她的男生,她仍深爱着在她对爱情心如止水时令她死灰复燃的男生。但是,她不再喜欢他了。她不再喜欢他的疯狂、冲动、轻率与亡命,她不再喜欢两个人在一起无休止地争吵复和好的状态。

严晴仍深爱着马乐,但她爱不动了。她像是一个患上肌无力的击剑手,再也举不起那把带给她无数荣耀与欢悦的爱之剑。

12月17日,距离说好的结婚日期仅剩三天时间,严晴悄悄地订好一张返深的单人单程机票。背着马乐,严晴上银行取出那五万现金,连同他的传家翡翠手镯,用新买的正红色毛巾仔细包裹好,藏在电脑桌的抽屉深处。将抽屉拉到尽头,红色毛巾上金线绣着的"喜"字,赫然触目。矮胖开阔的喜字,像个不识愁的孩子开怀咧嘴的笑,端端地冲严晴傻乐。严晴心头一紧,赶忙推上抽屉,背过脸去,泣不成声。

行事小心,胆战心惊地平稳度过一天。是夜,严晴去洗手间的短短两分钟,深航发来贴心的登机提醒,被马乐逮了个正着。事情来得太突然太猛烈,就如同被割断动脉血管的伤患,体内的鲜血直往外涌,却因惊吓太猛而不懂得应对或呼救。

严晴回到房间,见马乐面如死灰,再看他手上攥着自己的手机,瞬间了如指掌。

生怕他再残害自己,尤其害怕马乐当着双亲自残,严晴亦步亦趋地靠近他,声音如同张学友的歌声一样一字一颤:"宝贝儿,你先听我解释。"

"为什么?"他像个生活在云端突然抛落到地面的天使,无邪且纯真地凝望着她,眼里全是难以置信的疑问,"我们马上就要结婚了,为什么要走?是你家里出问题了么?"

凭马乐的阅历与分析能力,看见登机短信时,他所能联想到的只是严晴的不告而别。他并不清楚背后的原因,也不相信,或者根本不曾设想过她会永远离开他。

"亲爱的,来,你先坐下,听我说。"严晴一手扶着马乐的肩膀,一手拉住他的手,面对面坐在床榻两端,深吸一口气,严晴提心吊胆地温婉道出,"我知道你为我改变了很多。我不习惯去澡堂,你专门给我买了浴霸;我不习惯吵闹,你尽量不带朋友回来;我喜欢看美剧,哪怕你听不懂也陪我看;我吃不惯东北菜,你点菜时总不忘提醒厨房少盐少油多放辣椒。你为我做的,我都看到了,感受到了,放在心里了。我知道你拼了命地对我好,也知道你为我放弃了所有你能放弃的,改正了所有你能改正的,付出了所有你能付出的。但是,你现在所能给我的生活,依然不是我想要的生活……"

"你还是觉得我不够好,配不上你,是吧?"

"不,你已经足够好了。是我不好。"双手紧攥住马乐寒凉的十指,严晴时刻警惕着,随时准备跳起拦下他,一面搜肠刮肚地想着能够让他意会的话语,"你很好,而且将来你会更好。现在的问题是我们有太多的不一样。就好比我是一棵树,我需要一个可以跟我并肩的大树为我遮风挡雨,可你还只是一株正在发芽的幼苗。这不是你的错。"

"那你还是嫌弃我。嫌我小,嫌我不成熟,嫌我挣钱少,嫌我工作没你好,嫌我养不起你,嫌我跟你没有共同话题……"

压在心底多时的悲愤像锅沸腾的水,马乐倒豆子一样喋喋不休地自黑着,鼻尖一红,两行热泪,哗哗而下。严晴对他以暴力自残解决问题司空见惯,突然面对一个泪水涟涟自我否定的无助小孩,顿时心疼不已,抱过他声泪俱下地说:"傻瓜,对不起,都是我不好。我不是嫌弃你,我从来没有嫌弃过你。我只是嫌弃我自己。我不喜欢现在的自己,不喜欢和你在一起时的自己,不喜欢被你同化的自己。"

扬起满是泪痕的脸,似懂非懂地看着严晴,马乐怔忡地问:"那你还会回来吗?"

严晴不语,低低地垂下了头。

"那如果我去深圳,还能找你吗?"

"……"

"决定了?"

"决定了。"

"你确定?"

"我确定。"

"你不想做我媳妇儿了?"

"你一定会遇到比我更好更适合的女孩。"

第十二章 确定是美丽的,变幻无常更美丽

"我不想再遇见别人了。"默默地下床，打开钱包，抽出精心收藏好的结婚证件照，当着严晴，马乐一寸一寸地撕毁照片，一寸一寸地撕扯着两个人的心。

"对不起。"严晴哽咽地说出这三个字，两人便再无话，只剩下泪眼相对的漫漫长夜。

就如同2007版的Word可以打开2000版的文档，反之，2000版Word却无法阅读2007版的文件。向来，当高度与步调不一的两个人在一起，高版本兼容低版本是唯一的相处之道。为达到沟通无碍，严晴不断学习马乐的语言，他的生活方式以及待人处世，努力适应和接纳他的价值观和世界观。如果爱情是一场修炼，在这段恋情里，严晴越发像马乐一样冲动、轻率甚至暴戾。她可以原谅他的年幼无知，却无法宽恕自己的倒退。

他们越接近，严晴越恐惧被同化。他们越相似，严晴越厌恶面目可憎的自己。

也许马乐现在无法体会她内心的挣扎，但严晴深信，假以时日，当他长成一棵参天大树，有一天他会明白她的。

离别在即，马乐始终不发一言。夜里，他与她背向而眠，严晴主动翻身靠近他，从背后紧紧将马乐抱住，他的身子微微一颤，随即像朽木一般枯萎在她怀里。北方的夜，因供暖而干燥烘热，深拥而眠的两个人却越睡越冷。

早晨马乐去洗漱，严晴掐准时间，将前日收拾好的衣物迅速打包装箱，却还是没能在他回房以前清理现场。推门瞥见来不及合拢的箱子，马乐目不斜视地从行李箱前擦身而过，轻手轻脚地爬上床，钻进被窝，背对严晴面朝窗户，声音如同窗外飘飞的皑皑白雪，干净而轻渺："你走吧。千万别回头。"

"书桌抽屉里给你留了点东西,还有一封给你爸妈的信。我走了你再拿出来看。"

"再见。"马乐带着哭腔的道别,如泣如诉,如梦如幻。

心里有无数个声音哭喊着留下来,严晴狠狠地甩一甩头,一咬牙,决绝地拉起行李箱,落荒而逃。

就在房门被拉开的一刹那,身后传来惊天动地的绝望的哭号。严晴转脸看去,马乐瘦弱的身躯蒙罩在被子里,筛糠似的剧烈振颤着。霎时间,泪如泉涌。扔开行李箱,飞奔向马乐,严晴耗尽全身的力气抱他,一遍又一遍地喃喃诉说:"宝贝儿,对不起。我爱你。"

感觉到身体里每一分每一寸都被掏空了一般,严晴一跃而下,不给自己留一丝余地地俯冲向行李拉杆,拖起行李箱夺路而逃。

跳上的士,蜷缩着躺倒在后座长椅上,严晴已分辨不出脸上爬满的是泪水,还是融化的雪水。只怕这世上,再没有比两个人同游一个人独返更悠远的绝望,更荒凉的散场了。

千山万水,万水千山,风雪兼程地追随马乐而来,原来不是为了抵达他,而是为了离开他。

飞机稳稳地降落在深圳新机场,推开机窗挡板,外面的世界霓光璀璨,严晴心中一片死寂黯淡。

她终于回到了家,却把心遗落在那个痛哭的爱人身上。

转眼回家已一个多月,何苗每天照旧例行公事地与刘念通消息。起初两人打电话互报平安,渐渐发展成每天临睡前的一条微信语音,再后来就变成了文字微信。过去,两个人脑袋贴着脑袋总有说不完的话题，任何时候只要打开话匣子，便津津有味地畅想未来，聊新房聊孩子聊未来，当这一切都像泡沫一样幻灭后，他们所有的话题就只剩下吃了吗睡了吗或工作顺心吗之类的寒暄，生疏客套得如同两个漠不关心又不得不天天打照面的同事。

12月31号这一天，刘念照例发微信问何苗："睡了吗？"

"还没。"

"早点休息。"

此后无话。何苗拿起手机，修修改改，输入一长段文字，继而清空，发出一条微信语音："刘念，我可能不能当妈妈了。"

平静如水的声音听不出过多的情绪，但刘念留意到何苗没有像往常一样称呼他老公。当一个人直呼另一个全名时，纵使近在咫尺，他们之间已然隔出千沟万壑。刘念心中固然失落，但对这样的疏离并不感到意外，同样平静地回复说："我知道。姐告诉我了。她让我去接你回来。"

那你为什么不来？话到嘴边，何苗心里已经有了答案，摁下录音键时，话于是变成了："分开这段时间，我冷静考虑过了，我们与其互相牵拖着，倒不如放手。你再找一个可以正常生育的老婆，我也可以安心留在家照顾我爸妈。"

等了许久，不见刘念的回复，何苗心里忽上忽下的，左右手交换着拿起手机遂又放下，犹豫着该不该打电话时，手机铃却响了。

"苗苗，对不起。我太难，太累了。希望你能理解我。"刘念的声音，空洞而幽远，仿佛置身井下又像是躲在山谷里讲话，"我知道自己很浑蛋，我知道我辜负了你，我知道我对不起自己当初信誓旦旦的诺言。但我妈一个人把我拉扯大太不容易了，现在严叔又这样了，她就只剩下抱孙子这点盼头了，我不能像捻烟一下把她的希望彻底掐熄了。"

"你喝酒了?"

"嗯,刚才下楼买了几瓶金威。"

当初他爱她,追求她,与她建立家庭并不是为了让她繁衍后代,而今她还是当初的她,他却不再是当初的自己。只有借着酒胆,刘念才有勇气说出这样的混账话:"我知道不是你的错,但是我没有勇气跟你一起承担。一切都是我的错,是我没有担当,是我不够勇敢。我害怕再一次的失望,我不知道我妈还能承受多少打击……"

"不用说了,我懂。"微笑地制止刘念的忏悔,温和地说,"说出来挺好。明天又是新的一年了,所有的伤心,难过和不愉快都别过夜,咱们都重新开始吧。"

"苗苗,对不起。"

"别这么说,是我自己的肚子不争气。"

"你恨我吗?"

"什么话?除了我爸妈,你是我最亲的人了。"咬牙忍住了眼泪,何苗抽了抽鼻子,一丝不苟地叮嘱,"刘念,我不在家,你以后对严叔和姐好一点。他们都是好人。"

至此,何苗才将严晴偷偷借她钱的事情和盘托出,郑重表示:"钱的事情你别放在心上。姐借给我的钱,花在我爸妈身上,就算离了婚,也该由我自己还。不管怎么样,我还是希望你幸福。"

"对不起苗苗,你也一定要幸福。"电话另一端,刘念早已泣不成声,声声断断地抽泣道,"帮我跟爸妈道个歉,跟着我,让你受委屈了。"

"不委屈。谢谢你给过我一个家。"一字一泪地说完,何苗毫不

第十二章 确定是美丽的,变幻无常更美丽

迟疑地挂断电话,扑倒在床上,死死咬住被角,无声地恸哭起来。

夜半,父亲起身如厕,见何苗屋里隐约有微光,轻轻地叩了几下门,只见屋里灯光骤暗,于是推开门,摸黑而入,静默地坐在床边陪着女儿。冬天的深夜,四周阒寂,只听见何苗鼻塞般若有似无的并不顺畅的呼吸声。父亲坐了良久,苍老而稳健的声音,缓缓地响起:"苗苗,现在可以跟爸爸说一下了吗?"

只轻唤了一声"爸",何苗克制的压抑的泪水,便喷薄而出:"你先答应我,不许生气,不许激动。"

"好,爸爸答应你。"

"爸,如果我离婚,你会不会对我很失望?"

过去女儿每次回家探亲,总像火烧屁股一样待上两天又匆忙地往回赶,这趟回来,时间在何苗手中从容不迫地流淌。女儿虽不说,老两口虽不追问,但心中大概明白一二。杨翠玲的德行他们是领教过的,加上刘念懦弱惧母,不用动脑子都能想象何苗在杨家的艰难。父亲是了解女儿的坚韧的,但凡能够撑下去,何苗绝对不会当逃兵。尽管不知道原因,但父亲很清楚,女儿的婚姻必然是走到了绝路,她才会黯然神伤地躲回家。因此,父亲藏了多时的心里话,这才有条不紊地滚到了唇边,"你没结婚的时候是我女儿,你结了婚还是我女儿,就算离了婚,你依然是我女儿。你做女儿,爸爸给你打一百分。你从来没让我们失望过。"

父亲言辞恳切的一番安抚,反叫何苗的泪水愈加汹涌了,小猫一样伏在父亲肩头,嘤嘤碎碎地哭念:"爸爸,你也别生刘念的气。是我自己没用,不怪他。对不起,我没能在大城市买房子接你们去住,也没能保住自己的家。"

"傻孩子,爸妈在哪儿,哪里就是你的家呀。"父亲抹一把老泪,轻拍女儿的头,宽厚地劝慰,"我们不想去大城市,这里是我们的家,也是你的家。一家人齐齐整整,健健康康就好,在哪里安家都可以快乐地生活。"

何苗咬紧唇,重重地点一点头,吸鼻轻叹:"我自己安静地想一想。爸,你快去休息,先别告诉妈。"

拍拍女儿的肩膀表示理解与鼓励,父亲轻步走到房门口,并未回头,低声问了一句:"苗苗,你后悔吗?"

"我不后悔。"

"那就好。"父亲带上门,慢慢远去。何苗拧开灯,怔怔地坐起,转动着无名指上的婚戒,陷入沉思。

是的,她不后悔结婚,也不后悔把自由还给刘念。甚至,何苗不怪刘念的退缩与无情。不管怎样,在她最渴望安定的漂泊时期,是他给了她一个家。

爱到尽头,不留伤口,彼此仍能微笑着祝福,已不枉相爱一场。

夏晓光与唐小恬的婚期定在情人节。2月13日,唐小恬兴冲冲地邀请严晴试礼服,执意要她当自己的伴娘。

当初严晴结婚,只花9块钱草草将自己打发了。婚纱店内,笼罩在纯白色欧根纱下的唐小恬,宛若童话中的白雪公主,美轮美奂。严晴忍不住赞叹:"女人穿上婚纱确实不一样,就冲你这一身仙女气息,我都想再结一次婚。"

"那你也挑一身,"唐小恬立即吩咐店员为严晴挑选婚纱,爽朗地笑说,"新娘伴娘都穿婚纱,多酷啊!咱们可以入选吉尼斯了。"

"你傻呀,离过婚的人当伴娘不吉利。"严晴嗔睨着唐小恬,眉眼含笑。

"我不信邪。"唐小恬挑眉,不以为然地说,"什么两个人在一起不能买伞,送朋友礼物不能送鞋,都是封建迷信,本姑娘统统不信!"

闺密二人正嬉闹着,唐小恬的手机上收到一条短信,未知的号码写来一条诡异的信息,"明天结婚了?恭喜你。不过,你确定你了解你要嫁的人吗?"

严晴心中一沉,忧心忡忡地望向唐小恬,却见她随手删除消息,漠不关心地撇嘴说:"肯定又是他哪个兄弟无聊,逗我玩呢。二货,我才上不当呢!"

"你就那么相信夏晓光?"

"爱人不疑,疑人不爱。"唐小恬显然不受短信的影响,昂然自若地对着落地穿衣镜摆出各种POSE,时不时地自拍留念,一面敦促严晴,"亲爱的,你快挑一件喜欢的婚纱试试啊!"

拗不过唐小恬,严晴挑了件藕荷色鱼尾婚纱,信步走进试衣间,换装出来时,唐小恬与店员齐齐惊呼:"亲爱的,你太美了!你这完全是抢新娘风头的节奏啊!"

镜子里的严晴桃面柳腰,纤细的身段在清新的藕荷色纱裙中,宛如一尾即将出水的美人鱼。严晴从未见过这样的自己,呆立在镜前,久久不能回神。唐小恬举起手机,刚要为严晴拍照,短信再次响起,她看也不看直接清除,心不在焉地调侃:"我去,够执着啊!"

自父母意外离世后,在唐小恬看来,人生从此无大事。约会迟到不要紧,手机被盗没关系,出门没带钱包也没什么大不了,失恋失业失意这些通通不算事。无论命运赠她怎样的意外，唐小恬都能一夜间原地满血复活。2012年12月21日，玛雅人传说中的世界末日那天，大家都在揣测起哄投入地参与传说，只有唐小恬，照例过自己的寻常生活。早晨起来开动果蔬机，空腹喝一杯苹果汁，去公司路上，买两个全麦面包。下了班沿街做一次"橱窗血拼"，回到家洗澡泡脚看美剧。严晴打趣："唐小恬，你也太麻木了。估计天塌下来那一刻，你还能慢慢腾腾地喝完手中的咖啡，含笑而死。"

"不对，"唐小恬慢吞吞地补充，"我还得吃上一口酸樱桃芝士蛋糕。"

自打被命运孤零零地扔在了人世间，唐小恬的生活中便再无大事。

试完婚纱，闺密二人专程来到欢乐海岸的HANA酒吧，唐小恬乐陶陶地点了一份"快乐感染"，扬言要把自己的幸福传染给严晴。服务生端上半打橙白绿三色鸡尾酒，酒杯中央星光熠熠的焰火，照亮了唐小恬灿烂的笑容。就在这个时候，手机再度响起，只是这一次，来的不是短信而是真人版骚扰电话。

"唐小姐，你知道我是谁吗？"电话里的女子，年轻的声音带着怨愤。唐小恬稍微一怔，嗤笑反问，"真有意思，你给我打电话，问我你是谁？"

"如果你不知道，你可以去问夏晓光。"女子大言不惭的语气，仿似一位胜券在握的常胜将军，公然挑衅说，"问问他谁是贾丹阳，他会告诉你答案的。"

"没兴趣。"唐小恬当机立断地挂掉电话，随即将来电号码拉进黑名单，呷一口酒嬉笑问严晴，"精神病院都满员了吗？怎么疯子全放出来了？"

"亲爱的,"严晴心里像吃进一枚秤砣般凝重,端详着满不在乎的唐小恬,迟疑不决地说,"你想没想过……我的意思是,她怎么会有你的手机号码?"

唇角微微一紧,唐小恬放下酒杯,沉思片刻,拿起手机,打开收藏夹,迅速接通未婚夫的电话,郑重其事道:"夏晓光,你了解我的,你知道我不喜欢绕圈子。明天我们就结婚了,现在我只问你一个问题,只要是你说的,我就百分之百相信你。听明白了吗?"

夏晓光正专心背诵婚礼誓词,唐小恬的一席话,听得他四体发麻,直冒冷汗。咽一口唾液,定了定神,夏晓光恭顺地说:"好的。你问吧。"

"在我们结婚以前,你还有没有什么事需要告诉我的?想清楚再回答,不急,我可以等。"

夏晓光的面前,就放着次日婚礼上的誓词稿,白纸黑字端端地写着:"我恨时间太短,也恨认识你的时间太晚,如果我能活到七十岁,上帝留给我爱你的时间也只剩下三十八年。因此我承诺,我将珍惜余下的每分每秒,尊重你,爱护你,相信你,帮助你,照顾你。我将以你为荣,终生对你忠实,为你衣带渐宽终不悔,时刻陪伴在你身边,直到死亡将我们分开。"

电话另一端,是唐小恬屏气凝神的信任与等待,电话这一端,夏晓光的双唇轻触、摩擦,试图发出一个爆破音,但"没"字的气息还没传递出去,率先被无声地吞灭。誓词就在眼皮底下,几行字被虚化成布景板,唯独"忠实"二字,像被灌了催肥剂似的在他眼前扩张、膨胀。夏晓光舔了舔嘴唇,下了很大的决心,轻声问:"你现在有没有时间,咱俩见个面吧。"

相传,婚礼前夜,一对新人需要避而不见,如此才能百年好合。夏晓光此前再三叮嘱唐小恬："今天哪怕是地震海啸，咱们都得绷住了，千万别碰头。"可是，就在刚才，这个诸多避讳的男人，在距离婚礼不到 18 小时时，亲口要求她见面。

不消多说一个字，唐小恬已了然事态之严重，放下手机冲着严晴凄婉一笑，自嘲说："亲爱的，你说得对。一个婚礼两套婚纱，果然不吉利。"

严晴要宽慰，唐小恬一摆手，苦笑说，"我没事，大不了就不结婚，我一个人过了二十多年，不是活得挺好吗？"

目送唐小恬乘的士离开以前，严晴深深地拥抱她，像安抚家家一样轻抚她瘦削的背脊，企图将自己所有的热能与希望，借由神经末梢的摩擦与抚摸，传递给心灰意冷的唐小恬。下巴抵着唐小恬的颈窝，严晴喃声细语："亲爱的，你还有我。山崩地裂，我替你挡。"

"放心吧。"唐小恬跨上车，反脸挥手道再见，挤出一个微笑，"亲爱的，早点休息。把黑夜睡过去，就能早点看见光明。"

受何苗嘱托，刘念将钱的事情，简而化之地告诉母亲，擅自省去了重要的离婚信息，只央求母亲对严家父女二人温和一些。自打听说严晴私下里借了十万给何苗，杨翠玲对严家父女的感情就产生了变化。饶是目光短浅认知有局限，但杨翠玲也能想清楚，严寻礼给何苗买苹果手机与严晴借巨款给何苗，都是基于对她的情义。正因为拿杨翠玲当一家人，父女俩才不计回报地为她的儿媳妇付出。想想严家父女的善行，再回想自己曾经的私心，杨翠玲越琢磨越觉得自己不厚道。

这一日，杨翠玲将儿子叫到身边，一本正经地打听："苗苗爸爸身体到底什么情况？她走了有两个月了吧，怎么还不回来啊？"

不得已，刘念这才将夫妻俩离婚的决定告诉母亲。愁眉深锁地耐着性子听完，杨翠玲跳脚问："离婚这么大的事，你们也不打算跟大人打个招呼？"

"这不是还没办手续嘛。"刘念不敢抬头看母亲，眼观鼻鼻观心地盯着地面，诺诺地解释，"我们商量过了，再给大家一段冷静思考的时间。"

"缺心眼啊儿子。你让我说你什么好？"杨翠玲摇头叹气，泪眼婆娑地瞅着儿子说，"苗苗是个好孩子，她跟着你没过几天好日子，吃苦受累倒是少不了。女人不能生孩子已经很痛苦了，你这样是往她刀口上撒海盐，太不厚道了。"

刘念也不否认，垂头丧气地嗫嚅道："您不是特别着急抱孙子么……"

"妈以前想法太偏激，是妈的不对。"这时候想到刘念的父亲，老伴严寻礼，两个未曾来得及打照面的孙子，和远在浙江小县城的何苗，杨翠玲只觉自己像个扫把星，毁掉了身边一个又一个好人。杨翠玲悔不当初，不禁悲从中来，擤一把鼻涕泪眼昏花地说，"当年要不是我逼着你爸多挣钱，他也不会下了班还接私活，也就不会累出绝症早早走了。你严叔弄成这个样子，我也有责任。当初他喊不舒服，我光顾着记恨钱的事，也没想着带他上医院检查检查，结果把他害成这样。我要是一早把钱拿出来，苗苗也不用背那么大压力，怀孕了也不能安心养胎，一分两分地挣点奶粉钱。"昨日种种，走马灯似的在杨翠玲眼前晃过，假如人生也有一个涂改液，她会不假思索地夺过来，改写结局。遗憾的是，生活是条单行道，没有回头路，也不能改写。

冬日的暖阳像汽油桶里喷香的烤红薯，温软宜人，陆梅推着严寻礼在小区花园里晒太阳，拉家常，好不愉悦。这边厢，杨翠玲与儿子泪眼相对，捶胸顿足地哀哭："儿啊，咱娘俩走到今天这个地步，全是我一个人造的孽啊！刘家绝后是老天对我的惩罚啊！我造的孽我来还，你可不能继续造孽对不起何苗啊……"

"妈，你胡说什么呢？"

"是真的。以前听人家讲因果轮回我还不相信，现在我才知道，真的有报应存在。"杨翠玲左手掌搭在右手背上，觉得不自由，又换了个方位，来来回回地倒腾两只手，哭哭啼啼地絮叨，"你想想啊，你爸，你严叔，何苗，都是心地善良，吃苦耐劳的好人吧？老天爷把那么好的人送到我们身边，结果死的死，病的病，走的走。都是我的错啊。小念，你记住妈的话，人不能总想着自己。太自私是会遭报应的。妈算了一辈子挣了一辈子到头还是一场空，还把那么好的人全祸害了。你可不能学我啊……"

就如同童话故事里那只被围栏卡住的狐狸，杨翠玲被困在自责的黑洞里难以抽身，无法自拔。刘念经过好一番劝说，才使母亲止住哭诉。亲眼看着母亲服了药和衣而眠，刘念这才放心地出门。门锁"咔嗒"一响，杨翠玲翻身而起，失魂落魄地坐在桌前，思前想后，抽抽答答地在本子上写着什么。陆梅推着严寻礼回来，人还没进门，愉快的笑声先钻进屋里。杨翠玲应声而至，看也不看丈夫，径直走到陆梅跟前，低声说："你来，我有话跟你说。"

两个女人相向而坐，和憔悴不堪的杨翠玲相比，神采奕奕的陆梅就像是春天里的一亩油菜花田，生机勃勃，光彩照人。上下打量着这个与自己同岁、境遇相似但状态大相径庭的女人，杨翠玲看得痴过去。

"玲姐,你找我有事?"

"哦,对。"杨翠玲陡然惊醒,拿过事先准备好的本子,进贡似的双手奉到陆梅手上,仍不放心地叮咛,"你要记得,老严胃不好,不能吃太硬的米饭。还有,他不爱吃苦瓜,南瓜也只吃清水煮的,炒的他不爱吃。鸡蛋他喜欢吃煎的,太阳蛋不能煎太老,得有点溏心。不行,煎蛋上火,你还是给他蒸鸡蛋糕吧。鸡蛋糕里再卧一个鸡蛋,做法我都写在本子里了。另外还有……"

杨翠玲机关枪似的交代,听得陆梅云山雾罩,忍不住打断她,诧异地问:"玲姐,你要出远门啊?"

"不。哦,是。"像个失灵的电子玩偶,杨翠玲摇头,又点头,复又摇头,神志迷离地说,"反正老严的喜恶习惯我都写本子里了,你费心多看几遍,记在心上。"

"玲姐,你别吓唬我,到底出什么事了?"

"没事。挺好的,都挺好的。"杨翠玲咧嘴,笑得比哭还悲伤,"老严现恢复得不错,他信赖你,你也用心照顾他,这样就好。他好,你也好,大家都好,我就放心了。"

杨翠玲欲言又止,话语错乱,但陆梅还是敏感地捕捉到了对方试图点明却又怕说破的意图,惊讶得张大了口,扔下本子,失声尖叫:"天呐!玲姐,你把我想成什么人了!"

儿子出门后,杨翠玲把过去几十年的家庭生活仔细回顾了一遍,越琢磨越羞愧,越羞愧越坚定地相信有她在的地方就会家破人亡。杨翠玲认定自己是所有不幸的罪魁祸首,为了挽救儿子的婚姻和丈夫的健康,她决定将自己这个"丧门星"清扫出门,以弥补自己的过失。

"陆梅,你别误会,我知道你是好人。"手忙脚乱地拾起本子,杨翠玲一脸恳切地看着陆梅,"就因为你是好人,我才放心把老严托付给你。我看得出来,他需要你,依赖你,而且有你在身边,他比过去开心多了,对他的病情也有好处。如果你也愿意,我愿意成全你们。"

"你误会大哥了!"陆梅急得双颊绯红,手足并用地解释,杨翠玲这才知道,陆梅和严寻礼说得最多的话题,就是陆梅的亡夫和杨翠玲,"我老头中过两次风,我多跟大哥说点他的症状和病变反应,好让他觉个警。大哥说了,你嘴巴不饶人但心是豆腐心,是个好人。大哥说你特别不容易,伺候走刘念他爸,又一个人把孩子拉扯大。好不容易该享清福了,他又病倒了。照顾中风病人特别累,他现在肩不能扛手不能提,反而走路要人搀扶吃饭要人擦嘴出门要人推,大哥怕拖累你,所以坚持付钱让我照顾他。"

呆若木鸡地盯紧陆梅一开一闭的两片嘴唇,杨翠玲泪花滚滚地问:"他,他跟你说的?"

"可可不是他说的嘛!"陆梅觉着生气,却又气不起来。哭笑不得地伸出左手,摆弄着无名指上亮晃晃的戒指嗔笑说,"我老头是不在了,但他还活在我心里。我心里装不下别人了。"

"抱歉,误会你了。"杨翠玲微微一鞠躬,想把歉意表现得正式一些,脸上却绽露出如释重负的微笑。鬓角灰黄的杨翠玲,温柔娇羞的笑容如同陷入初恋的少女,陆梅看在眼里,打心眼里替她感到高兴,打趣说:"你以为我们成天往外跑是去玩吗?大哥那么积极做复健练习,还不全是为了你。他说他能自己多走一步,就少麻烦你一步。他能早一点走路,你就少一天辛苦。这么替你着想的丈夫,真让给我了,你舍得吗?"

杨翠玲不接话，情不自禁"嘻嘻"笑了起来。杨翠玲欣喜地笑着，右手悄悄地向写着丈夫生活习惯与兴趣喜恶的本子潜行，偷摸抽回本子，牢牢地攥在手里，生怕被谁夺了去。

转眼分手半年，爱情后续的影响，仍源远流长。

走在街上，突然听见有人喊"媳妇儿"，严晴会不由自主地回头。看选秀节目，参赛者说出"我来自长春"时，严晴会心慌意乱地转台。就连乘坐地铁时，一不留神抬头看见"长春轨道"几个字，严晴心里都会一阵紧缩，赶忙移开目光。

两个人分手，拉开的只是身体的距离，但要将一个人彻底从心里收拾干净，却需要绵长的时间。甚至，有的人分开了，此生不见，他却始终活在你的生命里。分手半年后，严晴悲伤地发现，自己越来越像马乐。她常不自觉地哼他爱唱的网络歌曲，只抽他爱抽的长白山，保留他每周吃一次 KFC 炸鸡翅的习惯，把他的口头禅挂在嘴边。分手半年后，严晴悲哀地发现，当初她以为，这段感情只是陪小孩玩过家家，结果自己无比认真了。

回到深圳第三天夜里，马乐打来一个电话，执着地耗到铃声自动被切断。也许是他受了刺激，也许是他喝大了，也许，他只是想她了。严晴没有勇气接听，马乐也不再打扰。从此，两个人各安天涯，仿佛他们从未遇见。

"日后你会明白，我离开你的时候最爱你。"那一夜，手机里循环播放着马乐曾为她唱过的歌曲，尸体似的一动不动僵卧于床，眼泪静淌时，严晴默默在心里对马乐说："对不起，我爱你，再见。"

比起牵手到最终演变成不堪的怨怼，分手时各自安好，已是这段感情最好的福报。

分手十个月,深圳街头出现一档丹东烤冷面。那曾是严晴在长春时每天必吃的街头小吃,不管多晚,只要严晴犯了馋虫,马乐便会顶风冒雪地给她买回来,笑吟吟说:"干脆我去学烤冷面吧,回深圳摆个摊自己当老板,能挣钱养活你,还能天天烤给你吃。"言犹在耳,物是人非事事休。

爱情不过如此。你不开烤面摊,自是有人开。你离开了他,自然有人抵达他。时间与际遇,从不会停下来等你。

留给马乐一家的留书中,严晴感谢了马乐父母对她的接纳与宽容,并请他们接受自己的心意,用那五万块钱清偿此前看病欠的债务:"余下的钱,让马乐学门手艺。学手机维修或把计算机的学业完成,再不然让他去考个驾照。多门手艺多条出路,日子会越过越好的。"信末,严晴言轻情重地说,"马乐,谢谢你爱过我。祝你幸福。"

返深后,严晴常常梦见马乐。曾经美好而零碎的片断,不停地在睡梦中温习。有一夜,严晴梦见自己又飞到了他身边,马乐飞身而来抱起她,大喜过望却语带嗔怨:"你怎么才来?我想死你了!"严晴满面春风地反问:"想我为什么不找我?""我说过,我爱你,很爱你。但你要分手我不会纠缠你,因为那是你想要的。"两个人重修旧好,情笃更甚。但当马乐提出一同回深圳时,在梦里,严晴再次犹豫了。梦醒时,严晴仍清晰记得,梦中她仍留书出走,独自归返。

饶是心心念念地相思,梦中依然维持原判,足以证明当初的决定是对的。

严晴深信,待马乐成长为一个更好的男人,他会获得属于他的那份幸福，一如已为人父的贝红卫。她像个春风化雨的班主任，再次亲手送走自己的得意门生。他们或许会忘记她，或许永生难忘，但对于她独自饮泪对抗的生活而言，他们记得或是忘却又有什么意义呢？

严晴不想再当谁的里程碑了，她害怕自己变成一块墓地，满目石碑，碑下葬着她爱而不得的旧情人。她也需要一个被别人调教好的男人，给她一份陪伴终老的安稳。

如同一个画家，严晴在心里为理想的伴侣勾勒出一幅素描——他必须像父亲一样善良、厚道，为人勤恳、真诚，年龄与她相仿，兴趣与她接近，最要紧的是，他们必须具备相似的价值观。倘若这个人迟迟不出现，严晴宁愿无害地单身下去，也不想再做无谓的揪心且徒劳的建碑工作。

冷静三个月，唐小恬将延期的婚礼提上了日程。出嫁当天，化妆间里只剩下闺密二人时，严晴仔仔细细地端详着唐小恬，拉着她的手，感伤且欣慰："亲爱的，你知道吗，你是我生命中最美好的相遇。因为你，即便遇见一百个魔鬼，我也深信，总会有个天使叫唐小恬。"

"大喜的日子，讨厌，别招我哭啊。"唐小恬弯眼坠眉，泪光盈盈地笑着。

事发之后，闺密二人如常生活，聚会，唐小恬不提，严晴便不追问。突然接到新的婚帖，严晴仍保持一贯的缄默，配合着闺密重布婚礼。严晴并非不关心，疑惑与担心也是在所难免的，她只是坚信唐小恬的处事能力与智慧。

对一个人最深厚的爱，便是尊重她的抉择，哪怕那不是你的理想选择。

"亲爱的,只要是你选择的,我就无条件支持你。"再次替唐小恬整理好头饰,补上蜜粉,严晴牵起闺密,朝婚宴大厅走去,"但你要时刻记得,不管发生什么事,你还有我。我就在你身后。一直在。永远在。"

"你也是我最幸运的遇见。"唐小恬深情地给严晴一个大大的拥抱,和一个灿烂的笑容,"亲爱的,你那么美好,幸福一定不会错过你的。"

生活是一个偌大的磁场,物以类聚,美好的人总会遇见美好。

所以唐小恬选择原谅夏晓光。

反观这段爱情,唐小恬扪心自问,她也有许多的失误。夏晓光和贾丹阳的"事故"发生于她刚迁进他家不久。那段时间,他好话说尽,口干舌燥才说服她同住。然后两个人同一屋檐下生活,唐小恬依旧维持一个人的习惯。但凡夏晓光碰过的毛巾牙刷,唐小恬便弃如敝屣。她不许他碰自己的水杯,不肯碰他沾过的面包,她拒绝与他同步作息,也不习惯向他报备行踪。一个人生活得太久,唐小恬不懂得如何与人建立亲密关系,她的喜怒哀愁都关在自己纤细的身体里,不打算与夏晓光共享。那段时间,唐小恬活像一只利刺倒竖的刺猬,时刻准备与靠近自己的夏晓光战斗。尽管是下意识的习惯性动作,唐小恬确实成为了闯进夏晓光的生活却又与他毫不相干,住在夏晓光的心里却不需要他的女人。

一段美满的恋情,需要爱,与被爱。单方面一味的给予,远不及被对方渴求使人心安。

每段感情都是一本经济账。你可能一本万利,也可能得不偿失。关键不在于你付出多少,而在于你对谁付出,何时付出、怎样付出。女人只有掌握幸福的主动权,适时观望、建仓、加码、或抽身止损,才能实现双赢。

夏晓光确实犯了错。但在他的过失上,唐小恬责无旁贷。类似的错误以前也曾发生过,与其换一个新的人重复旧伤口,唐小恬深思熟虑后决定,不如给旧人一个悔过自新的机会。

唐小恬亲手将夏晓光误推出局,如今,她要亲自将他迎接回家。

"婚姻需要经营,因为我们都不完美,都会犯错。幸运的是,我们懂得宽恕,懂得忍让,愿意及时纠错。我承诺与你风雨同步,生死相依。我将包容你,体谅你,理解你,与你一同学习、成长,在不断纠错中完善自己,在更正中进步,直到不完美的我们拥有完美的婚姻。"

唐小恬笑靥如花地宣誓,台下的严晴使劲地鼓掌,痛快地欢笑,尔后泪流满面。

英国小说家毛姆曾经这样说过,"对有保障的生活的满足、对拥有家资的骄傲、对有人需要自己的沾沾自喜,和对建立自己的家庭的扬扬得意,是男人的爱抚和生活的安适在女人身上引起的自然反应,大多数女人把它当作爱情。"

何苗,曾经是这"大多数女人"中的一名。

返乡半年,何苗渐渐认清出路,当刘念请求和她面对面沟通,何苗带着草拟好的离婚协议书,踏过乡间小路,回到久违的大都市。

"你确定要这样?"半年的分居生活,刘念虽不至于相思成疾,但没有何苗的日子,就像凉拌菜里缺了醋,红烧排骨里少了料酒,总觉得不是滋味。错愕地看着面前的离婚协议,刘念收回伸向何苗的手,低眉凝视手上的婚戒,哭丧着脸说,"我妈想通了,她说有没有孙子都没关系,只要我们幸福就行。"

"呵呵"浅笑两声,扬起眉眼环顾曾经生活两年多的房间,屋里摆放的每件物品,原封不动保留着她离开时的旧模样,但是他们之间,却已时过境迁。眷恋地扫视着屋内每一处每一角,伤感的目光最终落在刘念的脸上,何苗轻吃问:"刘念,你觉得我们幸福吗?"

"幸福啊。"顿了顿,刘念泄气地说,"至少,在没发生那些事以前,我们挺幸福的。"

"生活不可能永远一帆风顺。"何苗苦笑,"一辈子那么长,如果我们遇到一点风浪就翻船,那我们永远也渡不到幸福彼岸。"

"我妈她……"

"你还是没明白我的意思。问题不在你妈身上,在于我们自己。"咬住下唇,憋回泪水,何苗幽声说,"我嫁的人是你,不是你妈。但你对待我们婚姻的态度,总受你妈的影响而摇摆不定。我不贪心,我不需要华服美酒洋车新房,我只想要一个温暖的家和一个有担当的男人,一个不会在我的困境中弃我于不顾的丈夫。"

"我知道我浑蛋,我保证以后不会了。"刘念竖起指头,焦急地起誓。

"我不需要你为我的以后担保了。"轻按下刘念发誓的手,何苗凄然笑道,"这次回去,因为我爸的身体,我们又搬回村里了。村里空气好,吃喝都是绿色食品,乡下的生活对他的病情很有帮助,也让我的心情得到平复。很奇怪,我以前那么想逃离的小地方,却让我感到那么舒服和安逸。在那里,我不用担心自己说错话,做错事惹人不高兴,也不用害怕自己的一个闪失会导致无家可归。出门不用再害怕被抢,睡懒觉也不担心被埋怨,更不用每天验一次尿生怕自己怀不上孩子……"眼眶里积蓄的泪水越来越丰沛,何苗昂头仰脖,嬉笑说,"真的。我很久没有那么自在轻松了。你看,我吃得香睡得好,胖了不少呢。"

半年不见,何苗的确丰满了许多,从前没有一寸多余赘肉的柳腰,如今圆润如柱,苍白似尖锥的瓜子脸,如今鲜若蜜桃。打量着熟悉而陌生的妻子,刘念怔怔地问:"你的意思是,你不打算跟我过了,也不打算回来了?"

"我已经回去了。回家。"唇角轻扬,眉眼微弯,何苗浅笑说,"深圳对我来说只是一个梦。一个遥不可及的梦。我为了实现它努力过,奋斗过,我不后悔。现在梦醒了,我该回家了。"

"……"

"协议你看一下吧。我们没有孩子,也没有多少财产。上面我都写清楚了,你妈给的十万归你,欠姐的钱我自己还。"稍事停顿,吸一口气,何苗耸肩,佯装轻松地说,"我已经在网上预约过了,明天把手续办了吧。我买了后天回去的高铁票。"

刘念长叹一声,心中清楚,一旦何苗做了决定,十六匹马也拉不回头。双手颤抖地握着书写工整的离婚协议,刘念哽咽地说:"对不起苗苗,真的很对不起。"

"不需要再道歉了。"吸了吸鼻子,背上包,和刘念约定明早在民政局门口碰头,何苗走出两步,站定,没有回头,声音低哑地请求,"刘念,如果觉得对不起我,那就对下一个她好一点吧。"

语毕,背朝刘念,何苗昂首挺胸,目视前方,阔步走出了曾经的家。

杨翠玲推着严寻礼遛弯回来，顺路捎回了上好的里脊肉与活蹦乱跳的海虾，推门不见何苗，却只看见儿子苦瓜一样的脸色，心中已了然，淡淡地问："苗苗走了？"

"嗯。"刘念像个被记了大过的孩子，下巴快要垂到胸骨上，带着鼻音说，"明天一早去办手续。"

杨翠玲随即"啧"了一声，严寻礼连忙摇晃着腮帮子，含混地说："吴拗咦，吴拗咦。"

"知道，知道，我不急。"杨翠玲轻拍丈夫手腕，神色温和，语调轻柔，"我已经想通了。儿孙自有儿孙福，孩子不摔跤就长不大，随他们去吧。"

严寻礼这才放宽心，头点若鼓擂，囫囵道，"固哼剃，哼体嗷哽。"

在陆梅的带领下，杨翠玲渐渐掌握了严寻礼发音的规律，并学会了护理及康健常识。最后，两个女人联手游说严寻礼，陆梅表示她有更重的病患需要护理，杨翠玲则严肃表态："你伺候我十多年，该轮到我伺候你了。不管你愿不愿意，反正除了我，我不会再让别人照顾你了。"一口浊涕卡在喉腔，严寻礼说不出话，只能点头如捣蒜，瞬间老泪纵横。

此刻，杨翠玲对丈夫的关怀心领神会，一面用热毛巾给严寻礼洗脸擦手，一面温吞地安慰，"严老头，你就放一百个心吧。我会注意身体的。不把自己照顾好，我怎么照顾你呀？"

见老两口如今互敬互爱，刘念心头一热，想到自己的婚姻，不禁鼻尖发酸，眼睛发胀，转过头一言不发地进了屋……

老蒋租下严晴的房子，三不五时地打电话找她报修。一会儿说电视遥控器失灵，一会儿称空调漏水，每每严晴去那儿，却发现一切完好，老蒋摸着后脖憨笑说："着急用，等不了你，我自己想办法解决了。"

"维修费直接从下月房租里扣除吧。"严晴爽快表示，老蒋却尴尬起来，面色微酡笑容羞涩地摆手说："不用，不用，都是小钱。你交房给我们时是好的，坏也是我们用坏的，钱不能让你出。"

起初严晴还跟老蒋较真，次数多了，便免不了心生狐疑。老蒋再次以热水器打不着火为由让她过去一趟时，严晴开门见山问："每次我都白跑一趟，你觉得我还有去的必要吗？"

"当然。"老蒋一时语塞，脑子转了好几个弯，支吾说道，"毕竟是你的财产，维修动过手脚还是需要你亲自确认一下的。"

"老蒋，到底有什么事，你不妨直说。"杨翠玲刚煲了锅墨鱼筒骨汤，严晴哈气吹了吹，小吮一口，单刀直入问，"是不是想减租？多少合适，你说吧。"

"你让我直说的。"

"嗯。"严晴又吮一口热汤。

"我想追你。"四个字像烫嘴的栗子，飞奔着滚出老蒋的嘴唇边，严晴着实一惊，一口汤喷洒在面前，惊惶未定地问："什么？"

"我想追求你。上次你来办抵押，我认真看了材料，你好像离婚了。"幸亏隔着电话，严晴看不见老蒋赤如猪肝红至耳根的羞怯，壮了壮胆，老蒋吞吞吐吐地解释，"咱们虽然接触不多，但我感觉你挺靠谱的。我年纪不小了，也不想拐弯抹角浪费时间了，就想知道如果你现在没有对象，可不可以优先考虑一下我？"

眼前渐渐浮现老蒋微胖的亲和的面孔，耳边回响起他曾经说过的贴己的话，严晴越来越感觉这幅画面似曾相识。琢磨片刻，严晴猛然意识到，正直、善良、宽厚、儒雅的老蒋正是自己理想对象中的那张素描！仿佛电脑拼图一般，老蒋的笑脸与心中的理想伴侣渐次靠近，依次交集，最终重叠在一起。心里"咯噔"一下，如同宝箱被若干钥匙中的一把极不起眼的钥匙开启的那一瞬，严晴眨巴眼睛，难以置信地问："如果你突然收到一个来历不明的快递包裹，你会拆包吗？"

"当然不会。"老蒋不知严晴葫芦里卖的是什么药，只能老老实实地交代，"不是我的东西，怎么能随便拆开呢？"

"那你会怎么处理？"

"快递单上肯定有对方的电话，打过去问清楚情况再说。"老蒋一五一十地回答，电话那端，严晴如释重负地笑若桃花。

马乐在深圳的时候，严晴每月总要给他父母买些进口食品。一日，马乐接到母亲电话说收到装满小食品的快递，父母二人已经吃掉不少。马乐掉头问严晴："你给我爸妈寄吃的了？"见严晴摇头，马乐勃然大怒，痛斥母亲说："你都不知道哪里寄来的东西，怎么能乱吃呢？万一吃坏肚子怎么办！"

严晴烧着晚饭，旁听着马乐讲电话，心里突然一紧。乍一听，马乐的气愤似乎情有可原，往深处一想，严晴又觉得他的愤怒多少有些不地道。严晴自然是觉得不该开封来路不明的包裹，但她的出发点是，万一对方发错了还可以退还，擅自开封食用，岂不是造成别人的损失？事后，严晴将此事说与唐小恬，唐小恬一本正经地分析道："从这件事上就能看出你们俩价值观的差异，他首先考虑的是自身利益，而你先顾及的是别人。"

价值观这件事，说起来很飘忽，听上去也很玄幻，但在一段关系中起着至关重要的作用。价值观相悖的两个人，就好比两列相向开行的高铁，饶是清晰地相视，相伴，却终因方向不同纵身而过。

马乐失业那段时间,恰逢严晴生日,她出门倒垃圾回来,见马乐隐蔽地捂着电话,笑容神秘。再三追问下,马乐才坦言相告:"我让我妈给我汇五百块钱,我想给你过个生日。"马乐想当然以为,严晴会感动不已,不料她却心事重重,连敷衍的笑容都挤不出来:"本来你爸妈每个月就过得紧巴巴的,上次看病的债务还没还清,如果我们不能分担反而要加重他们的负担,我宁可不过这个生日。"事情到最后,毫无悬念地演变成争吵、控诉与冷战。纵使彼此深爱,但不同的价值观,导致二人永远处于鸡同鸭讲的游离状态,既不能互相理解,也无法说服彼此,应运而生的是周而复始的战争。

严晴陷入沉思时,不明就里的老蒋按捺不住了,憨笑两声,打趣说:"Hello,有人在家吗?我还在哟。"

"最后一个问题。"严晴不放心地追问,"如果那个快件的寄件方是你经常光顾的淘宝卖家,你会不会认为是他们搞活动回馈你的赠品?"

"那也要先问清楚。"老蒋不明白,好好的告白怎么转变成无厘头的设问,但依旧耐着性子如实回答,"如果是赠品我就收下。万一是人家发货发错了地址呢,肯定要退回去,不能让人家吃亏呀。"

"好同志!"老蒋的实在令严晴忍俊不禁,竖起拇指地赞叹,"你真的可以竞选《感动中国》了!"

"那你感动了吗?"老蒋小心翼翼又急不可耐地探听,"你能考虑一下我吗?"

"改天一起吃个饭,先从朋友做起吧。"严晴窃笑,佯装淡然。

"成交。"老蒋顿了顿拳头,欣喜若狂地表示,"我这有两张今晚的话剧票,饭可以改天吃,话剧能不能今天先看着?"

"你怎么知道我喜欢看话剧?"严晴有些愕然,电话那头,老蒋慢条斯理地说，"上周三你来收租，也不知道跟谁打电话说想看《开心麻花》的话剧，我就记下了。"

一股热流，和暖地在心头弥漫，握着电话的手心，渐渐渗出了汗。脑海里闪现张爱玲的那句，于千万人之中遇见你所遇见的人，于千万年之中，时间的无涯的荒野里，没有早一步，也没有晚一步，刚巧赶上了，那也没有别的话可说，唯有轻轻地问一声：噢，你也在这里吗？严晴会心一笑，轻声呢喃："原来，你在这里。"

一年后，严晴接到何苗汇来的最后一笔还款，电话里，何苗娇羞地邀请："姐，你五一有时间参加我的婚礼吗？"

新郎是与何苗同村的旧同学杜风，早两年离了婚，独自带着一个活泼可爱的儿子生活。起初只是念着同窗之谊，父亲发病时杜风骑着他的三轮摩托将老人送去医院，何苗为表示感谢，不时上门为父子二人做顿饭，打扫卫生，缝补衣衫。一来二往地，两人便产生了相依相许的感情。和风细雨地讲述着二人相恋的经过，何苗欣悦地说："姐，原来我以为，努力在大城市站稳脚可以让爸妈过上好生活，和杜风在一起后，我才明白，幸福不是在哪里生活，而是和谁在一起，怎样去生活。他对我特别好，对我爸妈更好，他儿子跟我也特别亲。姐，现在我每天起来，都能感觉到空气的清香，走在路上，都能闻见泥土的芬芳，看见牛羊都觉得它们在冲我笑，你说我是不是疯了？"

"是。你那是开心疯了。"严晴笑着打趣，想象着何苗凤冠霞帔风光出嫁的样子，又不由得湿了眼眶，"苗苗，我真的特别开心，由衷地替你开心。"

"姐，那你呢？你现在好吗？"

严晴定了定神，扭头看一眼正为她榨新鲜果汁忙活得一头大汗的老蒋，满心欢喜地点头："跟你一样，我也能每天都感受到空气的清香，花草的芬芳，虽然看不见牛羊，但我觉得路上遇见的每个人都对我微笑。"

"姐，你说，这是不是传说中的幸福？"

幸福从来不是传说，它只属于忠实于它并勇于追求的智者。过去不可追，未来不可知。人世间的沧海桑田，潮升日落，唯有变幻是永恒的。无论幸福身在何方，于尸横遍野的爱情墓园中，于变化多端的命运操盘手中，于跌宕起伏的生活洪流中，对爱持有不灭的信念，对光明执着地追求，不畏对他人付出，不断修正自己，终有一天，必会抵达。

"是的。"严晴笑逐颜开地走近老蒋，从背后环腰抱紧他，侧脸贴在他宽厚的肩背上，斩钉截铁地说，"这就是幸福。我们的幸福。"

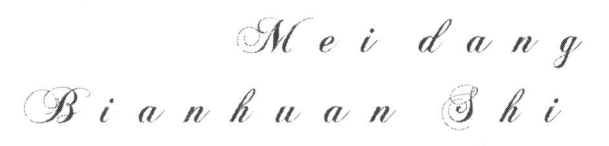

跋　岁月不识愁

每出版一本书，总有较真的读者会问，"书里写的故事是真的吗？"每每此时，我总是笑而不语。

很喜欢《风之影》中的一段话，"你看到的每一本书，都是有灵魂的。这个灵魂，不但是作者的灵魂，也是曾经读过这本书，与它一起生活、一起做梦的人留下来的灵魂。一本书，每经过一次换手接受新的目光凝视它的每一页，它的灵魂就成长一次，茁壮一次。"

书里的故事，是真的吗？仔细想想，你我的身边，是否有一个或多个为爱义无反顾的"严晴"？可有一个为朋友两肋插刀却在爱情中裹足不前的"唐小恬"？你是否遇见过出身卑微但勤恳独立的"何苗"？你可见识过精打细算可恨可悯的"杨翠玲"？

倘若真要追究故事的真实性，我想你一定和我一样清楚：生活里，她们无处不在。

2012年春天，我带着为数不多的衣物，几箱藏书，和一只相依为命多年的年迈的小狗，离开了白手垒起的家。曾经，我带着伤患，用五颜六色的丙烯，为原木色的旧桌椅刷上新装，并在缺了口的墙壁上作画。客厅电视墙上生机勃勃的柳树，与洗手间墙面五彩缤纷的漂流瓶，是我亲手黏贴而成，开放式厨房前的亚克力珠帘，也是我亲力亲为钉挂而成。2012年春天，我离开了那里，没带走一片云彩。

2012年秋天，最要好的闺密辞去高薪厚职，只身返乡，欣欣然地准备与相恋五年的男友举行婚礼。领证第四天，与她的新婚丈夫交好一年的女子，不期而至……

2012年，传说中的世界末日并未到来。我们的生活，却翻天覆地。

生活，是一部最为狗血的正剧，没有之一。但，那又怎样呢？

生意失败，负债累累，未婚夫失踪后，杨采妮坦然微笑说："我才三十岁，我还输得起。"

一颗强大的心，才是女人的幸福归宿。想明白这一点，人生，何时开始亦不算晚。

闺密取消婚礼后，剪去了长发。再见面时，她一袭波希米亚长裙，一头风情万种的齐腮卷发，精神焕发。我惊诧地问："你怎么反而胖了，漂亮了？"她莞尔回答："离开一个错的人，我应该更好。"我问她是否仍相信爱情，她满怀信心地反问我："为什么不呢？失败是成功之母。错过一次，就离成功更进一步。"

事实上，生活中的每一个"严晴""唐小恬""何苗"与"杨翠玲"，谁不是在错误中不断修正过往，成长为一个更好的自己呢？

两年时间内，闺密买了房，晋升为副总，找到了相濡以沫的灵魂伴侣。我也从租住的不及20平方米的单间，搬进了新置的公寓。夜色如墨，我一个人守着一辆大货车搬家，家人朋友认为我疯了；为节省工钱，去五金店打算自己为全家的窗户贴上玻璃纸，老板以为我疯了；物流拒绝送货上门，我一个人将双人沙发拖拽到电梯口时，左邻右里的业主以为我疯了。结果，耗时半个月，我如愿赶在春节前搬进新居，而我一手一脚打造的新居，成为邻居们争相参观的样品房。

生活是一出最为狗血的正剧。经历所有的碎裂，不过是为了更好的重塑。

很多年前读陈丹燕，深深地记住了她的一句话，"一样的生活，就是有人能够在湍急肮脏的生活河流中，不沉地盛开，由不得你不对她格外珍视。"

感谢身边每一个不服输，不认栽，打不死，爱不灭，努力盛开的女子，支撑着我完成这本小说。

闺密曾感慨："时间真是无情，扭转美好的一切，打破平静的岁月，让人幻灭。"

但也正是时间，抚平了所有伤口，一再向我们证明：你远比你想象中强大。

有人说："没有经历过长夜痛哭的人，不足以谈人生。"日以继夜地，我在故事里书写着各色的人生，但现实生活中，我不再与任何人谈及人生。

不再说了。

跌倒尔后傲立；失去尔后泰然；受伤尔后坚信，一如里尔克诗中所言，"没有什么胜利可言，挺住意味一切。"

岁月不识愁。

在时间的长河与爱情的荒原中,哪怕天真地奔跑,华丽地跌倒,不负初心,就已很好。